# 도스토옙스키의 메타 지식

# 도스토옙스키의 메타지식

## 지하로부터의 수기

조주관 지음

우물이 있는 집

# 프롤로그

도스토옙스키는 인간에 대한 전문가이다. 일반적으로 전문가라 하면 전문 직종에 종사하는 박사, 의사, 교수, 변호사, 변리사, 도선사, 과학자 같은 사람들을 떠올린다. 이들의 특징은 주로 '사(士)'가 들어가는 직업군의 사람들이라는 것이다. 그런데 그들을 모두 전문가라 할 수 있을까? 그렇지 않다. 우리는 전문가와 숙련가를 구별할 필요가 있다. 숙련가(Specialist)는 특정 기술을 습득해 자기에게 주어진 문제들을 기계적으로 해결하는 사람을 의미한다. 반복을 통해 숙련된 달인이라 할 수 있을 것이다. 반면 전문가(Expert)는 숙련가 + 알파(α)라 할 수 있다. 여기서 알파는 전문성이다. 전문가가 되기 위해 중요한 것은 어떤 직종에 몸담고 있는가가 아니라, 본인이 무엇을 어떻게 전문적으로 연구하는가이다. 그렇다면 숙련가에 비해 전문가는 어떤 전문성(Expertise)을 갖고 있을까? 전문가에게 요구되는 전문성이란 무엇일까 생각해보자.

첫째로 전문성은 지혜로운 통찰력에서 나온다. 숙련가는 자기가 알고 있는 지식에 상황을 끼워 맞추는 특성이 있다. 그러나 전문가는 숙련가와는 달리 상황이 가지고 있는 또 다른 가능성을 살피면서 거듭되는 질문을 통해 전체를 보려고 노력한다. 즉 전문가는 나무도 보고 숲도 볼 수 있는 지혜와 지식을 가진 사람이다. 숲 속에 들어가 있으면 나무를 볼지언정, 숲을 볼 수 없다. 숲 밖에 있으면 숲을 볼지언정, 나무를 볼 수 없다. 이는 전체와 부분의 문제와 같다. 부분을 강조하다 보면, 전체를 볼 수 없고, 전체를 강조하다 보면 부분을 볼 수 없다. 전문가는 부분과 전체를 동시에 파악할 수 있는 통찰력을 가진 사람이다. 그러므로 이때 전문가에게 요구되는 것은 상상력과 창의력이다. 통찰력은 상상력과 창의력의 결과이기 때문이다. 도스토옙스키는 이처럼 인간의 부분과 전체를 동시에 볼 수 있는 통찰력을 가진 위대한 전문가였다.

둘째로 전문성은 모험정신에서 나온다. 전문가는 이미 가지고 있는 지식과 경험, 통찰력 등으로도 충분히 훌륭하게 일을 해낼 수 있음에도 불구하고, 현재의 자리나 연구에 만족하거나 안주하지 않는다. 전문가는 어떻게 하면 자신의 전문성을 더욱 발전시킬 수 있을지에 대해서 고민하는 모험을 선택한다. 그리하여 전문가는 현재의 자리에 만족하지 않고, 전문성 개발에 노력하면서 모험하는 사람이다. 세상에는 전문가 행세를 하면서도 모험을 피하고 현재에 안주하는 이들이 많다. 이러한 사이비 전문가들은 자신의 전공보다는 정치나 돈에 관심을 보인다. 잘 모르는 사람들이 전문성 없는 숙련가를 전문가로 불러주는 것에 만족하며 자기 계발을 게을리한다. 그러나 도스토옙스키는 그들과 달리 모험정신으로 전력을 투구하여 인간을 연구했다.

결국 도스토옙스키는 인간에 대한 통찰력과 모험정신을 가진 전문가라 할 수 있다. 그는 인간 영혼의 신비를 풀기 위해 일생 내내 펜을 들었다. 그에게 글쓰기는 본능적 행동양식이요, 천부적 재능이었다. 한평생 글에 대한 집착에서 벗어나지 못한 그의 최대 관심사는 인간이었다. 그는 인간에 대한 패턴 지식(Pattern Knowledge)의 소유자로서 인간의 부분(미시적 세계)과 전체(거시적 세계)를 통찰했다. 그는 매우 복잡한 패턴 지식을 개발하여 인간의 지적 한계를 극복하고자 했다. 여기서 패턴 지식은 일종의 개념 집합체라 할 수 있다. 도스토엡스키는 과거의 철학자나 과학자들이 내린 인간에 대한 기존의 정의에 안주하지 않고, 늘 새로운 시각으로 인간을 조명하여 그 숨겨진 비밀을 밝히고자 한다. 그는 멈추지 않고 연구를 계속해 나간 진정한 인문학자였던 것이다.

인간 전문가 도스토엡스키의 메타지식(Meta-knowledge)이란 무엇인가? 메타(meta)라는 말은 원래 그리스어로 '바꿔(치기)'라는 의미를 갖는다. 은유라 번역되는 그리스어 '메타포라(Metaphora)'의 의미는 '말의 바꿔치기'이다. 사전에 따르면 메타(meta)라는 말은 주로 접두사로 원래 "after, over, beyond" 등의 의미를 지닌다. 그리하여 우리는 메타를 "상위나 초(超)"라는 말로 흔히 번역해 왔다. 형이상학(Metaphysics)이 그 대표적인 예이다. 요즘엔 스스로를 돌아다보는 회귀적인 인식활동을 가리킬 때도 일반적으로 메타라는 접두어를 사용한다. 인식론에서 접두사 meta는 "~에 대한"이라는 뜻으로 쓰인다. 과학에 대한 과학(Meta-science), 지식에 대한 지식(Meta-knowledge), 감정에 대한 감정(Meta-emotion), 생각에 대한 사유(Meta-thinking), 분석에 대한 분석(Meta-analysis), 인지에 대한 인지(Meta-cognition)를 말할 때 메타라는 접두어가 사용된다. 메타라는 접두어가 붙어 나오는 개념들에 대해 좀 더 생각해보자. 메타감정(Meta-emotion)은 감정에 대한 감정, 즉 감정에 대한 생각, 태도, 관점, 가치관 등을 뜻하고, 반면에 메타지식(Meta-knowledge)은 지식에 대한 지식, 즉 지식에 대한 생각, 태도, 관점, 가치관 등을 뜻한다. 메타분석(Meta-analysis)이란 동일한 연구문제에 대한 누적된 연구결과들을 종합적으로 검토하는 계량적 연구방법이다. 기존의 문헌연구에서 연구자의 주관적 견해에 따른 연구의 편파성을 극복하고 선행연구들의 결과를 객관적으로 요약하기 위한 통계적 방법이라 할 수 있다. 이제 "메타(Meta)"라는 말은 번역의 어려움이나 의미의 다양성으로 인해 접두어로 직접 사용되고 있다. 어느 경우에든 메타라는 말은 무엇이건 피상적인 이해를 넘어서(beyond), 그리고 보다 높은 곳에서 멀리(over) 바라보며 이해하려는 노력을 의미한다. 철학이라는 지적 활동은 바로 메타적 수준(meta-level)에서 사태를 바라보는 특징을 지니고 있으며, 이 때문에 철학을 메타학문, 메타과학이라 부르기도 한다.

문학에서도 메타드라마(Metadrama), 메타픽션(Metafiction), 메타시(Metapoetry)라는 말이 사용된다. 메타드라마는 연극에 대한 연극이라는 의미에서 출발하여 전통적인 사실주의 연극의 틀에서 벗어나, 연극을 사실의 반영이 아닌 연극 그 자체로 인식하게 하는 연극이나 연극론을 뜻한다. 메타드라마는 극중극·역할놀이·자기반영 등의 양상으로 나타난다. 극중극은 연극 안에서 연극이 소재가 되는 극을 의미한다. 메타드라마는 소설 속에서 또 다른 독립적인 소설이나 이야기를 다루는 액자소설(額子小說)과 일정부분 유사하다. 메타시는 시에 관한 시, 즉 시의 어떤 속성에 관한 반성과 성찰과 인식을 추구하는 시편들을 총칭하여 부르는 말이다.

　도스토옙스키는 누구보다도 책을 많이 읽고 글을 많이 쓰는 작가로서 방대하고 깊이 있는 지식의 소유자였다. 그의 위대함은 인간에 대한 깊은 이해에서 비롯된다. 도스토옙스키가 준비한 지식의 향연이라 할 수 있는 소설 『지하로부터의 수기』는 이후에 나온 4대 장편소설의 철학적 서문이라고도 불린다. 이 소설이 독자들에게 어렵게 느껴지는 이유 중 하나는 기존의 지식에 대한 반론을 제기하는 담론들이 많기 때문이다. 『지하로부터의 수기』에서 작가는 "지식에 대한 지식"을 통해 문학에 대한 새로운 글쓰기의 모험을 시도했다. 이러한 메타적 성격의 소설에서 언급한 지식 개념에 대한 지식을 설명하고자 저술한 책이 바로 『도스토옙스키의 메타지식(meta-knowledge)』이다. 이 책은 『지하로부터의 수기』를 이해하기 위한 다양한 지식 담론에 대한 해석의 지평을 확대한 것이다. 지금까지의 강의 노트를 정리한 이 책을 통해 독자들이 『지하로부터의 수기』가 담고 있는 모든 지식, 개념, 어휘, 개념의 상호 관계를 이해하는 데 도움이 되기를 바란다.

2017년 5월

외솔관 연구실에서

# 차례

# 도스토옙스키의 메타지식

# 01. 인간이란 무엇인가

인간에 대한 도스토옙스키의 집착은 스스로를 광기로 몰아갈 정도로 대단한 것이었다. 그에게 인간은 소우주로서 태양과 같은 존재였다. 인간은 모든 존재의 중심으로 세상은 그의 주위를 돈다. 모든 것이 인간의 수수께끼를 중심으로 움직인다. 도스토옙스키는 양파 껍질처럼 벗기고 벗겨도 실체가 잘 드러나지 않는 인간의 신비한 비밀을 알아내고자 했다. 그는 언어를 통해 "인간이란 무엇인가"라는 문제를 철저히 파헤쳤다. 형 미하일에게 보내는 도스토옙스키의 편지(1839)는 인간에 대한 그의 관심을 잘 보여준다.

"인간은 신비해. 이걸 풀어야 해. 인간의 신비를 풀기 위해 평생을 바친다 해도, 시간을 낭비했다고 할 수 없어. 나도 인간이 되고 싶기 때문에 인간의 수수께끼를 풀려고 해."[1]

---

1 이병훈, 『Dostoevsky: 아름다움이 세상을 구원할 것이다』, 문학동네, 2012, 61쪽.

사실 도스토옙스키는 인간 이외의 문제를 잘 다루지 않는다. 평생 동안 그는 인간의 비밀, 특히 인간의 영혼에만 관심을 쏟았다. 『작가의 일기』(1873)에서 그는 "내가 인간의 심리를 묘사했다고 말들 하는데 그건 틀린 해석이다. 난 인간 영혼의 심연을 그렸다."고 말했다. 도스토옙스키는 심리와 영혼을 구별했다. 심리란 일반적으로 '마음의 작용과 의식의 상태'를 뜻하고, 영혼이란 '육체 속에 깃들어 생명을 부여하고 마음을 움직인다고 여겨지는 무형의 실체'를 의미한다. 그는 심리가 개인적, 사회적 환경에 따라 변할 수 있는 가변적인 것인 데 반하여, 영혼은 심리보다 더 순수한 개념으로서 인간을 움직이게 하는 본질적인 것이라고 생각했다. 심리가 부분적인 데 반하여, 영혼은 전체적이며 본질적이다. 여기서 '본질(essential, Wesen)'은 '있음' 또는 '임'을 뜻하는 라틴어 동사 '엣세(esse, 영어의 be 동사)'에서 온 것이다. 있다가도 없어지고 없다가도 있게 되는 것이 아닌 것, 이랬다저랬다 하는 것이 아니라 항상 그것인 것을 'essential'이라고 한다. 그리하여 도스토옙스키는 부분적인 인간 심리가 아니라, 전체적이며 순수한 영혼의 본질에 대해 깊은 성찰을 한 작가라 할 수 있다.

　주지의 사실로 도스토옙스키는 심리학자도 철학자도 사상가도 아니다. 그러나 그의 인간학을 논하다 보면 철학과 심리학을 언급하지 않을 수 없다. 그가 강조하는 영혼은 철학자 플라톤이 말하는 이데아와도 유사하다. 그에게 철학이란 영혼의 문제를 연구하는 학문이다. 그에게 인간이란 순수한 영혼에 몸이라는 물질이 덧입혀진 시간과 공간의 틀 안에 구속되어 있는 존재를 의미한다. 시간과 공간의 구속을 피할 수 없는 몸은 영혼을 가두는 감옥인 것이다. 인간이 살아가는 이곳은 시간과 공간으로 짜여 있으며 생성과 소멸, 변화와 운동이 끊이지 않기 때문에 완전한 존재가 있을 수 없다. 즉 순수한 형상이 버틸 수 없는 불안정하고 가변적인 세계라 할 수 있다. 도스토옙스키는 있다가도 없고, 없다가도 있는 그 세계를 벗어나기 위해 본질적인 영혼을 추구한 것이다. 그는 몸을 입고 있는 영혼을 몸의 간섭으로부터 철저히 분리시켜 오로지 순수한 영혼의 본질을 탐구하고자 한 것이다. 그는 인간의 심리가 아니라 인간 영혼의 신비, 즉 인간의 순수한 형상, 참모습, 즉 이데아[2]의 신비를 풀고 싶어졌다. 그가 말하는 영혼은 인간의 감정, 사상, 행동, 삶뿐만 아니라 인간의 심리적 행동을 작용하게 만든 무형의 실체를 뜻한다.

문학 비평가들은 도스토옙스키의 인간학이라는 테마로 연구를 하기도 했다. 도스토옙스키에 대한 논의의 중심은 항상 인간이다. 비평가 스트라호프 역시 친구인 도스토옙스키에 대해 다음과 같이 말한다.

"그의 관심은 오로지 인간에게만 쏠리고 있다. 그는 다만 인간의 성질과 성격을 이해하기만을 바라고 있었다. 인간과 그 인간 영혼의 구조, 인간 삶의 존립 방식, 인간의 감정, 인간의 사상, 이것들만이 그의 유일한 관심사였다." [3]

니콜라이 베르쟈예프 역시 도스토옙스키를 다음과 같이 평가하고 있다.

"도스토옙스키가 오직 몰두하였던 것, 그 창작력 전체를 다 바쳤던 것은 인간과 그

---

2   이데아란 원래 '본다(idein)'라는 동사에서 만들어진 말로서 볼 수 있는 모습(idea, eidos)을 뜻한다. 그런데 그것은 눈이라는 감각기관으로는 오히려 볼 수 없다. 눈에는 '보이지 않는 것', 눈이 아닌 영혼으로만 볼 수 있는 것(aides), 그것이 바로 이데아이다. 이것은 물질로부터 추상화되어 있고, 시간과 공간을 초월해 있으므로 언제나 그대로다.

3   니콜라이 베르쟈예프, 『도스토예프스키의 세계관』 이경식 역, 현대사상사, 1991, 40쪽.

운명이다. 그는 표현하기 어려울 정도로 인간학적이었으며 인간 중심적이었다. 인간의 문제는 그를 광기로 몰아가리만큼 그를 흡수해 버리고 그를 파먹었다. 그의 눈에는 인간은 단순한 자연현상, 즉 다른 모든 것과 똑같은 질서적인, 다만 약간 고급한 현상에 지나지 않는 그런 존재는 아니었다. 그에게 있어서 인간은 소우주, 존재의 중심이었으며 그 주위에는 일체가 회전하는 태양과 같은 존재였다. 인간 가운데 우주의 수수께끼가 감추어져 있고 인간의 문제 해결은, 곧 신의 문제 해결인 것이다. 도스토옙스키의 작품 전체는 인간과 그 운명에 대한 변호이다……." [4]

인간이란 무엇인가? 사람들은 이미 오래전부터 자신의 존재와 정체성에 대해 이러한 질문을 수없이 해왔다. 그동안 인간을 설명하려는 다양한 시도는 문학·철학·신학·심리학·과학·생물학 등 여러 분야에 걸쳐 이루어져 왔다. 사람들의 생각은 제각기 다양하기 때문에 세상의 모든 사람을 만족시킬 수 있는 진실과 진리는 없다. 많은 학자들이 각자 자신의 입장에서 자기에게 유리한 주장을 내세운다. "인간이 만물의 척도"라고 생각하는 상대주의자들은 제각기 자기 기준대로 세상을 바라본다. 그런가 하면 절대주의자들은 이러한 상대주의적 관점이 세상을 혼란스럽게 만들 수 있다고 하면서 진실과 진리의 절대성을 강조한다. 그러나 절대주의가 반드시 좋은 것만은 아니다. 역사에서 절대적 진리가 거짓으로 밝혀진 경우가 많기 때문이다.

인간에 대한 이해는 시대에 따라 변하기도 하지만, 인간은 일반적으로 합리적이며 이성적인 동물로 간주된다. 인간이 합리적 존재라는 통상적인 대답은

---

4 니콜라이 베르쟈예프, 『도스토예프스키의 세계관』, 이경식 역, 현대사상사, 1991, 39쪽.

사고하고 계산하는 인간의 능력에 주목한 것이다. 그러나 도스토옙스키는 과거와는 전혀 다른 새로운 대답으로 우리를 사로잡는다. 인간은 합리적인 존재일 뿐만 아니라 동시에 비합리적인 존재라는 것이다. 그의 중편소설 『지하로부터의 수기』는 인간에 대한 문학적·철학적·과학적·심리적 성찰을 다룬 작품으로 인간 이해의 새로운 패러다임을 제공한다. 소설 분야에서 패러다임을 변환시키며 문학혁명을 시도한 자가 바로 도스토옙스키이다. 그는 『지하로부터의 수기』에 지하인을 등장시켜 미래의 새로운 인간을 예고했다.

　도스토옙스키의 인간에 대한 스펙트럼은 참으로 넓다. 그의 소설에 등장하는 인물들은 기존의 선(善)과 악(惡)이 분명하게 드러나는 캐릭터들이 아니다. 선과 악의 경계선을 넘어선 인물들이 많이 등장한다. 특히 그는 이성적인 사람들보다는 특이하거나 기이한 인간들에게 더 많은 관심을 두었다. 그가 관심을 둔 인간들은 놀랍도록 다양하다. 지하인, 매춘부, 살인범, 백치, 주정뱅이, 노숙자, 사기꾼, 노름꾼, 유아살해자, 정신병자, 피해망상환자, 다중인격자, 우스운 인간, 외로운 인간, 소아성애자, 강간범, 맹신자, 수전노, 광인, 병자, 독고다이, 지식인 등이 있다. 그가 관심을 둔 인간들은 대다수가 도덕적 불구자들이다. 당연히 그들은 기존의 질서체계에 반항하는, 아니 적응하지 못하는 인간들이다. 그리하여 도스토옙스키는 종종 "정신병동의 셰익스피어"[5]로 불린다. 그는 병든 인간들의 굴절된 영혼의 심연을 들여다보고 병든 인간들의 우주를 탐험한다. 그를 이해하기 위해서는 고통과 구원의 변증법을 알아야 한다. 고통에서 쾌감

---

5　이현우, 『로쟈의 러시아 문학 강의』, 현암사, 2014, 223쪽.

을 느끼는 인간들을 살펴야 한다. 사실 우리 모두 병든 인간들이라 할 수 있다. 그래서 셰익스피어나 도스토옙스키의 작품을 읽을 때면 그 병든 마음을 통해 나름의 카타르시스를 느끼는 것이다.

　도스토옙스키의 인간론에 대한 새로운 모험이라 할 수 있는 『지하로부터의 수기』에서 중심이 되는 것은 지하인의 이야기이다. 그는 지하인을 통해 새로운 인간의 탄생을 알리고 있을 뿐만 아니라, 인간에 대한 새로운 인식의 지평을 넓혀 왔다. 이 소설은 지하인과 그의 세계관에 관한 인문학적 담론이다. 지하인 역시 인문학자들이 연구한 문제와 같은 내용들을 고민한다. 그렇기 때문에 지하인의 담론은 지식인들의 공감을 얻기도 한다. 지하인의 담론은 『죄와 벌』, 『백치』, 『악령』, 『미성년』, 그리고 『카라마조프가의 형제들』 같은 도스토옙스키 장편소설들의 마중물이 되어 심연에 갇혀 있던 신비스런 인간 영혼의 지하수를 끌어 올린다. 그가 고민했던 "인간이란 무엇인가"라는 문제에 대한 해답은 결국 그의 소설에 등장하는 다양한 인간 군상들을 통해 밝혀진다.

## 02. 참고경험과 열쇠 소설

젊은 시절 일찍이 공상적 사회주의 사상의 이상에 매혹된 도스토옙스키는 페트라솁스키[6]사건으로 체포되어 사형선고를 받았다. 그에게는 치유 불가능한 체험 충동이 있었다. 사회개혁을 꿈꾸고 이념 서클에 직접 가담하여「고골에게 보내는 벨린스키의 편지」[7]를 낭독한 것이 문제였다. 당시 이 편지는 읽는 것 자체가 금지되어 있었다. 도스토옙스키는 사형 직전에 감형되어 유형생활을 하게 된다. 사형선고와 유형생활은 도스토옙스키의 삶과 사상을 완전히 바꿔버리는 '참고경험'이라 할 수 있다. '참고경험(reference experience)'이란 한 인간의 '생각을 변하도록 하는 결정적인 사건'을 말한다. 충격적인 사건을 겪은 사람은 자신이 누구이고, 무엇을 해야 하는지 새롭게 깨달을 뿐만 아니라, 자신의 정체성을

---

6  미하일 페트라솁스키(M. V. Petrashevsky, 1821~1866)는 페테르부르크 대학 법대를 졸업하고 외무성에서 통역 및 번역 요원으로 근무했다. 그는 샤를 푸리에와 프랑스의 공상적 사회주의에 완전히 매료되어 1844년부터 마음이 통하는 지인들을 매주 금요일 밤마다 자기 집에 불러 토론했다.

7  평론가 벨린스키는 만년의 고골이 러시아정교회와 차르체제를 찬양하는 책을 출판하자 고골을 '반(反)계몽주의와 사악한 탄압을 옹호하는 자'라고 비판하는 공개서한을 썼다. 모임에서 도스토옙스키가 낭독한 편지가 바로 이것이었다. 고골을 비판하는 것은 곧 차르를 비판하는 것과 마찬가지였다.

명확하게 알게 된다. 그리고 그의 생각과 행동 전부가 달라진다. 유형을 마친 후 도스토옙스키의 작품세계는 커다란 변화를 겪는다. 유형 전에는 가난한 사람들, 즉 프롤레타리아(무산계급)에 대한 작품을 주로 썼던 반면, 후에는 부르주아(유산계급)의 범죄에 대한 작품을 주로 쓰게 된다.

이처럼 '참고경험'이라 할 수 있는 8년간의 유형생활에서 돌아온 후 도스토옙스키가 잡지 『세기』(1864)에 발표한 것이 바로 자신의 사상적 전향기록이라 할 수 있는 『지하로부터의 수기(Записки из подполья)』[8]이다. 이후 그는 청년시절부터 추구해 왔던 서유럽 기원의 사회적·정치적 이데올로기(허무주의·사회주의·공리주의, 그리고 자유주의 같은 것들)와 그것을 기반으로 한 혁명운동 전반에 대해 부정적인 견해를 피력한다. 서구주의에 반기를 든 것이다. 그러므로 『지하로부터의 수기』는 도스토옙스키의 모든 작품을 놓고 볼 때 전기와 후기를 구분하는 창작활동의 분기점(이정표, 전환점 또는 메타지점)이 되는 작품이다. 이 소설은 그의 과거 작품에 대한 거부 태도를 분명히 하는 동시에 이후 대작들에 대한 철학적, 사상적 서문으로 기능한다.

이 작품을 통해 구체화된 도스토옙스키의 세계관은 후기 대작들의 뼈대가 되는 내적 근거를 마련해준다. 그리하여 거창히게 말해서 『지하로부터의 수기』는 일련의 4대 장편소설 또는 4막의 비극이라 할 수 있는 『죄와 벌』·『백치』·『악령』·『카라마조프가의 형제들』의 철학적 서문으로 간주될 수 있는 것이다. 4대 장편소설들은 당대 러시아를 지배하고 있던 서구사상(무신론과 공리주의)의 위험

---

8 『Записки из подполья』는 역자들마다 각기 다른 제목을 붙여 왔다. 이동현과 김정아는 『지하생활자의 수기』, 계동준, 김연경, 조혜경은 『지하로부터의 수기』, 김근식은 『지하에서 쓴 수기』라는 제목으로 번역·출판했다. 나보코프는 『지하 생활자의 수기』라는 제목을 부정하고 『지하로부터의 회고록』이나 『쥐구멍에서의 회고록』을 추천하고 있다.

성에 대한 경고의 메시지를 담고 있다. 동시에 러시아정교와 러시아인들에 대한 믿음과 삶의 소중함에 대한 신념을 드러내고 있다. 이렇듯 방대한 도스토옙스키의 4막의 비극 작품들을 접하기 전에, 이 수기는 우리에게 인간 비극의 철학적 담론을 소개한다. 돌리닌, 그로스만, 코마로비치, 셰스토프와 같은 러시아 학자들뿐만 아니라, 대다수의 서구학자들도 이 수기를 작가의 후기 작품 세계를 이해하는 데 필요한 핵심 작품으로 간주한다.

『지하로부터의 수기』는 블라디미르 나보코프의 말처럼 "도스토옙스키의 테마와 형식, 억양을 잘 보여주는 최고의 그림이자 도스토옙스키적인 것의 결집체"[9]로서 세계 문학사에서 중요한 위치를 차지하는 작품 가운데 하나이다. 이 작품은 독자들이 새로운 경지에 오를 수 있도록 인간에 대한 새로운 영감을 불어넣어주고 깊은 울림을 준다. 그러한 까닭에 이 수기는 여러 세대에 걸쳐 많은 작가들이나 사상가들의 입에 자주 회자된다. 연구가들은 그 수기를 기점으로 도스토옙스키의 작품 활동 시기를 구분하거나, 그 작품의 영향을 논한다. 톨스토이 또한 도스토옙스키의 많은 작품 가운데『지하로부터의 수기』에 칭찬의 말을 아끼지 않았다. 러시아 사상가 니콜라이 베르쟈예프는 『지하로부터의 수기』에서 도스토옙스키의 형이상학적인 사상적 변증법이 시작된다. 그 속에서 인간은 휴머니즘의 평면적 차원이 아닌 심오한 영혼세계를 통해 자신의 모습을 드러내고 있다."고 했다. 한편 마르크스주의자들은 이 작품을 중심으로 도스토옙스키의 창작을 전기와 후기로 나누고, 전기를 "좋은 도스토옙스키"로 후기를 "나쁜 도스토옙스키"로 평했다. 그러나 이는 그들의 예술론에 따른 주관적인 평가일

---

9  블라디미르 나보코프,『나보코프의 러시아 문학 강의』이혜승 역, 을유문화사, 2012, 221쪽.

뿐이다.

　그런가 하면 로자노프와 니체는 이 작품이 "도스토옙스키의 작품들 가운데 가장 중심적인 위치를 차지한다."고 했다. 특히 니체는 이 소설을 읽고서 프란츠 오베르크에게 다음과 같은 편지를 보냈다. "난 어떤 책방에서 도스토옙스키의『지하로부터의 수기』를 보았다 ……. 그것은 내가 스물한 살 때 스탕달을 발견했던 것과 똑같이 아주 우연한 기회였다. 나는 같은 핏줄이라는 본능을 자극하는 소리를 듣고, 나의 가슴은 환희로 벅찼다." 더 나아가 니체는『지하로부터의 수기』를 "피의 목소리"를 들을 수 있는 작품으로 평가했다. 니체는 "도스토옙스키는 내가 무엇인가를 배웠던 몇 안 되는 심리학자들 가운데 한 명이었다. 그리고『지하로부터의 수기』는 처절하게 진리를 절규하는 소설이다."라고 말했다. 니체는 인간 스스로가 만들어놓은 논리와 진리를 근거로 하여, 자신이 몸담고 있는 세계를 판단하는 것이 얼마나 불손하고 무지한 것인지를 격정적으로 보여주었다. 그는 지하인처럼 인간의 사고를 규정짓는 것은 이성이 아니라 충동과 본능, 원초적인 의지와 유한한 인식능력이라는 점을 강력하게 주장했다.

　프랑스 철학자 장폴 사르트르 역시 자신의 실존철학은 이성의 횡포에 대한 도스토옙스키의 비난에서 영감을 얻었다고 고백했다. 그는 "지하인'은 실존주의 철학의 선구자이자 대변인이다. 이 작품과 인물이야말로 인간의 본성이 근본적으로 비(非)이성적이라는 것을 분명히 증명한다."고 말했다. 비록 도스토옙스키 본인은 철학에 대해 역겹다고 표현하기는 했지만, 많은 사람들은 이 작품을 도스토옙스키의 철학적 세계관을 확실하게 정립하여 보여주는 가장 독창적인 것으로 간주하고 있다. 인물이나 사건 중심으로 이야기가 전개되는 기존의 소설 문법을 배반할 뿐만 아니라, 인간과 세계 인식의 틀마저 배반하는 문제작,『지하로부터의 수기』는 문학의 향기 속에 철학의 깊은 맛을 느끼게 한다.

현대의 문학비평가 도널드 팽거에 따르면 지하인은 이전의 문학적 특성을 그로테스크하게 투사한 인물로서 1840년대 몽상가들의 변화를 보여준다고 할 수 있다. 로버트 잭슨 역시 지하인의 특성을 1840년대 낭만주의 철학의 이상을 잘 보여주는 전형으로 보고 있다. 반면에 리차드 피스는『지하로부터의 수기』가 '아름답고 숭고한 것'이라는 말로 치장되는 쉴러주의, 즉 1840년대의 낭만적 이상주의에 대한 비판이라고 지적했다. 모출스키는 지하인이 1840년대의 몽상가로서 그의 사랑의 비극은 모든 낭만주의적 윤리학을 파괴한다고 주장했고, 빅토르 테라스는 지하인이 자의식, 소외, 분열, 인격해체와 같은 낭만주의적 특징을 모두 갖추고 있다고 지적했다. 도스토옙스키 연구가들의 담론은 결국 앙드레 지드의 말로 수렴될 수 있었다. "『지하로부터의 수기』는 도스토옙스키의 작품 세계를 이해할 수 있는 열쇠가 되는 소설이다."

# 03. 구성의 시학

어떤 독자들은 도스토옙스키라는 이름만 들어도 미리 겁을 먹는다. 그만큼 그의 작품은 이해하기 어렵고 복잡하기로 유명하다. 특히 『지하로부터의 수기』는 도스토옙스키의 어려운 소설들 중에서도 가장 난해하기 때문에 문제 소설로 손꼽힌다. 독자들은 이것이 철학서인지 소설인지 가늠이 되지 않는다고 한다. 이 작품은 외형상 일인칭 화자의 주관적인 독백 형식을 취하고 있는 수기 (записки)[10]이다. 이 수기는 일인칭 화자의 고백을 회고록 형식으로 들려준다. 이 고백록은 한마디로 화자의 냉소적인 장광설이라 할 수 있다. 그런가 하면 한편으로는 '말없는 상대방(숨어 있는 타자나 독자)과 나누는 대화'이기도 하다.

이 수기는 지하인의 자의식(自意識)[11]을 독백처럼 써내려간 아포리즘이다.

---

10  도스토옙스키는 수기(записки) 형식으로 글을 쓰는 작가이다. 『지하로부터의 수기』뿐만 아니라, 『죽음의 집의 기록』도 일인칭 화자의 수기이고, 『학대받은 사람들』도 ·실패한 삭가의 수기이고, 『네토치카 네즈바노바』도 동명의 여주인공이 쓰는 수기이고, 『정직한 도둑』도 어느 무명씨의 수기이고, 『백야』도 어느 무명씨의 수기로 되어 있다.

11  자의식(самосознание)이란 "타인과 구별되는 자기에 대한 의식", 또는 "개체가 자신에 대해 지나치게 의식하고 관찰하는 현상"을 말한다. 자의식이 강한 사람은 타자의 시선을 의식하고 걱정하는 사람이다. 자의식 과잉은 "자기가 생각하는 자신의 모습이 자신이 원하는 것과 다를 때 주로 나타나는 현상"이다. 흔히 열등감, 강박감, 분열감 따

화자로 등장한 자의식 과잉의 지하인은 철학자, 신문독자 등 일반 독자에게 계속 말을 건넨다. 그의 말에는 자신의 의식과 사상을 다른 사람에게 전염시키는 힘이 있다. 그는 전혀 수치심을 느끼지 못하는 자학적 성격의 주인공으로, 처음부터 끝까지 냉정한 자기분석과 자기폭로를 통해 일종의 고백록을 서술한다. 리하초프의 말처럼『지하로부터의 수기』는 저자인 역설가의 거대한 내적 독백이다.[12] 여기서 지하인의 진정성 있는 고백의 향연이 어떻게 표현되고 서술되었는가가 중요하다. 그의 말은 횡설수설 화법을 기초로 하고 있다.『지하로부터의 수기』에서 주인공은 자신의 고백(독백)으로 독자의 호기심을 유발하고, 기대감을 조성하고, 긴장감을 높이는 일종의 점진적인 폭로 기법을 사용한다. 이 작품은 구성, 문체, 테마 등 모든 요소들이 아주 특이하다. 이러한 이유로『지하로부터의 수기』는 도스토옙스키적인 테마와 형식을 가장 잘 보여주는 "도스토옙스키적인 것의 결집체"[13]라 불린다. 이 소설의 내용과 형식은 서로 유기적으로 뒤섞여 하나의 총체를 이루고 있다.

**3.1 연결의 미로:**『지하로부터의 수기』를 읽다 보면 독자들은 이 작품의 장르가 소설인지 철학서인지 헷갈리게 된다. 작품을 읽으면 읽을수록 독자들은 점점 더 깊은 미궁으로 빠져들어 간다. 우리는 대중없이 횡설수설 뇌까리는 주인공의 잡소리에 불편을 느끼는 한편, 묘한 호기심을 갖게 된다. 성깔머리가 정말로 더럽고 기이하기 짝이 없는 지하인의 인간성에 대한 지적 호기심뿐만 아니라

---

위가 나타난다.

12   리하초프,『고대러시아 문학의 시학』, 김희숙·변현태 역, 한길사, 2017, 476쪽.

13   나보코프,『나보코프의 러시아 문학 강의』, 이혜승 역, 을유문화사, 2012, 221쪽.

작품의 이상스런 구조에 대한 흥미 또한 느끼게 되는 것이다. 로트만은 구조의 개념을 무엇과 무엇의 관계, 즉 결합과 연결의 조직으로 파악하고 있다. 그는 예술 텍스트의 특수한 구성에 대해 톨스토이의 말을 차용한다. "예술의 본질을 이루는 것은 무수한 연결의 미로(лабиринт сцепление)이다."[14] 우리가 예술 작품을 분석한다는 것은 텍스트 속에 숨어 있는 구성 요소들의 연결의 조직을 알아보는 작업이기도 하다. 결국 이 소설 속에 숨겨진 연결의 미로를 파악하는 작업은 아드리아네의 실타래를 따라 미궁에서 빠져나오는 일인 셈이다.

『지하로부터의 수기』의 복잡한 이야기의 실타래를 풀기 위해서는 소설 구성을 이해해야 한다. 여기서는 새로운 이해의 가능성만을 제기하고자 한다. 소설의 새로운 구성이란 무엇인가. 제1부는 '인간이란 무엇인가'를 이론적으로 정의하고자 하는 반면에, 제2부는 인간의 행동에 대하여 구체적으로 설명한다. 인간, 자유, 유토피아, 계몽, 이성 등을 이론적으로 정의내리는 것을 '개념적 정의 (Conceptional definition)'라고 한다면, 그러한 것들을 구체적으로 경험하면서 반복 가능한 방식으로 설명하는 것을 '조작적 정의(Operational definition)'라고 한다. 제1부는 지하인에 대한 '개념적 정의'의 장이라 할 수 있고, 제2부는 지하인에 대한 '조작적 정의'의 장이라 할 수 있다. 제1부에서 지하인은 이성, 계몽적 합리주의, 유토피아, 자유, 공리주의 등 다양한 개념들에 대한 새로운 정의를 내린다. 제2부에서는 제1부에서 언급된 개념들이 어떻게 조작되어 나오는가를 구체적으로 보여준다.

『지하로부터의 수기』는 흔히 볼 수 있는 인물이나 사건 중심의 작품이 아니

---

14    Лотман, Ю. М., Структура художественного текста, Providence: Brown University Press, 1971, p. 18.

고, 기존 소설의 관성을 철저히 배반하는 작품이다. 그러므로 소설을 이해하기 위해서는 복잡한 구성에 대한 세밀한 분석이 전제되어야 한다. 소설의 제1부 「지하(실)」와 제2부 「진눈깨비에 관하여(По поводу мокрого снега)」는 언뜻 볼 때 서로 다른 두 가지 이야기인 것 같으나 내적으로 긴밀하게 연결된다. 제1부와 제2부의 유기적 통일성은 결론 부분에 이르러서야 그 윤곽이 드러난다. 제1부 「지하」는 열한 개의 작은 장으로 구성되어 있고, 제2부 「진눈깨비에 관하여」는 약간 긴 열 개의 장으로 이루어져 있다. 제1부에서 주인공은 내적 고백의 형식을 통해 인간 본질의 문제를 고찰하며 자신의 인간론을 밝힌다. 그는 자신과 같은 인물이 우리 사회에 등장하게 되고, 또 등장할 수밖에 없는 이유를 밝히려고 한다. 반면에 제2부는 제1부를 예증하는 일화(에피소드)로서 주인공의 경험담에 대한 회고록이다. 주인공은 자신이 실제로 겪었던 어떤 사건들에 대한 진짜 수기를 소개한다. 간략하게 말해 제1부가 "상상 속 독자"의 존재를 가정하고, 가상 적과의 싸움(논쟁)을 다룬 철학과 사상에 대한 담론이라면, 제2부는 앞 장에서 언급한 철학과 사상을 구체적으로 설명해주는 일화(에피소드)로, 싸움을 관념의 영역에서 현실로 옮기고 가상의 적들을 실제인물로 구체화한다. 이 수기는 시간의 흐름에 따라 자연스럽게 구성된 것이 아니며, 이론과 주장을 먼저 보여준 다음 그것들을 사건으로써 증명하는 순서로 전개된다.

소설의 제1부가 1860년대에 해당하는 이야기라면, 제2부는 1840년대에 해당하는 이야기이다. 1840년대가 낭만주의와 이상주의에 대한 담론이 지배적이었던 시대라면, 1860년대는 니힐리즘(허무주의)과 공리주의나 사회주의에 대한 담론이 지배적이었던 시대였다. 제1부에서 인간의 본질에 관해 진술하는 지하인은 마흔 살의 남자로 그려진다. 그는 한때 외톨이 관리였고, 어느 장교로 인해 분노한 채 복수를 꿈꾸며 살았다. 그러던 어느 날 친척에게서 거액의 유산을 받은 그는 지하에 틀어박혀 살아가기 시작한다.

제2부는 지하인의, 스물네 살 때의 체험으로 앞에서 언급한 인간론을 증명하는 수사적 설명(경험담)이라 할 수 있다. [15] 지하인은 1840년대에 20대를 보낸 자로서 당시 러시아를 풍미했던 관념적 이상주의와 낭만주의 문학에 심취했던 인물이었다. 제2부의 화자인 20대의 주인공은 관리 생활을 하던 중 여러 사건들에 연루된다. 우선 당구장에서 마주친 장교와의 상상적 결투와 장교에 대한 심리적 복수를 꿈꾼다. 장교와 어깨를 맞부딪히는 행동으로 주인공은 그와 대등한 지위를 과시한다. 그 다음 시모노프, 즈베르코프, 트루도류보프, 페르피치킨 등 동창생들과 얽힌 이야기가 전개된다. 동창생들에게 따돌림을 당하는 주인공은 오기가 발동하여 즈베르코프의 환송식에 참여하게 되고, 출세한 동창생들 앞에서 모욕을 당한 상황에서도 유곽까지 따라가 스무 살의 매춘부 리자를 만난다. 리자에게 온갖 잔인한 말을 늘어놓은 뒤 정서적으로 고양된 주인공은 리자에게 자신의 주소를 알려주고, 그녀가 찾아올까 걱정한다. 이후 실제로 리자가 갑자기 나타나자 주인공은 난감함을 느낀다. 그는 리자와 두 번째 관계를 가진 다음 그녀에게 돈을 주지만, 리자는 그 돈을 몰래 책상 위에 남겨두고 떠나버린다. 리자와 지하인은 둘 다 외로운 사람들이었으며 둘은 실상 서로를 사랑했다. 그는 사랑을 찾고 외로움에서 벗어나고 싶었다. 리자에게 고약하게 굴지 않았다면

---

15  제2부를 쓸 때 주인공인 화자의 나이는 38세로 추정할 수 있다. 제2부 1장에서 자신의 나이를 24세라 했고, 14년간 장교를 보지 못했다고 한 것으로 보아 당시 주인공의 나이는 38세라 할 수 있다. "그후로 장교는 다른 곳으로 발령이 났고, 난 벌써 14년간 그를 보지 못했다. 나의 사랑스런 친구, 그는 지금 무엇을 하고 있을까? 누구를 짓밟고 있을까?"

그녀와 행복할 수도 있었을 것이다. 그러나 그가 선택한 것은 값싼 행복이 아니라 고귀한 고통이었다. 2부에서 주인공의 이미지는 19세기 러시아 낭만주의가 창조한 주인공들의 이미지와 부분적으로 유사하다. 주인공은 낭만주의자들처럼 '아름답고 숭고한 것'을 추구한다. 낭만주의적 패러다임에 따라 행동하는 지하인은 낭만주의적 우월감과 갈등을 겪으면서 낭만주의적 세계관에 빠져 있는 인물이다. 그가 원했던 것은 비극적 갈등, 긴장감 넘치는 결투, 매춘부와의 교감과 구원을 현실에서 성사시키는 것이었다고도 볼 수 있을 것이다. 그러나 그의 숭고한 꿈과 몽상은 페테르부르크의 비루한 현실에 부딪치면서 불협화음을 내고 말았다.

| 소설의 제1부 제목「지하」 | 소설의 제2부 제목「진눈깨비」 |
| --- | --- |
| 1860년대 이야기 | 1840년대 이야기 |
| 40세의 지하인 | 24세의 지하인 |
| 니힐리즘, 사회주의, 공리주의 담론 | 낭만주의와 이상주의의 담론 |
| 지하인의 독창적인 논리와 담론 | 지하인의 경험 |
| 냉소주의자, 역설가 | 낭만주의자, 공상가(몽상가) |
| 결정론(과학적 세계관) 반대 | 비합리적 인간 옹호 |

1840년대의 낭만주의적 공상가(몽상가)인 지하인은 60년대에 들어와 냉소자이자 역설가로 변화한다. 지하인은 자신의 지하세계로 들어가 특유의 수사(Rhetoric)로 1860년대에 대두된 합리적 계몽주의에 대해 반박하면서 악의를 품고 세상에 대한 전의를 불태운다. 이 작품은 서술 순서대로 읽어도 무방하지만,

복잡한 시간 배열의 작품임을 고려하여 제2부「진눈깨비에 대한 이야기」를 먼저 읽으면 제1부「지하」에 대한 이해가 더 쉬워질 수도 있다. 그동안 제1부와 제2부의 연관성을 찾기 힘들었던 독자는 지하인이라는 인물의 과거와 현재의 이미지를 종합하며 마침내 중요한 것들이 모두 연결되는 느낌을 받고 감동을 얻을 수 있다.

지하인은 자기 혼자만의 고고한 이상("아름답고 숭고한 것")을 추구하면서 주변세계를 거부하고 조롱한다. 자신의 변덕스러운 의지를 실천에 옮기며 점차 추한 행동을 하는 데 빠져든다. 그는 목적이 없는 욕구에 따라 자유롭게 비이성적인 행동을 하면서 쾌감을 느낀다. 그가 찾는 쾌락은 "절망의 쾌락"[16]이기도 하다. "나는 꼽추나 난쟁이처럼 의심 많고 곧잘 모욕감을 느끼는 성격이지만, 사실 따귀라도 얻어맞을 일이 생긴다면 오히려 얼씨구나 기뻐할 순간들도 더러 있었다."[17] 이러한 "절망의 쾌락"은 출구 없는 상황에서 그가 즐기는 "불타는 쾌감"인 것이다. 나보코프는 이것을 "비하의 쾌락"[18]이라고 말한다. 지하인은 비열한 짓을 행한 후 항상 지하실로 들어가 굴욕의 쾌감을 맛보거나, 자기 비하의 즐거움에 빠지기를 계속한다. "비하의 쾌락"은 도스토옙스키가 좋아하는 테마 중 하나이다. 자기 비하는 무시할 수 없는 기이한 힘으로 지하인을 재조명해준다.

"내가 지금 하고 싶은 얘기는, 여러분, 여러분이 듣기 좋든 싫든 간에, 내가 왜 한낱

벌레조차 될 수 없는가에 대한 것이다. 여러분에게 의기양양하게 말하건대, 니는

---

16  도스토옙스키,『지하로부터의 수기』 김연경 역, 민음사, 2010, 17쪽.

17  도스토옙스키,『지하로부터의 수기』 김연경 역, 민음사, 2010, 17쪽.

18  블라디미르 나보코프,『나보코프의 러시아 문학 강의』 이혜승 역, 을유문화사, 2012, 223쪽.

벌레가 되고 싶었던 적이 한두 번이 아니다. 하지만 나는 그만한 가치도 없는 놈이었다."[19]

지하인은 인간을 흥미롭게 정의한다. 인간이란 이성과 과학의 법칙에 따라 계몽될 수 있는 존재가 아니라, 어리석은 변덕을 부리며 자신의 독단적인 자유의지대로 살기를 선택하는 배은망덕한 존재라는 것이다. 이 같은 서술은 제1부를 구성하는 방법과도 연결되어 있다. 이 작품의 핵심인 제1부는 시간 순서에 따라 쓰인 것이 아니라 자유 연상의 논리에 따라 쓰였기 때문이다. 여기서 지하인은 작가 자신의 내적 세계를 형성하고 있는 철학 사상과 감정을 자유분방하게 토로하고 있으며, 논쟁적인 담론으로 일관하고 있다. 이 소설에서 그가 전개하는 사유의 힘과 대담성은 니체나 키에르케고르를 비롯한 누구에게도 뒤지지 않는다.

사실 비평가들은 『지하로부터의 수기』를 체르니솁스키와 피사레프로 대변되는 당시 급진적인 진보주의자들(1860년대 지식인들)의 이데올로기에 대한 풍자이자 패러디로 받아들였다. 특히 당시 러시아의 혁명 사상가인 체르니솁스키(1828~89)[20]의 소설 『무엇을 할 것인가』(1863)에 대한 문학적 반박(응전)으

---

19  도스토예프스키, 『지하로부터의 수기』, 김연경 역, 민음사, 2010, 14쪽.

20  니콜라이 가브릴로비치 체르니솁스키(1828~89)는 벨린스키(1811~1848), 게르첸(1812~1870), 도브롤류보프(1836~1861), 피사레프(1840~1868) 등과 더불어 급진적 서구주의를 대표하는 사상가이자 소설가이다. 처음에 그는 사회주의와 공산주의의 이상을 자신의 기독교적 신앙과 조화시키려 했고, 이후에는 〈토지와 자유〉라는 혁명을 모의하는 급진적 서클에 가담하여 주도적 역할을 했다. 그의 사상의 중심은 농민 혁명 사상이다. 농촌공동체를 기반으로 하는 사회주의 실현이라는 사상은 나로드니키 사상과 운동으로 이어져 러시아 특유의 성격을 반영하였다. 1862년에 체포된 뒤 옥중에서 완성한 『무엇을 할 것인가Chto delat'』(1863)는 합리주의적 유물론과 1860년대 급진주의자들의 이상적인 인간을 제시했다. 베라 파블로브나, 로프(푸)호프, 키르사노프, 라흐메토프가 주요 등장인물들이다. 이들 가운데 라흐메토프는 금욕주의적 혁명가로서 다음 세대의 급진주의적 혁명가의 이상적인 인간상으로

로 씌어졌다는 해석이 지배적이었다. 체르니솁스키의 소설은 공리주의뿐만 아니라 계몽적(맹목적인) 합리주의, 그리고 이성과 과학의 진보에 대한 낙관주의 및 이상주의를 담고 있었다. 보수주의자를 표방한 도스토옙스키는 체르니솁스키가 사용한 모티프를 그대로 가져와 직접적인 공격의 대상으로 삼았다. 『지하로부터의 수기』는 그 시대의 복음서라 할 수 있는 『무엇을 할 것인가』에 대한 예술적(문학적) 응답인 셈이었다.[21] 지하인이 말한 것처럼 1851년 영국 런던의 무역박람회에서 선보인 수정궁(Crystal palace)[22]은 이성과 과학이 창조한 지상의 유토피아로서 인간의 본성과 욕망을 무시하고 수학 공식으로 만든 사이비 유토피아에 불과하다는 것이 도스토옙스키의 생각이었다. 그 당시 도스토옙스키는

---

제시된다. 베라 파블로브나의 협동조합 활동이나 그녀의 꿈으로 묘사되는 미래 사회의 모습 등은 이 작품의 유토피아적 소설로서의 한 측면을 보여준다. 이런 면을 참작하여 평가하면 이 소설은 교훈적인 사상소설이다. 실증주의자(공리주의자)들의 인간에 대한 저열한 가르침은 작중인물 로프호프의 말로 나타난다. "네가 지금 추한 일에 열중하고 있는 것은 너의 환경이 그것을 요구하기 때문이다. 하지만 환경을 바꿔보라. 그러면 너는 기꺼이 무해한 인간, 심지어는 유용한 인간이 될 것이다. 왜냐하면 너는 아무런 이득(이익) 없이 악을 행하려고 하지 않을 것이기 때문이다. 만약 너에게 이익이 되는 일이라면, 너는 자신이 기뻐하는 그것을 행할 것이다. 만일 필요하다면 명예롭고 고결한 방법으로 행할 것이다…… 그렇다면 악은 스스로도 더 이상 악이 될 수 없음을, 다시 말해 자신이 선으로 변화하는 것을 확인하게 될 것이다. 왜냐하면 이제껏 그들은 선해지는 것이 손해였기 때문에 악의 상태에 머물러 있었던 것이다." 이 책은 검열관의 태만으로 출판이 허용되어 급진주의 지식인의 애독서가 되었다. 그의 급진주의 사상에 직접 반기를 든 것이 『지하로부터의 수기』이다.

21  『지하로부터의 수기』의 주요 에피소드인 장교와의 결투와 리자 이야기도 『무엇을 할 것인가』의 긍정적 주인공 중의 하나인 로푸호프 사건과 창녀 구원의 문제를 다룬 키르사노프와 크류코바의 사랑 이야기를 각각 패러디한 것이다.

22  수정궁은 1851년 영국의 하이드 파크에 세워진 만국박람회용 유리건물을 말한다. 영국의 조각가 J. 팩스턴(Sir Joseph Paxton, 1803~1865) 경이 설계하였다. 1851년 영국 런던의 하이드 파크에서 세계 최초로 만국박람회가 열렸다. 이날 나무 같은 자연 그대로의 재료가 아닌 유리와 철로 만든 투명하고 거대한 건축물이 선보였다. 이곳은 햇빛에 영롱하게 반짝이는 건물의 외관이 수정 같다고 하여 수정궁이라 불렸다. 유리로 둘러싸인 조립식 건축물이다. 공장에서 생산된 유리와 철골을 사용해 만든 거대한 전시 공간이었다. 박람회가 끝나고 수정궁의 각 부분은 부품별로 해체됐다가 이후 런던 근교의 시든엄에 다시 세워졌다. 그러나 1936년 화재로 없어져 현재는 남아 있지 않다. 영국 수정궁의 영향을 받아 1887년에 스페인은 마드리드의 부엔 레티로 공원에 수정궁(Palacio de Cristal)을 세웠다. 이 수정궁은 당시 스페인의 지배하에 있던 필리핀의 동식물을 전시하기 위해 만들어졌다. 프랑스는 1989년 루브르 박물관 앞에 수정궁과 유사한 유리 피라미드 건축물을 세웠다.

공리주의뿐만 아니라 모든 사회주의 사상을 증오했고, 사회주의 이론에 의한 합리적 사회통제를 개인의 노예화나 개성의 유린이라고 주장했다.

그런가 하면 소설의 제1부와 제2부에 대한 또 다른 새로운 해석도 가능하다. 인간 두뇌의 양쪽 반구는 여러 가지 면에서 근본적으로 대비된다. 좌반구와 우반구는 인류 역사를 통틀어 내내 창조적인 긴장을 유지하다가 때론 전면전을 펼치기도 한다. 한마디로 인류의 역사는 좌뇌와 우뇌가 벌인 처절한 대결의 역사인 것이다. 이 두 반구가 서로 우위를 차지하기 위해 벌인 투쟁은 인류 역사의 주요한 문화적 움직임을 이해하는 열쇠를 제공한다. 인간 지성의 최고의 업적인 도스토옙스키의 『지하로부터의 수기』를 뇌의 구조와 결부시키는 것은 지나친 비약처럼 보일지도 모른다. 그러나 그러한 연결은 세계에 대한 지하인의 경험에 대해 무엇인가를 말해 줄 것이다. 그러므로 지금부터 두뇌에 대한 흥미로운 연구 결과를 중심으로 해석의 지평을 확대하고자 한다. 두뇌의 좌반구는 세계를 효율적으로 활용하도록 설계되어 있지만 초점이 좁고, 경험보다 이론을 높이 평가하는 경향이 있다. 좌반구는 생명체보다는 기계를 선호하고, 명시적이지 않은 것은 모조리 무시하며, 공감능력이 없고, 부당할 정도로 자기 확신이 강하다. 이와 대조적으로 우반구는 세계를 훨씬 더 넓고 관대하게 이해하지만, 좌반구의 맹공격을 뒤집을 만한 확신이 없다. 우반구가 아는 내용은 더 섬세하고 다(多)측면적이기 때문이다. 인간 두뇌의 두 반구는 반드시 함께 작동해야 하지만, 반구 사이에는 치열한 권력 투쟁이 있었다. 그 투쟁의 증거는 서구 철학과 문화 전반에 걸쳐 드러나 있으며, 결과적으로 좌반구의 지배력은 갈수록 커지게 되었다. 그리하여 좌반구 주도의, 구조와 기계장치에 사로잡힌 엄격하고 관료적이며 비인간적인 사회가 형성되었고, 그 대가로 인류와 세계의 행복이 사라졌다. 뇌의 좌반구와 우반구 사이의 차이로 촉발된 논의를 『지하로부터의 수기』에 대한 구성의 문제와 연결시켜보면 새로운 해석이 가능하다. 제1부는 이념(이데올로기)에 대한 찬반 문제를 다루고 있다. 즉 제1부는 주로 철학과 이성에 대한 이야기로 뇌의 좌반구가 수행하는 일에 초점이 맞추어져 있다. 반면에 제2부는 뇌의 우반구가 수행하는 일에 초점이 맞추어져 있다. 도스토옙스키는 본능적으로 뇌의 구조에 대한 해박한 메타 지식의 소유자였다. 좌반구는 합리적인 반면 쩨쩨하고 현실적이며 지루하다. 반대로 우반구는 뜬구름 잡는 것 같지만 인상주의적이며 창조적이다. 뇌의 양쪽 반구는 이처럼 서로 다른 기능을 갖는다. 이러한 뇌의 양쪽 반구의 특성이 각각 제1부와 제2부에 반영되어 있는 것이다.

**3.2 연결기법:** 도스토옙스키는 제1부와 제2부를 연결할 때 아나디플로시스 (anadiplosis, 연쇄반복) 기법을 사용하고 있다. 아나디플로시스는 어느 한 시행이나 문장의 마지막 단어나 구절이 다음 시행이나 문장의 서두에 반복되는 일종의 반복법이다. 제1부는 "지금 눈이 내리고 있다. 누런색의 뿌연 진눈깨비다. 어제도 내렸고 며칠 전에도 내렸다. 진눈깨비 때문에 지금 나에게서 떨어지려 하지 않는 하나의 에피소드가 떠오른다. 그래서 이것이 진눈깨비에 관한 소설이 되게 하련다."[23] 여기서 누런색의 진눈깨비는 시각적이라기보다는 상징적이

---

23  도스토옙스키, 『지하로부터의 수기』, 조혜경 역, 펭귄클래식 코리아, 2009, 64쪽.

다. "도스토옙스키 자신의 말처럼 누런색은 깨끗하지 못한 흰색, 더러운 색을 암시하는 것이다."[24] 제2부는 제목부터 「진눈깨비에 관하여」[25]로 시작하며 니콜라이 네크라소프의 시를 소개한다.

> "길을 잃고 어둠 속을 헤매던
>
> 네 타락한 영혼을
>
> 내가 뜨거운 충고의 말로 달래며 구해냈지
>
> 그때 넌 깊은 고뇌에 사로잡혀
>
> 두 손을 불끈 쥐며
>
> 너를 휘감았던 죄악을 저주했지.
>
> 건망증이 심한 양심을
>
> 온갖 추억으로 나무라며
>
> 나를 만나기 전의 일들을
>
> 모두 이야기해주었지.
>
> 갑자기 두 손으로 얼굴을 가리고
>
> 수치와 공포에 휩싸여
>
> 눈물을 흘렸지.
>
> 분개하고 떨면서…….
>
> 기타 등등, 기타 등등, 기타 등등." [26]

---

24  나보코프, 『러시아문학 강의』, 이혜승 역, 을유출판사, 2010, 228쪽.

25  19세기 문학 비평가 안넨코프는 「러시아문학에 관한 소고」에서 "축축한 비와 젖은 눈"은 자연파와 이를 모방하는 작가들의 작품에서 페테르부르크의 풍경을 묘사할 때, 반드시 포함시키는 요소라고 말한다.

26  도스토옙스키, 『지하생활자의 수기』, 김정아 역, 지만지, 2010, 99쪽. 제2부의 제사로 인용된 시는 네크라소프의 시 「길을 잃고 암흑을 헤매던(Когда из мрака заблуждения)」에서 인용된 것

산문으로 된 제1부가 진눈깨비로 끝나고, 시로 시작하는 제2부는 진눈깨비로 시작된다. 진눈깨비는 "비에 섞여 내리는 눈"을 말한다. 비(雨)도 아니고 눈(雪)도 아니다. 축축한 비에 젖어 버린 눈은 페테르부르크 풍경 묘사에 항상 등장하는 단골 메뉴이기도 하다. 몽환의 도시 페테르부르크에서 진눈깨비(젖은 눈)는 1840년대와 1860년대를 이어주는 연상의 고리가 된다.[27] 진눈깨비는 시간과 공간의 연결고리일 뿐만 아니라 사상을 연결시켜주는 기표이기도 하다. 1840년대와 1860년대는 약 20년의 시간차를 두고도 진눈깨비라는 기후 조건을 공유한다. 두 시대의 기후가 동일하게 진눈깨비였던 것처럼, 두 시대의 사상적 기후 역시 차이가 없다. 1860년대에 러시아 작가들은 잡지를 통한 논쟁을 할 때, 상징이나 비유를 사용하기를 좋아했다. 여기서 진눈깨비는 약간 모호하지만 아마도 더럽고 얼룩지게 된 순수를 상징한다고 할 수 있고, 더 나아가 다양한 사상들로 얼룩진 사회 상황을 상징한다고 할 수 있다.

이처럼 『지하로부터의 수기』의 제1부와 제2부는 기후를 통해 서로 연결된다. 어느 시대나 사람들은 피부로 직접 체감하는 계절과 기후의 변화에 민감했다.

---

27 도스토옙스키가 사용한 연쇄반복(Anadiplosis) 기법은 이후 불가코프의 소설 『거장과 마르가리타』에서도 그대로 반복된다. 도스토옙스키가 『지하로부터의 수기』에서 진눈깨비라는 날씨를 이용하여 1840년대와 1860년대를 연결시켜 준다면, 불가코프도 『거장과 마르가리타』에서 유사한 모티프를 사용하여 과거와 현재의 시간과 공간(2000년 전의 예루살렘과 1930년대의 모스크바)을 연결시켜주고 있다. 예를 들면, 제1장이 "춘월 니산 14일 이른 아침, 발을 끄는 기병 특유의 걸음걸이로, 핏빛 안감을 댄 흰 망토를 입은……"으로 끝나면, 제2장은 "춘월 니산 14일 이른 아침, 발을 끄는 기병 특유의 걸음걸이로, 핏빛 안감을 댄 흰 망토를 입은"으로 시작한다. 제2장이 "그때가 아침 열 시경이었다."로 끝나면, 제3장은 "그렇습니다, 그때가 아침 열 시경이었습니다."로 시작한다. 제15장이 "태양은 이미 민둥산 너머로 기울었고, 산은 이중 포위선으로 둘러싸여 있었다……."로 끝나면, 제16상은 "태양은 이미 민둥산 너머로 기울었고, 산은 이중 포위선으로 둘러싸여 있었다."로 시작한다. 제24장이 "지중해에서 몰려온 어둠이 총독이 증오하는 도시를 뒤덮었다……. 그렇다, 어둠이……."로 끝나고, 제25장은 "지중해에서 몰려온 어둠이 총독이 증오하는 도시를 뒤덮었다."로 시작된다. 불가코프의 소설에서 시간과 공간의 배경은 1920~1930년대의 모스크바와 2000년 전의 예루살렘이다. 모스크바는 소비에트 정권의 지배를 받았고, 예루살렘은 로마 왕정의 지배를 받은 바 있다. 두 도시에서 일어나는 사건은 시간과 공간을 달리하지만, 두 시공간의 기후 풍토는 본질적으로 다르지 않다.

러시아 대다수의 작가들은 기후나 날씨에 주목하여 인간과 자연의 관계에 관심을 가져왔다. 도스토옙스키는 특히 기후와 질병의 관계에 관심을 갖고, 페테르부르크의 기후가 시민을 병들게 하거나 광기로 몰아간다고 주장했다. "페테르부르크의 기후가 나한테 해롭고 나의 보잘것없는 재정 상태로는 페테르부르크에서 살기가 몹시 힘들 것이라고 한다."[28] 도스토옙스키의 기후에 대한 담론은 종말의 수사를 반복하는 경향이 있다.[29] 기후의 시학이 종말의 수사학으로 변하는 모습에는 당대 현실에 대한 인식이 개입되어 있었다. 페테르부르크의 기후 중 가장 난공불락의 기후는 눈도 비도 아닌 진눈깨비다. 페테르부르크의 사상적 풍토 역시 진눈깨비처럼 다양한 서구 사상들이 혼합되어 들어와 도시를 카오스의 세계로, 추상적인 몽상의 도시로 만들었다.

『지하로부터의 수기』에는 장르의 이미지 문제도 숨겨져 있다. 러시아 문학사에서 1840년대 이전은 낭만주의 시대로 주로 시(詩) 장르가 지배적이었다. 반면 1860년대는 사실주의 시대로 주로 소설 장르가 지배적이었다. 그러한 예술사조와 시대의 주도적 장르를 고려할 때 제1부는 소설이고, 제2부는 시로 시작하는 것일 수도 있다. 1840년대를 배경으로 하는『지하로부터의 수기』제2부의 리자 이야기는 사랑을 통해 타락한 여인이 구원받는다는 낭만주의적 테마의 구현이다. 지하인의 사랑의 비극은 모든 낭만주의적 윤리를 깨뜨리는 것이라 할 수 있다.

---

28  도스토예프스키, 『지하로부터의 수기』, 김연경 역, 민음사, 2010, 13쪽.

29  프랑스 정치철학자 몽테스키외 역시 기후가 정치에 영향을 미친다는 학설을 주장하였다. 그는 주로 더위와 추위 같은 기후 조건이 개인의 신체구조에 그리고 결과적으로는 사회의 지적 풍토에 미치는 효과를 강조하였다.

제사(Epigraph)로 제시된 네크라소프의 박애주의적인 시행들 가운데 첫 5행은 제2부에서 "타락한 영혼"의 창녀 리자를 예시해주는 지표(Marker) 역할을 한다. 지하인과 리자의 사랑은 진눈깨비를 타고 찾아온다. 그들의 사랑은 비도 눈도 아닌 우울한 진눈깨비의 사랑인 것이다. 사실 "타락한 창녀의 구원"의 테마는 1840년대 프랑스의 낭만적 사회주의 성향의 작가들, 예를 들어 조르주 상드, 빅토르 위고, 외제니 수와 같은 작가들로부터 수입한 것이다. 1860년대에 그것은 이미 진부한 테마였으나 그럼에도 불구하고 톨스토이의 소설 『부활』(1899)에 이르기까지 계속 사용될 정도로 인기가 있었다.

주인공이 20대에 경험한 장교와의 우스꽝스러운 갈등, 대학 동창생들과의 갈등, 그리고 리자와의 사건으로 구성된 제2부와 달리 제1부는 마흔살이 된 주인공의 고백으로 구성된다. 또한 제1부에서 주인공 지하인은 자신의 나이를 계속해서 강조한다.

> "나는 지금 마흔 살인데, 사실 마흔 살이라니, 이건 그야말로 한평생이 아닌가. 사실 이쯤 되면 늙을 대로 다 늙은 거다. 사십 년 이상 산다는 것은 점잖지 못하고 속되고 부도덕한 일이다!" [30]

그의 말에 따르면 사십 년 이상을 사는 자들은 바보나 불한당이라는 것이다. 이 말은 자기를 의식하지 못하고 그저 숫자만으로 나이를 먹는 사람들의 무지에 대한 비판이라 할 수 있다. 자신의 무지에 대한 자각이 인간 이해의 시작이라

---

30  도스토예프스키, 『지하로부터의 수기』, 김연경 역, 민음사, 2010, 12쪽.

는 것이다. 인간이 얼마나 변하지 않고 나이만 먹는가에 대한 한탄이다. 제2부에서 흥미로운 것은 40세의 지하인이 16년 전보다도 더 지각 있는 사람이 되었음에도 불구하고, 24세 때와 동일한 문제를 가진 채 여전히 풀지 못한 과거의 문제를 안고 있다는 점이다. 그의 과거에 대한 분석은 그의 현재에 대한 분석과 동일하다. 그로써 소설은, 시간이 경과한다 하여 인간의 본성과 조건이 크게 변하지는 않는다는 것을 보여준다.

**3.3 패턴 지식과 개념 집합체:** 도스토옙스키는 텍스트에서 특정 개념을 반복적으로 사용하여 패턴화하는 경향이 있다. 그가 사용하는 독자적인 표현 방식은 패턴 지식(Pattern Knowledge)의 활용이다. 그의 텍스트를 이해하기 위해서는 패턴 인식이 필요하다. 패턴 인식이란, 개념이나 사태가 주어졌을 때, 그러한 개념과 사태를 결과론적으로 나타낼 수 있는 특정 규칙을 지각하고, 그것을 개념과 사태의 본성으로 이해하는 일이다. 그는 『지하로부터의 수기』 제1부에서 새로운 지식을 생성하기 위해 패턴 인식을 사용했다.

제1부는 11개의 장으로 구성되어 있다. 각각의 장들은 특정 개념을 논증하는 텍스트이다. 텍스트에 사용된 단어의 빈도수가 반드시 주제와 연관된 것은 아니지만 작가가 무엇을 강조 하는지 추측할 수 있다. 여기선 어휘의 빈도수에 따른 개념 인식을 파악하고자 한다. 제1장에서 가장 많이 반복되는 단어는 "악한, 못된, 사악한, 심술궂은, 나쁜"이라는 의미의 러시아어 "злой"(13회 반복)와 "인간"이라는 의미의 러시아어 "человек"(9회 반복)이다. 여기서 작가는 '나쁜 인간'이란 개념에 대해 다양하게 논증하고 있다. 주인공은 자기비하를 통해 타자

로부터의 공격을 미리 차단하고 있다. 제2장에서는 "의식(сознание, сознавать)"(14회)과 "쾌감(наслаждение)"(10회)이라는 단어가 반복된다. 지하인은 의식과 연관성을 갖는 과잉의식과 자의식에 대한 문제뿐만 아니라 "절망의 쾌감"에 대한 문제를 논증하고 있다. 제3장에서는 "인간(человек)"(14회)과 "생쥐(мышь)"(16회)라는 단어가 자주 반복된다. 여기서 지하인은 스스로를 생쥐와 같은 인간으로 간주한다. 제4장에서는 "치통(зубная боль)"(4회)과 "신음소리(стон)"(10회)가 자주 나타난다. 지하인은 치통의 고통이 아니라 치통의 쾌감을 드러내는 것이 신음소리라고 한다. 제5장에선 "원인(причины)"이 8회, "악의(злость)"가 5회, "자연의 법칙(законы природы)"과 "복수(мщение)"가 각각 4회씩, 그리고 "거짓(ложь)"과 "관성(타성инерция)"이 각각 3회씩 나온다. 인간의 마음은 이성과 감성의 화학작용으로 움직인다. 지하인은 자연의 법칙이 거짓임을 깨달은 후에 이유 없이 모욕감을 느끼고, 고통을 받고, 복수하고자 한다. 지하인은 이성 때문에 감정을 속이며 살게 되는 근본적인 원인을 발견하고자 한다. 제6장에서는 "게으름뱅이(лентяй)"가 5회, "아름답고 숭고한 것(всё прекрасное и высокое)"이라는 말뭉치가 8회 등장한다. 이 장은 게으름뱅이들만이 "아름답고 숭고한 것"에 공감하고 축배를 든다는 이야기이다. 제7장에서는 "이익"이라는 의미의 러시아어 단어 "выгод(31회)와 интересы(7회)"가 무려 37회 등장한다. 지하인은 인간의 이익을 위한 통계수치와 경제학의 유용성뿐만 아니라 이성의 법칙을 다양하게 비판한다. 제8장에서는 "욕망(желание, хотенье)"이라는 단어(17회)와 유사어(10회)가 총 27회나 나오고, "이성(рассудок)"이라는 단어 역시 14회나 반복된다. 여기서 지하인은 욕망(욕구)의 수학공식은 불가능하다는 것을 역설한다. 계몽된 인간은 이성이 수학공식처럼 만능인 것 같이 말하지만, 지하인은 인간의 욕망 때문에 삶의 수학공식은 불가능하다는 것이다. 제9장에서는 "2×2 = 4"가 10회 반복된다. 지하인의 말에 따르면 인간은 "2×2 = 4"와 같은 공식에 따라 살기를 원하지 않고, 목적보다는 과정을 중시하며 살 수도 있다는 것이다. 이성도 오류를 범할 수 있고, 인간은 안락보다는 고통을 더 즐길 수 있다는 것이다. 제10장에서는 "수정궁(хрустальное здание)(8회)"과 관련된 단어들 "닭장(курятник)", "궁전(дворец)", "대저택(капитальный дом)", "건물(здание)", 그리고 "아파트(квартира)"가 다양하게 반복된다. 지하인은 수정궁을 통해 유토피아에 대한 의문을 제기한다. 제11장에서는 "지하(подполье)"(5회)와 "기억(воспоминание)"(12회)이라는 말뭉치가 반복된다. 여기서 지하인은 루소의 고백록 같은 거짓말이 아니라 기억나는 것들, 특히 지하에 대한 것들을 썼다고 솔직하게 말한다. 그 말 그대로 지하인은 "기존의 어떤 체계나 질서를 도입하지 않고, 기억나는 것을 무엇이나 적었다"[31]고 말한다. 『지하로부터의 수기』는 이러한 개념들의 집합체를 사용하여 기존의 지식체계를 과감하게 비판한다.

『지하로부터의 수기』는 주제의식을 살리기 위해 다양한 개념들을 이용하여 '사유하는 구조'로 되어 있다. 다채로운 사유의 목록 사이에 개념들을 반복적으로 집어넣음으로써 내용과 형식을 긴밀하게 연결시킨다. 개념들은 '연결의 미로'를 통해 서로 계속적으로 소통한다. 도스토옙스키는 기존의 소설 구성법을 거부하고 새로운 구조의 소설을 쓴 것이다. 이 소설은 수없이 많이 사유하는 구

---

31  도스또예프스끼, 『지하로부터의 수기』 계동준 역, 열린책들, 2000, 72쪽.

조를 품고 있기 때문에 작가의 커다란 사유 체계를 대표하는 작품인 것이다. 이후의 장에서 우리는 반복되는 개념들을 중심으로 해석의 지평을 확대해 갈 것이다.

# 04. Oxymoron

　도스토옙스키의 인물들은 하나같이 누군가를 증오하면서도 사랑하고, 사랑하면서도 증오하는 모순어법적 인간들이다. 지하인 역시 예외가 아니다. 그는 모순된 존재이자 분열된 감정의 소유자이다. 그의 고백은 역설적인 사고, 즉 모순어법적 사고의 강력한 힘으로 나타난다. 그는 고통의 기쁨을, 사랑의 증오를, 군중 속의 고독을 즐기는 모순적인 인물이다. 그는 이웃사람들을 사랑하면서도 미워하고, 미워하면서도 사랑한다. 자존심이 강하면서도, 자존심이 없는 인물이다. 그는 고통과 절망 속에서 쾌감을 찾기도 한다.

　『지하로부터의 수기』에서는 처음부터 모순어법(Oxymoron)이 사용된다. "나는 병든 인간이다 ……. 나는 악한 인간이다. 나는 호감을 주지 못하는 인간이다."[32] 그의 고백에서는 앞뒤 내용이 얼핏 보아 서로 맞지 않는 표현이 자주 목격된다. 앞서 인용한 "나는 자존심이 끔찍이도 강하다. 나는 꼽추나 난쟁이처럼

---

32　도스또예프스끼, 『지하로부터의 수기』, 계동준 역, 열린책들, 2000, 11쪽.

의심이 많고 곧잘 모욕감을 느끼는 성격이지만, 사실 따귀라도 얻어맞을 일이 생기면 오히려 얼씨구나 기뻐할 순간들도 더러 있었다."[33] 같은 부분을 비롯하여 바로 뒤에 이어지는 서술에서도 그러한 점이 잘 드러난다. "진지하게 하는 말인데, 분명히 나는 여기서도 그 나름의 쾌감을 찾아낼 수 있을 것이다. 물론 절망의 쾌감이긴 하지만. 한데 바로 이 절망 속에서 그야말로 불타는 쾌감이 생기곤 하거니와 특히 자신이 출구 없는 상황에 처해 있음을 몹시 강렬하게 의식할 때는 더욱더 그렇다."[34] 여기서 지하인의 말은 셰익스피어의 햄릿에 나오는 클라우디우스 왕의 말처럼 '장례식에서의 환희'나 '결혼식에서의 애도'를 생각나게 한다. 지하인의 고백은 그 고백 자체가 이미 모순어법을 기초로 하고 있다.

모순어법과 역설은 『지하로부터의 수기』에만 나타난 문체와 기법이 아니라 도스토옙스키의 작품 전체에 나타난 일반적인 기법이기도 하다. 그리하여 앙드레 지드는 『도스토옙스키』(1923)에서 "인간 안에 모순되는 감정이 공존할 수 있다는 점"[35]을 보여준 작가라고 말한다. "그가 그리는 인물들은 자기모순 상태에 빠지는 것을 전혀 염려하지 않는다. 오히려 인간 본성이 범할 수 있는 모든 모순과 부정을 기꺼이 수락하고 있다. 도스토옙스키를 가장 흥미롭게 하는 점은 바로 이것, 모순이라고 생각한다."[36] 도스토옙스키는 왜 그러한 모순어법을 자주 사용할까? 그의 모순어법은 단순히 수사적인 효과를 위해 덧붙인 부가적 장식이 아니다. 그것은 인간의 이중적 심성을 표현하기 위한 수단이다. 여기서 모순

---

33  도스토예프스키, 『지하로부터의 수기』, 김연경 역, 민음사, 2010, 17쪽

34  도스토예프스키, 『지하로부터의 수기』, 김연경 역, 민음사, 2010, 17쪽

35  이덕형, 『도스토예프스키 판타스마고리아 상트페테르부르크』, 산책자, 2009, 256쪽.

36  앙드레 지드, 『도스토예프스키를 말하다』, 강민정 역, 고려문화사, 2005, 103쪽.

어법을 가능하게 하는 것은 인간 심성의 복합성과 중충성 그 자체인 것이다. "문명은 오직 인간 내부의 감각들의 다면성을 개발해줄 뿐 ……. 그뿐, 더 이상 단연코 아무것도 아니다. 이 다면성이 발전함으로써 결국 인간은 아마 더욱더 피속에서 쾌감을 찾게 될 것이다. 여러분도 알아차렸을지 모르지만, 가장 세련된 방식으로 살육을 일삼았던 자들이 거의 하나에서 열까지 가장 문명화된 양반이었다 ……."[37] 지하인은 자신이 모순적인 인간임을 스스로 밝힌다. "내 자신 속에 자주 모순되는 상당히 많은 요소들이 들어 있음을 스스로 인정하곤 했다. 이런 모순적인 요소들이 내 안에서 그렇게 꿈틀거리고 있음을 느꼈다."[38] 이처럼 지하인의 수기는 모순적인 인간에 대한 고백인 것이다. 특히 리자와의 관계에서는 지하인의 모순적인 말과 행동이 넘쳐난다. 그의 언행은 마치 사랑의 모순을 증명하는 것 같다. 지하인의 사랑은 모순투성이다. 여러 학자들이 지적하는 것처럼 인간은 상당히 모순적이다. 인간의 이미지와 실체는 다르다. 인간의 이미지는 실체를 드러내기도 하지만 가리기도 한다. 인간이 굉장히 이성적으로 생각하고 행동하는 것 같지만, 실제로는 논리와 행동이 굉장히 감정적이다. 지하인은 그처럼 모순된 인간의 모습을 드러내는 대표적인 인물이다.

한편 그러한 지하인에게는 아폴론(Аполон)이라는 하인이 하나 딸려 있다. 『지하로부터의 수기』에서 아폴론은 사사건건 자신의 주인인 지하인을 괴롭히는 인물로 소개된다. 주지의 사실로서 아폴론은 그리스-로마 신화에 등장하는 신의 이름이다. 아폴론은 그리스 신화에 나오는 태양과 예언 및 광명·의술·궁술·음악·시를 주관하는 신이다. 아시다시피 아폴론은 디오니소스의 반대적인

---

37  도스토예프스키, 『지하로부터의 수기』, 김연경 역, 민음사, 2010, 40쪽.

38  도스또예프스끼, 『지하로부터의 수기』, 계동준 역, 열린책들, 2000, 14쪽.

인물로서 태양과 관계가 있다. 태양의 신 아폴론은 이성(理性)을, 술의 신 디오니소스는 감성(感性)을 상징한다. 『지하로부터의 수기』에서 지하인은 디오니소스 신의 특성을 보여주는 반면에, 아폴론은 아폴론 신의 특성을 보여준다. 디오니소스적 특성을 통해 지하인은 이성 중심의 서구 합리주의를 비판한다. 궁극적으로 합리주의는 지하인을 시종일관 아프게 한 원초적 고통의 원인이다.

전직 재봉사 출신인 아폴론은 한 달에 7루블을 받는 지하인의 명목상 하인이지만 마음 내키는 대로 일하고, 모든 일을 마치 선심 쓰는 듯한 태도로 일관한다. 그는 알렉산드로스 대왕에 비길 만한 허영심의 소유자이자, 사람들을 마음대로 대하는 현학자이다. 신화에서 아폴론은 이성의 신이다. 지하인은 명목상 아폴론의 주인이지만 하인에게 쩔쩔맨다. 하인 아폴론은 주인공 삶의 현주소를 적나라하게 폭로한다. 아폴론은 주인 위에 군림하는 하인이다. 실상 그는 거의 일을 하지 않고, 큰 소리로 거드름을 피우며 『시편』을 읽는 것을 즐긴다. 또한 그는 자존심 때문에 지하인에게 월급에 대해 묻지 않는다. 지하인은 자신의 망나니 하인 아폴론의 멸시를 감내하며 살아간다. 어쩌면 그것은 그가 이성을 상징하는 아폴론 없이는 살아갈 수 없기 때문일 것이다. 지하인과 아폴론의 관계는 이성과 감성의 관계와 유사하다.

"그나마 다행인 건 이때 아폴론이 예의 그 버르장머리 없는 짓을 해서 기분전환이 됐다는 점이다. 마지막 남은 인내력마저도 바닥냈으니 말이다! 이놈은 나의 종양이요, 하느님이 보내신 회초리였다. 나는 이놈과 몇 년째 계속 아옹다옹, 티격태격해 온 터라 이놈을 증오했다. 맙소사, 내 이놈을 얼마나 증오했던가! 내 평생 누굴 이놈

만큼 증오해 본 적은 없는 것 같은데, 어떤 순간에는 특히 더 그랬다……. 이런 놈이, 왠지는 모르겠으나, 상식에 어긋날 정도로까지 나를 경멸하고 또 참을 수 없을 만큼 나를 깔보았다. 하긴 그는 누구나 다 깔보는 버릇이 있었다. 매끈하게 빗어 넘긴 저 하얀 머리, 식물성 기름을 발라 이마 위로 말아 올린 저 앞머리, 항상 거드름을 피우 듯 V자처럼 삐죽 내민 저 입만 봐도, 이미 그가 한 번도 자신에 대해 회의를 품어 본 적이 없는 존재라는 느낌을 받았을 것이다. 이놈은 최고의 현학자, 지금껏 내가 지상에서 만나 온 사람들을 통틀어 가장 굉장한 현학자였다……. 나를 대하는 태도는 이만한 폭군이 없을 정도여서 나에게 말도 거의 하지 않는다……. 자기가 맡은 일을 할 때는 나한테 어마어마한 자비라도 베푸는 듯한 태도를 취했다." [39]

모순어법(Oxymoron)은 서로 상반되는 의미의 단어를 병치하여 상황을 강조하거나 독자의 관심을 끄는 수사법을 의미한다. 옥스퍼드 영어사전은 모순어법에 대한 정의를 다음과 같이 내리고 있다. "표현이나 진술을 강조하기 위해, 서로 양립할 수 없거나 모순적인 단어들이 결합된 수사법. 겉으로 드러나거나 글자 그대로의 의미는 모순되거나 부조리하지만, 핵심이 있는 표현." 1640년에 처음 영어로 표기된 "Oxymoron"은 그 어원 자체가 흥미롭다. 고대 그리스어 "oxy, oxus"는 "날카로운 혹은 예리한"이라는 의미를 갖고, "moron, moros"는 "둔한, 어리석은 혹은 바보 같은, 저능아 혹은 바보"를 의미한다. 결국 "Oxymoron"은 "똑똑한 바보"라는 의미로 그 단어 자체에 모순이 내재되어 있다.

사실 모순어법은 고대부터 있어온 수사법의 일부인 역설법과 대조법에 대한

---

39  도스토예프스키, 『지하에서 쓴 수기』, 김연경 역, 민음사, 2010, 173~174쪽.

친근성을 보여준다. 모순어법의 정의는 역설(Paradox)이란 단어의 정의와 그대로 일치한다. 역설이란 "자기 모순적이거나 거짓되거나 혹은 부조리함에도 불구하고 사실에 기반을 두거나 진실 어린 표현이나 진술"을 말한다. 역설이란 영어 단어는 모순어법이라는 단어가 생겨나기 백 년 전인 1540년에 처음으로 등장했다. 역설은 모순어법과 마찬가지로 고대 그리스어에서 유래한 표현으로 '넘어서'를 의미하는 'para'와 '견해'를 의미하는 'doxa'가 합쳐져 생겨난 단어였다. 단어 그대로 풀이하면 '견해를 넘어서'라는 의미인 것이다. 이 단어가 생성된 후 초기에는 허무맹랑하여 믿을 수 없거나 혹은 이단적인 무언가를 암시하는 부정적인 의미의 단어로 여겨졌다. 하지만 시간이 흐르면서 점차 긍정적인 의미를 함축하게 되어, 오늘날에는 비록 겉으로는 거짓으로 보이거나 부정적인 듯하지만 이면에는 진실이 담겨 있음을 의미하게 되었다. 역설적인 발언을 할 때 일상 용법에서 반대말인 두 용어를 결합시키면, 그것을 모순어법이라 부르기도 한다. 모순어법은 보통 '역설의 압축'이라 할 수 있고, 역설은 '모순어법의 확장'이라 할 수 있다. 우리는 주변에서 모순적이고 역설적인 말들을 자주 접할 수 있다. 노자에 의하면 "가장 진실한 격언들은 역설적"이다. 휴 킹스밀의 말에 따르면 "국가는 전쟁 중에 있을 때 오히려 평화롭다"고 한다. 우리는 모순과 역설의 향연에서 삶의 진실을 만난다.

모순어법은 이치에 어긋나거나 모순되는 두 말을 연결하는 방식으로 표현된다. 부조리하거나 모순적으로 보이지만 본질적으로는 진실을 드러내는 발언이 바로 모순어법적 역설인 것이다. 결국 모순어법은 표면적인 모순을 통해 그 속에 숨겨진 진실을 표현하는 기법이다. 모순어법은 주로 수식어와 피수식어의 형태로 된 것이 가장 많다. 엄밀하게 말해서 수식어와 피수식어의 관계가 서로 모순인 표현은 "모순형용"이라 한다. 모순어법은 모순형용법을 포괄한다. 예를 들면 "작은 거인", "소리 없는 아우성", "침묵의 소리", "하얀 밤", "어두운 빛", "산송장", "우둔한 천재", "기분 좋은 고통", "고통스런 행복", "사랑하는 미움", "눈 뜬 장님", "다 아는 비밀", "서글픈 기쁨", "슬픈 눈물", "찬란한 슬픔", "불타는 눈", "얼음 도가니", "아름다운 공포", "색즉시공, 공즉시색", "죽고자 하면 살고, 살고자 하면 죽는다", "오, 삶 속의 죽음이로다" 등의 표현들이 모순어법의 대표적인 유형들이다.

모순어법의 모형이 단순히 수식어와 피수식어의 간단한 조합으로만 이루어지는 것은 아니다. 모순 진술의 최고로 뛰어난 예문들은 단어상의 단순한 모순을 포함하는 차원을 뛰어넘어 보다 깊이 있는 개념상의 모순을 보여준다. 문장으로 표현되는 모순어법의 예들도 많다. "예술은 모든 거짓 중 가장 진실한 거짓이다."(귀스타브 플로베르) "나는 보기위하여 눈을 감는다."(폴 고갱) "작가란 다른 사람들보다 글쓰기를 더 어려워하는 사람들이다."(토마스 만) "내가 이야기한 것은 진실 어린 거짓말이다."(장 콕토) "진정한 지식은 자신의 무지의 정도를 아는 것이다."(공자) "지식을 추구하면 할수록 아는 것은 더 적어진다."(노자) 이러한 표현들은 우리의 정신을 일깨워주고 사고의 폭을 넓혀준다. 문장을 넘어 문단으로 나타나거나 텍스트 전체를 읽어야만 이해되는 모순어법 표현들도 있다. "예술은 진실이 아님을 우리 모두 알고 있다. 예술은 우리로 하여금 진실을 깨닫게 만드는 거짓이다."라고 한 파블로 피카소의 역설적 발언이나 "사람의 진정한 삶은 정반대의 일, 즉, 밤과 낮, 탄생과 죽음, 행복과 불행, 선과 악이 복합되어 이루어진다. 그렇지 않다면 존재는 끝이 나게 된다."는 칼 융의 발언은 그 좋은 예들이다.

모순어법은 단순한 비유법의 차원에 국한되지 않고 인간 생활의 중심에서 진실을 밝혀준다. 모순어법은 문학과 수사학의 대상이 되기 오래전부터 이미 사람들의 삶에 존재했다. 우리는 아름다움 가운데 추함이, 거짓 가운데 진실이 존재함을 보거나 경험해 왔다. 모순어법적 요소는 사람들이 인생에서 서로 주고받는 충고에서도 찾아볼 수 있다. 예컨대 버나드 쇼는 이렇게 말했다. "누구의 충고도 듣지 말라." 그의 충고를 들은 사람들은 "충고를 피하라"는 "충고"로 인해 이러지도 저러지도 못하는 상황에 빠진다. 이른바 '이중구속'에 빠지게 되는 것이다. 이와 같이 자기 모순적인 메시지를 독자에게 남발하는 자가 바로 지하인이다. 그의 모순적인 말은 인간심리의 정곡을 찌르면서, 더욱 빛나는 진리와 진실을 보여준다. 그의 모순적이고 역설적인 말들의 의미를 파악하기 위해 우리에게는 추상적인 사고가 필요해진다.

# 05. 이름과 익명성

    오늘날 이름은 여전히 인간 구성의 중요한 일부로서, 한 번 주어지면 일생 동안 공적으로나 법적으로 자신을 식별하는 표상이 된다. 이름은 그 소유자뿐 아니라 주변 사람들에게도 주관적 연상을 불러일으킬 수 있는 만큼, 작명자의 역할이 그 어느 때보다 중시되고 있다. 명칭학(名稱學)[40]의 하위 영역인 이름심리학 가운데 이름인상학을 토대로 작가의 의식 속에 부여된 이름의 의미와 가치를 고찰할 필요가 있다. 이름과 이름소유자의 관계는 매우 밀접하다. 이런 점에서 특별한 의미가 부여된 이름은 통상 그 사람의 본질과 결부되어 무의식적으로 우리의 사고와 행동에 적지 않은 영향을 미친다. 또한 이름은 이름소유자에 대한 개별화 기능을 수행하기도 한다.

    우리는 김춘수 시인의 시 「꽃」에서 존재를 확인해주는 이름을 볼 수 있다. 시

---

40  명칭학(Namenkunde, Glossology)은 고유명사의 생성과 의미 그리고 지리적 확장 등을 연구하는 학문이다. 최근에는 심리언어학, 실용언어학뿐 아니라 사회언어학에서도 심도 있게 다루어지고 있다. 명칭학의 하위 영역인 이름심리학(Namenpsychologie) 가운데 이름인상학 (Namenphysiognomik)이 있다. 이름은 고유성과 단일성을 지닌 특정인의 인격을 드러내는 표상이다.

인은 존재의 이름이 탄생하는 위대한 순간을 보여준다. "내가 그의 이름을 불러주기 전에는 그는 다만 하나의 몸짓에 지나지 않았다. 내가 그의 이름을 불러주었을 때 그는 나에게로 와서 꽃이 되었다. 내가 그의 이름을 불러준 것처럼 나의 이 빛깔과 향기에 알맞은 누가 나의 이름을 불러다오. 그에게로 가서 나도 그의 꽃이 되고 싶다. 우리들은 모두 무엇이 되고 싶다."[41] 이 시는 이름을 불러주는 일을 통해서 하나의 몸짓에 불과한 것이 꽃으로 인지되는 과정을 보여준다. 이처럼 이름을 통한 대상의 인식은 익명성을 극복하고, 타인과의 소통을 가능하게 해주는 기본 조건이다. 그렇다면 이름이 사물의 존재와 존재 인식에 본질적인 역할을 수행하는 까닭은 무엇일까? 그것은 우리가 '이름으로 질서 잡힌 세상'을 살고 있기 때문이다. 그리하여 존재하는 것의 본질을 규정해 주고 존재하는 것을 존재하는 것이라고 인식하기 위해선 이름이 필요하다. 존재(사물)에 이름이 붙여지기 시작하면서 세계는 비로소 '의미 있는 세계'가 된다. 인간은 사물에 이름을 붙이는 순간 갑자기 세계가 말을 걸어오기 시작함을 느끼게 된다. 우리가 사물에 이름을 붙이는 순간부터 언어는 사물을 표현하는 것이 아니라 이름을 표현하는 것이다. 이름이라는 언어는 존재를 지시할 수 있기에 하이데거는 "언어는 존재의 집이다"라는 명제를 제시했다. 우리가 집이 없으면 살 수 없듯이 모든 사물도 이름을 필요로 한다. 김춘수의 시 「꽃」은 이름이 단순한 도구가 아닌 인식의 근본적인 조건이라는 철학적 성찰을 보여준다. "꽃"이라는 이름이 없다면 철마다 피어나는 저 "아름다운 하나의 몸짓"을 어떻게 인식할 수 있을까? 김소월의 「초혼」도 이름에 대한 목마름을 표현하고 있다.

---

41  김춘수, 『꽃』 찾을모, 1999, 20쪽.

"산산이 부서진 이름이여! 허공(虛空) 중에 헤어진 이름이여! 불러도 주인 없는 이름

이여! 부르다가 내가 죽을 이름이여! (……) 나는 그대의 이름을 부르노라. 설움에

겹도록 부르노라. 설움에 겹도록 부르노라. (……) 선 채로 이 자리에 돌이 되어도

부르다가 내가 죽을 이름이여!"[42]

이 시는 혼을 부르는 의식을 보여준다. 그런데 여기서 실제로 불리는 것은 혼
이라기보다는 이름이다. 영혼을 소환하는 방식이 이름을 부르는 것이다. 알고
보면 이름은 영혼이 보관되어 있는 장소이다. 『페테르부르크의 대가』를 쓴 소설
가 쿳시는 오르페우스 신화를 언급한다. "그는 한 발짝 한 발짝 뒤로 물러서면서
죽은 여인의 이름을 부르며 지옥으로부터 그녀를 불러내는 오르페우스를 떠올
린다. 그는 몽유병환자처럼 맥 빠진 손을 앞으로 내밀고 앞이 안 보이는 죽은 눈
으로 그를 따르는 수의를 입은 부인을 생각한다. 플루트도 없고 리라도 없는 상
태에서 오직 이름만을 거듭 부를 뿐이다. 죽음이 모든 끈을 끊어버려도 이름은
여전히 남는다."[43] 괴테의 『파우스트』에서도 파우스트가 변장한 메피스토펠레
스에게 말한다. "너희 같은 부류에 대해선 이름만 들어도 대상의 정체를 짐작할
수 있지." 결국 이름은 존재의 정체성을 확인해주는 기본적인 증명 기호일 뿐만
아니라, 타자와의 관계를 위해서도 필요한 매개체이다. 사회활동을 통해 문화
를 창조하고 향유하는 인간에게 이름은 없어서는 안 될 매우 중요한 요소이다.
나아가 이름은 단순한 호칭의 의미를 넘어 언어, 종교, 관습 등 문화를 형성하는
다양한 요소들의 영향 하에서 창조된 산물이라고도 할 수 있다. 신들도 이름 붙

---

42  김소월, 『원본 김소월 전집』, 집문당, 1995, 141쪽.

43   쿳시, J. M., 『페테르부르크의 대가』, 왕은철 역, 책세상, 2001, 12쪽.

이는 행위를 창조의 본질로 보았다. "신이 이름을 붙임으로써 사물들을 창조했다"[44]는 신학적 명상처럼, 소설 속 인물에게 이름을 부여하는 신의 역할은 작가가 수행한다. 특히 러시아 작가들은 친자식 이름만큼이나 작중인물의 이름짓기에 남다른 노력을 기울인다. 그들은 캐릭토님(Charactonym)[45]이라는 이름과 관련된 전통적인 기법을 사용한다. 캐릭토님이란 작가가 등장인물(캐릭터)들에게 의도적으로 숨겨진 의미가 담긴 이름을 붙여주는 기법을 말한다. 고골은 『외투』 주인공에게 "똥, 똥의 아들, 구두 밑창"이라는 의미의 "아카키 아카키예비치 바시마투킨"이라는 이름을 의도적으로 붙였다. 그의 이름은 사회적 신분의 밑바닥을 보여주는 표상이다.

그런데 『지하로부터의 수기』의 주인공에게는 놀랍게도 지금까지도 중시되는 이름이 없다. 지하인은 무명(無名)의 주인공, 즉 이름 없는 주인공이다.[46] 『지하로부터의 수기』의 주인공에 따라다니는 일인칭 화자, 독백가, 독설가, 지하인, 지하생활자라는 호칭은 이름이 아니다. 도스토옙스키의 대다수 작품에 등장하는 인물들은 이름을 갖는다. 그럼에도 불구하고 『지하로부터의 수기』의 주인공은 유독 이름이 없고, 다른 등장인물들도 러시아식 공식이름(이름+부칭+성)을

---

44  서동욱, 『일상의 모험』, 민음사, 2007, 230쪽.

45  캐릭토님(charactonym)은 등장인물의 성격이나 외모, 또는 직업에 부합하는 의미를 가진 이름을 붙이는 기법을 말한다. 캐릭토님에 관심을 두는 사람들은 주로 러시아형식주의자들이었다. 특히 토마솁스키는 이 기법에 가장 흥미를 가진 비평가라 할 수 있다. 레싱은 캐릭토님을 "redene Namen"이라고 불렀다. 이름이 갖는 의미가 성격과 딱 들어맞거나 이를 보충하는 효과가 있다. 아리스토텔레스는 캐릭토님을 "의도적인 이름(ou ta tuchonta onomata)" 또는 "어울리는 이름(aptronym)"이라 불렀다. 러시아인 이름에 관해서는, 『Canadian Slavic Studies III』(no. 2, 1968, 기을)에 실린 R. N. Stacy의 논문 「Types of Charactonyms in Russian Fiction」을 참조할 수 있다.

46  호메루스의 서사시 『오디세이아』에서 주인공 오디세우스는 키클롭스에게 잡혀 죽을 위험에 처했을 때 자신의 이름을 "Nobody(아무도 아니다, 아무 것도 아닌 자)"로 표현하여 자신을 보호하고 살아날 수 있었다. 지하인의 이름 (익명성) 속에는 "Nobody"라는 의미가 함축되어 있을 뿐만 아니라, 지하인은 서사시의 영웅(주인공)과는 다른 성격의 인물임을 보여준다.

갖지 않는다. 일반적으로 익명은 공격(모험심)과 방어(자기보호)의 수단이기도 하다. 그러면 지하인의 익명성에 대한 작가의 의도는 무엇일까?

우선은 익명성의 자유다. 익명성은 어떤 개인의 이름이나 행위의 주체가 밝혀지지 않는 현상을 말한다. 사실 이름은 근대사회 이후의 산물이다. 근대사회란 개인들이 이름을 가질 수 있는 사회이고, 각각의 개인이 이름에 대한 권리를 주장할 수 있는 사회이다. 근대의 이름은 인간이 자신의 신체를 포함한 재산에 대해 어떤 형태로든 권리를 주장할 수 있음을 말해주는 증표인 셈이다. 그러나 동시에 이름이 보편화된 시대는 개인과 사회가 통제받는 시대이기도 하다. 국민은 국가에 자신의 이름을 등록해야 한다. 그리하여 근대 사회에서 이름은 인간 존재의 주체를 증명해주는 기호이기도 하지만, 사회나 국가가 사람들을 분류하고 통제하기 위한 기호이기도 하다. 개인에 대한 이러한 공적 접근에 대응하여, 프랑스의 정치가 뱅자맹 콩스탕은 개인의 프라이버시는 보호되어야 한다는 측면에서 익명성 개념에 주목했다. 근대 시민사회가 개인의 사상의 자유를 보장해주기 위해서는 개인의 발언에 대한 권력자의 임의적인 통제를 받지 않을 수 있도록 익명성의 자유가 필요하다는 것이다. 익명성이 보장되지 않는 사회에서는 권력자가 언제든 자신에게 반대하는 사람의 신상을 확인할 수 있어 근대 시민사회의 본질적 인권인 사상의 자유가 이루어지기 어렵기 때문이다.

도스토옙스키는 지하인을 통해 근대사회가 만들어낸 주체와 자유에 대한 환상들을 깨고 있다. 지하인은 이름 없이 복잡하고 번거로운 러시아식 이름에 반기를 든 것이다. 그는 익명성(incognito, Anonymity)의 자유를 통해 자기 나름대로 독설을 내뱉고 있다. 이름은 사람이 태어나서 죽어서까지도 벗어날 수 없는 고유명사이기도 하다. 이름이 있는 한 인간은 절대적인 자유를 누릴 수 없다. 익명성은 자유와 연관되어 사유의 계기를 제공한다. 이름을 알지 못하는 서술자인 지하인은 익명성 속에 완전히 숨어서 다른 사람들의 말과 행동을 염탐한다. 이름을 갖고 있었다면 지하인은 자유분방하게 기존의 사상에 반기를 들 수 없었을 것이다. 그는 독설가로 유명하다. 영어에는 유명하다는 뜻을 지니는 대표적인 두 표현이 있다. 'famous'(좋은 의미로 유명한)와 'notorious'(나쁜 의미로 악명 높은)이다. 지하인은 남들이 선망하고 존경할 만한 일을 해서 유명한 인물이 아니라, 반대로 남들이 하지 않는 유별난 말과 행동으로 악명이 높은 인물이다. 그의 독특한 말과 행동은 그의 존재를 알리는 방법이다.

소설 속 장면을 예로 들어 설명해보자. 어느 날 지하인은 술집 앞을 지나가다 당구대 앞에서 싸움하는 사람들 틈에 끼고 싶어 우물쭈물하던 중에 갑자기 나타난 한 장교에게 어깨를 부딪친다. 부딪치고 나서도 장교는 마치 지하인이라는 사람은 존재하지도 않는 것처럼 취급하고 지나간다. 장교에게 모욕을 당한 지하인은 복수심으로 이를 간다. 그러고는 낭만주의자들처럼 결투에 대한 공상에 빠져든다. 그는 계획적으로 그 장교가 지나가는 네프스키 거리의 길목에서 기다리고 있다가 장교에게 길을 양보하지 않고 그와 부딪친다. 이로써 그는 그 장교와 동등하다는 느낌을 갖게 된다. 지하인은 끝까지 익명성을 벗어나지 않은 채로 자존심을 회복하는 길을 찾은 것이다. 이처럼 지하인은 익명성의 자유를 만끽하는, 비겁하면서도 용감한 인물이다.

한편 이 같은 익명성 개념은 근대 시민사회 속 개인의 정체성에 바탕을 두고 있다. 한 지역에서 몇 대를 거쳐 거주하며 마을 안팎의 사람들이 서로를 충분히 알고 사는 전통적 사회에서는 익명성이 존재할 수 없었으나, 도시화가 진행되어 개인의 사생활이라는 공간이 발생하면서, 이를 보호하기 위해 익명성이라는 개념이 등장했다. 즉 혈연과 지연으로 맺어진 공동체가 붕괴된 근대 시민사회의 개인화 현상 중 하나이다. 공동체에서 벗어나고자 하는 개인들이 점점 많아진다는 것이다. 그들은 자신들만의 시공간을 즐기고 싶어 한다. 『지하로부터의 수기』의 주인공 지하인은 거대 도시 페테르부르크의 지하에 거주하는 개인이다. 근대 시민사회에서 일어나는 개인화 현상 중의 하나이다. 개인의 프라이버시는 보호받아야 한다는 점에서 익명성은 관심의 대상이 되지만, 군중 속의 몰개성화와 연결된 익명성은 도덕적 해이로 나타나는 경향도 있다.

　그런가 하면 지하인은 "이름시대의 종언"을 예고해주는 인물이기도 하다. 그는 전통적인 이름시대에서 이름이 필요 없는 시대로 넘어가는 과도기에 살고 있다. 인간의 증명을 말해주는 이름이 보편화되던 시기인 근대와 달리, 20세기에 들어와서는 과거 조상으로부터 물려받은 이름 체계가 변화된다. 인간의 이름이 기계를 위한 이름으로 바뀐다. 전체주의 사회에서 이름은 한낱 통제를 위한 기호일 뿐이었다. 그러한 사회에서 번거로운 이름은 간단한 문자나 숫자의 조합으로 이루어진다. 오늘날 고도로 발달된 현대 자본주의 사회도 조상으로부터 물려받은 고유의 성과 이름보다는 숫자들을 더 필요로 한다. 현대인들은 점진적으로 자신의 고유 이름을 상실하거나 기계들이 선호하는 숫자와 기호로 자신의 정체성을 대신해 나가고 있다. 특정 개인을 대표하는 문자와 숫자의 조합에는 그 사람의 신체와 존재의 흔적이 전혀 남아 있지 않다. 21세기 이후로는 아예 "이름 시대의 종언"이 예고된다.

『지하로부터의 수기』제1부와 달리 제2부의 등장인물들은 이름을 갖는다. 제2부는 1860년대보다 훨씬 이전인 1840년대, 즉 전통적인 이름에서 자유롭지 못한 시기였기 때문이다. 여기서 재미있는 것은 도스토옙스키가 18세기 풍의 전통적인 유머를 구사한다는 점이다. 그는 등장인물들의 이름에 동물을 연상시키는 캐릭토님 기법을 사용한다. 예컨대 등장인물 즈베르코프(Зверков)는 '작은 짐승'이라는 함축의미를 갖는다. 작품 속에는 "부지런한"이라는 의미의 트루돌류보프(Трудолюбов)라는 이름을 가진 군인이 언급되기도 한다. 결국 1840년대부터 1860년대까지의 시기에 그려지는 지하인의 모습은 전통적인 이름의 윤리와 표현의 자유가 공존하는 과도기의 인간을 반영하고 있다고도 볼 수 있다.

# 06. 지하인의 독백

　'호모 루덴스'(Homo Ludens)는 인간을 정의하는 하나의 개념으로 '유희적 인간'을 뜻하는 용어이다. 이는 문화사를 연구한 호이징어에 의해 창출된 개념으로 여기서 유희라는 말은 단순히 논다는 뜻이 아니라, 정신적인 창조 활동을 의미한다. 그는 풍부한 상상의 세계에서 다양한 창조 활동을 전개하는 학문, 예술 등이 인간의 전체적인 발전에 기여한다고 본 것이다. 주지의 사실로서 문학은 언어의 예술이다. 언어의 유희가 문학인 것이다. 도스토옙스키의 주인공들은 대다수가 언어의 유희를 즐긴다. 대표적인 유희적 인간 중 하나가 지하인이다.

　지하인은 말의 충동과 놀이를 억제하지 못하는 인간이다. 말은 해야 맛이고, 고기는 씹어야 맛이듯이 그는 끝없이 말하기를 즐긴다. 한마디로 그는 수다쟁이다. 하지 않아도 될 말을 참지 못하고 내뱉는 그의 수다는 인간에 대한 새로운 정의를 탄생시킨다. 마치 인간은 모두 말 속에 존재함을 증명하기라도 하는 것 같다. 심지어는 작가 역시 말 속에 존재하는 자이며, 말은 인간존재의 일반적 조건이다. 지하인은 지상의 생생하고 구체적인 삶으로부터 완전히 유리된 채 오직 관념(이념), 즉 말만으로 존재하는 인간이다. 그 자신의 정의에 따르면, 지하인은 살과 피를 가진 인간이 아닌 '종이 인간'일 뿐만 아니라, '증류기에서 태어난 인간'이다. 지하인은 관념가로서 이성과 과학의 발달을 통한 인류의 무한한 진보의 가능성에 대해 의문을 제기하고, 그러한 장미 빛 몽상들이 얼마나 위험한 것인지를 말한다.

소설의 제1부 「지하」는 일정한 플롯을 가진 어떤 사건이나 에피소드 없이 처음부터 끝까지 마흔 살 먹은 남자의 말로 이루어져 있다. 주인공의 나이는 왜 마흔 살일까? 사실 동양에서도 마흔은 불혹(不惑)의 나이로 이야기된다. 많은 천재들이 일정한 나이가 되면 인간 삶의 참을 수 없는 영원한 반복(회귀) 때문에 자살을 한다는 말이 있다. 천재들에게 삶의 의미 없는 반복은 참아내기 어려운 것이라 할 수 있다. 로마 시인 루크레티우스의 경구 가운데 "더 오래 살아도 새롭게 얻을 낙은 없다"라는 말은 어느 정도 마흔 살의 인간에게 해당한다고 할 수 있다. 윈스턴 처칠도 "이십대에 진보가 아니면 심장이 없는 거고, 사십대에 보수가 아니면 머리가 없는 것"이라고 했다. 그러고 보면 인간 삶에서 마흔이란 나이는 중요한 분기점이라 할 수 있다. 화자인 '나'가 끊임없이 불만을 토로하는 것은 어쩌면 불혹이라는 나이와 관련이 많은 것 같다. 여기서 불혹은 불만의 은유라 할 수 있을지도 모른다.

『지하로부터의 수기』에는 마흔 살의 이름 없는 남자 '나'가 화자 겸 주인공으로 등장한다. '나'는 철학의 인식론에서는 '주체(主體)'라는 말과 동일하며, 그 이전에는 '자아(自我)'라는 말로도 사용되었다. 이 소설에서 '나'는 '자아'이며 '주체'

인 것이다. 여기서 '나'는 자신이 알고 판단하고 경험한 것만을 이야기한다. '나'라는 주인공은 한때 가난한 하급관리(8등관)로 근무한 적이 있었지만 관직에 불만이 많다. "나는 일개 8등관이다. 나는 밥벌이를 하기 위해 관직 생활을 하다가 작년에 먼 친척이 6000루블을 유산으로 남겨 주었을 때 당장 사표를 내고 방구석에 틀어박혔다."[47] 먼 친척으로부터 상속받은 6000루블의 유산으로 도시 변두리의 더럽고 고약한 냄새가 나는 지하실에 틀어박혀 사는 그의 고백은 처음부터 심각하다.

> "난 병든 인간이다 ……. 난 나쁜 인간이다. 난 매력 없는 인간이다. 내 생각엔 간이
> 안 좋은 것 같다 ……. 나는 의학이나 의사를 존경하지만 치료를 받지 않는다. 여태
> 까지 받아본 적이 없다 ……. 오기를 부려서라도 의사의 치료를 받지 않을 작정이다
> ……. 나는 나쁜 관리였다. 남에게 난폭하게 대했고 그것으로 쾌감을 느꼈다 …….
> 내가 치료를 받지 않는 건 역시 고집 때문이다." [48]

이처럼 지하인은 자신의 병에 허세를 부리고, 모든 일에 변덕을 부린다. 변덕(Caprice, Каприз)은 그의 특권이며 전횡(Произвол)이다. 그렇게 잘난 척하며 허세를 부리다가도 끝도 없이 자기를 얕잡아 보는 자기 비하의 수렁에 빠진다. 여기서 그가 가장 두려워하는 것은 '나'가 아닌 남(타인, 타자)의 시선과 견해이다. 그는 다른 사람 앞에서 참회하거나 용서를 빌기도 하고, 다른 사람의 평

---

47  도스토예프스키, 『지하로부터의 수기』, 김연경 역, 민음사, 2010, 13쪽. 유산 6000루블은 한화로 약 1억 원에서 1억 2000만 원 정도 되는 돈이다.

48  도스토옙스키, 『지하로부터의 수기』, 조혜경 역, 펭귄 클래식 코리아, 2009, 9쪽.

가나 판단에 머리를 숙이다가 갑자기 화를 내기도 한다. 그의 세계는 정신적 질병으로 얼룩진 회색세계이다. 그는 그러한 자신의 병을 지상에서 가장 인위적이고 추상적인 도시 페테르부르크의 기후 탓으로 돌린다. 지하인은 병든 인간으로 예민하고, 허영심이 강하고, 심술궂고, 사악하고, 비겁하고, 자기중심적이고, 자기 모순적이다. 그는 피해망상 환자이기도 하다. 그는 사랑이나 연민 또는 우정이나 윤리를 존중하지 않는 인물로서 강자에게 아부하고, 약자에게 포악해진다. 그는 힘없는 민원인을 상대로 아무 이유 없이 불친절하게 대할 뿐만 아니라, 자신의 악함을 곧바로 부정한다. 그는 19세기의 똑똑한 사람들은 '바보 말고는 다른 사람이 될 수 없다고 위안하면서 자신은 진정한 의미에서 악인도 선인도, 비열한도, 정직한 사람도, 영웅도, 벌레(곤충)도 될 수 없다"[49]고 말한다. 지하인은 기존의 관행이나 관습에 반기를 들고 반역을 꿈꾼다. 그렇다고 혁명가라고 부르기에는 너무 비겁하다. 자신의 꿈을 실제 행동으로 옮기지 못하는 몽상가에 지나지 않기 때문이다. 기존의 관념을 비판하지만 정작 자신도 관념의 노예로 전락한다. 그의 담론은 종잡을 수 없을 정도로 사방으로 튄다. 나아가 지하인은 고통을 통해 쾌감을 느끼는 마조히즘 환자이기도 하다.

지하인은 고통의 찬양자로서 치통에 쾌감을 느낀다. 굴욕적인 고통 속에서도 쾌감은 있다. 이처럼 기존의 상식을 거부하는 지하인에게는 '2×2 = 4'라는 구구단 식의 수학공식의 세계가 필요 없다. 그러한 면에 비추어보면 그는 진정으로 자유를 추구하는 존재이다. 지하인이 보기에 인간은 피아노 건반의 키나 오

---

49  도스토옙스키, 『지하로부터의 수기』, 조혜경 역, 펭귄 클래식 코리아, 2009, 11쪽.

르간의 나사못이 아니다. 자기를 주장하고 싶을 땐 수단과 방법을 가리지 않고 자아를 주장한다. 인간은 온 세상을 향해 저주하고, 저주 하나만으로 자기 목적을 달성한다. 그리하여 자기가 피아노 건반이 아니라는 것을 입증하고자 한다. 인간은 개미와 달리 모든 것이 보장되는 개미집(Муравейник)을 원하지 않는다. 장기를 두는 사람처럼 목적에 이르는 과정을 사랑할 뿐 목적 자체에는 관심이 없다. 목적이란 단지 '2×2 = 4'라는 공식 이외의 아무 것도 아니다. 그 공식은 삶이 아니라 죽음의 시작일 뿐이다. 인간은 목적을 세우지만 그 달성을 달가워하지 않는다. 인간이 목표 달성을 바라는 것은 틀림없지만 완전히 도달하는 것은 좋아하지 않는다. 말도 안 되는 우스운 이야기 같지만 인간 자체가 우스운 동물이기 때문이다. '2×2 = 4'도 훌륭하지만 '2×2 = 5'는 더 훌륭하다. 자의식(自意識)[50]은 전자와 같은 것이 아니라 후자와 같은 것이다. 지하인은 이 모든 것을 마음속으로 생각만 하려다가 종이에 적으면 뭔가 아주 그럴듯해 보일 것 같아 수기를 쓰기로 했다. 수기를 쓰다 보니 옛 기억이 되살아나고 「진눈깨비의 연상」이라는 이야기가 생각난다.

『지하로부터의 수기』에서 지하인은 40년 동안의 삶 속에서 기억나는 것만을 이야기한다. 이 같은 수기라는 형식을 통해 작가는 인물의 실존성과 진실성에 대한 환상을 보여주고자 한다. 독자는 수기를 지하인의 솔직한 자서전으로 생

---

50  자의식(自意識)은 자아의식의 다른 말로서 "자기 자신에 대한 주관적 인식이나 지각"을 말한다. 일반적으로 인간의 자의식은 근대 이후에 크게 성장하였다고 한다. 도스토옙스키는 등장인물들의 자의식을 중시하고 있다. 세계 속에서 주인공이 누구이냐가 아니라, 무엇보다도 먼저 주인공에게 세계는 무엇이며 주인공은 주인공 자신에게 무엇인가라는 문제가 중요하다는 것이다. 우리가 보는 것은 그가 누구이냐가 아니라 그가 어떻게 자신을 의식하느냐이다. 『지하로부터의 수기』에서 예술적 지배소(Dominant)는 지하인의 자의식이다.

각할 수 있다. 그러나 지하인은 자서전이 지적 허영심(Тщеславие)에 찬 거짓말임을 밝힌다.

"자신에게 완전히 솔직해지고 모든 진리를 두려워하지 않게 되는 것이 가능한가? 그와 관련해서 말하자면, 하이네는 진정한 자서전은 거의 불가능하며 인간은 자신에 대해 거짓말을 한다고 주장했다. 예를 들어 그의 견해에 따르면 루소는 자신의 『고백록』에서 자신에게 거짓말을 했는데, 그것도 심지어 허영심으로 인한 고의적인 거짓말이라고 한다. 난 하이네가 옳다고 확신한다. 난 허영 하나 때문에 자신에게 온갖 범죄를 저지를 수도 있다는 것을 너무도 잘 이해한다. 그리고 그러한 종류의 허영심이 어떠한 것인지 잘 알고 있다." [51]

이 작품의 곳곳에는 인간의 허영심에 대한 이야기가 소개되어 있다. 지하인은 루소의 고백록에 대한 부정적 견해의 근원지가 하이네였음을 밝힌다. 그는 허영심이야말로 대중 앞에서 자신의 삶을 고백하는 사람의 중심 심리라 주장한다. 그러면서 자신의 허영심을 고백한다.

"나는 나의 무한한 허영심 때문에 혐오감에까지 이르는 엄청난 불만을 가지고 자신을 바라보았다는 것을 지금에서야 명확히 깨달았다. 때문에 난 타인에게 의식적인 눈길을 보냈다." [52]

---

51  도스토옙스키, 『지하로부터의 수기』, 조혜경 역, 펭귄클래식, 2009, 62쪽.

52  도스토옙스키, 『지하로부터의 수기』, 조혜경 역, 펭귄클래식, 2009, 68쪽.

『지하로부터의 수기』는 처음부터 끝까지 이 같은 지하인의 자기 독백으로 이루어져 있으며, 주인공의 중얼거림은 그 자체만으로도 특별하다. 독백은 자신의 심리상태나 의도, 행동의 방향 등을 관객에게 말해주는 장치로서 고대 그리스 연극에서부터 사용되었다. 독백은 이처럼 연극적 기법인 한편, 종교에서의 참회기도(고해성사)와도 유사하다. 지하인은 자신의 양심에 따라 소신껏 믿고 행동하며 말한다. 그러한 그의 독백을 들어줄 사람은 독자들뿐이다.

사실 지하인은 외롭다. 독자들을 제외하면, 그의 곁에는 이야기를 들어줄 사람이 아무도 없다. 20년 전엔 동창생들마저 그를 왕따시켰다. 그나마 리자만이 그의 말을 들어준 유일한 사람이었다. 예나 지금이나 40년 정도의 생존경쟁에서 살아남은 사람은 정상이 아니다. 수십 년 동안 험난한 세상을 겨우 버텨온 인간은 대부분 몸과 마음이 정상일 수 없다. 스스로 잘 살았다고 한 사람들조차 몸과 마음이 많이 망가진 상태다. 모든 인간이 사실상 병자나 다름없다. 몸과 마음이 망가져 있다는 사실을 본인만 모를 뿐이다. 지하인은 그토록 외로운 시간을 견디며 40년 만에 미움 받을 용기를 내어 자아성찰의 시간을 마련한 것이다.

지하인은 고독하다. 이제 그는 외로움이 '존재의 본질'임을 알고 있다. 20대의 지하인은 모임에 참석하기도 하면서 바쁘게 살았다. 타인들과의 만남을 통해 외로움을 잊어버리고, 타인의 관심을 통해 자신의 존재감을 확인하고 싶어서였다. 그러나 바쁠수록 마음은 더 공허해졌다. 타인의 관심을 통해 내면의 깊은 상처를 잊고 싶지만, 분주한 세상에서 상처는 치유되지 않는다. 지하인은 마음의 상처가 많은 우울한 인간이었다. 동물은 상처가 생기면 병이 나을 때까지 꼼짝하지 않는다. 지하인은 상처 입은 동물과도 같았다. 지하에 숨어 늘 원대한 계획을 세웠지만, 그의 꿈이 계획대로 실현된 적은 거의 없었다. 결국 그는 동굴에 갇힌 사람처럼 살다가 40년 만에 지하 밖으로 나와 온갖 이야기를 퍼부어댄다. 지하인은 지상으로 나와 주체적으로 살아야 한다고 떠들어 댔지만, 그가 사는 세상에서 그의 목소리를 경청하는 사람은 아무도 없었다. 그러므로『지하로부터의 수기』는 어떤 면에서 '인간은 어쩔 수 없이 외로운 존재'임을 깨닫게 해주는 소설이다. 어떤 시인은 "외로우니까 사람이다"라고 말했다. 외로운 지하인도 사람이 맞다.

# 07. 정체성

도스토옙스키의 매력은 인간을 인간답게 읽어내는 그의 독창적인 인간학에서 출발한다. 그는 인간의 온갖 변덕과 욕망을 숨김없이 파악하려 노력했고, 인간을 고상한 면부터 추악한 면까지 있는 그대로 존중하려 노력했다. 『지하로부터의 수기』 역시 인물이 중시되는 소설이다. 대다수의 19세기 러시아 작가들이 유형화된 인물을 그려내는 데 반하여, 도스토옙스키는 개성적이고 특이한 인물들을 더 선호했다. 그가 보기에 인간은 이해하기 어렵고, 모순에 가득 차고, 혼란스럽고 복잡한 존재였다. 그래서 기존의 유형화된 인물들로는 인간의 존재와 삶에 대한 진정성을 이야기에 담을 수가 없었다. 이 소설은 개성적이고 기이한 인물을 등장시켜 강렬한 인상을 주는 소설이다. 독자의 입장에서 볼 때, 소설을 읽은 후에 사건보다는 인물이 더 오랫동안 기억에 남을 정도다. 사건은 세월과 더불어 쉽게 잊혀질 수 있지만, 독창적으로 창조된 인물은 오래도록 기억에 남는다. 여기서 우리는 정말로 개성적인 인물 '지하인'을 만나게 된다. 결국 『지하로부터의 수기』는 인물탐구 소설인 것이다.

　그렇다면 『지하로부터의 수기』가 내세운 개성적인 인물인 지하인의 정체성은 어떻게 규정될 수 있을까? 이 소설 텍스트에는 그의 정체성을 가늠하게 만드는 여러 말들이 나온다. 제1부에 포함된 11개의 장은 각기 다른 기술어구로 지하인의 정체성을 나름대로 설명해주고 있다. 지하인은 '병든 인간, 이중인격자, 미신가, 변덕쟁이, 심술쟁이, 패배주의자, 피해망상환자, 신경증환자, 정신분열자, 상처받은 자, 외톨이, 개인주의자, 어린아이, 소외된 자, 자기 중심주의자, 허영심이 강한 자, 모욕 받은 자, 외로운 인간, 비겁자, 거짓말쟁이, 분노(증오)하는 인간, 사악한 자, 아부자, 전제자, 박해자, 욕심쟁이, 수다쟁이, 이기주의자, 질투하는 자, 속물, 비합리주의자, 비열한 자, 열등한 자, 몽상가, 관념론자, 편집증환자, 어리석은 자, 지나치게 의식하는 자, 자의식이 강한 자, 과잉의식자, 독선자, 희생자, 위악자, 기만자, 자존심이 강한 자, 가학자, 현실론자, 무능력자, 아웃사이더, 연기자, 낭만주의자, 회의주의자, 역설주의자(역설가)' 등으로 표현된다. 인간의 다양성만큼이나 지하인에 대한 다양한 평가가 이루어지므로 정체성을 하나로 가늠하기란 쉽지 않다. 이러한 지하인의 다양한 성격들을 보다 확실히 정리해보자.

　첫째로 지하인은 병든 인간이며 악한 인간이다. 수기의 첫 장부터 지하인은 자신을 세 개의 형용사 '병적인(больной)', '악한(злой)', '매력 없는(непривлекаельный)'으로 정의한다. '나는 병든 인간이다 ……. 나는 악한 인간이다. 나는 호감을 주지 못하는 사람이다."[53] 지하인은 몸과 마음이 아픈 병자이다. 그는 간이 아프고 치통을 앓는 환자다. 그는 간이 아파도 병원에 가지 않고, 치통에 쾌락을 느끼는 괴짜다. 지하인은 신경증, 편집증, 자의식 과잉, 지나친 수치심, 자의식에의 집착 등 정신병을 앓고 있다.[54] 지하인은 심술궂고, 사악하고, 전제적이고, 허영심이 강하고, 모순적이고, 비겁한 인간이다. 그는 의사의 입장에서가 아니라 병자(환자)의 입장에서 자신의 외상(Trauma)을 털어놓는다. 어디에서나 그는 모욕을 당하거나 상처를 받는다. 제1장에 '악한(зло́й, 나쁜, 사악한, 심술궂은)'이라는 단어가 13회 등장하는데 이 단어는, 세 개의 러시아 단어들 중 가장 많이 언급되는 단어이기도 하다. 지하인은 자신을 사악하고 나쁜 관리였다고 한다. 지하인은 자신의 정체성을 악당으로 선언하면서 시작한다. 지하인은 왜 '악한'이라는 부정적인 말을 강조하는 걸까? 무엇보다도 그가 기존의 이성 중심의 긍정 프레임에 반발하기 때문이다. 나쁜 인간인 악당은 일반적으로 강자에 속한다. '악한'이나 '나쁜'의 반대는 '선한', 즉 '착한'이다. 흔히 '착하다'는 말은 긍정의 의미로 쓰인다. 착한 사람은 남을 배려할 줄 알고, 양보할 줄 알며 공동체에 긍정적인 역할을 하는 존재를 말한다. 그러나 도스토옙스키는 이 착함(선함) 뒤에 숨은 의미에 주목한다.

'나는 사악했을 뿐만 아니라 그 무엇도 될 수 없었다. 악한 자도, 선인(善人)도, 비열

---

53  도스또예프스끼, 『지하로부터의 수기』, 계동준 역, 열린책들, 2000, 11쪽.

54  지하인은 일종의 호모 사피엔자(Homo Sapienza)라 할 수 있다. 이 용어는 호모 사피엔스(Homo Sapiens)와 인플루엔자(influenza)를 합성해서 이현우가 만든 신조어이다. 인간에게 사유능력은 특권이면서 동시에 질병이라는 게 그의 지론이다. 의식은 인간을 언제나 병과 죽음으로 이끈다.

한 자도, 정직한 자도, 영웅도, 벌레도 될 수가 없었다." [55]

우리는 '착한 사람은 약자'라는 프레임에 익숙해져 있다. 그런데 니체는 "착한 사람처럼 나쁜 사람은 없다"고 말했다. 우리 주변엔 약함을 선량함으로 무장하는 사람들이 많은 편이다. 지하인은 이 착함 뒤에 숨은 비열함과 찌질함에 주목한다. 착한 사람은 비난을 싫어한다. 비난을 받으면 생존에 위협을 받기 때문이다. 그래서 자신이 비난받지 않기 위해 타인을 비난하지 않는다. 적이 없다는 말은 달리 말해 나를 죽여 가며 남의 비위를 맞추고 남과의 충돌을 피해왔다는 이야기 일지도 모른다. 내가 강해져서 상대와 상대의 비난에 부닥칠 생각보다는 타협과 고개 숙임으로써 약자의 위치에 계속해서 안주하는 것이다. 그러나 이와 달리 지하인은 미움 받을 용기를 가진 악한일 뿐만 아니라 강자인 척하는 인간이기도 하다. 이것은 지하인이 자신을 심술궂고 악한 인간이라 칭하면서 약자의 위치에 있는 리자에게 화를 내는 데서 잘 드러난다. 도스토옙스키는 유배생활 이전까지만 해도 착한 사람들에 대한 이야기를 주로 발표했다. 반면 유배 이후에 그는 지하 인처럼 스스로 악을 자처하는 강한 개성의 새로운 인물들을 창출해낸다.

둘째로 지하인은 비합리주의자이다. 그는 이성이나 이익이 아니라, 자신의 자유의지와 자유로운 욕망에 따라 행동하는 비합리주의자이다. 이성의 법칙에 의해 지배당하는 보통사람들과 달리 지하인은 자신의 약점을 기감 없이 고백한다. 그는 자신이 충분히 교육을 받았지만 그럼에도 불구하고 미신가라고 고백

---

55  도스또예프스끼, 『지하로부터의 수기』 계동준 역, 열린책들, 2000, 14-15쪽.

한다. 지하인은 "어리석은 자유의지(глупая свободная воля)"의 소유자로서 통증에서 쾌감을 느끼는, '비이성적 욕망'을 즐기는 인간인 것이다. 그를 표현하는 단어들은 대부분 부정적이다. 지하인은 타고난 청개구리이자 두더지인 것이다. 그는 항상 투덜대고 구시렁거린다. 늘 불만에 차 있고 횡설수설하며 트집을 잡는다. 지하인의 행동과 태도는 부조리하고 언제나 이단적이다. 그럼에도 불구하고 그는 분명히 메타 인지 능력이 결여된 동물과는 구별되는, 메타 인지 능력을 가진 인간이다. 인지와 의식은 인간의 모든 경험을 수집하고 통일하는 빛이다. 그런데 그의 지나친 자의식은 그를 정상적인 의식의 인간들과 구별되도록 만든다.

셋째로 지하인은 실존주의적 인물이다. 그는 인간의 본질에 앞서 실존하는 인물이다. 저자는 『지하로부터의 수기』의 처음부터 지하인의 존재에 대한 당위성을 강조한다. "이 수기의 저자도, '수기' 자체도 물론 지어낸 것이다. 그럼에도 불구하고 대체로 우리 사회를 형성하는 여러 상황을 고려한다면 이 수기의 작가와 같은 인물은 우리 사회에 얼마든지 존재할 수 있을뿐더러 심지어 존재할 수밖에 없다. 나는 그다지 멀지 않은 과거에 속하는 성격 중 하나를 좀 더 또렷하게 뭇 사람들 앞에 내보이고 싶었다. 이자는 아직도 명맥을 유지하고 있는 저 세대의 대표자 중 하나이다."[56] 결국 이 말에 따르면 주인공 지하인은 최근에 등장한 성격 중 하나일 뿐만 아니라 살아남은 세대의 대표자이다. 그는 과거, 현재, 미래, 어느 시대에나 실존하는 인물이라 할 수 있다.

---

56  도스토예프스키, 『지하로부터의 수기』, 김연경 역, 민음사, 2010, 7쪽.

마르크스의 말에 따르면 인간이란 "사회적 관계의 총체"이다. 우리는 좋든 싫든 태어나면서 이미 사회적 관계의 망 속에 들어가 정체성을 갖게 된다. 루트비히 비트겐슈타인이 "고유명사의 의미는 그 인물에 관한 기술(記述)의 총체"라고 했을 때, 그는 사회적 관계의 망에 둘러싸인 양파가 될 수밖에 없다. 비트겐슈타인의 말대로 작가 도스토옙스키에게는 다양한 기술어구(記述語句)와 형용사가 양파의 껍질처럼 따라붙는다. 가령 "잔인한 천재", "광기의 시인", "역설가", "편집병 환자", "종교적 신비주의자", "복음의 작가", "인간 영혼의 해부자", "위대한 심리학자", "공산주의의 파멸을 예언한 위대한 예언가", "예언자적 사상가", "도시의 작가", "어둠 속에서 빛을 찾는 작가", "저주받은 천재", "인간의 신성과 악마성을 투시한 작가", "비판적 사실주의자", "낭만적 사실주의자", "고차원의 사실주의자", "정신분석학자", "병적인 도박자", "아웃사이더", "부조리 작가", "실존주의자", "실존과 자학의 작가", "슬라브주의자", "다성악 소설의 창시자", "악마 숭배자", "문학의 프롤레타리아" 등 그에 대한 기술어구의 수는 끝이 없다. 도스토옙스키의 정체성 중에는 대다수가 그의 주체적 선택에 관계없이 주어진 것들이다. 그는 자신의 개인 의사와는 관계없이 다중정체성(multiple identities)을 가진 작가가 된 것이다. 반면 S. 크립케는 고유명사의 의미가 기술어구의 총체로 환원될 수 없다고 본다. 즉 도스토옙스키는 그에게 따라다니는 온갖 수사(修辭)와 기술에도 불구하고 본질상 1821년 모스크바 소재 마린스키 자선병원에서 근무한 의사와 상인 가문 출신의 독실한 신자였던 어머니 사이에서 둘째 아들로 태어나 1881년에 죽을 때까지 수많은 소설을 쓴 러시아 작가일 뿐이다. 긍정과 부정의 기술어구로 표현되는 사회적 관계의 양파껍질을 다 벗겨도 도스토옙스키는 여전히 표도르 미하일로비치 도스토옙스키인 것이다. 마찬가지로 도스토옙스키가 창조한 소설 속 인물인 지하인도 여러 가지 기술어구를 사용하여 자신의 자유의지에 따라 자기 합리화와 자기 정당화에 집착하는 인물인 동시에 한때 8등급 관리였다가 사표를 내고 먼 친척이 준 유산 6000루블로 살아가는 40세의 이름 없는 인물일 따름이다.

# 08. 자의식

등장인물의 고유한 세계관에는 자기 자신을 바라보는 고유한 관점이 들어 있다. 『지하로부터의 수기』에서 주인공 지하인을 가장 괴롭히는 것은 자의식(自意識) 과잉이다. 바흐친은, 도스토옙스키의 전형적인 주인공은 "그가 어떤 사람인지가 아니라, 스스로에 대해서 어떻게 의식하고 있는지"를 독자들에게 보여준다고 지적한다. 바흐친의 말대로 자의식은 도스토옙스키의 모든 작품을 이해하는 핵심이다.

여기서 우리는 인간의식의 문제를 풀고 넘어가야 한다. 지하인은 의식하고 사유하는 인간이다. 의식은 인간의 모든 경험을 수집하고 통일하는 빛이다. 지하인은 새로운 인간의식에 대한 수수께끼를 폭로하고 있다. 지하에 처박혀 사는 성난 생쥐와 같은 지하인의 의식은 알고 보면 보편적인 인간의식이다. 의식을 소유한 인간만이 진정한 인간이라 할 수 있다. 의식이 없다면 인간이 아니다. 그러나 의식은 오직 현실과의 갈등과 세계와의 단절에서 파생된다. 의식은 소외와 고독의 길을 통과해야 한다. 그 길은 바로 고통이다. 삶의 고통 속에 놓여 있을 때에만 비로소 인간은 삶을 의식한다. 그러나 한편으로 독자적인 의식은 존재하지 않으며, 의식은 모든 인류와 결합되어 있다. 이런 고통스런 모순으로 부터 인격의 비극이 출발한다. 도스토옙스키에게 있어서 인격과 세계의 관계는 운명적으로 분열되는 특징이 있다. 주인공의 말은 이성에 호소하는 논리적 항변이 아니라, 목소리와 억양에 의한 직접적이고 최면술적인 암시이다. 우리는 지하인의 조잡한 말과 표현 양식, 통사론적 부조화, 단절되는 문장 등을 통해 심리적으로 그의 분열을 감지하게 된다. 도스토옙스키의 주인공들은 모두 그들이 사용하는 화법에 의해서 성격이 규정되며, 특히 지하인의 경우, 그가 사용하는 화술을 통한 특징묘사가 두드러진다. 그의 주인공들은 증오하면서 사랑하고, 사랑하면서 증오한다. 그들은 냉소적인 환희로 가득 차 있는 낭만주의적 주인공들이다. 다시 말해서, 작가는 제1부의 문체적 기법을 통해서 이중성의 관념을 독자에게 제시하고 있다.

무엇보다도 특징적인 것은 지하인이 연기하는 고백의 내적, 외적 형식 사이의 대조이다. 문장 하나하나가 대화를 형성하는 독백으로 이루어지기 때문이다. 주인공은 오직 자신만을 위해 글을 쓸 뿐, 어떤 독자도 필요 없다고 단호하게 말한다. 그러나 사실은 그렇지 않다. 그의 말 한 마디 한 마디는 타자에게로 향하고 있으며, 타자의 반응을 살피고 타자에게 특별한 인상을 심어줄 것을 기대하고 있다. 그는 타자를 조롱하고 욕하고 무시하지만, 동시에 그에게 아첨하면서 자신의 정당성을 입증하고자 하며 논박과 설득을 병행한다. 타자로부터 완전히 결별하겠다는 그의 절규는 적(타자)으로부터 관심을 얻어내기 위한 지극히 애처로운 노력과 맞물려 있다. 그는 역설적인 방법으로 타자와의 대화를 통해 자신의 정당성과 합법성을 연기하고 있는 것이다.

주인공은 교활하고 악의에 찬 언사로 보이지 않는 적과 논쟁한다. 그의 논쟁은 절박하고 열정적인 어조로 행해진다. 그는 끊임없이 변명을 하고, 타자를 반박하고, 타자의 견해에 대한 예측을 늘어놓는다. "신사 양반, 내가 선생 앞에서 참회하고 있는 것 같아 보이지 않으시오?" 혹은 "신사 나리, 내가 당신을 웃기려 한다고 생각하고 있지 않소? 그렇지 않소?" 이러한 곁눈질은 모두 독자에 대한 철저한 무관심을 증명하는 듯 보이지만 실제로는 그와는 정반대로 독자에 대한 노예근성이자 의존임이 밝혀진다. 이것이 바로 점점 커져가는 화자의 초조함과 분노의 원천이다. 타자의 의식이 휘두르는 권력으로부터 해방되기 위해, 그는 거울에 비춰진 자신의 반영을 더럽히고 왜곡시키려고 노력한다. 그는 일신상의 끔찍한 내용들을 늘어놓으면서 자신의 추함을 강조하고, 자기 내부에 있는 고결하고 아름다운 모든 것을 냉소적으로 조롱한다. 이것은 절망에 대항하는 자기 방어이다. 타자의 의식에 비친 그의 이미지는 일종의 가면이다. 그는 그 가면 속에 숨어 자유롭게 행동하다가 지하로 사라진다. 그는 단호하게 말을 하다가도 항상 빠져나갈 구멍을 열어놓는다. 결국 병적인 의식에서 나온 주인공의 독백, 아니 타자와의 대화는 반복을 거듭한다. 적대적인 세계에 무관심을 표하면서도 동시에 그 세계에 대해 수치스럽게 의존하는 주인공의 형상은 인간세계에 의존해서 살아가는 부지런한 생쥐의 형상과 똑같다.

지하인은 자신이 벌레마저도 될 수 없었던 이유를 지나친 자의식 때문이라고 고백한다. 그의 자의식은 거의 병적인 수준이다.

"맹세하건대, 여러분, 너무 많이 의식하는 것이야말로 병, 그야말로 진짜 병이다. 인간이 일상생활을 하는 데는 인간이면 으레 갖는 평범한 의식만으로도 너무나 충분할 것이다. 즉 불행한 우리 19세기에 지적으로 성숙한 인간으로 태어났고 더욱이 지구를 통틀어 가장 추상적이고 계획적인 도시 페테르부르크에 산다는 이중의 불행을 안은 인간에게 부여된 의식 분량의 절반, 아니 4분의 1만 있으면 될 것이다 ······. 너무 많은 의식은 물론이거니와 어떤 것이든 의식이란 다 병이다. 그렇다고 나는 고집한다." [57]

19세기의 상트페테르부르크를 살아가는 지하인은 사회에서 너무도 짓밟히고 상처를 받은 나머지 자신이 품고 있는 복수심의 정당성 여부조차 판단하지 못한다. 그는 자신의 의식에 대한 지울 수 없는 모욕감을 느껴 쥐구멍에 들어가 이를 간다. 남들의 눈에 띄지 않게 온갖 사소한 방법으로 소심하게 복수하려는 생쥐의 비틀린 자의식이 낳은 결과이다. 그가 그러한 자의식을 갖게 된 원인은 바로 그가 사회적 약자라는 데 있다. 그의 자의식은 외적 현실과 내적 현실 간의 충돌의 결과인 것이다. 지하인의 자의식은 사회적 약자로서의 자의식이며, 그의 언어조차도 그러한 자의식으로부터 나온다.

지하인의 자의식은 세계와 대립된다. 문제는 그의 자의식 과잉이다. 과잉의 자의식은 자기가 궁지에 몰려 박해당하고 있다고 느낀다. 그는 자기 신념과 일치하는 정보만 수용하는 확증편향을 보여주고 있다. 동시에 그는 모든 상황을 자기 믿음과 경험에 빗대어 분석하는 확증편향의 오류도 범하고 있다. 그의 병

---

57  도스토예프스키, 『지하로부터의 수기』 김연경 역, 민음사, 2010, 14-15쪽.

적인 예민함, 이기심, 허영심, 의구심은 자의식에서 비롯된다. 괴롭힘을 당하는 생쥐처럼 그는 자기가 파놓은 구멍 속으로 숨으며 혐오스러운 현실에서 공상 속으로 도피한다. 자의식의 분열은 계속된다. 한편으로는 심술궂고 방탕한 의식이 나타나고, 다른 한편으로는 아름답고 숭고한 꿈을 꾸는 의식이 나타난다. 그러한 이중성은 모순과 고난으로 체험된다. 이러한 내적 심리를 심층적으로 분석하면 고통으로부터 쾌락을 느끼는 그의 상태를 이해할 수 있게 된다. 이러한 역설적인 상황은 도스토옙스키의 작품에서 매우 흔하다. 의식 속에서는 미학적 차원이 윤리적 차원을 대신한다. 타락은 분명 고통이다. 그러나 타락에 대한 인식은 기쁨을 줄 수도 있다. 작가는 의식에 대한 통찰을 통해 도착증에 대한 결론을 내린다. "신사 나리, 난 당신에게 맹세합니다. 지나친 의식, 이것은 병, 진짜 병, 완전한 병입니다." 그럼에도 불구하고 이른바 '본능적인 인간이나 활동가' 보다는 '예리한 의식을 가진 생쥐'가 되는 편이 낫다. 의식의 원천은 고통과 맞닿아 있다. 그러나 인간은 자신의 인간성을 부인하지 않는 것처럼 고통 역시 부인하지 않을 것이다.

자의식 과잉은 병이다. 이 작품에서 병든 의식은 인간적 비극으로 나타난다. 지하인에게는 인간의 고결함과 비속함, 존엄성과 속물성, 가치와 무가치가 공존한다. 그의 고백에는 충일함과 의기양양함에서부터 쓰레기 같은 불행함까지 극단으로 오르내리는 감정들이 혼합되어 있다. 그러한 양극성은 지하인의 성격적 특성으로 그의 자의식을 기초로 형성된 것이다.

# 09. Homo Regens와 Homo Scribens[58]

잘 알려진 이야기로 도스토옙스키의 등장인물들은 대부분 지나칠 정도로 책 읽기와 글쓰기에 집착하며 그것을 통해 자신의 존재감을 발견하거나 타인을 알 아간다. 그들은 대부분 텍스트를 읽거나 생산하는 주체로 전면에 부각된다. 여 기서 텍스트의 범주는 소설, 시, 서사시, 역사물, 성서, 신문, 잡지, 평론, 고백, 편 지, 수기, 논문, 격문 등 다양하게 나타난다. 작중인물들은 책읽기와 글쓰기를 통해 사회에 참여하고 세상을 향해 말을 건다. 그런 까닭에 소설 텍스트의 담론 층위는 상당히 복잡해진다. 『지하로부터의 수기』에는 이처럼 지하인을 중심으 로 한 책읽기와 글쓰기의 흥미로운 두 측면이 잘 드러나 있다.

우선 지하인은 책읽기를 즐기는 몽상적 독서광이다. 그는 읽기에 대한 한없 는 갈망을 보여주는 호모 레겐스(Homo Regens)라 할 수 있다. 호모 레겐스는

---

58  "Homo Regens"는 "읽는 인간"을 뜻하고, "Homo Scribens"는 "글 쓰는 인간"을 의미한다.

"나는 읽는다, 고로 존재한다."며 독서를 실천하는 "읽는 인간"으로 독서에 대한 과도한 탐욕을 보여준다. [59] 제2부 「진눈깨비와 관련하여」에 나오는 지하인은 책 읽기에 대한 회상을 한다.

"집에 있을 때 나는 첫째로 책을 제일 많이 읽었다. 나의 내부에 끊임없이 끓어오르는 모든 것을 외적 감각으로 억누르고 싶었던 것이다. 외적인 감각 중 그나마 나한테 가능했던 것은 오직 독서 하나뿐이었다. 독서는 물론 많은 도움이 되었으니, 흥분에 들 뜨기도 하고 달콤함에 젖기도 하고 괴로워하기도 했다. 하지만 때론 끔찍할 정도로 지루해하기도 했다. ( ……) 독서 말고는 달리 갈 데도 없었으니, 즉 그 무렵 내가 내 주위에서 존경할 수 있고 어떤 끌림을 느낄 수 있는 것이라곤 아무것도 없었다." [60]

지하인은 책읽기를 너무 많이 한 과잉의 독서가이다. 그는 책을 읽으며 책 속에서 살고, 책을 통해 사랑하고 증오한다. 그와 관계를 맺는 매춘부 리자는 지하인이 "책 따라 하기"를 좋아한다는 사실을 간파한다. 지하인 역시 자신의 "책 따라 하기"를 다음과 같이 고백한다. "난 내가 고의로 과장해서, 일부러 만들어낸 듯 어색하게, 심지어 책에서 나오는 것과 같이 말하고 있음을 알았다. 한마디로 말해서 난 책과 똑같은 방식이 아닌 다른 방식으로는 말을 할 수 없었다." [61]

---

59 도스토옙스키 본인이 호모 레겐스(Homo Regens)였다. 형에게 보내는 편지는 그가 독서광임을 잘 보여준다. "내가 글을 쓰지 않을 때 무슨 일을 하는지 형도 궁금할 거야. 독서를 해 끔찍할 정도로 많이. 북서는 내게 기괴한 영향을 줘. 예진에 읽었던 것을 다시 읽으면 새로운 힘이 솟아나서 모든 것을 깊이 있게 탐구하고, 그것을 분명하게 이해하고 새로운 것을 창조하는 능력을 얻게 돼."

60 도스토옙스키, 『지하로부터의 수기』 김연경 역, 민음사, 2010, 78~79쪽.

61 도스토옙스키, 『지하로부터의 수기』 조혜경 역, 펭귄클래식, 2009, 154쪽.

지하인은 너무 오랫동안 생생하게 "살아 있는 삶(Живая жизнь)"과 절연한 채 오로지 책 속에서만 살아왔고, 그러면서도 여전히 속으로는 "책 속에 있는 생활이 훨씬 낫다"고 생각한다. 그는 타인들과 대화할 때도 "책을 읽듯이" 말한다. 책은 그를 수다쟁이 몽상가로 변형시키기도 한다. 그리하여 책에 빠져 있을 때, 그는 현실과 책의 세계를 구별하지 못한다. 왜 지하인은 책을 따라 사는 삶을 비판하면서도 그러한 삶에 얽매여 벗어나지 못할까? 인간은 모두 정도의 차이만 있을 뿐 삶과 유리되어 있으며 불완전하기 때문이다.

"어찌나 많이 유리되었는지 진짜 '살아 있는 삶'에 대해서는 때때로 어떤 혐오감마저 느끼고, 또 이 때문에 누가 우리에게 이걸 상기시키면 도저히 참을 수 없어진다. 실상 우리는 '살아 있는 삶'을 노동이나 다름없는 것으로, 거의 업무로 생각하는 지경에까지 이르렀고 다들 속으로 책에 따라 사는 것이 차라리 더 낫다는 쪽에 동의한다." [62]

사실 지하인은 책의 환상에 빠져 살아가고 있는 것이다. 책은 지하인에게 몽상적 삶의 아름다움을 보여주기 때문이다. 지하인은 자신이 "문학의 감옥"에서 해방된다면 존재 자체를 영위할 수 없게 되리라는 것까지도 잘 알고 있다.

"책 없이 우리들만 남겨 두면 우리는 곧 혼돈스러워하고 길을 잃을 것이다. 어디로 가야 할지 무엇을 붙잡아야 할지 무엇을 사랑하고 무엇을 증오해야 할지 무엇을 존경하고 무엇을 증오해야 할지 알지 못한 채 말이다. 우리는 심지어 인간 본연(진짜)

---

62 도스토예프스키, 『지하로부터의 수기』, 김연경 역, 민음사, 2010, 198쪽.

의 육체와 피를 가진 인간에 대해서조차 번거로움을 느낀다. 우리는 그것을 부끄러워하고 치욕으로 여기며 전례 없는 보편적인 인간이 되는 기회를 엿본다." [63]

지하인이 읽는 것은 예술 작품에서부터 신문, 논문, 역사물, 성서에 이르기까지 다양하다. 더 나아가 그는 그러한 텍스트를 열심히 읽고, 분석하고, 해석하고, 패러디하고, 패스티시(Pastiche)하고, 표절하고, 인용하거나, 논평을 한다. 『지하로부터의 수기』속 언급에 따르면 그는 푸시킨(1799~1837), 고골(1809~1852), 레르몬토프(1804~1841), 곤차로프(1812~1891), 체르니셉스키, M. E. 살티코프-셰드린(1826~1889), 네크라소프, H. T. 버클(1822~1862), A. E. 아나옙스키(1788~1866), H. 하이네(1797~1856), J. J. 루소(1712~1778), G. 상드(1804~1876), 바이런(1788~1824) 등의 책을 읽은 것으로 보인다.

그런가 하면 지하인은 낭만주의든, 새로운 사조인 계몽적 합리주의든 모든 것이 책으로부터 온 것이며, 자신을 포함한 모든 사람이 책을 모방하면서 살려고 하기에 실제 삶으로부터 유리되어 있다는 자조적인 비판을 입에 담기도 한다. 지하인은 낭만주의가 꽃을 피웠던 1830년대에 10대를 보내고 1840년대에 20대를 보낸 인물이다. 그는 책에서 익힌 낭만주의적 우월감을 자신의 현실에 적용해보지만 항상 소외를 당한다. 이는 푸시킨의 오네긴이 살았던 삶과도 비슷하다. 오네긴 역시 낭만주의 소설을 읽고 비틀어진 낭만주의적 우월감으로 살다가 현실에서 소외되어 사라졌다. 지하인과 비슷한 시기를 살아간 인텔리겐치아들도 책을 통해 얻은 정보로 삶을 재해석한다. 고독, 소외, 사랑, 권태 등을

---

63 도스토옙스키, 『지하로부터의 수기』 조혜경 역, 펭귄클래식, 2009, 193쪽.

즐긴 푸시킨, 레르몬토프, 체르니셉스키, 네크라소프 같은 러시아 작가들도 모두 마찬가지다. 그들은 지루함을 이기기 위한 방편으로 삶을 문학처럼 창작하고자 했고 문학처럼 살고자 했다. 그들은 책을 통해 자기 정당화의 길을 찾았으며 스스로를 정당화하기 위한 글을 썼다. 책을 모방하면서 추상적인 삶에 빠져버린 것이 그들 인텔리겐치아 지식인들의 한계였다. 도스토옙스키는 지식인들의 약점을 잘 알고 있었다. 지식인들은 자기중심적 욕망이 강하고, 타인에 대한 지배욕구가 강하여 타인의 삶을 짓밟고 파괴하는 데서 일종의 쾌감을 느끼는 자들이다. 그들은 끊임없는 의심과 부정, 자기비하가 담긴 성찰을 즐긴다. 그들은 먼저 책들을 읽은 뒤, 책에 나온 것처럼 말하고 행동하는 모방자이며 현학자이다. 지식인들은 책에서 얻은 지식을 가지고 오만하게 행동하고 타자를 무시한다. 그들은 실질적 삶을 경험하기보다는 책에서 읽은 추상적 삶을 살아가기 때문에 구체적이고 실질적인 삶을 살지 못한다. 그래서 지식인은 "진정한 삶으로부터 유리되어 책에 따라 사는 삶"을 살아가는 것이다. 지하인 역시 책에 따라 행동하는 이러한 지식인들을 연극적으로 모방하고 있다.

도스토옙스키는 작가로서 언제나 문학예술작품을 통해 독자와 교감하고자 했고, 문학 자체를 작중인물들 사이의 가장 기본적인 의사소통의 고리로 설정했다. 그에게 독서행위는 상호의사소통 행위이다. 그리하여 그의 인물들은 오로지 책 속에서, 책과 더불어, 책을 통해서만 살고, 사랑하거나 증오하고, 진리와 구원에 대해 이야기한다. 책은 작가와 독자(또는 비평가)의 대화를 가능하게 해주는 매개체이다. 비평가나 독자는 등장인물이 읽는 책이나 독서 태도를 통해, 그리고 그것에 대한 다른 등장인물들의 평가를 통해 그 사람의 정체성을 파악한다. 독자의 역할을 강조한 츠베탕 토도로프가 한 "모든 작품은 독자에 의해 다시 쓰인다"는 말이 새삼 상기되는 지점이다. 도스토옙스키의 글을 읽다보면 대다수의 작중인물들이 모두 저자이거나 독자(해석자) 아니면, 저자인 동시에 독자라고 말할 수 있다. 소설 안에서 인물들은 책을 중심으로 서로 간에 자신들의 위상을 자리매김하기 때문에 복잡한 기호학적 현상을 유발한다. 그리하여 모든 독서 행위는 문학적 상호 의사소통의 중심이 된다. 독서는 "해석의 해석"을 낳기도 하지만, 저자와 독자 간의 "쌍방향 소통"이 되기도 한다.

그런가 하면 도스토옙스키는 글쓰기의 참과 거짓을 자기모순을 통해 밝히기도 한다. 그는 의식의 과잉과 의식분열을 겪는 인물로서 무의미하고 모순되는 말을 마구 늘어놓는 방식으로 글을 쓴다. 또한 루소의 『고백록』을 허영심에 의한 고의적인 거짓말이라고 한 하이네의 말을 인용하며 고백이나 자서전이 진실과 거리가 있음을 밝힌다. 결국 "~로부터의 수기"라는 제목이 붙은 자신의 고백 역시 거짓이라는 것이다. 글쓰기의 진실은 양파 껍질과도 같다. 글쓰기는 허영의 시장에 나온 가짜 상품에 지나지 않을 수도 있다. 독자들을 상대로 거짓말을 해대는 작가들의 허영심은 글쓰기가 일반인들이 갖지 못한 위대한 재능의 소유자, 즉 천재의 위대한 업적이나 되는 양 떠들어 대는 데서 나온다. 그들은 글을 쓰는 행위를 통해서만 체험할 수 있는 독특한 쾌감을 즐긴다. 하이네의 말은 글을 써서 먹고사는 지식인들의 허위의식이 잘 나타나는 대목이다. 오늘날 신춘문예를 위시하여 저널리즘 글쓰기뿐만 아니라, 각종 글쓰기 대회가 범람하는 우리나라의 상황에서 관찰되는, 글쟁이들의 지적 허영심과 허위의식을 잘 지적

해주는 대목이기도 하다.

"읽는 인간(Homo Regens)"의 탄생은 필연적으로 "글 쓰는 인간(Homo Scribens)"의 출현을 동반한다. 지하인은 글쓰기에 대한 한없는 집착을 보여주는 호모 스크리벤스(Homo Scribens)이다. 그는 "나는 쓴다, 고로 존재한다."라고 말하는 글쓰기의 실천자인 것이다. 지하인은 독자(읽는 인간)를 염두에 두고 글을 쓰는 사람이다. 그는 기억나는 대로 글을 쓴다고 말한다. "이 수기의 편집 양식에 있어서 나는 어떤 것에도 구애받고 싶지 않다. 질서니 체계니 하는 것도 갖추지 않겠다. 그냥 기억나는 대로 기록해 나가겠다."[64] 지하인은 왜, 무엇을 위해서 쓰고 싶어 하는 것일까? 그는 글을 쓰는 심리적 이유가 수천 가지나 된다고 말한다. 지하인은 복수를 하기 위해, 과거의 아픈 기억을 기록으로 남기기 위해, 권태를 달래는 수단으로, 노동의 수단으로, 더러는 나름의 도덕적 징벌이나 교화를 위해 글을 쓴다.

당구장에서 우연히 마주친 장교와의 에피소드에서 우리는 지하인의 복수심을 읽을 수 있다. 장교는 당구대 앞에서 길을 가로막고 있던 지하인을 그냥 물건처럼 집어다 옮기고, 지하인은 이것을 치욕으로 여긴다. 이 일 때문에 지하인은 장교를 비방하는 소설을 쓰기도 하고, 결투를 신청하는 편지를 쓰기도 한다. [65]

"절대 문학가 흉내를 내 본 적이 없는 나였지만 한번은 아침녘에 갑자기 그 장교를

---

64  도스토예프스키, 『지하로부터의 수기』 김연경 역, 민음사, 2010, 66쪽.

65  도스토옙스키는 작중인물을 통해 특정인을 비방하는 전문가이다. 그는 『악령』에서 카르마지노프라는 등장인물을 통해 투르게네프를 비방했다. 여기서 카르마지노프는 투르게네프의 패러디로 의도되었고, 『메르시』는 1865년에 발간된 투르게네프의 「충분하다(Dovol'no)」에 필적한다. 『메르시』는 장황하고 모호하며 그것을 듣는 이를 당황하게 만드는 작품이다.

폭로의 형식 내지는 캐리커처로, 소설 형식으로 묘사해 보자는 생각이 들었다. 쾌감을 느끼며 나는 그 소설을 썼다. 폭로를 감행했고 심지어 중상모략도 했다. 성은 처음에는 당장 알아볼 수 있도록 살짝만 손봤지만 나중에 곰곰 생각을 거듭한 뒤에 아예 바꿔서 『조국수기』에 보냈다. 하지만 그때만 해도 폭로문학이라는 것이 없었기 때문에 내 소설은 발표되지 않았다." [66]

한편 동창생들과 리자에 대한 에피소드는 지하인의 아픈 기억에 대한 과거 이야기이다. 제2부는 그러한 기억에 대한 지하인의 기록인 것이다.

"몇 해가 지난 지금까지도 어쩐 일인지 난 이 모든 것을 매우 불쾌한 느낌으로 기억하고 있다. 지금은 불쾌한 기분으로 기억하는 일들이 많다. '수기'를 바로 여기서 끝내야 하지 않을까? 이 수기를 쓰기 시작했을 때부터 난 실수를 했다고 생각한다. 어쨌든 난 쓰는 동안 계속 부끄럽다고 느꼈다. 이것은 더 이상 문학이 아니라 교화를 위한 징벌이다." [67]

도스토옙스키의 작중인물들은 글쓰기의 적극적인 주체로 등장하는 경우가 많다. 그들은 스토리텔러(storyteller)로서 살아남기 위해 작가처럼 끊임없이 이야기를 꾸며내거나 글을 쓰며 소통하며 자신의 존재감을 드러낸다. 그래서 그의 소설 속에는 고백, 수기, 편지, 논문, 극시, 제사, 주석, 서사시, 진실 등 하위 장르로 분류되는 것들이 삽입되어 있다. 지하인 역시 『천일 야화』의 화자 세혜

---

66   도스토예프스키, 『지하로부터의 수기』, 김연경 역, 민음사, 2010, 83쪽.

67   도스또예프스키, 『지하로부터의 수기』, 계동준 역, 열린책들, 2000, 219-220쪽.

나자데처럼 이야기를 만들지 않고는 살 수 없는 사람 같다. 현대 의학으로 진단해보면 지하인은 하이퍼그라피아에 걸린 환자로 글쓰기의 대가이다. 글을 쓰고자 하는 주체할 수 없는 욕구, 그것을 가리켜 의학적으로 '하이퍼그라피아(hypergraphia)'라고 한다. 신경학자들에 따르면 하이퍼그라피아는 뇌의 특정 부위에 변화가 생길 때 나타나는 증상으로, 흔히 측두엽 간질이나 조울증 등이 그 원인으로 꼽힌다. 지하인은 측두엽 간질 환자로 하이퍼그라피아라는 이름의 창조적 열병을 앓고 있는 것이다. 그는 하이퍼그라피아라는 병으로 인해 글쓰기를 즐기면서 쾌감을 얻는다. 지하인의 글쓰기에 대한 집착은 자신의 고통에 대한 해소와 치유의 방식이기도 하다.

"종이 위에 글을 쓰면 왠지 더 위엄 있어 보이고, 뭔가 더 근사해 보인다. 그렇게 하면 나 자신에 대한 비판의 수위를 높일 수 있는 데다가 문체도 좋아질 수 있다. 또한 글을 쓰는 동안엔 마음이 진짜 가벼워질 수도 있다. 바로 오늘만 해도 먼 과거에 대한 기억이 유난히 나를 압박해온다. 그 기억은 며칠 전 생생하게 떠오른 이후 사그라질 줄 모르는 성가신 노래처럼 내 머릿속에서 계속 맴돌고 있다. 그 기억에서 빨리 빠져나와야 한다……. 그래서인지 내가 그 기억을 글로 옮겨놓으면 그 기억이 마침내 내 머릿속에서 빠져나갈 것이라는 믿음이 생겼다. 그런데 누가 시도를 안 해보겠는가?……. 인간은 일할 때 선량해지고 정직해진다고 말한다. 적어도 그런 기회가 나에게 찾아온 것이다."[68]

작가 역시 글을 쓰는 자로서 '나는 쓴다, 고로 존재한다.'라는 명제의 실행자이

---

68  도스또옙스끼, 『지하에서 쓴 수기』, 김근식 역, 창비, 2012, 70쪽.

다. 도스토옙스키에게 글은 생존을 위한 도구였다. 모든 작가가 다 그런 것은 아니지만 도스토옙스키는 자기가 쓰기만 하면 읽어주는 독자가 생산된다는 생각을 가진 작가였다.

다니엘 페나크의 말에 따르면 "모든 독서는 저마다 무언가에 대한 저항 행위"[69]라는 것이다. 도스토옙스키에게 책읽기와 글쓰기는 '즐거운 저항'이었다. 글쓰기가 반드시 책읽기를 바탕으로 실현되는 것은 아니지만, 많은 글을 읽다 보면 자연적으로 글쓰기의 욕망이 일어난다. 글의 내용 역시 읽은 책들에 대한 이야기를 중심으로 전개되는 경우가 많다. 앞에서 이미 언급한 것이지만,『지하로부터의 수기』의 제1부는 체르니셉스키의『무엇을 할 것인가?』에 대한 저항이다. 제2부의 제목은「진눈깨비에 관하여」로 시작된다. 작품은 이러한 방식으로 이전 작가들을 회상하고, 읽은 텍스트의 내용이 모티프가 되어 테마로 이어지는 글쓰기의 단초를 마련한다.

제2부에서 네크라소프의 시「길을 잃고 암흑을 헤매던(Когда из мрака заблуждения)」은 기저 텍스트로서 지하인과 매춘부 리자의 관계를 암시해준다. 고결한 정신의 소유자인 화자와 윤락 여성의 사랑을 그린 감상주의적이고 낭만주의적인 네크라소프의 시 텍스트는 지하인에 의해 냉소적으로 해석된다. 지하인은 네크라소프의 진지한 장시에 무엇인가 어울리지 않는 다소 희극적인 "기타 등등"을 자의적으로 덧붙여 자기 해석을 남긴다. 도스토옙스키는 네크라소프의 시를 "기타 등등"으로 끝맺음으로써 그의 시에 등장하는 시적 화자

---

69  다니엘 페나크,『소설처럼』이정임 역, 문학과 지성사, 2004, 104쪽.

의 인류애적인 감동이 너무 상투적이고 진부한 수사학에 지나지 않음을 비판적으로 조소하고 있다.[70] 로버트 잭슨은 이 시의 마지막 행에 나오는 "등, 등, 등 (И т. д., и т. д., и т. д.)"[71]이 1840년대의 낭만적·감상주의적 에토스에 대한 조롱이자, 순진한 이상주의에 대한 아이러니한 지적이라고 해석한다. 지하인은 1840년대의 소박한 낭만주의와 이상주의를 누구보다 잘 알고 있으며, 텍스트를 냉소적으로 오독한다. "그의 삶에서 일어난 사건은 네크라소프의 '나'와 '너'의 관계를 뒤집는다. 시 텍스트에서처럼 '깊은 고민에 잠겨 수치와 두려움에 가득 차 와락 울기 시작하는' 인물은 리자가 아니라 지하인 자신이다. 반면에 고결한 이상을 가지고 '전락한 인간'을 구원해 주려고 시도하는 사람은 오히려 리자 쪽이다. 그러므로 지하인 자신의 이야기는 그 자체가 네크라소프의 이야기에 대한 패러디라 할 수 있다."[72] 여기서 문제는 리자와의 사건이 네크라소프의 텍스트를 뒤집어 놓는 일종의 패러디라는 사실을 지하인 자신이 누구보다도 잘 알고 있다는 것이다. "내 혼란스런 머릿속에는 이제 역할들은 명백히 뒤바뀌었다. 지금은 그녀가 주인공이고, 그녀가 바로 나흘 전 밤에 내 앞에서 그랬던 것처럼 이번에는 내가 모욕당하고 짓밟힌 존재가 되었다는 생각이 들었다."[73] 지하인은 네크라소프의 시에 냉소적 비판을 가함으로써, 이 이야기가 이미 존재하는 작가에 대한 기형적인 모방이라는 사실을 교묘한 방법으로 예고하는 것이다.

---

70 도스토옙스키의 비난과 풍자는 체르니솁스키의 이론과 그의 작품 『무엇을 할 것인가?』에 한정되는 것은 아니다. 도스토옙스키는 체르니솁스키가 활동한 잡지 『동시대인』의 주요 회원들이자 그의 추종자들인 네크라소프와 살티코프-셰드린, 그리고 그들이 칭찬한 니콜라이 게의 『최후의 만찬』에까지 다양하다.

71 도스토옙스키, 『지하로부터의 수기』 조혜경 역, 펭귄클래식, 2009, 154쪽.

72 석영중, 『도스또예프스끼 소설 연구』 열린책들, 1998, 27쪽.

73 도스또예프스끼, 『지하로부터의 수기』 계동준 역, 열린책들, 2000, 212쪽.

# 10. 기억의 시학

　존재를 규정하는 것은 시간과 공간이다. 기억이란 과거의 시간과 공간에 대한 환기작용이다. 제2부는 지하인의 과거 기억에 대한 회고담으로 40대인 지하인이 20대 시기의 자신의 삶에 대한 기억을 고백하고 있다. 다시 말해 제2부는 지하인의 기억 속에 남아 있는 추억담이다. 여기서 우리는 인간의 형제애에 대한 현실, 즉 인간 공동체의 비극에 대한 이야기를 읽을 수 있다.

　사람들은 누구나 공동체 생활에서 형제애가 최고의 가치라고 강조한다. 그러나 형제애란 이론적으로나 추상적으로는 아름다운 가치일 수 있으나, 실제 현실에서는 실현시키기가 아주 어려운 가치이다. 인간 사회의 현실적 관계 망에서 형제애 실천의 어려움은 지하인의 행동을 통해 잘 나타난다. 지하인의 기억 속에는 크게 세 가지 사건으로 빚어지는 비극(고독한 의식의 비극)이 제시된다. 첫 번째 사건은 장교와의 결투에 대한 이야기로 '자존심의 비극'이다. 두 번째 사건은 지하인이 자기 자신과 남(타인, 타자)에게 불쾌감과 고통을 초래할 뿐인 송별회에 참석하는 행위로 '우정의 비극'이다. 세 번째 사건은 불행한 윤락 여성에 대한 무의미하고 잔인한 행위로 '사랑의 비극'이다. 이 세 가지 사건들에서 작가가 논증하고자 하는 것은 인간의 욕망이 아무리 비이성적이고 비합리적인 형태로 나타난다 하더라도 인간 의식의 힘으로 그것을 저지할 수 없다는 것이다. 즉 이성적·합리적 행동이 비이성적·비합리적 행동을 억제하거나 통제할 수 없다는 말이다. 이성(이론)적으로 형제애는 실현 가능한 덕목일수 있지만, 감정(현실)적으로 형제애는 불가능하다.

도스토옙스키는 굴욕과 수치가 중요한 감정으로 작용하는 세계를 생생하게 묘사하여 독자를 끌어들인다. 등장인물들은 그러한 감정들로 인해 방향을 잃거나 혼란에 빠진다. 독자 스스로 깊은 수치심을 맛보도록 하는 게 도스토옙스키가 구사한 내러티브 전략의 하나이다. 그는 굴욕과 수치뿐만 아니라 무엇이 됐건 감정에 초점을 맞추어 강렬한 장면을 연출한다. 『지하로부터의 수기』에서 주인공과 등장인물들은 굴욕과 수치의 감정에서 해방되기를 원한다.

기억 속의 주인공 '나'는 동료들로부터 괴짜 취급을 받는 24세의 고독한 인간이었다. 그는 못생긴 고아로 자라나 대학을 나온 후 독신으로 쓸쓸한 은거생활을 하고 있었다. 관청의 말단직에 근무하면서 동료들을 증오하기도 하고 두려워하기도 하면서 살았다. 가급적 사람들을 피하고 남들과 말도 하지 않으며 집에서 무질서한 생활을 영위했다. 그는 고약한 성격에 괴짜로, 남들을 경멸하면서도 자기 열등감을 갖는 복잡한 성격의 소유자였다. 병적으로 자의식이 강한 사람이었던 것이다.

"그때 나는 겨우 스물네 살이었다. 그 당시 나의 삶은 우울했고 정돈되지 못했고 너무도 고독했다. 난 어느 누구와도 어울리지 않았고 말하는 것을 피해 나의 구석진 방에 틀어박혔다. 관청에서 일할 때에도 난 어느 누구도 쳐다보려 하지 않았으며, 동료들이 날 괴짜로 여기고 있을 뿐만 아니라 날 혐오스럽게 바라보는 것처럼 느끼기도 했다."[74]

지하인은 사무실에서 동료들에게 경멸하는 태도를 보이면서 위신을 세워 보려고 했지만 자신이 동료들보다 열등하다는 생각을 억제할 수 없었다. 그는 자신이 남들과 다르며, 자신과 같은 사람이 아무도 없다는 것을 알게 되면서 스스로를 걱정하게 되었다. "많은 사람들이 있는데도 나는 정말 외톨이구나!" 하고 중얼거렸다. 집에서 기쁨과 고통을 주는 독서를 해보지만, 이내 지치고 밤이 되면 무섭고 추악한 생각에 묻힌다. 자의식이 강한 지하인이 부닥치게 되는 다양한 사건의 기억들을 살펴보자.

첫 번째 사건의 기억은 장교와의 결투에 대한 이야기이다. 이 결투는 '자존심의 비극'에 대한 이야기이다. 결투란 원래 일정한 규칙에 따라 벌어지는 두 사람의 싸움으로 명예를 회복하고, 모욕으로 인해 생긴 오점을 모욕당한 사람에게서 제거하는 것이 그 목적이다. 즉 결투는 서로의 원한이나 갈등을 풀기 위해 미리 합의한 방법으로 승부를 결판내는 일인 것이다. 결투는 명예를 회복하는 일정한 절차이다. 결투라고 하면 우리는 기사들의 결투를 생각할 것이다. 그러나

---

74 도스토옙스키, 『지하로부터의 수기』, 조혜경 역, 펭귄클래식, 2009, 67쪽. 여기서 묘사된 지하인의 이미지는 미래의 라스콜리니코프의 탄생을 예고하는 지표가 되기도 한다.

여기서 지하인이 말하는 결투는 기사들의 결투가 아니라 자기 혼자서 생각하는 상상(공상, 몽상)의 결투이다. 그의 결투는 '노려보기'와 '밀치기' 테마로 나타난다. "지하인은 늘 우울했고, 같이 일하는 동료들을 증오했다. 그는 자기 자신도 미워했다. 모욕과 관련된 실험에 대해서도 말했다. 사람을 좋아하든 하지 않든 그는 그 사람의 눈을 똑바로 쳐다보지 못했다. 그가 누구든 노려볼 수 있는지 실험도 해보았지만 실패였다. 이것이 그를 광적인 상태로 몰고 갔다."[75] 그는 상대 '노려보기'로 결투의 감정을 나타내다가, 다음은 '밀치기'로 결투를 하게 된다. 앞서 언급한, 당구장에서 일어난, 한 장교와의 충돌의 일화가 '밀치기'의 예이다. 그 장교는 말 한 마디 없이 지하인의 어깨를 밀쳐냈고, 마치 그라는 사람이 존재하지도 않는 것처럼 무시하고 지나갔다.

> "난 당구대 옆에 서 있었고 나도 모르게 길을 막게 되었다. 그래서 그가 돌아가야만 했다. 장교는 미리 말하거나 해명하지도 않은 채 아무 말 없이 내 어깨를 잡더니 내가 서 있는 곳에서부터 다른 곳으로 날 옮겨 놓았다. 그리고 자신은 아무 일 없었다는 듯이 가버렸다. 주먹질이라면 그를 용서할 수도 있었을 텐데. 하지만 그가 날 옮겨 놓고 그것을 모른 체한 것은 어떠한 식으로든 용서할 수가 없었다."[76]

장교에게 무시를 당하고 굴욕감을 느낀 지하인은 낭만주의자들처럼 결투에 대한 공상에 빠져든다. 그는 결투를 인간적 품위를 수호하는 수단으로 바라보았던 것이다. 공상이든 현실이든 간에 그에게 명예회복은 중요하다. 지하인은

---

75  나보코프, 『러시아 문학 강의』, 이혜승 역, 을유문화사, 2012, 228쪽.

76  도스토옙스키, 『지하로부터의 수기』, 조혜경 역, 펭귄클래식 코리아, 2009, 75쪽.

19세기 귀족으로서 명예의 법칙에 복종하기로 결심한다. 이때 복종의 심리적 기제로 등장하는 것이 수치심이다. 수치심을 제거하기 위해 지하인은 용감한 행동을 감행하기로 결심한다. 위험성이나 죽음과의 정면대결은 모욕을 씻어내고 정화하는 수단이다. 모욕당한 자는 모욕을 치명적인 것으로 판단한다. 모욕의 정도에 대한 평가는 사회가 해야 하지만, 여기서는 지하인이 혼자서 판단을 한다. 너무 쉽게 화해에 나서는 자는 겁쟁이라는 소리를 들을 수 있고, 타당한 근거 없이 피를 흘리려 드는 자는 결투광이라는 평판을 받을 수 있다. 지하인은 자신이 겁쟁이가 아님을 증명해 보이고 싶었다. 그리하여 그는 앞서 6장에서 말했던 나름의 설욕전을 감행하게 되는 것이다.

> "우리는 어깨와 어깨를 강하게 부딪쳤다! 난 단 1 베르쇼크도 양보하지 않았고 완전히 동등한 관계로 지나쳤다! 그는 돌아보지도 않고서 미처 알지 못한 체했다. 하지만 단지 그런 체했을 뿐이다. 지금까지도 난 그렇게 확신한다! 내가 더 많은 것을 이룰 수도 있으리라 확신한다. 게다가 그가 더 힘이 세었지만 문제는 그게 아니었다. 중요한 것은 내가 목표를 달성했다는 것이고 품위를 지켰으며, 그에게 한 걸음도 양보하지 않고 내 자신을 그와 동등한 사회적 위치에 공개적으로 놓을 수 있었다는 점이다. 난 모든 것에 대해 이미 복수를 끝낸 사람으로서 서둘러 귀가했다. 난 환희에 차 있었다. 의기양양했고 이탈리아의 아리아를 불렀다."[77]

　　사실 대단한 결투나 되는 양 허풍을 떠는 지하인의 행동은 그야말로 '태산명

---

77　도스토옙스키, 『지하로부터의 수기』 조혜경 역, 펭귄클래식코리아, 2009, 83쪽.

동 서일필(泰山鳴動 鼠一匹)'이라고 할 수 있다. 태산이 우르릉 요동쳤는데 겨우 쥐새끼 한 마리가 대가리를 내밀고는 혀를 날름거린 꼴이다. 대단한 결투인 양 떠들어 대는 주인공의 짓거리는 그야말로 우스운 인간이 하는 짓거리의 전형이라 할 수 있다. 결국 명예를 내세운 결투는 귀족들의 계급적 편견의 발현이며, 지하인의 결투는 계몽적 풍자나 비판의 대상인 것이다.

이처럼 장교와의 결투는 잘난 척하는 관리들의 속물성과 문인들의 허위의식에 대한 패러디라 할 수 있다. 속물성을 러시아어로 표현하면 "пóшлость(저속, 범속, 천한 행동이나 표현)" 또는 "мещáнство(속물근성, 소시민 근성, 무식견)"이고, 영어로 표현하면 "윗사람에게 아첨하고 아랫사람에게 거만 부림, 또는 지위 재산 숭배"를 뜻하는 "snobbism"이다. 지하인은 유산을 상속받은 관리로서 제국러시아 관료제도의 앞잡이이다. "칼 소리를 요란하게 내고" 다니는 장교와의 오랜 전쟁은 이미 제1부에서도 언급되었다. "하지만 난 잘난 척하는 무리들 가운데 한 장교는 괴롭힐 수가 없었다. 그는 결코 순종하지 않았으며 혐오스러울 정도로 칼 소리를 요란하게 냈다. 난 이 칼 때문에 1년 6개월간 그와 전쟁을 벌였다. 마침내 내가 승리했다. 그가 더는 소리를 내지 않았던 것이다. 그런데 이 일은 내가 아직 젊었을 때 일어났다."[78] 지하인은 당시에 농노가 대다수를 차지한 민원인들에게 큰소리를 치며 겁을 주어 쫓아내야만 직성이 풀리는 관리였다. 그렇게 권위를 세우고 자존심을 지키는 일이 그에겐 삶의 쾌락이요 보람이었다. 그러한 자존심을 추락시킨 장교에 대해 그는 복수를 결심하지 않을 수 없었고, 끝내는 상상의 결투에서 그에게 승리한다. 이후 그 장교는 다른 곳으로

---

78  도스토옙스키, 『지하로부터의 수기』, 조혜경 역, 펭귄클래식코리아, 2009, 10쪽.

발령이 나버렸기 때문에 지하인은 별 문제 없이 가상의 복수를 끝마친다. 지하인의 행동은 권위적이고 억압적인 관리들의 비겁함과 속물성에 대한 패러디이다.

인간의 속물성을 도덕적 범주에서 파악할 필요는 없다. 속물성은 자주 실소(失笑)와 혐오를 유발하지만, 그 웃음과 혐오가 그들이 윤리적으로 속악하기 때문에 나타나는 것은 아니다. 인물들의 속물성이 곧 그들의 도덕적 악과 등가로 인정되지 않는 것이다. 속물성을 미학적 가치 평가의 범주에서 살펴보자. 속물성은 상투적인 생각으로 자신의 독자적인 '내면적 지향'을 지니지 못한 인물들의 특징이다. 그것은 창조성과 무관하며, 일반적이고 상투적인 생각들의 모음일 뿐만 아니라 진부한 표현과 속물적 언어의 사용으로 나타난다. 속물은 중간계급의 보편적 산물이며 순응주의자들의 속성이다. 속물적 인간들은 추상적이거나 형이상학적인 테마에 대해서는 철저하게 무관심한 인물들이다. 이들의 속물적 일상성은 세계에 대한 주체적 인식과 적극적인 발언의 자리를 마련하지 않는다. 속물적인 인간들의 관심은 주로 세속적 욕망에 대한 것으로 의, 식, 주, 성(性), 부(富), 명예, 승진에 대한 관심을 넘어서지 못한다. 그러한 세속적 욕망에만 관심을 두고 진부한 표현과 속물적인 언어를 구사하는 지하인은 대표적인 속물성의 소유자라 할 수 있다. 지하인의 속물성은 단순히 인간적인 도덕성 결함만을 지시하는 것이 아니다. 그것은 어떠한 창조성도 결여한 채 그 사회의 가장 저열한 정신만을 모방하고 있는 자의 속성이다.

또 한편으로 여기서 장교는 서구사상에 물든 문인들에 대한 패러디라고 할 수 있다. 장교가 차고 다니는 칼은 펜의 은유이다. "펜은 칼보다 강하다"라는 리턴 경의 말처럼 칼보다 강한 펜의 의미를 다시 생각해볼 필요가 있다. 펜은 문인들의 필수품이다. 장교가 칼을 가진 위협적인 인물이라면, 글쟁이는 펜이 무기다. 칼과 펜은 각각의 인물군(群)에게 무기가 된다는 점에서 공통된 속성을 갖는다. 그런 의미에서 소설 속의 장교는 서구파의 좌장인 벨린스키라고 해도 과언이 아니다. 소설 텍스트 속에서 화자는 장교에 대한 이야기 중간 중간에 문인들의 이야기를 삽입하고 있다. "그 당시에 내가 진정한 말싸움, 더 정당하고 매혹적인, 이른바 더 문학적인 말싸움을 위해 무엇을 할 수 있었는지 누가 알랴! 사람들은 날 파리처럼 대했던 것이다."[79] 어쩌면 문단 데뷔 후 두 번째 소설인 『분신』이 벨린스키의 혹평을 받은 뒤부터, 도스토옙스키의 영혼의 지하실에는 복수의 씨앗이 잉태되고 있었던 것일지도 모른다. 따라서 이 에피소드는 실제로 당시 문단에서 나약하고 자기 목소리를 내지 못하고 기가 죽어 생활했던 작가의 데뷔시절과 연관되어 있다.

"나는 비겁함이 아니라 무한한 허영심 때문에 움츠러들었다. 내가 놀란 건 10베르쇼크의 키도, 사람들이 날 아프게 때리고 창밖으로 내던질지도 모른다는 사실도 아니었다. 사실 내게 육체적인 힘은 충분했다. 부족한 것은 도덕적인 용기였다. 내가 놀란 건 내가 문학적인 말로써 그들에게 저항하며 말할 때, 카운터의 계산원에서부터 옷깃에 묻은 기름기 때문에 악취를 풍기는 역겨운 관리에 이르기까지, 사건을 목격했던 내 주위의 모든 사람들이 나를 이해하지 못하고 비웃으리라는 사실이었다. 왜냐하면 명예와 관련된 사항, 즉 명예 자체가 아니라 명예와 관련된 문제에 대해서

---

79  도스토옙스키, 『지하로부터의 수기』, 조혜경 역, 펭귄클래식코리아, 2009, 75쪽.

지금까지 우리나라에서는 문학적인 말이 아니고서는 달리 표현할 수가 없기 때문이다." [80]

지하인이 장교를 문학가와 연관시키는 표현은 계속된다. 그것으로, 이념에 치우친 경향문학의 대표자인 벨린스키에 대항하는 폭로문학을 시도해본다. 여기서 지하인은 '아름답고 숭고한 것을 추구하는' 소설가가 되고 싶은 열망을 숨기지 않는다.

"절대 문학가 흉내를 내 본 적은 없는 나였지만 한번은 아침녘에 갑자기 그 장교를 폭로의 형식 내지는 캐리커처로, 소설의 형식으로 묘사해 보자는 생각이 들었다. 쾌감을 느끼며 나는 소설을 썼다. 폭로를 감행했고 심지어 중상모략도 했다. 성은 처음에는 당장 알아볼 수 있도록 살짝만 손봤지만 나중에 곰곰이 생각을 거듭한 뒤 아예 바꿔서 『조국수기』에 보냈다. 하지만 그때만 해도 폭로 문학이라는 것이 없었기 때문에 내 소설은 발표되지 않았다. 나는 몹시 신경질이 났다. 이따금씩은 너무 분해서 숨이 콱콱 막혀왔다. 마침내 나는 나의 적수에게 결투를 신청하기로 마음먹었다. 그에게 아름답고 매혹적인 편지를 써서 나에게 사과하라고 애원했다. 만약 거절할 경우에는 결투를 할 수밖에 없다는 암시도 상당히 야무지게 내비쳤다. 즉, 편지가 워낙 잘 쓰였기 때문에, 그 장교가 '아름답고 숭고한 것'을 조금이라도 이해하는 위인이었더라면 반드시 나에게로 달려와 내 목을 얼싸안고 친구가 되자고 했을 것이다. 그렇게 했더라면 얼마나 좋았을까! 우리는 그렇게 새로운 삶을 시작했을 것

<hr />

80  도스토옙스키, 『지하로부터의 수기』, 조혜경 역, 펭귄클래식코리아, 2009, 77쪽

이다." [81]

　도스토옙스키가 감옥 생활을 하게 된 죄명은 서구주의자 페트라솁스키의 저택에서 『벨린스키가 고골에게 보내는 편지』를 낭독했다는 것이었다. 작가는 벨린스키가 고골에게 편지를 쓰듯 자신에게 편지를 써서 사과했더라면 결투를 하지도 않았을 것이고, 벨린스키가 '아름답고 숭고하다는 것'을 이해할 수 있는 인간이었다. 작가와 친구가 될 수 있었을 것임을 암시하고 있다.

　두 번째 사건의 기억은 지하인이 친구 송별회에 참석하는 행위이다. 이는 '우정의 비극'에 대한 이야기로 형제애(또는 인류애)에 대한 패러디이다. 지하인은 인간의 형제애가 가능한지 여부를 직접 체험해본다. 그가 선택한 형제애의 실험대상은 대학동창생들이다. 꿈과 현실의 극명한 대조는, 형제애란 추상적인 것이며 이론상으로만 가능하다는 사실을 알려준다. 지하인은 막연한 형제애라는 것이 얼마나 순진한 공상인지를 실제 체험을 통해 깨닫게 된다. 대학동창생들과의 만남에서 인간의 선한 본성을 기반으로 한 동등한 형제애에 대한 환상은 가차 없이 깨진다. 지하인은 이처럼 공상과는 다른 현실로 인해 항상 열등감에서 벗어나지 못하고 고통을 받았다. 그리고 그 고통의 해결책을 또다시 현실이 아닌 꿈속에서 찾으려했다. 공상을 통해 숭고함과 아름다움 속으로 피신하려 한 것이다.

---

81　도스토예프스키, 『지하로부터의 수기』, 김연경 역, 민음사, 2010, 87쪽.

"나는 모든 사람들로부터 승리를 얻었다. 그들은 물론 먼지 속에 누워 있으면서 모든 면에서 내 우월성을 인정하지 않을 수 없다. 그러나 나는 그들 모두를 용서한다. 나는 유명한 시인이며 궁정대신이고, 사랑에 빠진다. 나는 헤아릴 수 없는 수백만 루블의 재산을 갖게 되지만, 그것을 인류의 복지를 위해 기부한다 ……. 모든 사람들이 울면서 내게 키스한다."[82]

그러던 지하인은 갑자기 공상의 꿈에서 벗어나 현실에서 사람들의 목을 껴안고 싶어졌다. 그래서 대학동창인 시모노프를 생각하게 되었다. 그가 반가워할지 어떨지도 모르고 그를 찾아갔다. 그러나 외로움과 고통을 달래기 위해 찾아간 친구에게서 더 큰 모욕을 당하고 소외감을 느끼게 되었다. 친구란 "가깝게 오래 사귄 사람", 또는 "말을 놓는 사이"를 말한다. 그리하여 친구들은 한 시대의 중심적인 대결의 장에서 같은 편에 서 있는, 같은 성향의 사람들이다. 그런데 동창생들이 모두 서로 친근한 친구 사이는 아니다. 시모노프의 아파트에는 옛날 동창생들이 둘이나 와 있었다. 그 자리는 동창생 즈페르코프가 장교로 승진되어 지방으로 전출을 가게 된 것을 축하하는 송별회 자리였다. 지하인은 우여곡절 끝에 송별회에 참석하기는 했지만, 친구들과 말다툼을 하게 되고 그들로부터 왕따를 당하게 된다. 사실 그의 모든 행동은 동창생이 아닌 친구로서 그들과 동등하다는 것을 입증하고자 한 것이었다. 그러나 송별회에 참석한 지하인이 느낀 것은 굴욕과 수치라는 감정뿐이었다.

지구상에서 형제애(인류애)는 가능할까? 특히 유토피아는 이웃에 대한 사랑

---

82  도스또예프스끼, 『지하로부터의 수기』 계동준 역, 열린책들, 2000, 102쪽.

이 넘치는 형제애(인류애)를 기초로 하고 있다. 이론적으로 형제애는 가능할 수 있는 추상명사이지만, 실제 삶에서는 실현되기 어려운 사랑이다. 형제애나 인류의 거창한 가치를 웅변하는 사람들은 사실상 자기 옆의 이웃이나 사람들과는 하룻밤도 함께 지내기 어려운 인물들일 가능성이 높다. 그런 인물들의 인류애는 자기애의 변주일 뿐이다. 사람들은 자유, 정의, 이웃사랑 등 추상명사의 가치를 높게 치지만, 실제 삶에서 구체적인 체험으로 실현하기는 어렵다. 추상적인 상태에서는 자기 확장이 가능해서 형제애나 인류애라는 거창한 가치를 실현하여 자신의 가치를 높일 수 있는 것처럼 자랑하지만 실제로 다른 사람과 함께 있으면 불편함을 느끼며 자존심 싸움을 하게 되고 끝내는 자신의 자유를 방해하는 타인을 증오하게 된다. 자기중심적인 인간은 자신을 높이기 위해 추상적인 이상을 강하게 주장하는 경우가 많다.

도스토옙스키는 지하인을 통해 막연하고 추상적인 형제애 또는 인류애는 실제 현실에서 아무런 힘을 발휘하지 못함을 역설하고 있다. 사회주의자들은 이상적인 유토피아는 동등한 형제애를 기초로 세워진다고 주장한다.[83] 그러나 지하인은 동창생들을 만나면서 인간의 선한 본성에 대해 회의를 느꼈다. 형제애를 느끼게끔 해준 동창생들은 아무도 없었다. 오늘날 대다수의 정치인과 종교인들은 입으로는 형제애를 강조하거나 이웃사랑을 외치지만, 실제 생활에서 정

---

83  1862년 첫 유럽여행에서 도스토옙스키는 형제애의 불가능성을 직접 체험하였다. 시민혁명이 성공한 프랑스에서 그가 본 파리는 만인의 평등과 자유가 보장되고 형제애가 넘쳐나는 지상낙원이 아니었다. 여기서 그는 형제애의 불가능성과 착취자들의 부패와 타락을 보았다. 자본주의가 발달한 영국에서도 그는 빈부의 격차와 공존, 그리고 자본주의의 남용을 보았다. 특히 1862년 영국 켄싱턴의 로열 파크에 세워진 세계 박람회의 수정궁은 미래의 디스토피아 왕국의 예시였다. 자본주의의 이상으로 건설된 수정궁은 인간성과 인간영혼의 자유를 말살시키는 왕국이었다. 유럽여행에서 도스토옙스키가 경험한 것은 자본주의가 발달하여 완성된 사회주의의 개미집에 불과하다는 사실과, 인간을 노예로 만드는 미래의 수정궁에 대한 두려움이었다.

작 본인들은 서로 비방하면서 싸움하기를 그치지 않는다. 사실 막연한 형제애는 인간 본성의 추함과 악함에 대한 잘못된 상상에서 출발한다.

형제애의 우정을 긍정적으로 생각하는 사람들도 있다. 에피쿠로스는 우정이란 '음모(陰謀)'라고 한다. 음모라는 말이 다소 불온하게 들리지만 이 말의 근본은 공감(共感)에 있다. 음모자들은 공감하기에 서로 음모의 비밀을 공유한다. 『지하로부터의 수기』에서 지하인의 동창생들은 공감의 우정을 보여주는 음모자들이다. 그러나 지하인은 그들의 구조에 반항한다. 따라서 지하인을 끊임없이 소외시키는 것이 소외 구조 자체인지 우정의 공감인지 다시 생각해봐야 할 필요가 생긴다. 소외 구조가 현실화된 사회에서 음모는 소외 구조에 저항하는 인간적 소통이다. 동창생들은 지하인을 소외시키기 위한 음모를 공감이라는 명목으로 자행하는 것이 아닌가. 자기들만의 소통은 새로운 불통을 만들어내는 공감이자 음모이다.

자기들만의 소통에 대한 예로서 러시아의 왕따 문화를 살펴볼 필요가 있다. 문화는 개인이 자신의 개별 세계 안에서 조종하는 의사소통의 코드를 대규모로 조작한다. 러시아 문화는 러시아인들의 마음속에 구름처럼 형성되어 있는 일종의 '집단무의식(supraconsciousness)'이라 할 수 있다. 『지하로부터의 수기』에서 주인공이 대학동창 친구들로부터 왕따를 당하는 장면은 주인공 개인의 성격에도 문제가 있지만 러시아인들 사이에 형성된 왕따 문화의 한 현상이기도 하다. 그리고 하층계급의 러시아인들 대부분이 지닌 폭력적 성향은 언제나 서로를 향한 것이었다. '약자에 대한 괴롭힘'이라는 의미의 데도프시나(дедовщина)

는 악명 높은 관습적인 왕따 현상의 하나로 예나 지금이나 널리 퍼져 있다. 어느 사회에서든지 신참내기들은 모두 '고참', 즉 '데디'(문자 그대로 '할아버지'라는 의미)에 의해 한 식구로 인정받기 전까지는 폭력과 멸시를 감수해야 한다. 가정 폭력은 말할 것도 없고, 가정교육이 덜 된 청소년들이 길거리나 선술집에서 벌이던 싸움질도 비일비재하다. 이런 유형의 갈등은 최근까지도 지속되고 있다. 그런 아웃사이더들 내부에서 제멋대로 자행되는 잔혹행위의 대표적인 희생물은 동물이었다. 1900년대의 모스크바 노동자들에게 가장 인기 있었던 관행 중 하나는 생쥐를 밀랍액에 집어넣고 불을 붙인 후, 그 가련한 생명체가 죽을 때까지 허우적거리는 모습을 감상하는 것이었다. 『지하로부터의 수기』에서도 생쥐에 대한 경멸적인 언어가 소개된다. 나쁜 전통이라 할 수 있는 왕따 문화는 의식적으로 유도된 모방이나 느릿한 삼투 과정을 통해 특정한 형식으로 패턴화되었던 것이다.

세 번째 사건의 기억은 불행한 윤락 여성 리자에 대한 무의미하고 잔인한 행위이다. 지하인의 그러한 행위는 인간에게 내재된 폭력성의 발현이며, 한편으로 이는 '사랑의 비극'에 대한 이야기이다. 사랑 역시 형제애처럼 사람들의 입에 가장 많이 오르내리는 추상적인 단어이다. 남녀 사이의 개인적인 사랑에서부터 이웃 사랑에 이르기까지 사랑의 실천은 어렵다. 『지하로부터의 수기』는 그러한 사랑의 비극과 사랑 실천의 어려움을 잘 보여주고 있다. 이 작품 속 동창생들은 지하인 몰래 홍등가에 가기로 합의하고, 주인공 또한 자신의 의사와 상관없이 홍등가로 향한다. 홍등가에서는 젊은 창녀 리자가 그를 반겨주었다. 창녀 리자와 하룻밤을 보낸 지하인은 고상한 파토스에 사로잡혀 그녀의 영혼을 개화시키고자 한다. 리자는 실연을 당하고 집에 있기가 답답하여 도망쳐 나온 20세의 창녀였다. 그는 그녀에게서 자신의 그림자를 보게 되고 서로 동질성을 느끼며 사랑하게 된다. 지하인은 리자에게 자신의 집 주소를 가르쳐주며 찾아오라고 말하지만 정작 리자가 집을 찾아오자 그녀를 모독한다. 나약하고 힘없는 사람에게 모욕을 가함으로써 동창생들에게 당한 분풀이를 하고 싶었던 것이다. 그는 리자에게 연민의 정을 느끼는 한편, 창녀 생활보다는 죽는 게 낫겠다고 그녀를 힐난한다. 지하인의 지적과 비난으로 인해 리자는 마음의 동요로 고통을 받고 가슴이 찢어진다. 리자가 자신의 연애편지를 보여준 것은 자신이 그가 생각하는 것처럼 동정을 받을 초라한 존재가 아님을 이야기하고 싶어 나온 행동이다. 그녀 자신도 사랑받는 존재임을 지하인에게 말하기 위해서 연애편지를 보여주었으나, 그 일은 지하인의 도도한 설교를 유발시킬 뿐이었다. 주인공은 정열적이고 진지한 어조로 말하지만 자신의 감정이 신기루이자 자기기만이며, 가장 수치스러운 무력감에 빠질 운명임을 통감한다. 이런 자각 때문에 리자를 향한 그의 자상함은 증오심으로 변한다. 그는 방 안에서 길길이 날뛰며 저주를 퍼붓는다. 그의 내부에 악마적인 적대감이 일어난다. 사실 지하인은 리자에게 몰래 돈을 건네며 자신이 한 수 위에서 그녀를 동정하고 있음을 과시하고 싶었다. 그러나 그녀가 지하인의 집을 찾아오면서 그의 초라한 살림살이가 폭로되자 그는 자존심이 상하여 더욱 분노한 것이다. 이것은 경제적으로나 사회적으로 힘없는 자들에게서 흔히 나타나는 쓸데없는 자존심의 대결이다. 리자는 수줍어하면서도 강한 신뢰감을 보여주며 자신의 구원자인 지하인에게 마음을 맡겼다. 하지만 그녀가 만난 것은 구원자가 아니라 악마적 육욕으로 그녀의 순수한 마음을 짓밟는 사악하고 더러운 보복자일 뿐이었다. 지하인은 악랄한 행동을 통해 끔찍하게 복수를 실행한다. 그는 얼굴이 창백해진 희생자 리자의 손에 돈을 쥐어 준다. 둘 다 고독하고 서로 사랑하는 감정을 갖고 있었으나, 지하인은 공상가답게 값싼 행복보다는 스스로 고귀한 고통을 택하기로 한 것이었다. 그에게 고통의 선택은 아무나 하는 것이 아니라 고상한 감정을 지닌 사람들만이 할 수 있는 최고의 감정이었다. 그러나 결과적으로 지하인의 행동에서 고결함과 아름다움은 승화되지 못하고 허물어지며, 원초적 선은 악마적 사악함으로 바뀐다. 모욕당한 자를 변호하고, 타락한 자를 부활시키려는 훈계는 무력한 것으로 드러난다. 사이비 박애주의자의 사랑은 격앙된 증오심으로 바뀐다. 지하인은 창녀 리자와 자고나서 돈을 주는 것으로 그녀를 모욕할 수 있다고 생각하지만, 그녀가 진심으로 그를 사랑하는 순간 수치와 모욕은 지하인의 몫이 된다. 지하인은 남녀 관계에 있어서도 인간의 추한 본성을 가장 솔직하게 보여주는 인물인 것이다. 그는 병든 몸의 인간일 뿐만 아니라 마음까지 병들어 있는 인간인 것이다.

　지하인이 리자에게 하는 설교는 마치 삶과 무관한 책을 읽는 것처럼 공허하다. 그 모습은 교훈이라는 것이 얼마나 쓸모없는 것인지 느끼게 해 준다. 자신의 삶과 욕망이 반영되지 않은 교훈이나 설교는 그것이 아무리 미사여구로 이루어져 있더라도 진실이 아니며 무가치할 수밖에 없다. 이성의 강조나 과학적 공산주의의 교화는 마치 책을 읽는 듯한 설교처럼 느껴질 뿐이다. 작가는 이처럼 지하인을 통해서 교육이나 계몽의 맹점을 말하고 있다. 이 작품에서 무의미한 이성적 설교는 인간의 욕망과 잘 대비된다. 이성과 설교만을 우선시하는 사회의 모순이 지하인의 행동에 잘 담겨 있다고 볼 수 있다. 인간의 감정은 비합리적이며 모순적이다. 인간은 본질적으로 이성에 의한 삶이 아니라 욕망에 의한 삶을 살아가는 모순적인 존재인 것이다.

# 11. 연극성

도스토옙스키의 텍스트 안에는 또 하나의 어둠 속 무대가 숨어 있다. 그곳에서는 생각지도 못한 드라마가 전개되고 있다. 지하인은 드라마의 주인공으로서 천재적인 독백을 통해 독특한 내면 연기(演技)를 한다. 타자의 말과 행동에 많은 신경과 관심을 쏟아낼 뿐만 아니라, 타자의 시선을 의식하며 이야기를 전개한다. 그는 내적 대화를 통해 자신의 주장을 독자에게 끝까지 관철시키는 설득의 달인이기도 하다. 그는 병든(아픈) 인간으로서 자신의 독특한 기행과 말에 대한 정당성을 끝까지 입증하고자 한다. 보통사람들이 자연의 법칙에 따라 삶의 진정성을 구현하는 반면에, 지하인은 자신의 삶을 의도적으로 독특하게 연기한다. 그가 연기하면서 가장 두려워하는 것은 타자의 시선과 비평이다. 여기서 타자란 작중인물들일 뿐만 아니라 독자나 관객이 되기도 한다.

주지의 사실로 도스토옙스키의 소설들은 극적인 성격이 강하다. 물론 『지하로부터의 수기』도 연극적 성격이 강하며, 작가의 연출력이 돋보인다. 보여주기 위해 소설의 시작부터 이 작품이 허구임을 밝힌다. 그 허구적 화자는 자기가 하는 말이 허영심 없는 진실한 고백이며 자신은 독자를 염두에 두지 않고 쓰고 있다고 역설하는 모순을 연출한다.

> "이 수기의 저자도, '수기' 자체도 물론 지어낸 것이다. 그럼에도 불구하고 대체로 우리 사회를 형성하는 여러 상황을 고려한다면 이 수기의 작가와 같은 인물은 우리 사회에 얼마든지 존재할 수 있을뿐더러 심지어 존재할 수밖에 없다. 나는 그다지 멀지 않은 과거에 속하는 성격 중 하나를 좀 더 또렷하게 뭇 사람들 앞에 내보이고 싶었다. 이 자는 아직도 명맥을 유지하고 있는 저 세대의 대표자 중 하나이다." [84]

지하인은 삶이 너무나 지루한 나머지 곡예나 모험 같은 연극을 하고 싶은 충동에 휩싸인다. 그는 실존의 기반을 상실한 어릿광대인 것이다. 지하인의 말과 행동에는 보통 사람들이 따라잡기 어려운 것들이 너무 많다. 제1부에서 그는 현학적인 지식인으로서 기존 철학에 반항하는 한 인간의 모습을 멋지게 연기하고 있다. 여기서 지하인 역시 궁극적으로 자기모순에 빠진다. 제2부에서 지하인의 말과 행동은 코미디에서나 볼 수 있을 정도로 보통 사람들의 행동양식과 차이를 보인다. 친구들이 싫어하는 파티에 억지로 참석하여 다른 사람들을 괴롭히는 행동을 한다든가, 창녀 리자에게 본심과는 거리가 있는 말들로 상처를 주기도 하는 것이 모두 그 예이다. 그의 배배 꼬인 심보는 놀부도 기가 차서 놀랄 것 같다. 청개구리 역을 맡은 그의 연기(演技)는 정말로 대단하다고 할 수 있다. 지

---

84  도스토예프스키, 『지하로부터의 수기』 김연경 역, 민음사, 2010, 7쪽.

하인은 리자의 마음을 얻기 위한 연극적 언행을 한다. 그는 고결한 화술로 창녀의 영혼을 바꾸어 놓는다. 지하인은 그 같은 연기로 리자의 마음을 훔친다. "난 내가 그녀의 모든 영혼을 뒤집어 놓고 심장을 갈기갈기 찢어놓았다는 것을 오래전부터 예감했으며, 내가 그것에 만족하면 만족할수록 금방 더 많은 것을 바라게 되었고 더 강력하게 이러한 목적을 달성하고 싶어졌다. 연기(演技), 연기가 날 사로잡았다."[85] 리자가 자신을 방문했을 때에도 그는 연기를 했다. "나는 작은 목소리로 중얼거렸다. 하지만 난 내가 물이 없어도 견딜 수 있고 작은 목소리로 말하지 않아도 될 것임을 인식했다. 발작이 정말로 일어나긴 했지만 난 예의를 차리기 위해 일종의 연기(演技)를 했던 것이다."[86] 지하인의 연기는 새로운 인간의 출현을 알리기 위한 것으로 리자뿐만 아니라 수준 높은 지식인들에게 그 허위와 과장됨으로 인한 당혹감을 안겨주기도 한다. 그의 내면 연기는 심리적 사실주의의 재현으로도 볼 수 있다.

"이 세상은 무대"라는 의미의 "테아트룸 문디(theatrum mundi)"는 어느 시대에나 회자되는 말이다. 이때 세계와 연극무대는 하나의 유비 관계를 이룬다. 그 무대 위에서 인간들은 아무것도 모른 채 그들에게 할당된 역할을 연기하는 배우들로 존재한다. 인생이란 신들이 각본을 쓰고 연출한 연극이라는 생각은 고대부터 현대에 이르기까지 늘 있어 왔다. 세계와 연극무대라는 유비는 점진적으로 발전되어 하나의 토포스가 되었다. "세상은 연극무대"라는 구절을 제일 먼저 사용한 것은 중세의 철학자이자 인문주의자인 솔즈베리 존이었다. 그 말은 인간이 세계무대의 주인공이라는 사상으로 변주되기도 한다. 세상을 무대로 생각

---

85    도스토옙스키, 『지하로부터의 수기』, 조혜경 역, 펭귄클래식코리아, 2009, 154쪽.

86    도스토옙스키, 『지하로부터의 수기』, 조혜경 역, 펭귄클래식코리아, 2009, 178쪽.

하여 접근하는 방식은 연극적 특성이기도 하다. 런던의 글로브 극장의 입구에 새겨진 "온 세상은 배우로 가득 찼다(totus mundus agit histrionem)"라는 말은 인생은 예측 불허한 반전으로 가득 찬 연극이라는 것이다. 도스토옙스키는 드라마 같은 사건들로 점철된 인생을 산 작가로도 유명하다. 그의 연극적 글쓰기의 능력은 사형선고(공개총살형)로 죽음의 목전에 갔다가 살아난 일과 오랜 유형 생활이라는 두 가지 사건에 의해 깊은 영향을 받은 것이라고 할 수 있다. 도스토옙스키의 죄목은 범죄 음모, 지하출판 설립 계획, 정교회와 정부를 비난하는 글쓰기였다. 연병장에서의 공개 총살형은 아나키스트들에게 본보기를 보이려는 황제의 연출로 만들어진 연극이었다고 알려져 있다. 그 연극 무대에 주역으로 출연한 배우가 바로 도스토옙스키이다. 그는 사형집행극의 순간을 평생 잊지 못했고, 형 미하일에게 보내는 편지에서 당시 사건을 다음과 같이 회고했다.

"오늘 12월 22일, 우리는 세묘노프스끼 연대의 연병장으로 끌려갔어. 거기서 우리 모두 사형을 언도받았고, 이어 십자가에 입을 맞추었지. 머리 위에서 칼을 부러뜨리더니, 처형을 위해 우리에게 흰 가운을 입히더군. 그러고는 형 집행을 위해 세 사람을 말뚝 옆에 세웠지. 우리는 셋씩 불려나가는 거야. 나는 두 번째 열에 있었고, 따라서 남은 목숨은 1분도 채 되지 않았어. (……) 그때 비로소 내가 얼마나 형을 사랑하고 있는가를 깨달았어. 내게는, 옆에 있던 뿔레쉬체예프와 두로프를 껴안고 그들에게 이별을 고할 시간만이 남아 있었어. 그런데 갑자기 중단하라는 북이 울리는가 싶더니 말뚝에 묶였던 사람들이 제자리로 돌아왔어. 황제 폐하가 우리에게 생명을 내

려주셨다는 선언이 낭독되었어. 그 다음에 진짜 선고가 낭독되었지." [87]

청년시절 도스토옙스키는 아름답고 숭고한, 새로운 이념에 대한 호기심 때문에 사형대라는 무대에 올랐던 것이다. 그의 연극 같은 삶은 사형선고뿐만 아니라 간질발작, 연애와 도박, 재혼, 자식의 죽음 등 다양한 사건들로 점철되었다. 지하인도 작가처럼 연극 무대에 오른다. 지하인은 '한결같이 아름답고 숭고한 것'을 추구하다가 몽상에 잠겨 갑자기 영웅의 역할을 맡았다.

"갑자기 훌륭하고 아름답고 무엇보다도 완전히 준비된 적절한 활동의 지평선이 펼쳐질 것이며 그러면 나는 갑자기 거의 월계관을 쓰고 백마에 올라탄 듯한 기세로 세상으로 나아갈 것이라고 말이다. 조연을 맡는 건 나로선 납득할 수 없었고 바로 이때문에 나는 현실 속에서 아주 평온한 마음으로 가장 하찮은 역을 맡았던 것이다. 영웅 아니면 진흙탕, 중간이란 없었다." [88]

감상주의가 융합된 낭만주의적 사랑에 빠진 지하인은 리자를 초조하게 기다리며 연극적인 대사 연습에 몰입한다. 달콤한 몽상에 빠진 지하인은 리자의 영웅 역할을 기대한다. 그의 상상에 리자는 "순결한 마음의 소유자"일 뿐만 아니라, 동시에 "불결한 감상적 영혼"의 소유자인 것이다. 여기서 그는 리자의 교육자로서의 역할을 할 뿐만 아니라, 리자의 구원자로서의 역할도 담당한다.

---

87　이병훈, 『Dostoevsky』 문학동네, 2012, 100~101쪽.

88　도스토예프스키, 『지하로부터의 수기』 김연경 역, 민음사, 2010, 91쪽.

"가령, 리자가 내 집을 오가고 나는 그녀한테 이런저런 말을 들려주고 바로 이로써 그녀를 구원하는 거다. 나는 그녀를 발전시키고 교육한다. 마침내, 그녀가 나를 사랑하고 있음을, 열렬히 사랑하고 있음을 알아챈다. 그러고도 나는 아무 것도 모르는 양 시치미를 뗀다. 마침내 그녀는 온통 당혹감에 휩싸여 아름다운 모습으로 전율하고 흐느끼며 내 발밑으로 몸을 던지곤, 내가 자기의 구세주라고, 자기는 나를 이 세상의 그 무엇보다도 사랑한다고 말한다."[89]

지하인의 상상적 대사에는 낭만주의적 과장법이 넘쳐난다. 그는 다른 사람의 영혼을 몇 마디의 말로 사로잡을 수 있다고 생각한다. "인간의 영혼을 당장에 송두리째 내 방식으로 바꿔놓기 위해서는 불과 몇 마디의 말, 약간의 전원시만 덧붙이면 되지. 이게 바로 처녀성이라는 거다! 이게 바로 또 싱싱한 토양이라는 거다!"[90] 지하인은 유럽풍, 즉 조르주 상드 풍의 고결하고 섬세한 대사로 리자를 사로잡을 망상에 빠진 연기를 한다. "이제는, 너는 내거야, 너는 나의 창조물이야, 너는 순결하고 아름다워, 너는 나의 아름다운 아내야. 그러니 대범하게, 자유롭게 내 집에 들어오라, 어엿한 안주인이여!"[91] 지하인은 시종일관 낭만주의적 연극에서 헤어나지 못한다.

『지하로부터의 수기』의 무대는 수도 페테르부르크이다. 페테르부르크는 다른 도시에 비해 연극적 특성이 강한 도시다. 프랑스 작가인 마담 스타엘이 1812년 이 도시를 방문했을 때 "이곳에 있는 모든 것은 시각적 측면에서 칭조되어 있

---

89  도스토예프스키, 『지하로부터의 수기』, 김연경 역, 민음사, 2010, 171-172쪽.

90  도스토예프스키, 『지하로부터의 수기』, 김연경 역, 민음사, 2010, 171쪽

91  도스토예프스키, 『지하로부터의 수기』, 김연경 역, 민음사, 2010, 172쪽.

다"고 말했듯이, 페테르부르크는 하나의 예술작품으로 건설되었다. 때로 페테르부르크는 거대한 무대장치로 만들어진 것처럼 보인다. 연극의 거대한 무대장치처럼 보였다. 이 도시의 연극성은 18세기부터 20세기 초반까지 러시아 문화의 유형학적 특징을 규정하고 있다. 지하인은 페테르부르크라는 도시의 무대 위에서 연기를 하는 주인공이다.

　도스토옙스키의 작품에 나타난 연극성은 주지의 사실이다. 조지 스타이너가 지적한 것처럼 톨스토이의 작품이 호머의 서사시 전통을 이어받았다면, 도스토옙스키는 셰익스피어의 드라마 전통을 계승했다고 할 수 있다. 『죽음의 집의 기록』에서도 실제로 연극 상연이 소개된다. 감옥에서는 성탄 주간에 며칠간 죄수들에게 연극 상연을 허용한다. 죄수들이 준비한 연극은 소설 전체에서 가장 핵심적인 메시지를 함축한다.[92] 연극이 공연되는 시간인 성탄 주간은 죄수들에게도 진정한 축일이다. 연극은 처음부터 끝까지 죄수들이 준비한다. 『카라마조프가의 형제들』에서도 등장인물들이 모두 마치 연극 무대에서 연기를 하듯이 살아간다. 마찬가지로 『지하로부터의 수기』에서도 지하인뿐만 아니라 모든 등장인물이 연극에 참여하는 것 같다.

---

92　석영중, 『자유』 예담, 2015, 216쪽.

# 12. 지상이냐 지하냐

『지하로부터의 수기』는 지상(地上)과 지하(地下)의 내적 대립을 극화시킨 작품이다. 지하인은 지하 찬미자로서 병적인 자의식의 소유자이며, 항상 자폐적인 대립구도를 만들어낸다. "나(자아, 주체) 대(對) 남(타자들)"이라는 대립구도는 소설의 시작부터 끝까지 지속된다. 지하에서는 이념(관념)에 대한 담론이 주도적이고, 지상에서는 구체적인 삶의 현실에 대한 서사가 주도적이다. 여기서 지하실은 "관념적 공상"의 산실이다. 여기서 문제는 "지하"와 "지상"의 대립, 즉 "이념"과 "살아 있는 삶"의 대립이다. 지하인은 16년간의 지하생활과 24년간의 지상생활을 경험한 40세의 인간이다. 그에게 지하와 지상은 서로 극단적이다.

주인공은 화자로서 "지하"에서는 주로 낭만주의와 이상주의를 양식으로 하는 말의 성찬을 보여주는 반면에, "지상"에서는 볼품없는 외모와 온갖 피해의식과 열등감으로 똘똘 뭉친 낙오자(loser)의 모습을 보여준다. 『지하로부터의 수기』는 "쥐구멍으로부터의 회고록"이다. "지하"는 바로 "쥐구멍"과도 동일시된다.

지하인은 주로 책을 통해 학습한 것을 현실에 적용하고자 한다. 책에 따라 말하고 떠들어 대며 살아가는 것에 쾌감을 느끼는 지하인의 몽환적 관념은 항상 현실과 부딪치면서 온갖 불협화음에 시달린다. 그는 몽상에서 깨어난 관념론자이자 수치심을 느끼는 인본주의자이다. 한편으로 『지하로부터의 수기』는 남의 책을 무비판적으로 읽어 대며 떠들어 대는 의식 과잉의 지식인들에 대한 냉소적 담론이기도 하다. 문맥으로 볼 때, 지하인 역시 책 읽기를 즐기는 과잉의 독서 애호가임을 알 수 있다. 그런 식으로 지하인은 좌충우돌하며 자기모순뿐만 아니라 타자의 모순도 신랄하게 비판하고 있다.

그런가 하면 지하인은 낭만주의적 성격의 소유자이기도 하다. 『지하로부터의 수기』에는 낭만주의적 코드의 단어들이 많이 나온다. 낭만주의와 연관시킬 수 있는 단어들 중에는 우월감, 소외, 권태, 의심과 부정, 미신, 몽상, 꿈, 악마, 귀신 등이 있다. 결국 지하인은 미신에 대한 것을 언급한다. 그는 "자신이 미신적이지 않을 수 있을 정도로 충분히 교육을 받았지만, 미신적이다"라고 고백한다. 예를 들어 지하인은 의술을 존경하는 만큼이나 자신이 극도로 미신적이라서, 치료를 받지 않겠다고 악의적으로 선언한다. 주지의 사실로, 미신은 비이성적이다. 지하인이 미신적인 것은 그의 어리석은 의지 때문이라고 할 수 있다. 제2부에서 지하인이 역설한 이데올로기적 뿌리는 1840년대에 러시아에서 풍미했던 낭만주의와 이상주의에서 나온 것이다. 여기서 지하인은 서로 모순되거나 반대적인 것들을 결합시켜 자신의 이데올로기를 만들어 낸다. 지하인의 말에 의하면 인간은 다리를 건설하는 것뿐만 아니라 파괴도 좋아한다. 인간은 그처럼 이중적이다. 미하일 바쿠닌이 "파괴는 건설의 어머니"라고 한 것은 어쩌면 그

때문일 것이다. 이중적인 인간은 고통을 열정적으로 사랑한다고 선언한다. 더 나아가 인간은 카오스를 사랑한다. 지하인은 자신을 사로잡은 낭만주의를 회의주의, 무관심, 참을성 없음, 결벽증이라는 단어들로 정리한다. "파괴는 건설의 어머니"라는 바쿠닌의 말은 라스콜리니코프의 〈범죄론〉에서 반복된다. "더 훌륭한 것을 위해서 현재의 것을 파괴할 것을 요구한다." 당연히 그들의 해석에 따르면 파괴는 새로운 건설을 위한 것이다.

지하인은 "냄새 나는 추악한 지하"에서 16년 동안이나 싸늘한 독기를 품은 채 살아온 남자이다. "그 당시 난 영혼 속에 지하실을 가지고 있었다. 사람들이 날 어떻게든 만나고 알아보는 것이 너무도 두려웠다. 난 어두운 곳으로만 다녔다."[93] 이처럼 지하인은 영혼의 지하에서 살아가는 인간이다. 그는 젊은 시절 하급관리로 사회생활을 했으나 이제는 친분관계도 거의 없이 혼자 지낸다. 그는 모든 이들을 혐오할 뿐이다. 동시에 자신을 무시하는 사람들의 작은 행동에도 심한 모욕감을 느끼며 온갖 방법으로 복수할 궁리를 한다. 그러나 생각만 하지 실제로는 아무런 행동을 취하지 않는다. 결국 그는 스스로를 괴롭히고 저주하는 지경에까지 이른다.

1840년대의 이상주의와 낭만주의는 1860년대에 허무주의로 이동한다. 사십대가 된 지하인은 살아 있는 삶으로부터 완전히 유리된 채 오직 이념(관념)만으로 존재한다. 지하인의 말대로 그는 살과 피를 가진 인간이 아닌 "종이인간"이요, 자연인이 아니라 "증류기에서 태어난 인간"이다. 지하인에게 지하는 이념의 공간이요, 달콤한 몽상의 공간이다. 그의 이념은 말의 홍수로 변하여 기존의 돌

---

93  도스토옙스키, 『지하로부터의 수기』, 조혜경 역, 펭귄클래식, 74~75쪽.

벽을 치거나 넘쳐흐른다. 그의 말은 독설로 변하여 급진적 이데올로기, 즉 맹목적인 합리주의와 공리주의를 비판한다.

# 13. Topophilia

　루카치는 현대작가들에게는 도시 사회의 희생자가 되는 개인의 비극적인 곤경을 명료하게 표현하고자 하는 욕망이 있다고 주장했다. 그런 의미에서 루카치는 도스토옙스키를 "현대 자본주의 메트로폴리스의 최초 시인이자 가장 위대한 시인이다"라고 말했다. 도스토옙스키는 잘 알려진 대로 "메트로폴리스의 시인", 즉 대도시의 작가이다. 그의 대다수 작품들이 수도 페테르부르크 (Peterburg)[94]를 배경으로 하고 있다. 생물학자 에드워드 윌슨은 "모든 생명체를 관통하고 있는 장소에 대한 깊은 애정"을 토포필리아(Topophilia)라 했다. 페테르부르크는 도스토옙스키 인생의 희로애락(喜怒哀樂)이 깃든 토포필리아였다. 『지하로부터의 수기』 역시 예외가 아니다. 스트라호프는 작가와 도시의 문제를 다음과 같이 지적하고 있다.

---

94　'Peterburg'는 '-burg(부르크)'라는 어근이 게르만어(독일어)에 어원을 두고 있다는 이유로 1941년부터 1942년 사이에는 슬라브어원인 '-grad(그라드)'로 대체되어 페트로그라드로 불렸고, 볼셰비키 혁명 이후 1924년부터 1991년까지는 레닌의 도시라는 의미의 레닌그라드로 불렸다가, 소련이 무너진 1991년 이후에는 페테르부르크(1991)라는 원래 이름으로 되돌아왔다.

"자연이나 역사적 기념물, 예술작품까지도 도스토옙스키의 관심을 끌지 못했다. 분명히 그는 어느 소설에서나 도시를 묘사했다. 도시에는 악취가 풍기는 빈민굴, 불결한 선술집, 그리고 더러운 냄새가 물씬물씬 나는 하숙집이 있다. 그러나 도시는 인간이 살아가는 분위기이고 환경이며, 그 비극적인 운명의 에피소드에 불과한 것이다. 도시는 그곳에 사는 인간에 의해서 침투되고 있으며, 인간이 그곳에서 움직이는 배경을 이루고 있는 것이다. 인간이 자연에 등을 돌리고 그 뿌리를 뽑아 버릴 때, 그는 도시의 가증스런 함정에 빠지게 되고, 그곳에서 고뇌 가운데 가라앉아 버리게 된다."

도시는 인간의 비극적인 운명의 장소이다. 가령 도스토옙스키는 페테르부르크를 그토록 이해하고, 그것을 놀라운 기법으로 묘사하였으나, 이 페테르부르크는 미망의 인간, 즉 배교적 인간이 만들어낸 환상이며 환영에 불과하다. 이 환영의 도시의 안개 속에서는 광기어린 사상이 생겨나고 범죄의 계획이 성숙해 가고 있다. 이러한 분위기 속에서 또는 인간 가운데 또는 성스러운 기원으로부터 벗겨진 인간 가운데 일체의 것이 집중하고 누적되고 있는 것이다. 인간을 둘러싼 일체의 환경, 도시와 그 독특한 분위기, 술집과 창녀촌, 셋방과 기괴한 실내장식, 악취가 풍겨 나오는 점포, 그리고 소설의 외적 구성의 전부는 인간의 내적인 또는 정신적인 세계의 상징이자 표시인 동시에 또한 내적 비극의 반영이다. 황폐한 도시의 환경은 일그러진 인간의 내적 반영이자 상징인 것이다.

도시의 인간에게 나타나는 공통성은 소외와 불안, 불만족과 분노, 일시성과 이동성이다. 지하인은 또한 불안한 도시의 인간이라 할 수 있다. 그의 불안정은 감옥에 갇힌 죄수들이 보이는 것처럼 억압적 상황에 대한 단순한 반응 그 이상이다. 그는 지하 감옥에 갇혀 지상에 나오지 못하는 인물이며 늘 불안감에 싸여 있다. 불안정은 목적 없이 거리를 배회하게 만들고, 헤맬수록 그는 점점 편집증과 환상 속으로 빠져든다. 요즘 우리나라에서는 신어(新語)와 축약어를 좋아하는 사람들이 있다. 그들은 도시의 남자에게 형용사를 붙여 차도남(차가운 도시 남자), 까도남(까칠한 도시 남자), 따도남(따뜻한 도시 남자)이라 부른다. 그들의 어법에 따르면 지하인은 불도남(불안한 도시의 남자)에 해당한다.

또한 지하인은 떠도는 영혼의 소유자이다. 그는 언제나 움직이고 있다는 인상을 준다. 그는 움직일 수 있는 한 계속 어딘가로, 그곳이 어디든 서둘러 가고 있다. 그는 당구대에서 거리로, 술집에서 창녀촌으로 이동한다. 그가 통과하는 배경은 이동성과 일시성의 감각을 강화시켜주는 것 같다. 도시의 거리와 골목, 사교 모임으로 대변되는 술집은 그가 사건을 벌이는 전형적인 장소다. 현대의 전형적인 거주자들처럼, 지하인은 자신의 문제와 관심사에 골몰하고 있어 무언가를 해야 할 시간이 다가오거나 하지 않을 수 없을 때가 되어서야 겨우 시간을 알아차릴 뿐이다. 그가 하는 것은 외적 공간뿐만 아니라 내적 공간으로의 이동이다. 결국 그는 인간 정신의 심연에 상응하는 지하실의 공간으로 하강한다.

그런가 하면 지하인은 도시 사회의 희생자로서 불만에 가득 찬 소외자이기도 하다. 그는 항상 무슨 일이 일어날지 모르는 상태에 살고 있다. 그의 의식 속에

스며든 덧없음과 불만은 소외감을 낳고, 소외감은 친구들에 의해 더 커진다. 동창생들의 따돌림과 리자와의 관계는 피할 수 없는 결과물이다. 『지하로부터의 수기』의 제2부는 소외가 파급시키는 효과에 대한 연구서이기도 하다. 채워지지 않는 불만과 자기중심적인 성격으로 스스로를 고립시키는 지하인의 태도가 전적으로 도시라는 환경이 만들어낸 것이라고 할 수는 없지만 어쨌든, 그는 도시에서의 소외감과 절망으로 괴로워한다. 그는 다른 존재 양식을 간절히 바라면서도 그 욕구를 이루지 못하는 무능력 때문에 고통스러워한다. 지하인이나 리자 모두 불안정한 인물들로서 탈출구 없는 도시의 희생자들이다.

문학 작품에서 공간의 기호학은 대단히 중요하다. 공간의 기호학에서 공간은 실제로 존재하는 구체적 공간과 추상적인 공간으로 나누어 생각할 수 있다. 인간이 살아가는 이 세계는 실제 공간이면서 그 나름대로 상징적 의미를 갖는 상징체계가 된다. 문화적 상징체계로서 도시는 중요한 위치를 갖는다. 도시의 상징은 공간으로서의 도시와 상징적 이름으로서의 도시이다. 기호학적 공간에서 다의미성을 갖는 도시는 문화 코드이다. 문학 텍스트로서 도시와 메타언어로서의 도시 사이의 투쟁은 도시의 기호학적 역사 전체에 반영되어 있다. 도시는 그 나름대로 신화와 상징과 문화적 전통을 가지며 의미공간을 형성한다. 여기서 우리는 19세기 러시아제국의 수도 상트페테르부르크의 상징적 이미지를 알아볼 것이다.

페테르부르크는 인공도시로서 인간의 바벨탑에 비유되기도 한다. 표트르는 유럽의 건축가와 원예가를 초빙하여 항만과 도시를 건설하고, 1712년 5월 16일 수도를 모스크바에서 페테르부르크로 옮긴다. 그 도시는 네덜란드, 독일, 이탈리아 등의 문화의 유입으로 "유럽문화의 창"으로 불려지기도 한다. 로마의 성 베드로 성당을 모델로 하여 만들어진 페테르부르크는 바둑판 모양의 기하학적인 도시로서 직선의 도시이다. 또한 그곳은 유럽사상과 외국 물질주의 사상의 진원지로서 현대성을 상징하는 도시이기도 하다. 과거의 역사를 부정하는 서구주의자들에게 페테르부르크는 미래지향적이고 진보적인 성격의 개화 도시이다. 사람에 따라 페테르부르크는 연극적인 도시, 비현실적인 도시, 환상과 신기루의 도시, 안개 낀 유령의 도시, 종말론적인 도시, 뿌리가 없는 도시, 인간 소외의 중심 도시, 15만 명을 희생시키고 노동자와 농노와 죄수의 뼈 위에 건설된 죽음의 도시 같은 부정적 이미지의 도시이기도 하다. 긍정과 부정의 이미지를 함께 하는 페테르부르크는 도스토옙스키의 창작에서 가난과 관련된 부정적인 이미지를 제공하며 히포콘드리아(우울증)의 배경이 된다.

러시아의 기호학자 유리 로트만은 "상트페테르부르크의 상징체계"라는 에세이에서 도시의 상징체계에 대한 흥미 있는 분석을 시도했다. 페테르부르크에 대한 다양한 이미지를 정리하는 일은 도시의 작가 도스토옙스키의 문학작품에 나오는 도시의 상징체계를 정리하는 일과 상통한다.

첫째로 페테르부르크는 신화 창조의 도시이다. 페테르부르크는 아무것도 없는 발트 해 어귀의 황량한 늪지에 건설된 도시다. 일반적으로 도시 건설은 자연에 대한 도전이요 투쟁이라 할 수 있다. 그 결과 도시는 자연의 힘에 대한 이성의 승리, 또는 자연적 질서의 전도로 해석된다. 자연의 힘에 대한 승리가 바로 도시의 신화인 것이다. 도시가 바다로부터 기적처럼 출현했다는 사실 때문에 사람들은 처음부터 페테르부르크를 전설로 받아들였다.

> "러시아인들은 표트르가 하늘에서 도시를 만든 다음 거대한 모형처럼 그것을 땅으로 내려오게 했다고 말했다. 이것이 도시를 모래 위에 건설했다고 설명할 수 있는 유일한 방법이었다. 러시아 문학과 예술에 큰 영감을 불어넣은 페테르부르크의 신화는 대지에 토대를 두지 않은 수도라는 사실에 기인했다. 신화 속에서 페테르부르크는 초자연적인 환상과 유령들의 영역인 비실재적인 도시이자 묵시록적인 이국적 왕국이었다."[95]

전설상의 도시들은 홍수나 재앙으로 바다 밑에 가라앉기도 했다. 페테르부르크에는 종말론적 전설의 변형체가 살아 숨 쉬고 있었다. 네바 강의 주기적 범람은 많은 문학 작품에서 홍수 테마를 보여주었다. 상트페테르부르크 도시의 역사는 다양한 신화를 만들어내었다. 푸시킨과 고골로부터 도스토옙스키까지 19세기의 위대한 작가들은 그 도시의 신화를 문학작품에서 재현했다. 그 도시는 뿌리가 없는 존재로서 소외의 중심지요, 민족적 전통과 가부장적 생활방식을 파괴하는 새롭고 외래적인 모든 것들의 중심지였다. 러시아의 정교회적 영혼이 유럽의 현대성과 만나 탄생한 태생적으로 융합적인 성격의 인공도시인 것이다. 러시아 내부에서 상트페테르부르크는 유럽이지만, 유럽인의 시각에선 유럽 속의 아시아에 불과했다. 러시아의 모스크바인(人)들은 이 표트르 대제의 도시를 "사악한 적그리스도의 도시"로 불렀다. 사악한 유럽의 도시를 흉내 내는 사

---

95  올렌도 파이지스, 『나타샤 댄스』 채계병 역, 이카루스 미디어, 2005, 40-41쪽.

탄의 도시이자, 성스러운 정교의 도시 모스크바에 자리 잡은 적대적 이교도들의 신기루인 것이다. 상트페테르부르크는 '나의 것'과 '남의 것'이 뒤섞여 다양한 층위의 문화적 환경을 만들어내는 이질적인 도시라 할 수 있다. 모순적인 것들이 서로 공존하고 병치되는 공시성을 보여주는 도시인 것이다. 모순적인 신화를 창조하는 이 페테르부르크라는 도시에서 지하인은 기존의 서구사상에 도전하여 새로운 사상 체계를 구축하고자 하였다.

둘째로 상트페테르부르크는 물과 돌의 도시, 즉 물위에 건설된 석조 건축의 도시이다. 상트페테르부르크는 "성 베드로의 도시"라 불리기도 한다. 상트페테르부르크는 천국의 열쇠를 쥔 사도 베드로처럼 발트 해로 나가는 관문이자, 서구로 향하는 문의 열쇠로서 세계의 중심을 이곳에 건설하겠다는 표트르 대제의 야망과 의지가 반영된 도시이기 때문이다. 여기서 재미있는 것은 베드로의 이름에 '반석, 또는 돌'이라는 의미가 함축되어 있다는 점이다. 그리하여 상트페테르부르크는 자연스럽게 "돌의 도시"라는 이미지를 갖게 된 것이다. 네바는 화강암으로 치장되어 있다. 운하의 양쪽으로 커다란 벽돌 모양의 곧게 다듬어진 돌들이 벽을 이루고 있다. 네바 강은 도시 건설 이후 약 300번 넘게 범람하여 도시민에게 많은 피해를 주었다. 이 같은 잦은 범람으로 인하여 치수의 중요성이 강조되었고, 치수의 일환으로서 네바 강은 화강암으로 치장되었다.

"수입된 돌로 물 위에 건설된 도시인 페테르부르크는 자연의 질서를 거부한다. 강둑의 유명한 화강암은 핀란드와 카렐리야에서 수입된 것이었다. 궁정의 대리석은 이

탈리아, 우랄과 중동에서, 반려암과 반암은 스웨덴에서 들어온 것이었다. 또한 조립

현무암과 석판암은 오네가 호수, 사암은 폴란드와 독일, 건축용 석회는 이탈리아, 타

일은 베네룩스와 뤼벡에서 가져온 것이었다. 석회암만 이 지역 채석장에서 채굴되

었다. 팔코네의 표트르 대제 기마상의 화강암 대좌는 높이가 12미터, 둘레가 30미터

에 달했다. 무게가 약 66만 킬로그램에 이르는 화강암을 옮기는 데만도 천 명의 인

원과 1년 6개월 이상의 시간이 필요했다." [96]

그 기념비는 러시아 운명의 상징이 되었다. 슬라브주의자인 호먀코프는 페

테르부르크를 "집들뿐만 아니라 나무와 거주인들마저 모두가 돌로 된," 죽음의

미를 간직한 도시라고 말했다.

상트페테르부르크는 19개의 아름다운 운하로 연결되어 있어 북방의 베네치

아(베니스) 또는 북방의 암스테르담이라고 불린다. 운하는 시내의 주요한 교통

로 역할을 한다. 운하 정비 사업은 주로 예카테리나 여제(2세) 시대에 진행되었

다. 운하의 양쪽으로 커다란 벽돌 모양의 곧게 다듬은 돌들이 벽처럼 서 있다.

물과 돌은 서로 조화를 이루며 도시에 대한 깊은 인상을 남긴다. 그러나 라스콜

리니코프는 페테르부르크 도시의 다리를 건너며 범죄에 대한 생각에 빠진다.

운하를 바라보며 망설이기도 하지만, 운하의 물은 그의 정신적 부활을 도와주

지 못한다.

셋째로 상트페테르부르크는 환상적인 도시이다. 오랜 세월을 거쳐 자연적으

---

96  올랜도 파이지스, 『나타샤 댄스』 채계병 역, 이카루스 미디어, 2005, 42쪽.

로 형성된 도시가 아니라 뿌리 없이 세워진 안개 도시로 초자연적이고 환상적인 공간인 것이다. 그리하여 그 도시는 많은 환상적인 이야기를 만들어낸다. 문학 작품에서 표트르 대제의 유령이 말을 타고 출현하는 도시일 뿐만 아니라, 몽상가들이 배회하는 도시이다. 특히 한여름에 이 도시의 백야는 환상적인 분위기를 자아내고 문학이나 예술 작품에서 도시의 아름다움에 대한 하나의 신화를 창조하는 주요 모티프이기도 하다. 도스토옙스키의 낭만적 소설『백야』의 주인공은 네바 강가를 배회하는 몽상가이다. 어느 날 도시를 배회하다가 집으로 가는 도중에 그는 어떤 남자로부터 괴롭힘을 당하던 나스텐카를 구해주게 되고, 그는 자신의 꿈을 털어놓는다. 그는 페테르부르크의 가난한 청년으로서 폐쇄된 자신만의 공상의 세계에서 고독하게 살아가는 인물이다.『백야』에서 작가는 이전 작품『여주인』과『약한 마음』에서 보여준 몽상가의 테마를 발전시켰다. 이는 이미『페테르부르크 연대기』에서 다룬 테마이기도 하다.『죄와 벌』의 라스콜리니코프 역시 몽상가로서 도시를 배회하는 인물이다. 스비드리가일로프는 라스콜리니코프에게 다음과 같이 말했다. "이곳은 미친 사람들의 도시야……. 페테르부르크만큼 인간의 영혼을 울적하게 만들고, 기이한 영향을 주는 곳도 드물지." 또한 페테르부르크는 인간의 불안정함이 만연한 비존재의 도시이기도 하다. 무산 계급의 대학생 라스콜리니코프가 수행하는 범죄는 추상적이고 인공적인 것과 환상적인 것의 기이한 혼합물이다. 그의 범죄는 도시의 환상적인 성격을 잘 대변해주고 있다.『미성년』의 주인공은 페테르부르크의 환상성을 다음과 같이 표현하고 있다.

"페테르부르크의 아침은 이 세상에서 가장 환상적이다. 이렇게 안개에 싸인 아침이면 푸시킨의 『스페이드 여왕』이 보여주는 게르만의 환상이 오히려 현실적으로 느껴진다. 나의 머릿속에서도 기묘한 환상들이 집요하게 떠오른다. 안개가 흩어져 위로 올라갈 때 이 눅눅하고 미끈미끈한 도시도 같이 올라가 사라져버리는 게 아닐까. 페테르부르크가 연기처럼 사라지고 핀란드 만의 진창만 남는 게 아닐까."

페테르부르크를 "그림자의 도시"라고도 한다. 벨리에 따르면 "페테르부르크의 거리들은 의심할 여지 없는 특징을 갖고 있다. 페테르부르크의 거리들은 통행자들을 그림자로 만들고, 그림자들을 사람으로 바꾼다." 페테르부르크는 존재와 비존재, 실재와 부재 사이에 희미하게 존재하는 그림자들의 도시이다. 거리에서 그림자들은 서로 겹치면서 유희를 즐긴다. 페테르부르크에서는 꿈과 몽상 속의 현실이 실제로 실현되기도 한다. 도스토옙스키의 주인공들은 하나 같이 환상(phantasmagoria)의 도시 상트페테르부르크의 한복판에 있다.

넷째로 상트페테르부르크 공간의 특징은 연극성이다. 페테르부르크는 다른 도시들과는 다르게 성장하였다. 교역이나 지정학적으로 그 도시를 설명할 수 없다. 프랑스 작가인 마담 스타엘이 1812년에 이 도시를 방문했을 때 "이곳에 있는 모든 것은 시각적 측면에서 창조되어 있다"고 말했듯이, 페테르부르크는 하나의 예술작품으로 건설되었다. 때로 페테르부르크는 거대한 무대장치로 만들어진 것처럼 보인다. 이때 도시의 건물들과 사람들은 단지 극장의 소품으로만 작용한다. 유럽인들은 그 도시의 조화와, 종종 무대 장식에 비교되는 도시의 기이한 비자연적인 아름다움에 충격을 받는다. 표트르 대제와 그의 계승자들은 자신들의 수도를 극장으로 생각했다. 그 도시는 항상 청중과 관중을 가정한다. 그 도시는 연극적 공간으로서 독특한 도시문화를 창조한다. 이처럼 독특한 도시가 바로 도스토옙스키 소설의 무대이다. 따라서 도스토옙스키의 작품 속 등장인물들은 모두 연극적 공간의 무대에서 삶을 연기하는 광대들이다. 그 도시의 연극성은 18세기부터 20세기 초반까지 러시아 문화의 유형학적 특징을 규정하고 있다.

다섯째로 페테르부르크는 머리와 이성의 도시이다. 러시아에는 항상 비교되는 두 도시 모스크바와 페테르부르크가 있다. "모스크바가 러시아의 심장이라면, 페테르부르크는 러시아의 머리"라는 말이 있다. 이 도시의 서구적 취향은 서구합리주의 철학과도 관련을 맺고 있다. 서구의 이성적 합리주의는 도시의 철학적 이미지를 보여준다. 머리와 이성으로 상징되는 도시의 이미지는 인간적이기보다는 비인간적인 냉소와 연관이 깊다. 수도 페테르부르크는 전형적인 관료의 도시로서 서구문화가 활개 치는 타락한 관료들의 천국이었지만, 성실한 삶을 살아가는 하급관리나 일반 시민에게는 냉혹한 동토의 땅이었다. 페테르부르크는 러시아인을 유럽인으로 개조하기 위한 거의 유토피아적인 방대한 문화 공학 계획이었다. 『지하 생활자의 수기』에서 도스토옙스키는 페테르부르크를 "전 세계에서 가장 추상적이고 계획적인 도시"라고 불렀다. 새로운 수도의 모든 것은 러시아인들에게 좀 더 유럽적인 생활방식을 강요하고 있었다. 페테르부르크는 강압적인 규제 때문에 적대적이고 억압적인 장소로 각인되었다. 러시아 문학과 예술에서 중심적인 역할을 하는 19세기의 "비실제적인 도시"에 대한 신화의 근원은 여기에서 기인하고 있다.

어떤 시(詩)에서 러시아의 대도시 페테르부르크와 모스크바는 각각 남성과 여성의 도시로 비유된다.

> "페테르부르크는 머리요, 모스크바는 가슴이라오.
>
> 페테르부르크는 장가가고, 모스크바는 시집간다오.
>
> 모스크바는 세월의 흐름 위에 세워진 도시이오.
>
> 페테르부르크는 많은 사람들이 세운 도시다."

19세기 제국 도시의 이미지는 통제의 개념으로 정의된다. 그리하여 그 도시는 획일성으로 "몽둥이를 든 하사관", "군의 참모 본부", "군 병영"을 연상시킨다. 페테르부르크는 비인간적 균형의 도시, 거주자들의 삶보다는 건축 형태의 추상적 균형에 의해 규제되는 도시였다. 가슴으로 호흡하지 않고, 머리로 계산하는 이성적 지식의 이미지가 묻어나는 도시가 바로 페테르부르크다. 지하인 역시 머리로만 추리하고 계산하지만 정작 가슴과 사랑으로 타자를 품을 수 없었던 인물이었다.

# 14. 반(反)주인공

　우리는 주인공이나 영웅을 영어로 "히어로(Hero)"라 부른다. 신화, 전설, 또는 서사시의 주인공들은 민족과 사회를 대표하며 초인간적 능력을 갖는다. 그들은 신들과 밀접한 관계를 맺거나 우주적 의미를 갖는 경우가 많다. 아리스토텔레스는 비극과 서사시가 일반적이지 않게 우수한 인물을 모방한다고 하였다. 그에 반해 현대의 문학이론가들과 비평가들은 주인공(Hero)이라는 말보다 성격(character)이란 말을 더 좋아한다.

　현대에 와서는 영웅이라는 개념이 사라지고 보통 사람이 오히려 모범적인 인간으로 상정되면서 반영웅(Antihero)이라는 개념이 등장했다. 즉 평범한 인물이나 약간 어리석은 듯한 인물이 주인공으로 등장하는 것이다. 그들에게는 주인공, 영웅, 중심적 인물이라는 명칭이 적합하지 않기 때문에, 반(反)영웅이라는 명칭이 탄생했다. 좀 더 정확하게 반(反)영웅은 문학이나 공연물에 등장하는 주요 인물로서 "이상주의나 용기와 같은 전통적인 영웅의 특질을 결여한 인물"[97]을 말한다. 한마디로 반(反)영웅은 영웅답지 않은 영웅, 즉 영웅적 자질이 부족한 주인공이다. 한편 현대의 진지한 극과 소설 속에서 반복되어 나타나는 주인공들은 전통적 비극의 주인공들과 다르다는 의미에서 반(反)영웅이라는 용어를 사용하기도 한다. 즉 반영웅은 운명 앞에서 위신과 위엄과 위력과 영웅심을 발휘하지 못한다. 그들은 조잡하고 왜소하며 무력하고 수동적이다. 그들은 소외되고 고립되어 있으며 인간의 약점을 잘 드러내는 인물들이지만 개인적인 윤리와 나름대로의 고결성을 지니기 때문에 사회와 충돌하며 갈등을 겪는다. 산업 사회의 결과와 전통적인 가치의 몰락으로 문학의 반(反)영웅은 나약한 존재로 묘사되며 영화 속의 반영웅보다 신경질적인 변화가 더 많이 나타난다. 반(反)영웅들 중에는 착하고 바르며 정의로운 영웅들과 달리 선과 악이 내재하는 다소 복잡한 캐릭터들이 많다. 반영웅은 악한에 속하는 성격적 특성이라 할 수 있는 도덕 불감증, 탐욕, 폭력적 성향을 보이기도 한다. 나아가 그는 '목적이 수단을 정당화한다'는 믿음으로 법을 왜곡하거나 어기려 한다. 종종 작가들은 반(反)영웅을 감상적으로 다루며, 인간적으로 호감을 주는 인물로 그리려는 경향이 있다.

『지하로부터의 수기』 제1부의 시작부터 작가는 수기 자체를 허구라고 말한다. 그러면서 수기 작가(화자)의 존재의 당위성을 역설한다. '나는 대중들 앞에서 최근에 등장한 여러 성격 중 하나를 소유한 인간을 분명하게 묘사하고 싶었다.'[98] 작가는 제2부 10장에서 반주인공에 대한 언급을 한다. "소설엔 주인공이 필요하다. 그리고 일부러 반(反)주인공의 모든 특성들을 모아 놓는다. 그러나

---

97  American Heritage Dictionary of The American Language(1992)에서 인용.

98  도스토옙스키, 『지하로부터의 수기』, 조혜경 역, 펭귄클래식코리아, 2009, 7쪽.

중요한 것은 이러한 모든 것이 너무나 불쾌한 인상을 유발한다는 점이다. 왜냐하면 우리 모두는 삶과 유리된 채 정도의 차이는 있을지언정 불완전하기 때문이다."[99] 이 같은 반주인공적, 반영웅적 특성들의 집합체가 지하인인 것이다.

『지하로부터의 수기』의 반(反)주인공은 40년간 쥐새끼처럼 지하의 한쪽 모퉁이에서 살면서 분노와 고독 속에서 자기가 경험하고 생각해왔던 것을 이제 기억하여 반추해보고 싶은 욕망을 품는다. 공상가인 반주인공은 "아직 살아 있는 어느 세대의 대표자"이다. 이른바 그는 유럽 문화에 중독되어 대지와 민중으로부터 이탈한 "현대 사회에 존재할 수 있을 뿐만 아니라 존재해야 마땅한" 역사적 전형으로서 러시아 역사상 페테르부르크 시기에 살고 있는 한 지식인이었다. 그는 추상적 문명의 산물이며, 경직된 교육과 환경에서 태어난 사산아로 간주되었다. 그의 죄는 자신의 삶에 대한 반역을 꾀한다는 것이다. 그리하여 지하인은 종종 과거의 인물로, 역사적 전형으로 간주된다. 그러나 그 역사적 가면은 쉽게 벗겨진다. 반주인공은 과거뿐만 아니라 현재에도 살아 있으며, '나'일 뿐만 아니라 '우리'이기도 한 까닭이다. 작가는 러시아 지식인의 형상이라는 제약을 넘어 그 틀을 무한대로 확장시킨다.

도스토옙스키가 묘사하고 싶은 인간은 여러 시대를 포괄하는 동시에 지금의 세대를 대표할 수 있는 누군가이다. 20세기뿐만 아니라 21세기에 들어와 그 지하인은 이제 공식적으로 새로운 유형의 인간으로 진화되어 나타난다.[100] 도스

---

99  도스토옙스키, 『지하로부터의 수기』 조혜경 역, 펭귄클래식코리아, 2009, 192쪽.

100  도스토옙스키는 진화론자이기도 하다. 지하인의 진화에 대한 비유는 다음 문장에서도 잘 나타난다. "그것은 내가 이 세상 모든 존재 앞에 있는 추악하고 쓸모없는 파리(가장 영리하고 가장 진화되었고 가장 고상하지만 끊임없이 모든 사람들에게 양보하고 모든 사람들에게서 무시당하고 모욕 받는 그러한 파리)라는 것을 직접 느끼면서 갖게

토옙스키는 지하인을 통해 미래 예언적인 소설가가 된 것이다. "난 우리 시대의 인간이 진화해야만 하는 것처럼 그렇게 병적으로 진화했다."[101] 19세기의 지하인은 20세기에 들어와 새로운 유형의 인간으로 변주된다. 지하인과 유사한 대표적인 반(反)주인공(Antihero)들은 제롬 데이비드 샐린저의 소설『호밀밭의 파수꾼』(1951)의 냉소적인 반항아 홀든 콜필드, 카뮈의 소설『전락』(1956)의 클레망스(사막에서 외치는 자의 목소리), 마틴 스콜세지 감독의 영화『택시 드라이버』(1976, 칸 영화제에서 황금종려상 수상)에 등장하는 심야택시 운전사 트래비스, 워쇼스키 형제 감독의 SF 영화『매트릭스』(1999)의 주인공 네오를 들 수 있다. 더 나아가 21세기 소설가 랠프 엘리슨의 소설에까지 영향을 미치고 있다.

거침없는 언어와 사회성 짙은 소재로 유명해진『호밀밭의 파수꾼』의 주인공 홀든은 지하인처럼 언제나 툴툴대고 욕하며 모든 것에 불만이 많은 학생이다. 선생님도 불만, 친구들도 불만, 학교도 불만, 사회의 모든 것들에 대해 불만투성이다. 심지어 처음 만난 사람을 향해 상냥하게 인사하는 것조차 못마땅하다. 그는 모든 것이 귀찮고 세상은 별 볼일 없는 것으로 가득 차 있다고 생각하는 불평분자다. 하지만 대놓고 시비 걸거나 사회에 대한 반항으로 못된 짓을 하며 돌아다니는 대담한 아이도 못 된다. 그저 혼자 투덜댈 뿐이다.『호밀밭의 파수꾼』은 홀든이 퇴학을 당하고 집으로 돌아오기까지 며칠간 겪은 일들에 대한 독백으로 이루어져 있다. 세상의 비인간성에 염증을 느끼며 반발하는 주인공 홀든은 순진함과 예리한 통찰력으로 인생의 충격과 유혹에 맞선다. 이 소설 속에 등장하

---

되는 참을 수 없는 초라함과 엄청난 고통이었다."(79쪽)

101    도스토옙스키,『지하로부터의 수기』, 조혜경 역, 펭귄클래식코리아, 2009, 69쪽.

는 홀든의 모습은 반항적 인간인 지하인의 모습과 유사하다. [102]

『호밀밭의 파수꾼』은『지하로부터의 수기』처럼 인간 존재를 특징짓는 소외와 공허함을 애써 무시하는 사회의 태도를 고발하고 있다. 이 작품에서 감수성이 예민한 홀든 콜필드는 어른의 사회를 위선으로 규정하고 거부한다. 이것은 어른이 되는 과정에서 우리 모두가 겪어야 하는 통과 의례이다.『지하로부터의 수기』에서 자의식이 강한 주인공의 독백이 우리에게 호소력을 갖는 것처럼 우리는『호밀밭의 파수꾼』의 주인공 콜필드의 세상을 향한 외침에서도 억압된 자아의 목소리를 느낄 수 있다. 콜필드는 결국 이 세상이 모두 거짓과 위선으로 뒤덮여 있다고 절규하면서 미쳐간다.

카뮈의 소설『전락』은 처음에는 덕망 있고 자애롭게 보이던 주인공이 자신의 부조리함을 인식하게 됨에 따라 점차 전락을 거듭하는 과정을 보여준다. 이 소설은 암스테르담의 한 술집에서 전직 변호사인 클레망스의 회상으로 시작한다. 화자인 클레망스는 선행을 베풀기를 좋아하며 주변 인물들에게 덕망 있는 사람으로 칭송받는다. 하지만 클레망스는 사실 과거 한 여인이 센강에서 투신자살하는 것을 보고도 방관한 적이 있으며, 그로 인해 이후 자신의 명성과 덕행이 얼마나 기만적이었나를 깨닫고, 세상에서 진정한 결백, 정의 등은 모두 위선이라고 생각해온 인물이다. 스스로를 정신병자라고 말하는 클레망스는 상대방의 위선을 깨닫게 하고 죄인으로서의 연대감을 일으키려고 한다. 카뮈는 클레망스를

---

102  도스토옙스키와 샐린저는 작가의 목소리 사용에서 서로 유사한 방법을 사용한다. 여기서 목소리란 어휘 선택과 문체, 그밖의 언어장치를 통해 표현되는 작가 고유의 어조나 느낌, 개성을 가리키는 예술 용어다. 독자가 작가의 목소리를 좋아하게 만들기 위해 도스토옙스키는 화자로 하여금 스스로 자신의 병약함이나 나약함 등을 인정하게 한다. 도스토옙스키는 독자가 자신의 목소리를 좋아하게 만드는 데 대가였다. 사실 샐린저는 작가의 목소리를 사용하는 방법을 도스토옙스키에게 배웠다.『호밀밭의 파수꾼』에서 홀든 콜필드는 독자에게 자신의 모든 약점과 기벽을 지하인처럼 숨김없이 털어놓는다.

통해 인간의 부조리나 위선을 고발하고 있다.

『지하로부터의 수기』와 『전락』의 공통점들을 좀 더 구체적으로 살펴보자. 두 작품은 모두 일인칭 소설이라는 형식상의 유사성을 가지고 있으며, 타자의 말에 대해 자신을 방어하는 독백 형식으로 이루어져 있다. 전자가 체르니솁스키의 작품에 대한 문학적 반박이라면, 후자는 『반항적 인간』(1951)을 놓고 벌어졌던 사르트르와의 논쟁의 답변서라고 할 수 있다. 둘 다 말들에 대한 말이다. 지하인은 물리법칙과 마찬가지로 도덕의 법칙이 있다고 주장하는 합리적 에고이스트에 대해 시비를 걸며 흥분한다. 지하인은 "2×2 = 4"를 인간에 대한 모독이라고 주장하고, 클레망스는 진정한 선행을 하는 대신에 그 흉내만 내면서 도덕적인 인간인 척 행세하는 자기 자신과 모든 사람들을 가차없이 심문한다. 타인들을 심판할 권리를 얻기 위해 먼저 자기 자신을 혹독하게 심문하는 것이다. 클레망스는 속죄자이면서 재판관이다. 도스토옙스키와 카뮈의 공통점은 인간의 부조리한 운명이나 비극적인 운명에 대한 집요한 관심이라고 할 수 있다.

마틴 스콜세지 감독의 영화 『택시 드라이버』는 1970년대의 미국 사회를 일시적 혼란에 빠뜨린 베트남전쟁의 망령으로 사회와 단절된 사람들의 삶을 뉴욕의 밤으로 포장해 보여준다. 영화가 그리는 것은 사실상 희망 없는 진창의 세상에서 분투하는 인간의 처절함이다. 베트남전쟁 참전 용사 트래비스 비클은 고독과 소외를 느끼며 살아가는 불면증 환자이다. 그러나 그는 자기 증상의 원인을 모른다. 그래서 심야 택시 운전을 하며 뉴욕의 밤거리를 헤맨다. 몽유병 환자처럼, 의사소통을 단절하고 거리를 떠돈다. 지하인처럼 현실에 뿌리를 내리지 못하는 그에게는 뉴욕 또한 형체 없이 떠 있는 그림자의 형상일 뿐이다. 택시 공간으로 고립되는 트래비스는 자신을 청소부, 곧 집행자로 여기는 편집 증세를 보인다. 이런 그가 뉴욕의 밤거리에서 깨달은 것은, 세상은 창녀, 포주, 마약 중독자, 검둥이, 호모, 레즈비언 같은 인간쓰레기로 가득하다는 것이다. 그래서 이를 청소해야 한다는 강박관념에 시달린다. 그는 열두 살짜리 창녀 아이리스의 포주 스포트를 죽인다. 그가 살인하기까지 표출되는 극렬한 가치관의 혼란은 베트남전쟁 증후군이라 할 수 있다. 결국 스포트를 살해함으로써 자신이 빠져 있던 혼란에서 벗어나 영웅이 된다. 하지만 지하인처럼 트래비스 역시 루저(loser)이다.

『지하로부터의 수기』와 『택시 드라이버』의 주인공들에게 나타나는 공통점들을 좀 더 구체적으로 들여다보자. 첫째로 그들의 생활환경(생활공간)은 아주 비슷하다. 지하인은 세상 밖으로 나가는 것을 두려워하는 은둔형 인간이다. 트래비스 역시 베트남 참전 이후 찾아온 불면증으로 어두운 밤에 운전하며 택시라는 움직이는 작은 박스(공간)에서 살아가는 인물이다. 둘째로 그들은 혼자만의 생각을 나열한다. 지하인은 꼬리에 꼬리를 무는 생각을 하며, 독백만을 늘어놓고서 정당성을 얻고자 한다. 트래비스 역시 끊임없이 혼자만의 생각과 논리를 주절거린다. 그들은 행동은 거의 하지 않고 생각만 한다. 셋째로 그들은 횡설수설하며 자신이 영웅임을 은근히 내비친다. 지하인은 자신의 우월성을 끊임없이 주지시키고, "2×2＝5"가 훌륭한 명제임을 말하며 자신의 가치를 주장한다. 트래비스 역시 매일 사회의 어두운 단면들을 깨끗하게 쓸어버리고 싶어 한다. 그러면서 도시를 청소하는 비처럼 영웅이 되고 싶어 한다. 팰런타인과의 만남에서도 그러한 자신의 정치적 소신을 강하게 내비친다. 넷째로 다른 사람을 만나기 위해 자신을 신경 써서 꾸민다. 지하인은 제2부에서 자기가 무시라도 당할까 봐 외모에 지나치게 신경을 쓴다. 트래비스는 팰런타인의 선거운동원 베티를 만날 때마다 깨끗한 옷차림과 단정한 헤어스타일로 밤 시간 운전할 때의 모습과는 완전히 다른 모습을 보여준다. 다섯째로 그들은 실수투성이의 소심한 인물이다. 자신을 증명해 보일 수 있는 결정적인 상황에서 실수를 하며 소심함을 드러낸다. 지하인은 애꿎은 친구의 송별연에 가서 무엇인가를 보여주려고 벼른다. 하고 싶은 말도 준비를 많이 했고, 생각도 미리 많이 했지만 결국 아무도 알아주지 않는 말들만 혼자서 지껄이다 수모만 당한다. 트래비스는 선거 운동원 베티에게 호감을 품고 데이트를 신청하지만 포르노 극장을 데이트 장소로 골라 그들의 관계 유지에 실패한다. 또한 사회를 구원하기 위해 스스로 인간병기가 되어 몸을 키우고 총도 여러 개 차며, 심지어 점프슈트에 모히칸스타일까지 하고 나타나지만, 결국 움찔하며 팰런타인을 저격하지 못하고 꽁무니를 뺀다. 마지막으로 그들 자신은 현실에 안주하면서도 자신보다 약자를 해방시켜 만족을 얻기 위해 타인을 설득하기를 멈추지 않는다. 지하인은 친구들에게 따돌림을 당하고 자신이 정상적으로 사회생활을 할 수 없음을 인정하게 된다. 하지만 그는 창녀 리자에게 앞으로의 어두운 미래밖에 없다며 그녀를 각성시킨다. 정작 자신은 안주할 생각이면서 타인을 통해 대리만족하려고 한다. 트래비스 역시 사창가에서 12세의 어린 창녀 아이리스를 만나 포주의 성적 착취로부터 소녀를 구해내려고 계속 찾아가 설득한다. 하지만 아이리스는 그것을 원하지 않았고, 트래비스는 그녀의 해방을 마치 자신의 해방으로 간주한다.

이렇듯 『호밀밭의 파수꾼』, 『전락』, 그리고 『택시드라이버』에는 각각 20세기적 지하인의 유형이라 할 수 있는 인물들이 등장하고 있다. 그런데 도스토옙스키가 묘사한 19세기의 지하인은 21세기의 미래 인간으로 더 진화되어 나타난다. 지하인은 일본에서 새로운 유형으로 나타난 히키코모리(은둔형 외톨이, 골방족)를 잘 설명해주는 말이기도 하다. 히키코모리는 일본에서 탈사회적이고 고립적인 소외 현상으로 나타난 인간이라 할 수 있다. 새로운 인간형을 우리말로 명명한 "골방족"에 해당하는 히키코모리는, 외부 세계와의 접촉을 끊은 채 방 안에 틀어박혀 세월을 보내는 인간을 의미한다. 히키코모리는 원래 '(특정 장소에) 틀어박히다'라는 뜻의 일본어 '히키코모루'를 명사화한 단어다. 주로 어려운 상황을 피하기 위해 산이나 시골에 숨어 사는 정치인들에게 쓰이는 말이었으나, 최근에는 6개월 이상 외출하지 않고 집 안에만 틀어박혀 지내는 사람을 부르는 말로 변형되어 통용되고 있다. 그들은 일반적으로 '디지털 히키코모리'가 된다. 디지털 히키코모리는 탈사회적이고 고립적인 인간소외 현상이 디지털 공간에서 더더욱 가속화되어 등장한 부류이다. 한때 일본 사회에 만연한 히키코모리 현상은 디지털 공간에서도 유사하게 나타나고 있다. 이들은 현실공간에서의 자신의 실체와 가상공간에서의 아바타의 존재를 혼동하는 현상을 보이기도 한다. 현실공간에서의 활동에 만족하지 못하고, 현실공간에서의 대인관계를 불편해하고 어색해하며 사회성이 지극히 부족하다. 가상공간에서 혼자 하는 활동에 익숙해진 것은 PC가 가진 기반환경이 개인적이고, 또 가상공간에서도 현실공간을 대체할 만큼의 다양한 대안적 관계 활동들이 가능하기 때문이다. 아울러 현실 공간에서 취업이나 학업 등을 통해 다양한 실패와 좌절을 해본 경험도 이러한 현상에 일조한다. 결국 디지털 히키코모리는 현실공간에서의 문제점을 해결하거나 극복하려는 대신 디지털 공간 속으로 도피하는 경향으로 이해할 수 있다. 그들에게 디지털 공간은 지하인의 '지하'처럼 도피와 모순된 소통의 장인 것이다.

도스토옙스키의 지하인과 같은 새로운 유형은 우리나라의 영화에서도 찾아볼 수 있다. 지하인은 칸 영화제 심사위원 대상, 베를린 영화제 알프레드 바우어 상을 수상한 대한민국의 대표적인 감독 박찬욱의 예술작품에도 나타난다. 박찬욱 감독의 복수삼부작 영화『친절한 금자씨』,『올드 보이』, 그리고『복수는 나의 것』에 새로운 유형의 인간이 등장하고 있는 것이다. 그의 영화 속 주인공들은 선악의 모호함을 보여주는 캐릭터들로서 도스토옙스키의 작중인물들을 상기시킨다.『복수는 나의 것』에서 우리는 극한상황에 처한 등장인물들의 행동을 통해 인간영혼의 심연을 보게 된다. 죽어가는 누나의 수술비를 마련하기 위해 중소기업 사장인 동진의 어린 딸을 유괴하여 몸값을 요구하는 농아자인 류는 극한 상황에서 빠져나오지 못하는 범죄자의 운명을 타고난 비극적인 인물이다. 류의 애인으로 등장하는 혁명적 무정부주의자인 영미와 그녀의 일당인 사회주의 극렬분자들 역시『악령』과 같은 도스토옙스키의 소설에서 흔히 볼 수 있는 캐릭터들이다. 박찬욱 감독은 등장인물들에 대하여 다음과 같이 말한다. "이들은 도스토옙스키의 소설에서도 흔히 볼 수 있는 인물들이다. 순진한 이상주의자의 모습을 영화 속 배두나(영미)를 빌어 표현하고 싶었다." 도스토옙스키의 소설에서 가해자는 궁극적으로 희생자가 된다. 가해자와 희생자의 역전 현상이 주를 이룬다.『죄와 벌』의 주인공 라스콜리니코프가 그렇고,『카라마조프가의 형제들』의 주인공 드미트리가 그러하다.『복수는 나의 것』에서 동진과 류는 희생자에서 가해자(범죄자)가 되기도 하고, 류는 가해자(살인마)이면서 희생자가 되기도 한다. 이 복수 영화에서 박찬욱은 부조리한 이야기와 지하인과 같은 인물들을 통해 인간비극을 보여주고 있다. 『친절한 금자씨』에서 주인공 이금자는 주변 사람들의 시선을 단번에 사로잡을 만큼 뛰어난 미모의 소유자로 스무 살에 죄를 짓고 감옥에 가게 된다. 어린 나이, 너무나 아름다운 외모로 인해 검거되는 순간에도 언론에 유명세를 치른다. 그런데 13년 동안 교도소에 복역하면서 누구보다 성실하고 모범적인 수감생활을 보낸다. '친절한 금자씨'는 교도소에서 유명세를 치른 그녀에게 사람들이 붙여준 별명이다. 그녀는 자신의 주변 사람들을 한 명, 한 명 열심히 도와주며 13년간의 복역생활을 무사히 마친다. 그리고 출소하는 순간, 그동안 자신이 치밀하게 준비해온 복수 계획을 펼쳐 보인다. 그녀가 복수하려는 인물은 자신을 죄인으로 만든 백선생이고, 교도소 생활 동안 그녀가 친절을 베풀며 도왔던 동료들은 이제 다양한 방법으로 금자의 복수를 돕는다. 선악의 경계선을 넘나드는 금자는 한국형 지하인이라 할 수 있다. 그런가 하면 『올드 보이』는 한 남자가 과거에 입은 상처를 되돌려주기 위해 동창생을 납치 감금하면서 비롯되는 복수를 그린 영화다. 주인공 오대수는 평범한 샐러리맨으로 술에 만취하여 집에 돌아가던 날 영문도 모른 채 붙잡혀 15년 동안 사설 감옥에 감금되게 된다. 15년 후 이우진은 오대수를 풀어주고 근친상간을 유도하여 복수를 행한다. 이 영화는 근친상간을 소재로 하여 사랑의 원형과 윤리적 한계를 실험한 예술작품이다. 주인공들인 오대수와 이우진은 모두 욕망의 노예일 뿐만 아니라 자의식이 강한 지하인으로 도스토옙스키적인 성격의 재현이라 할 수 있다. 박찬욱 감독의 복수삼부작은 모두 삶과 죽음, 죄와 구원의 문제를 제각각 달리 조명하며, 즐거움보다는 고통의 철학적 의미를 제시하고 있다. 피해자는 고통의 트라우마로 인해 복수를 결심하고, 가해자의 반열에 등극하면서 또 다른 피해자를 만들어낸다.

도스토옙스키의 예술작품에서 등장인물들은 자기가 무슨 일을 하고 있는지 전혀 깨닫지 못한다. 작가는 악이 특별한 모습이나 이미지로 다가오는 것이 아니라 평범한 모습으로 늘 우리와 함께 있을 수 있음을 말하고자 한다. 악의 평범성(banality)은 "평범하고 또 익숙할 정도로 많이 접해서 진부해졌다"는 의미로 이해 가능하다. 즉 악이란 평범한 모습을 하고 있고 우리가 쉽게 접할 수 있는 근원에서 나온다는 사실이다. 그는 인간성을 인간의 본질로 주어져 있는 것이라고 간주하는 입장을 거부한다. 그는 인간에게 인간다울 수 있는 천부적인 자질이 내재되어 있다는 사실을 믿지 않으며, 보편적인 양심에 대해서도 회의적이다. 양심은 인간에게 본연적인 것이 아니라, 환경과 사회적 여건에 의해 이미 제약되어 있는 것이다. 스비드리가일로프, 스타브로긴, 루진은 양심의 차원을 넘어선 인간들이다. 뿐만 아니라 보편적 이상마저 그것이 구체적 삶과 충돌한다면 의심의 대상이 될 수밖에 없다는 것이다.

도스토옙스키와 박찬욱의 예술작품에서는 선악의 구도가 완전히 깨진다. 누가 선(善)이고 누가 악(惡)인지 명확하게 구별하기 어렵다. 그들의 주인공들은 선한 인물들이 아니지만, 우리의 마음속에 숨어 있는 본능과 닮았기 때문에 이해가 되고 동정이 가는 인물들이다. 악인도 선인도 정직한 인간도 영웅도 벌레도 될 수 없는 인간들이기에 연민의 정이 간다. 그들은 극단적인 상황을 만들어 놓고 벌어지는 그 상황을 독자와 관객에게 보여줌으로써 불편함과 긴장감을 준다. 흑백논리와 권선징악에 익숙한 독자나 관객에게 그들의 작품은 받아들여지기 쉽지 않다. 그러나 그들은 대다수의 인간들이 숨기고 싶어 하는 인간영혼의 심연을 거침없이 폭로하면서, 우리시대의 억압받고 학대받는 사람들이나 지하인과 같은 사람들을 통해 인간의 심리를 절묘하게 묘사하고 있다.

# 15. 논쟁의 힘

어느 날 갑자기 도스토옙스키는 화려한 조명을 받으며 작가의 꿈을 이루었다. 그의 처녀작 『가난한 사람들』이 시인 네크라소프와 당대 최고의 시민 비평가인 벨린스키에게 새로운 고골의 탄생이라는 칭찬을 받았고, 그는 문단의 총아가 되었다. 데뷔 초부터 비평가들의 좋은 평가와 대중의 인기에 그는 자신의 존재감을 느낄 수 있었다. 그러나 얼마 지나지 않아 벨린스키는 도스토옙스키의 『분신』이나 『여주인』과 같은 작품에서 모방의 흔적이나 환상적인 요소를 발견하고 그의 재능을 신통치 않게 생각했다. 투르게네프는 도스토옙스키의 캐리커처에 희문을 써서 조롱하기까지 했다. 그러자 도스토옙스키는 벨린스키가 문학을 신문기사와 선정적인 사건의 묘사로 격하시킨다고 비난했다. 그러고는 이전에 자신의 옹호자였던 시민비평가들에게 가졌던 환상에서 깨어나기 시작했다. 도스토옙스키는 유명 비평가인 벨린스키와 말다툼을 벌이면서 그의 문학 서클 대부분에게도 적대감을 갖게 되었다. 벨린스키는 동료 비평가에게 보낸 편지에 "도스토옙스키를 천재라고 칭찬한 건 우리의 큰 실수였다"라고 썼다. 이 편지 이후 도스토옙스키와 벨린스키의 관계는 완전히 틀어졌다. 그들의 화해는 벨린스키가 죽기 직전에야 비로소 이루어질 수 있었다.

　도스토옙스키는 논쟁을 몰고 다녔던 천재작가였다. 그는 언제나 논쟁을 통해서만 자신의 존재감을 확인할 수 있었다. 젊은 세대의 독자들은 벨린스키 등의 비난에도 불구하고 도스토옙스키의 소설과 논쟁을 열광적으로 환영했다. 『죄와 벌』로 명성을 높인 도스토옙스키는 다시 한 번 논쟁의 중심에 서야 했다. 이 소설의 제1부는 발표되자마자 그해 최고의 문학적 충격을 불러일으키며 즉각적인 성공을 거두었다. 라스콜리니코프의 성격적 특성에 대한 논란이 불거지고 많은 비평가들이 그의 성격을 오해했다. 작가의 심중을 제대로 이해한 사람은 비평가이자 후원자인 스트라호프 한 사람뿐이었다.

> "우리에게 처음으로 행복하지 않은 니힐리스트, 깊고 인간적인 고통을 받는 니힐리스트를 보여준다 ……. 작가는 허무주의를 선택하여 그것을 극단까지 밀고 나가고 있다 ……. 작가는 한 인간의 영혼 속에서 삶과 이론이 싸우는 모습을 보여주고, 가장 높은 절정에 이르는 상황에서 빚어지는 갈등을 묘사하며, 마지막에 삶이 승리하는 순간을 증명하려고 한다." [103]

　도스토옙스키가 작가로서의 성공과 대중적 인기를 얻는 데에는 언제나 작품을 통한 논쟁이 한몫을 한다. 그의 『지하로부터의 수기』 역시 논쟁을 일으킨 작

---

[103] 로즈 밀러, 『30분에 읽는 도스토예프스키』, 권경희 역, 서울: 랜덤하우스중앙, 2005, 114쪽. 재인용-1, 그로스만, 『도스토예프스키』, (알렌 레인, 1974)

품 가운데 하나였다. 체르니솁스키의『무엇을 할 것인가』(1863)에 대한 예술적 답변으로 쓰여진『지하로부터의 수기』는 도스토옙스키에게 사상가로서의 자존감을 확인시켜준 작품이었다. 이 작품에서 그는 서구 계몽주의, 합리주의, 공리주의 철학을 패러디하면서 이데올로기의 위험성을 경고했다. 이 작품의 주요 논쟁 대상은 앞서 언급했듯 1860년대 젊은 세대의 폭발적인 인기를 끌었던 니콜라이 체르니솁스키(1828~1889)의『무엇을 할 것인가』이다. 이 작품에서 도스토옙스키는 젊은 날 자신이 추종했던 이데올로기와 이론의 위험성과 허구성을 보았다. 그 이데올로기는 인간의 실제 본성과는 전혀 맞지 않는 이론이었다. 인간을 개미 떼로 취급하는 사회주의적 유토피아는 인간성 상실을 기초로 하여 이루어진 것이다. 체르니솁스키의 소설『무엇을 할 것인가』에 대한 도스토옙스키의 비판은 새로운 논쟁을 일으켰다. 그것을 보면 확실히 도스토옙스키는 언제나 이데올로기 논쟁을 통해 자신의 자존감을 드러내는 작가라 할 수 있다.

그렇다면 니콜라이 가브릴로비치 체르니솁스키(1828~1889)는 누구인가? 그는 19세기 러시아의 사상계를 대표하는 급진적인 정치 사상가이자 혁명가로서 젊은 지식인들에게 영향력이 컸던 저널리스트였다.[104] 볼가 강 근처의 중부도시 사라토프의 가난한 성직자의 아들로 태어난 체르니솁스키는 고등학교 교사로 근무했으나, 학생들에게 자유와 혁명 등의 불건전한 사상을 유포한다는 당국의 혐의를 받아 사임하게 된다. 이후 그는 페테르부르크에 가서 급진적인 문학잡지『동시대인(Sovremennik)』의 편집인으로 일했다. 이 잡지를 통해 1860년대의 급진주의적 젊은 지식인들에게 과격한 진보주의적 사상과 미래에 다가올

---

104   니콜라이 체르니솁스키,『무엇을 할 것인가』, 김정아 역, 지만지, 2011, 28쪽. 이 장에서 언급된 체르니솁스키에 대한 담론은 김정아 박사의 해설이 많은 도움이 되었음을 밝힌다.

이상사회와 인간상을 제시했다. 그리고 그는 유명한 페트라솁스키의 서클에서 활동했다. 그는 동료 저널리스트인 비사리온 벨린스키와 영국 공리주의자들의 견해에 따라 철학적 유물론의 체계를 세웠으며, 19세기 후반의 혁명적 민주주의 사상을 발전시키는 데 이바지했다. 체제전복에 대한 그의 적극적인 행동은 상당한 논란을 불러일으켰다. 지주들은 그가 계급간의 적대감을 조장한다고 고소했다. 결국 그는 1862년에 체포되어 2년 동안 수감된 뒤 7년간의 중노동형을 받고 1871년까지 복역한다. 복역 중 탈출 계획이 탄로나 극한 지역인 시베리아로 추방되어 1888년까지 유배생활을 하게 된다. 1889년에 석방되어 고향 사라토프로 돌아왔으나 중노동과 지속적인 병으로 정신적·육체적 건강을 잃고 그해 10월 29일 61세의 나이로 세상을 떠난다. 그의 죽음은 그를 혁명의 순교자로 만들었다. 그를 잇는 당대의 새로운 세대와 이후의 20세기 소비에트 역사가들은 그를 위대한 혁명의 대부나 볼셰비즘의 선구자로 간주했다.

감옥에 있는 동안 체르니솁스키는 계몽 소설 『무엇을 할 것인가』를 썼다. 이 소설은 당대의 젊은 혁명적 지식인들에게 커다란 영향을 끼쳤다. 그는 평론 『현실에 대한 예술의 미학적 관계』(1855), 『고골 시대의 러시아문학에 대한 논문』(1856), 『철학에서의 인류학적 원칙』(1860) 등을 발표했다. 그의 저작 대다수는 1850년대와 1860년대 초에 완성되었다. 그는 슬라브 민족주의에 반대했으며, 나로드니키(인민주의자들)와 레닌으로 대표되는 혁명적 사회주의자들을 이어주는 가교 역할을 담당한 인물이기도 했다.

체르니솁스키를 좀 더 잘 알기 위해서는 19세기 러시아 지성사를 이해할 필요가 있다. 당시 러시아의 사회 상황은 다소 복잡했다. 19세기 중반 제국러시아의 체제는 각종 모순과 위기로 흔들리고 있었다. 이런 상황을 타파하기 위해 차르는 농노해방을 시행했지만, 그것은 도리어 민중의 삶을 벼랑 끝으로 몰고 갔다. 아버지 세대는 부르주아적 삶의 양식을 대안으로 제시했지만, 그 역시 이미 유럽 각국에서 한계를 드러내고 있었다. 지성사에서 지식인들은 게르첸, 바쿠닌, 벨린스키 등의 낭만적 혁명가들로 구성된 '1840년대의 사람들'과 보다 급진적이고 현실적인 세대인 '1860년대의 사람들'로 나뉜다. 독일 관념론에 빠진 몽상적 지식인들로 이루어진 1840년대 세대는 자유, 평등, 박애의 이상만을 추구한 채 현실적으로는 아무런 행동을 할 수 없었다. 그들과 달리 1860년대의 사람들은 선배 지식인들이 지향한 낭만주의 대신 사실주의를, 관념론 대신 유물론을, 그리고 형이상학 대신 과학을 내세우며 당당하게 등장했다. 그들의 사상적 지도자 역할을 담당한 사람이 바로 허무주의적 유물론의 기수 체르니셉스키였다. 그의 중심사상은 공리주의, 합리주의, 실용주의, 이성주의, 사회주의적 유토피아 등으로 대변된다.

체르니셉스키 사상체계의 근간은 푸리에와 생시몽으로 대표되는 프랑스 계몽주의와 공상적 사회주의이다. 그의 사상은 인류 발전에 대한 긍정적인 믿음, 과학과 문명에 대한 확신, 정치적 행동 등을 특징으로 한다. 그는 헤겔 좌파 포이에르바하의 유물론으로부터 상당한 영향을 받았고, 벤담과 존 스튜어트 밀의 공리주의를 믿었으며, 미래의 프롤레타리아 시대의 도래를 확신했다. 푸리에의 '팔랑스테르(phalanstere)'[105], 즉 공동촌은 그에게 미래사회의 이상적인 사회조

---

105  팔랑스테르(Phalanstere)는 "집단이나 공동체"를 의미하는 "팔랑주"와 "수도원"을 뜻하는 "모나스테르"의 앞과 뒤를 따서 만들어진 말이다. 프랑스의 공상적 사회주의자 샤를 푸리에는 프랑스 대혁명을 계기로 인류를 위해 사회를 변화시키겠다는 야망을 드러냈다. 1793년 그는 자신의 계획을 도의회 의원들에게 설명했지만, 그들의 비웃음만 사고 말았다. 그것에 낙담한 푸리에는 얌전히 살기로 결심하고 회계원이 되었다. 하지만 이상사회에 대한 집념

직의 형태를 제공해주었고, 유물론은 혁명의 이론적 토대를 마련해주었다. 러시아에서 혁명에 관한 그의 입장은 역사적 도약론으로 요약될 수 있었다. 그는 러시아가 서구 자본주의와 같은 방식의 산업발달 단계를 뛰어넘어 직접 사회주의로 들어갈 수 있다고 확신했다. 그의 생각은 후에 최초의 볼셰비키 혁명가로 불리는 트카초프에게로 계승된다.

체르니셉스키의 이론은 성선설에 근거하고 있다. 그는 인간 본성이 원래 선하다고 주장한다. 인간이 사악한 행동을 하는 것은 사회가 그에게 그의 욕구와 능력에 맞는 기회를 주지 않았기 때문이라는 것이다. [106] 그는 사람들이 악행을 저지르는 것은 인간 자체에 문제가 있는 것이 아니라, 사회체제와 환경에 문제가 있기 때문이라고 보았다. 따라서 환경이 좋아지고 개선되면, 인간의 악행은 저절로 사라질 것이라고 주장한다. 인간의 선한 행동은 항상 그 자신에게 이익이 된다. 이것이 그의 유명한 이성적 이기주의 이론이다. 인간을 교육하고 개화시켜 이성적 이기주의에 눈뜨게 한다면, 악해지는 것 자체가 불가능하다는 것이다. 이러한 그의 이론이 형상화 되어 있는 것이 바로『무엇을 할 것인가』이다.

은 버릴 수가 없었다. 그는 시간이 날 때마다 연구를 계속하여 자기가 꿈꾸는 이상사회를,『사랑 가득한 신세계』와 같은 여러 저서를 통해 아주 상세하게 묘사하였다. 푸리에의 주장에 따르면, 인간은 1천6백에서 1천8백 명으로 구성된 작은 공동체를 이루고 살아야 한다. 공동체(팔랑주)가 가족을 대체하며, 혈족 관계나 지배·피지배 관계는 더 이상 존재하지 않는다. 공동체에 필요한 것을 조달하기 위해 각자 약간의 세금을 내지만, 통치기구의 권한은 최소한으로 엄격하게 제한된다. 중요한 결정은 마을 사람들이 중앙 광장에 함께 모인 가운데 이루어진다. 공동체의 구성원들은 하나의 주택 단지에 모여 산다. 푸리에는 그것을 팔랑스테르라고 불렀다. 푸리에는 자기가 생각한 이상적인 팔랑스테르를 다음과 같이 묘사했다. 3층에서 5층까지의 건물로 이루어진 성 같은 곳인데, 여름에는 분수 때문에 시원하고 겨울에는 볕이 잘 드는 길들이 나 있고, 중앙에는 극장, 휴게실, 도서관, 기상대, 교회당, 컨선룸이 있다. 그 후 푸리에의 후예들은 아르헨티나, 브라질, 멕시코, 미국 등지에서까지 팔랑스테르를 건설하였다. 프랑스에서는 1859년에 난로의 발명자인 앙드레 고댕이 푸리에의 팔랑스테르를 본받아 생산자 공동체를 건설하였다. 1천2백 명이 함께 살면서 난로를 만들고 이익을 나누어 가졌다. 그러나 그 협동조합은 오로지 고댕 가문의 가부장제적인 권위 덕분에 유지될 수 있었다.

106  니콜라이 체르니셉스키,『무엇을 할 것인가?』 김정아 역, 지만지, 2011, 8쪽.

이 작품의 주인공들은 체르니솁스키의 이론이 실생활에서 어떻게 적용되고 실현되는지를 보여준다.

19세기 러시아 지식인들에게 논쟁을 불러일으켰던 체르니솁스키의 유명한 소설 『무엇을 할 것인가』는 어떤 작품일까? 위기의 시대를 살아간 당대의 러시아 지식인들은 무엇을 할 것인가에 대해 생각하기 시작했다. 이 소설은 그러한 시대의식과 시대적 질문에 소설로 답한 작품이었다. 결국 이 작품은 그 어떤 정치적 논문이나 선언문보다도 분명하게 그의 사상을 전달한다. 물론 예술미학과 문학적 관점에서 볼 때 『무엇을 할 것인가』는 문학성을 결여한 정치적 팜플렛으로 평가받는다. 이 작품은 비현실적인 등장인물들과 상황설정, 장광설, 설교, 문체에 대한 무감각 등으로 현존하는 최악의 소설이란 악평을 받았다. 당대의 유명 소설가들은 이 작품을 어떻게 생각했을까? 투르게네프는 『무엇을 할 것인가』를 읽으며 속이 메스꺼울 만큼 힘들었다고 했다. 톨스토이는 이 작품의 지나친 교훈성, 즉 설교조와 훈계조를 직접적으로 비판했다. 그리고 도스토옙스키는 이 작품에 나타난 모든 이론과 사상들의 허상과 어리석음에 대해 『지하로부터의 수기』를 통해 일일이 반박했다. 평론가 스카비쳅스키와 셰도페로티는 이 작품에서 이야기되는 자유연애, 남녀관계, 작중인물들의 행동양식과 사고방식의 부도덕성뿐만 아니라 작품의 허술함까지 비판했다. 하지만 문학성과 예술성의 문제와는 관계없이 『무엇을 할 것인가』는 혁명가들의 필독서로서 새로운 세대인 젊은 사람들에게 감동을 주고 인기를 끌었다. 이 소설을 아주 감명 깊이 읽은 사람들도 많다. 그중에서 대표적인 사람이 바로 러시아 혁명의 아버지 블라디미르 일리치 레닌이다. 레닌의 저서 『무엇을 할 것인가』는 바로 그 소설에서

따온 제목이다. 레닌은 "체르니솁스키의 소설은 나를 완전히 압도했다……. 이 책은 당신의 전 생애를 내걸어도 좋을 만큼 훌륭한 소설이다"라고 극찬했다.[107] 레닌은 이 소설을 읽고 러시아 혁명을 일으킬 결심을 하게 되었다고 한다. 이 소설에 감명을 받은 그는 훗날 공산당 창당, 러시아 혁명, 소비에트 건설을 할 수 있었다. 그리하여 『무엇을 할 것인가』는 항상 공산주의와 관련하여 제기되는 낙관주의, 과학, 교육과 개혁을 통한 새로운 인간의 발견이라는 문제를 설명할 때 빼놓을 수 없는 소설이다. 결과적으로 이 작품 자체의 예술성을 떠나 『무엇을 할 것인가』는 러시아 지성사와 사상사에 커다란 족적을 남겼다.

　『무엇을 할 것인가』에서 작가는 흥미롭게도 사랑과 결혼을 통해 이루어지는 새로운 시대의 자유와 혁명을 언급한다. 소설은 "1860년대 급진주의 젊은이들의 사상, 그들의 낙관주의, 과학, 남녀평등, 유토피아 건설, 인간본성의 성선설에 대한 믿음, 교육에 의한 자기 이익의 발견을 보여주고 있다. 계몽과 인류에 대한 사랑이 자유와 진보로 나아가는 가장 중요한 기저를 이룬다."[108] 계몽된 사람들의 모든 행동은 결국 이성적 이기주의의 법칙에 의해 예측 가능하며, 그 법칙에 따라 사는 사람들이 만들어가는 세계는 유토피아일 수밖에 없다. 유토피아는 반정부 활동이나 공장의 파업 현장을 통해 혁명이 이루어지는 것이 아니라 사랑과 결혼을 통해 혁명을 한다는 그의 주장은 아주 흥미롭다. 이처럼 이 작품은 1860년대 세대들에게 다가올 미래 유토피아의 청사진을 제시했다. 그 유토피아는 베라 파블로브나의 꿈[109]에 나타나는 수정궁을 통해 묘사되었다. 그

---

107　니콜라이 체르니솁스키, 『무엇을 할 것인가』, 김정아 역, 지만지, 2011, 14쪽. 재인용.

108　니콜라이 체르니솁스키, 『무엇을 할 것인가』, 김정아 역, 지만지, 2011, 17쪽.

109　소설에서 「베라 파블로브나의 꿈」은 이후 소비에트 유토피아 문학의 원형으로 간주된다.

녀의 꿈속에 등장하는 미래사회는 빈곤과 압제와 일체의 통치형태가 사라진 평등한 사회이다. 사람들은 근심과 걱정과 모든 고통에서 해방되어 강철과 유리로 된 거대한 궁전에서 함께 먹고 함께 즐긴다. 여기서 유리 궁전은 과학과 기술의 승리를 상징한다. 그리고 이 작품은 여러 상황에서 무엇을 할 것인가 뿐만 아니라 식생활, 의생활, 결혼생활, 삼각관계, 이익분배 등에 대해서도 상세히 제시했다. 베라 파블로브나는 인습을 거부하는 해방된 여성의 전형이었다. 당찬 성격의 젊고 유능한 중산층계급의 여자 베라 파블노브나는 잡계급 지식인 출신의 로푸호프와 그의 친구 키르사노프를 만나 점점 의식화되고 성숙해진다. 이 작품에서 "새로운 사람들"은 진지하고 정직하며, 이성적이고 책임감 있는 인물들이다. 잉여인간의 속성을 지닌 구세대의 지식인들과는 대조적으로 "새로운 사람들"은 말 그대로 신선하고 혁명적이다. 그리하여 당대의 급진주의 젊은이들은 작품 속의 등장인물들의 삶과 행동 양식을 모방했다. 로푸호프가 가짜 결혼으로 베라를 끔찍한 집에서 구해냈던 것처럼, 젊은이들 사이에서 여성해방을 주장하고, 가출을 위한 가짜 결혼을 하는 것이 성행하기도 했다. 그런 결혼으로 집을 나온 여성들은 베라의 본을 좇아 대부분 방직공장을 열거나 방직공장에서 일을 했다. 베라와 키르사노프가 사랑에 빠졌을 때, 로푸호프가 그런 삼각관계의 해결책으로 제안했던, 세 명이 함께 사는 결혼생활의 방식 역시 잡계급 지식인과 해방된 여성 사이에서 실제로 볼 수 있는 일이었다. 그리고『무엇을 할 것인가』는 러시아 최초의 사회주의 이상 소설로서 혁명 전문가인 라흐메토프를 등장시켜 혁명을 꿈꾸는 러시아 젊은 세대의 모델을 제시했다. 소설은 전개와 직접적인 관련을 두지 않고도 라흐메토프를 위대한 혁명가로 설명해 보인다.

라흐메토프는 개인의 사랑, 감정, 삶을 배제하고, 혁명에 온 힘과 정열을 쏟는 진정한 혁명가로서 농민을 교육하고 지배층을 각성시키며 외국의 민중과 그들의 생활을 보러 다니다가, 3년 정도 후 러시아로 돌아올 것을 약속한다. 그의 귀환은 곧 러시아의 혁명을 의미한다.

『무엇을 할 것인가』는 자유를 향한 베라 파블로브나의 외침에서 시작한다. 하지만 "자유롭고 싶다!"는 베라의 외침은 가난하고 비천한 집안 출신의 어린 여자의 현실 앞에서는 공허하기만 하다. 가난한 주인공 베라는 신분상승과 경제적 부를 꿈꾸던 어머니의 욕구와 예쁜 아내를 맞이하고 싶어 했던 집주인의 아들, 미하일 이바노비치의 욕구에 의해 결혼을 하게 될 상황에 처해 있다. 러시아의 전통적인 '폐쇄적 공간'에서만 자라온 베라는 부모로부터도, 경제적으로도 탈출할 수 없는 감옥과 같은 곳에서 살고 있었으며, 그녀의 상황은 당시 러시아의 평범한 정략결혼의 일상이었다. 19세기 중반 러시아에서 베라 같은 여성에게 허락된 삶이란 자신을 구원해 줄 남자를 기다리거나 하급 노동자가 되는 것뿐이었다. 이미 정해진 삶의 행보만이 강요되는 현실을 살아가는 베라에게 누구도 다른 삶의 가능성을 말해주지 않는다. 베라는 이런 자신의 현실을 '지하실'이라고 말한다. 그 '지하실'로부터 탈출하기 위해 베라는 사랑의 모험을 감행한다. 이 소설에서 주인공 베라가 꿈꾸는 세계는 언제나 이상향으로 설정돼 있다. 그녀의 첫 번째 꿈에서 지하실로부터의 탈출이 연출되고, 실제로 그녀는 동생의 가정교사인 드미트리 세르게이치 로푸호프와 부모 몰래 결혼하고 현실을 빠져 나옴으로써 자신의 꿈을 실현시킬 수 있었다. 베라와 사랑에 빠지는 두 남자는 로푸호프와 키르사노프다. 그들은 언제나 자신의 이익에 따라 행동하는 이기적 유물론자들이다. 물론 여기서 '이익'은 화폐적 척도로 계산되는 무엇이 아니라 존재를 충만하게 하고 삶을 고양시키는 선택을 말한다. 이를 위해 그들은 원하는 것들의 '무게를 하나씩 달아'보고 '그중에서 가장 유리한 것을 선택'한다. 사랑도 마찬가지다. 동정, 연민, 희생으로 점철된 관계는 서로를 구속하고 괴롭힌다. 그러니 오로지 저 자신만을 위하여 사랑하고, 일하고, 관계하는 것이 제일이다. 이러한 이기적 계산법에 따라 베라는 집을 나오고 새로운 시대를 앞당기고자 노력하는 신 청년 로푸호프와 결혼한다. 베라와 로푸호프의 사랑은 그 자체가 지하실로부터의 탈출, 즉 강요된 삶의 행보로부터 탈출하는 일이며 동시에 새로운 삶을 살아가는 일이기도 하다. 두 사람의 부부 관계는 아주 파격적이다. 그들은 서로에 대한 존경과 신뢰를 유지하기 위해 각방을 썼고, 심지어 '중립의 방'이라는 공간을 만들어 외부와 소통하는 것을 멈추지 않았다. 또한 베라는 자신의 취미와 꿈을 살려 가난한 여자들과 함께 운영하는 '봉제공장'을 만든다. 구성원 모두가 공장의 주인이기에 그들은 각자의 관심과 능력에 따라 소비조합, 공동주택, 배움터 등의 새로운 관계와 생활들을 조직해 간다. 공장은 이제 단순히 생계를 위한 노동의 현장이 아니다. 그곳은 새로운 관계와 실험 속에서 가난한 여성들이 삶을 바꾸고 존재를 충만하게 하는 자유와 해방의 공간이 되어 있었다. 베라와 로푸호프는 단지 스스로의 자유와 행복을 위해 노력했다. 그러한 일련의 행보들이, 구체제를 타도하기 위해 외쳤던 바로 그 혁명의 실천이 된 것이다.

『무엇을 할 것인가』의 혁명성은 여기서 그치지 않는다. 작가는 이제 사회를 바꾸고, 일상을 바꾸는 것을 넘어 존재의 근본적인 고양을 시도한다. 그런데 놀랍게도 그것은 베라와 로푸호프의 결별 과정 속에서 이루어진다. 언제나 그러하듯이 이들의 사랑 또한 머무르지 않는다. 로푸호프의 절친한 친구인 키르사노프와 베라가 사랑에 빠진 것이다. 이 경우 보통은 서로에 대한 극한 분노와 질투, 자기 비하로 얼룩진 파국을 맞이하기 마련이다. '영원한 사랑'에 대한 믿음이 온갖 망상들을 만들어내기 때문이다. 베라 역시 처음에는 죄책감으로 괴로워하고 자신의 새로운 사랑을 부정하기까지 한다. 하지만 로푸호프는 그렇지 않았다. 그는 절망에 사로잡히기는커녕 베라를 헤아려 주고 그녀가 새로운 사랑을 시작할 수 있도록 적극 돕는다. 심지어 베라와 키르사노프가 타인들로부터 비난받지 않도록 치밀한 자살극을 꾸미기까지 한다. 이렇게까지 할 수 있었던 것은 그가 사랑의 무상을 깊이 통찰하고 있었기 때문이다. "모든 것은 다 거기에 맞는 시간을 갖고 있는 법이오." "당신은 오직 한 종류의 사랑에 만족했지만 지금은 다른 것을 원하고 있는 게 틀림없어." 그에게는 이별의 아픔마저도 자신의 삶을 고양시키는 수련의 과정이 될 수 있었던 것이다. 로푸호프의 노력으로 두 사람은 자기 자신과 정직하게 대면할 수 있었다. 베라는 그동안 자신을 지하실로부터 탈출할 수 있도록 이끌어준 로푸호프에게 의존하여 생활을 꾸리고 있었다. 하지만 그에게 의존한 채로 계속 살아갈 수는 없다. 자기가 자기 삶의 주인이 되지 못하는 한, 사랑과 삶의 변화 앞에서 우리는 끊임없이 흔들리기 때문이다. 이 깨달음을 얻은 베라는 자신의 두 번째 사랑이 단순히 파트너를 바꾼 관계가 아니라 진정으로 독립한 두 남녀의 결합이 될 수 있도록 노력한다. 그녀는 의사가 되는 수련을 받기로 결심하는데, 당시로서는 가히 혁명적이었던 이 도전은 베라가 자기 존재의 축을 세우는 일이었다. 그녀는 그렇게 모든 의존으로부터 벗어나 자기 삶을 한가운데로 도약시키고 있었다. '완전한 독립 없이는 진정한 행복이란 불가능하다.' 혼자서 가는 사람만이 누군가를 사랑할 수 있고, 또 그런 사랑만이 통상적인 삶의 관습을 바꾸는 혁명이 될 수 있다. 시대의 격변 속에서 길을 찾는 모든 청년들에게 체르니셉스키는 무엇을 할 것인가라고 묻는다. 기존의 결혼제도와 삶의 문법을 기꺼이 던져버린 베라와 로푸호프와 키르사노프처럼 사는 것이 새로운 사랑의 혁명이라는 것이다.

그리고 도스토엡스키는 이러한 체르니셉스키의 정답에 정면으로 의문을 던졌다. 도스토엡스키에게 유명인사들과의 논쟁은 삶의 힘이었다. 그의 작중인물들 중에는 논객들이 많다. 그는 정답만을 제시하는 당대의 과학과 철학을 의심하고, 질문을 던지면서 논쟁에 뛰어들었다. 그는 논쟁을 통해서만이 작가의 자존감을 지킬 수 있었고 더불어 유명해질 수 있었다. 그런 도스토엡스키가 당대의 최고 인기 작가였던 언론인 체르니셉스키를 비현실적 낙관주의자로 간주하고 도전장을 던진 것이다. 도스토엡스키의 주인공 지하인은 자신만의 견고한 사상으로 무장한 새로운 인간으로서 당대의 급진적 이데올로기에 대해 투쟁을 개시했다. 진보적 급진적 이데올로기의 대표자는 체르니셉스키였다. 그로써 도스토엡스키는 체르니셉스키 식의 유물론적 혁명과 사회주의를 거부할 뿐만 아니라, 이상에 경도되어버린 기존의 이데올로기에 대해 투쟁의 기치를 올렸다고 할 수 있다.

# 16. 과학적 세계관과 결정론

『지하로부터의 수기』의 주인공 지하인은 반(反)주인공으로서 당대의 과학적 세계관에 대해 말한다. 그는 의학, 생리학, 논리학, 수학, 통계학, 생물학, 경제학, 심리학에서 진화론에 이르기까지 과학에 대해 언급한다. 하지만 그가 과학을 대변하는 것은 아니다. 19세기의 대표적인 이론들은 공리주의, 유토피아적 사회주의, 공산주의, 실증주의, 진화론, 경험주의, 합리주의, 합리적 자기중심주의, 사회진화론 등이 있다. 이 모든 이론들의 공통점은 과학적 사고와 방법론을 통한 물질주의와 결정론에 그 철학적 근거를 두고 있다는 것이다. 지하인은 그러한 이론들의 철학적 근거를 제시한 물질주의와 결정론에 필사적으로 반항한다.

『지하로부터의 수기』에서 결정론은 뭉뚱그려 계몽주의로 언급된다. 계몽주의에 대한 백과사전의 정의는 "이성의 힘과 인류의 무한한 진보를 믿으며 현존 질서를 타파하고 사회를 개혁하려는 데 목적을 둔 사조"이다. 여기서 지하인이 말하는 계몽주의는 공리주의, 합리주의, 사회주의, 공산주의를 모두 일컫는 말이다. 그는 특히 서구 합리주의의 이성 중심 사상을 비판한다. 계몽주의자들에게 이성은 언제나 정답이다. 지하인은 인간 삶에 있어 이성만이 만능이 아니며, 더 중요한 것이 있을 수 있다고 주장한다. 그리고 공리주의, 사회주의, 공산주의는 이름만 달리하는 이념이지 기본적으로 같은 줄기의 이념이라는 것을 밝힌다. 그러한 이념들이 내세우는 궁극적인 목표는 최대 다수의 최대 행복이며, 지상에서의 유토피아 실현이다. 결국 도스토옙스키는 지상에서의 유토피아 실현은 불가능하다고 본 것이다. 유토피아는 지평선이나 수평선과 같아서 다가가면 더 멀리 사라지는 신기루 같은 허상일 뿐이다. 이는 인간의 무한한 욕망 때문이다. 인간이 이성적 계산이나 산술적 수치로 이루어진 유토피아에 다가서는 순간 인간에게는 새로운 더 높은 욕망이 생겨나기 때문에 유토피아는 끝없이 새로운 지평선을 만들어 내며 달아날 뿐이다. 그리하여 욕망이라는 이름의 전차는 끝없이 달릴 수밖에 없다. 이러한 이유로 지하인은 결정론을 비판한다. 그 결정론에 해당하는 다양한 철학적 세계관들에 대해 알아보자.

『지하로부터의 수기』를 통해 도스토옙스키가 비판한 체르니솁스키의 『무엇을 할 것인가』에서 추구하는 이상사회는 공리주의를 바탕으로 한 것이다. 그러니 무엇보다도 먼저 공리주의란 무엇인가 알아볼 필요가 있다. 공리주의는 간단히 말해 '모두 또는 공공의 이익을 최고 가치로 삼는 이념'을 말한다. 이익을 강조하는 공리주의의 이념은 사회주의 내지 공산주의적 사고의 한 변형이며, 지나치게 시장의 자유를 부르짖는 기존 자본주의에 대한 급진적 개혁의 시각처럼 여겨진다. 모든 이론이 다 그러하듯 부정적인 입장이 있을 수 있지만, 최소한 공동체적 정의의 문제를 최고의 화두로 여기는 윤리적 이론이라는 느낌을 준다. 공리주의의 사상적 토대를 구축한 제레미 벤담과 존 스튜어트 밀의 이론을 살펴보면 좀 더 공리주의에 대한 이해의 지평을 넓힐 수 있다.

**벤담의 공리주의:** 공리주의 사상의 대표자는 제레미 벤담(Jeremy Bentham, 1748~1832)이다. 벤담의 공리주의는 "최대 다수의 최대 행복"을 추구하는 것이다. 제레미 벤담은 『도덕과 입법의 원리』에서 "인류는 고통과 쾌락이라는 자연의 두 주권자에게 지배당해 왔다"라고 선언하면서, 인간이 쾌락을 증대시키고 고통을 줄이는 것을 삶의 목적으로 삼는다고 주장한다. 그리하여 인간은 각자 최대한의 효용 전략에 따라 고통을 줄이고 쾌락을 늘리는 삶을 추구하면 '최대 다수의 최대 행복'이 가능하다는 것이다. 그러나 여기서 벤담은 가치들 사이의 차이나 그 차이를 정당화할 객관적 기준을 인정하지 않았다. 쾌락과 고통의 크기를 계량화해서 서로 비교해 보려는 벤담의 시도는 엄청난 비판에 직면한다. 사람마다 추구하는 가치가 다르다는 점을 무시하고 산술적 계산을 시도하는 행위는 결코 보편적 윤리의 기준으로 작용할 수 없다는 것이다.

**밀의 공리주의:** 밀도 벤담처럼 효용과 최대 행복의 원리를 도덕의 기초로 삼는다. 인간 삶의 목적은 행복을 증진시키는 것이며, 이는 옳은 것이라고 주장한다. 여기서 행복이란 '쾌락, 그리고 고통이 없는 상태'를 말한다. 결국 고통으로부터의 자유와 쾌락이야말로 인간이 추구해야할 목적인 것이다. 밀은 행복의 증진에 도움이 되는 것을 효용이라 부르고, 이 기준에 따라 도덕률을 확립하고자 했

다. 벤담은 효용과 가치의 질적 차이를 인정하지 않았지만, 밀은 효용과 가치의 질적 차이를 인정했다. 밀은 인간의 쾌락은 동물적 쾌락보다 훨씬 고차원적인 개념이라고 주장한다. 쾌락의 질적 차이에 대한 예로, '만족해하는 돼지보다 불만족스러워하는 인간이 되는 것이 더 낫다.'를 들 수 있다. 다시 말해 만족해하는 바보보다 불만족해하는 소크라테스가 더 낫다는 것이다. 이론적으로 밀의 공리주의는 하나의 윤리사상으로 큰 문제가 없어 보인다.

**공리주의 비판:** 공리주의 이론은 종종 '트롤리 딜레마'로 설명된다. 트롤리(전동차) 딜레마는 심리학·뇌과학·윤리학 등 다양한 분야에서 자주 거론되는 일종의 사고실험이다. 선로에 일곱 사람이 묶여 있는데 멀리서 트롤리가 빠른 속도로 달려오고 있다. 그대로 두면 일곱 명의 사람이 죽게 된다. 다른 선로에는 두 명이 묶여 있고, 레버 옆에는 선로담당 철도원이 서 있다. 그 철도원이 레버를 움직이면 트롤리는 두 명이 묶인 선로로 방향을 바꿀 수 있다. 바꾸게 되면 일곱명 대신에 두 명만 죽게 된다. 철도원은 레버를 작동시킬 것인가, 아니면 말 것인가? 이 실험의 내용은 조금씩 변주되어 다양한 버전이 나왔다. 이 실험의 핵심은 언제나 숫자를 기초로 한 산술적 계산이다. "최대 다수의 최대 행복"을 추구하는 벤담의 공리주의 이론을 따른다면 철도원은 두 명을 희생시키고 여러 명을 구하기 위해 레버를 움직여야 한다. 방향 조정 레버를 어느 쪽으로 당기느냐에 따라 죽일 수 있는 인원을 조정할 수 있다. 물론 공리주의는 소수를 희생하고 다수를 살리는 길을 선택한다. 즉 공리주의자들은 7명을 살리기 위해 2명을 죽일 것이다. 공리주의를 표방하는 목적론자들은 '죽이는 것'과 '죽게 내버려두

는 것'을 크게 구분하지 않았다. 트롤리 딜레마는 인간의 심리적·윤리적 상황을 고려하지 않은 이론적인 실험일 뿐이다. 이 실험에서 소수가 누구냐에 따라 결정은 달라질 수 있다. 소수가 가족, 연인, 친구들일 경우 결정은 달라질 수 있다. 이론과 실제는 항상 다르다. 공리주의는 칸트의 정언명법을 상정하지 않은 이론이다.

진화심리학자들은 이 실험을 통해 재미있는 현상을 발견했다. 사람들이 자신의 손을 써서 죽이는 상황을 생각할 때 인간의 뇌는 이성 영역과 정서 영역이 동시에 활성화된다. 반면에 자기의 손을 쓰지 않고 남의 손을 써서 죽이는 상황에선 이성 영역만 활성화된다. 라스콜리니코프가 초인사상을 이론으로 주장할 때는 이성 영역만 활성화되었지만, 그가 직접 전당포 노파를 죽이고 난 이후에는 이성과 정서 영역이 동시에 활성화되었다. 살인 후 라스콜리니코프는 정서 영역의 고통으로 결국 자수하게 된다. 공리주의의 한계와 딜레마가 라스콜리니코프의 딜레마로 체현된 것이라 볼 수 있다. 이를 통해 지하인이 공리주의에 반대하는 이유가 어느 정도 밝혀진 셈이다. 하나의 이론이 윤리로서 규범적 가치를 지니려면, 객관적으로 옳은 행위가 무엇인지 알 수 있어야 한다. 그러나 공리주의가 제기하는 '최대 다수의 최대 행복'이란 기준은 정량적 분석이라는 한계성을 극복하지 못한다. 결국 공리주의는 타자를 배제할 수 있는 가능성을 내포한다. 타자의 권리와 고통에 대한 고민 없이 최대 다수의 행복만을 추구하는 일은 생각에 따라서는 강자들의 논리가 될 수 있다. 주류가 될 수 있는 강자들만이 누릴 수 있는 최대 행복이 정의는 아닐 것이다.

앞에서도 언급했지만, 공리주의는 '모두 또는 공공의 이익을 최고 가치로 삼는 이념'을 말한다. 『무엇을 할 것인가』에서 가장 강조되는 말 역시 "이익"이라는 말이다. "원인은 오직 하나, 이익일 뿐이다. (…….) 그러니까 우리의 논지는 행동이 실제적인 중요성을 가질 때, 그 행동을 유발하는 동기를 이익이라고 부른다는 거였지요. 사람들의 내면에서 일어나는 이익들의 갈등은 여러 가지 이익들의 비교일 뿐이며, 따라서 사람들은 늘 이익 계산에 의해 행동하게 된다는 점이죠."[110] 『지하로부터의 수기』에서 주인공 지하인은 공리주의 이론에 의심을 품고 신랄하게 비판한다. 이 작품의 제1부 7장에서는 체르니솁스키가 그렇게 강조한 "이익"이라는 표현이 37회 이상 계속 반복된다. 지하인의 생각에 체르니솁스키가 말하는 "이익"이란 통계 수치와 경제학 공식의 평균치를 가지고 만들어낸 이익 계산서이다. "수학적으로 정확히 계산되고, 완벽하게 준비된 새로운 경제적 관계가 나타날 것이고, 본질적으로 모든 문제에 대해 정확한 답이 준비되어 있기 때문에 가능할 법한 모든 질문들이 일시에 사라질 것이다. 그때야말로 수정궁이 건설될 것이다."[111] 지하인은 수학적 계산으로 완벽하게 만들어낸 수정궁이 황금빛 환상이라고 주장한다. 지하인의 말에 따르면 인간이란 이익에 따라 행동하는 존재가 아니다. "인간이란 원래 어리석은 존재이고, 그들의 어리석음은 타의 추종을 불허할 정도니까 말이다 ……. 인간이란 언제 어디서나 그가 누구든 간에 예외 없이 자기가 하고 싶은 대로 행동하기를 좋아했지, 결코 이성이나 이익이 명령하는 대로 행동하지 않았다. 인간은 종종 자기 자신의 이익에 역행하는 일도 할 수 있고, 이따금씩은 반드시 그래야만 하는 경우도 있

---

110  니콜라이 체르니솁스키, 『무엇을 할 것인가』, 김정아 역, 지만지, 2011, 107-110쪽.

111  니콜라이 체르니솁스키, 『무엇을 할 것인가』, 김정아 역, 지만지, 2011, 75-76쪽.

다."[112] 이처럼 지하인은, "2×2 = 4"처럼 수학적 수치로 만들어낸 체르니솁스키의 수정궁은 자연과학의 기계적 결정론에 근거한 공리주의로서 황금빛 망상이라고 주장한다.

『지하로부터의 수기』가 도스토옙스키의 다른 장편소설들의 철학적 서문이라는 평가에는 나름대로 일리가 있다. 도스토옙스키는 공리주의의 모순을 자의식과 자유의지가 강한 지하인을 통해 신랄하게 비판한다. 작가는 지하인의 다양한 행동을 통해 공리주의가 인간성에 모순되는 이론임을 증명하고자 한다. 그는 『지하로부터의 수기』에서 공리주의에 대한 이론적 반기를 들었지만, 『죄와 벌』에서는 공리주의를 이론이 아니라 현실에 접목시켜 반기를 들었다. 라스콜리니코프는 비범인사상(초인사상)에 사로잡혀 전당포 노파를 살해한다. 그의 초인사상은 이와 같은 백해무익한 노파의 돈으로 수많은 가난한 사람들을 구원해줄 수 있다는 논리다. 주인공 라스콜리니코프의 초인사상은 수백 명의 행복을 위해 벌레 같은 노파 한 명을 죽인다는 것이다. 그의 초인사상(비범인 이론)은 산술적으로 벤담의 공리주의나 트롤리 딜레마와 크게 다르지 않다. 그들이 주장하는 정의는 숫자와 관련되어 있다. 그러나 도스토옙스키가 설정한 상황은 공리주의의 산술적 이론보다 훨씬 복잡하다. 공리주의와 트롤리 딜레마는 구원 대상의 숫자만을 문제 삼고 있을 뿐, 구원자라 할 수 있는 철도원의 입장을 전혀 고려하지 않는다. 『죄와 벌』에서 작가는 트롤리 딜레마의 철도원 자리에 초인을 배치시킨다. 인류의 미래를 짊어진 초인은 철도원보다는 복잡하게 생각한다.

---

112   니콜라이 체르니솁스키, 『무엇을 할 것인가』, 김정아 역, 지만지, 2011, 76-77쪽.

작가는 희생자의 숫자와 구원의 대상자수를 세밀하게 계산했고, 그들의 심리와 연령까지 세밀하게 고려했다. 즉 "한 사람 대 수백 명"이고 "한 명의 벌레 같은 악당 대 수백 명의 선량한 젊은이들"이다. 작가는 산술적인 공리주의에 심리학과 윤리학을 더해 이야기를 전개시킨다. 라스콜리니코프는 이론을 실제 행동으로 옮겨 실험해본다. 공리주의와 트롤리딜레마는 종이 위의 이론에 불과하지만 라스콜리니코프는 살아있는 생명체의 이마를 도끼로 내리쳐 시뻘건 피를 분출시킨다. 공리주의는 인간의 감성이 배제된 이론이지만, 라스콜리니코프의 행동은 다양한 감정과 느낌이 혼재된 현실이다. 공리주의 이론에는 우연(偶然)이 배제되지만, 현실에는 우연이 등장한다. 『죄와 벌』에서는 살인현장을 우연히 목격한 선량한 리자베타가 함께 살해당하는 것으로 우연은 구체화된다. 이러한 차이에도 불구하고, 근본적으론 라스콜리니코프의 초인사상은 공리주의를 기초로 한 이론과 사상이라고 볼 수 있다. 그러므로 라스콜리니코프의 딜레마는 공리주의의 딜레마와 같다.

**공상적 사회주의와 공산주의:** 체르니셉스키는 "헤겔 좌파의 유물론과 과격론으로부터 많은 영향을 받았고, 벤담과 존 스튜어트 밀을 신봉했으며, 영국의 산업혁명을 두 팔 벌려 환영했고, 미래에 오게 될 프롤레타리아가 주인이 되는 시대에 대한 확고한 신념을 갖고 있었다."[113] 그런 체르니셉스키가 『무엇을 할 것인가』에서 추구하는 이상적인 사회는 어떠한 사회인가? 간단하게 설명하자면 그가 추구하는 이상사회는 사회주의와 공산주의가 구현된 사회다. 사회주의란

---

113  니콜라이 체르니셉스키, 『무엇을 할 것인가』, 김정아 역, 지만지, 2011, 30쪽.

무엇인가? 브리태니커 백과사전에 의하면 "자본주의의 시장원리에 반대하고 생산수단을 공유함으로써 사회주의 내지 공산주의 사회의 건설을 목적으로 하는 학설 및 정치운동"을 말한다. 위키피디아에 따르면 사회주의란 "생산수단의 사회적 소유와 경제의 협동적 운영을 특징으로 하는 경제체제"이다. 즉 생산수단의 사적 소유에 반대해 사회적 소유 혹은 공동 소유를 주장하고 시장 경쟁 대신 협동과 계획을 경제활동의 중심으로 삼아야 한다고 믿는 이들의 이념 및 운동이라 할 수 있다. 카를 마르크스와 프리드리히 엥겔스는 '사회주의' 보다는 '코뮌주의(Communism)'를 선호했다. 두 학자는 사회주의와 코뮌주의를 대립시키기도 하면서 사회주의를 코뮌주의의 낮은 단계처럼 이야기하기도 했다. '코뮌주의'를 뜻하는 'Communism'이 우리나라에서는 공산주의로 번역되어 통용된다. 원어인 코뮌주의가 '코뮌(Commune; 중세 유럽의 자치 도시)의 이념'임을 명확히 드러내기 때문에 금방 어떤 자치 공동체를 떠올리게 하는 반면 '공산주의'는 '공동생산과 분배'라는 의미 정도로 함축된다. 러시아 역사에서 공동체 개념은 중요한 것이었다. 옛날부터 '미르'라는 촌락공동체가 러시아 사회의 근간을 이루었기 때문에, 다른 어느 나라보다 러시아에서 '코뮌'을 기초로 한 공산주의가 제일 먼서 실현되었다고 한다. 체르니솁스키는 『무엇을 할 것인가』(1863)에서 사회주의가 내세우는 경제의 협동적 운영이 성공적으로 이뤄지는 사회를 소개하고 있다. 그의 책은 '새로운 사회를 위한 새로운 인간'의 탄생을 알렸다. 1917년 볼셰비키 혁명과 더불어 세계 최초로 러시아에 공산주의 국가를 세운 블라디미르 레닌은 체르니솁스키의 소설과 똑같은 제목의 책 『무엇을 할 것인가』(1902)를 출판했다. 두 책 모두 사회주의나 공산주의 혁명을 꿈꾸고 추종하는 사람들이 필독해야할 "혁명 교과서"였다. 혁명 이후에 역사는 한동안 체르니솁스키의 편이었다. 소련은 새로운 공산주의의 인간형인 "호모 소비에티쿠스(Homo Sovieticus)"[114]를 인민들에게 요구하였다.

　반면 도스토옙스키는 『지하로부터의 수기』 이후에 쓴 자신의 장편소설에서 언제나 공리주의에 저항한다. 그에게 수학적 계산을 기초로 한 공리주의나 합리주의는 모두 무정하고 무감각한 돌벽과 같다. 『지하로부터의 수기』에서 계몽주의로 대표되는 공리주의·합리주의·사회주의·공산주의 모두 자연과학에 기초한 기계적 결정론의 은유인 돌벽인 것이다. 지하인은 계몽주의의 프레임, 즉 돌벽을 허물고자 한다. 계몽주의는 상상력과 창의력을 봉쇄하는 과거의 권력이며 과거의 사상이다. 끊임없이 변화하는 세상에서 계몽주의는 노인 권력일 뿐이다. 『죄와 벌』에서 공리주의는 초인사상으로 바뀌지만 초인사상 역시 인간을 무시한 인신론의 사상으로 비판받는다. 라스콜리니코프의 초인사상은 살인의 공리주의적 정당화일 뿐이다. 『악령』에서는 사회주의와 공산주의 사상이 신랄하게 비판받고, 『카라마조프가의 형제들』에서는 합리주의와 전체주의 사상이 비판받는다. 도스토옙스키는 이 모든 사상을 과학적 세계관과 수학적 계산에 기초한 반(反)인간적 사상, 즉 반(反)인류적 사상으로 간주했다. 인간의 삶과 사회는 결코 수학적으로 풀 수 있는 문제가 아니기 때문이다.

---

114　알렉산드르 지노비예프의 1982년 동명 소설로도 잘 알려진 "호모 소비에티쿠스(Homo Sovieticus)"란 소비에트 시대 권위주의 정권의 체제 순응적인 인간형을 말한다. 즉 "새로운 소비에트 인민"을 일컫는 말이다. 그들은 개인의 이익보다 전체의 이익을 우선시하는 공동체 의식과 사회주의 체제의 시각에 입각해 부르주아 문화를 배격한다. 그리고 그들은 권위주의 정권에 복종하고, 그 정권이 강제하는 모든 것을 피동적으로 받아들인다는 점에서 저항정신보다는 노예 기질이 강하며, 어떤 변화도 추구하지 않는다. 또한 그들은 미래를 지향하기보다는 현재에 만족하고 안주한다. 그들에게는 자기 삶과 미래를 선택하거나 경정하는 자유의지가 없다.

# 17. 합리주의와 사회주의

도스토옙스키는 합리주의를 싫어했다. 그는 왜 합리주의(Rationalism)에 대해 반기를 드는 걸까? 합리주의는 이성을 지식의 중요한 근원 및 검증 수단으로 보는 철학적 견해이다. 합리주의자들은 실재 자체가 논리구조를 갖고 있으며, 이성으로 파악할 수 있는 진리가 존재한다고 주장한다. 그들은 모든 지식이 감각경험에서 비롯된다고 주장하는 경험론에 맞서 이성이 감각인식의 한계를 초월하여 진리를 파악할 수 있다고 본다. 그리하여 합리주의는 비합리적이고 우연적인 것을 배제하고, 이성적이며 필연적인 것들을 중요하게 생각한다. 철학에서 인식 과정 가운데 이성적인 단계를 절대화하며, 이성만이 진리를 발견할 수 있다는 생각에서 출발하는 인식론적 경향인 것이다. 철학자들 가운데 데카르트, 스피노자, 라이프니츠, 볼프[115], 칸트 등이 이와 같은 경향을 보인다.

---

115  볼프(Christian, Freiherr von Wolff, 1679~1754)는 독일의 철학자이자 수학자로서 철학·신학·심리학·식물학·물리학에 대한 많은 책을 썼다. 모두 '이성적 사고(Vernünftige Gedanken)'라는 제목으로 시작되는 그의 연작 평론은 다양한 주제를 다루고 있으며, 라이프니츠의 이론을 쉽게 설명하고 있다. 볼프는 이 세상에서 일어나는 모든 사건에는 그럴 만한 충분한 이유가 분명히 있다고 강조하면서, 만일 그렇지 않다면 무에서 유가 생겨날 수 있다고 가정할 수

도스토옙스키는 합리주의가 인간의 자유를 부정한다고 생각했다. 그래서 『지하로부터의 수기』 이후 그의 모든 작품은 합리주의에 대한 비판이라 할 수 있다. 그의 생각에 그런 식의 합리주의는 사회주의적이고 공리주의적이며, 니힐리즘적이고 무신론적이다. 무신론은 신이 아니라 이성을 믿는 것이다. 이성주의나 과학적 세계관에는 신의 자리가 없다. 이성과 계산에 기초한 합리주의는 결정론에 해당한다고 할 수 있다. 합리주의의 모든 유형에서 발견되는 공통점은 다음과 같은 신념이다. "세계는 합리적으로 조직된 하나의 전체이며, 세계의 구성 부분들은 논리적 필연성으로 연계되어 있기 때문에 인식할 수 있다." 결국 합리주의자들에 의하면 논리학·수학 등의 지식은 인간정신이 획득할 수 있는 가장 확실한 지식이다. 이러한 선천적 지식은 어떠한 예외도 허용하지 않는다는 점에서 필연적·보편적이다. 인간이 경험에 생득적인 범주와 형식을 부여한다고 주장한 비판철학은 인식론적 합리론의 한 측면을 보여준다.

윤리학에서의 합리주의는 감각·권위·관습보다는 이성이 선과 악, 진리와 거짓을 판단하는 궁극적인 장소라고 주장한다. 이성적 윤리를 대변한 유명한 인물 임마누엘 칸트는 어떤 행동에 대한 판단방법은 그것의 자기통일성을 지성으로 이해할 수 있는지를 검토하는 것이라고 주장했다. 칸트에 의하면 그 방법은 우선 그 행동이 본질적 또는 원칙적으로 무엇인지를 검토한 뒤 인간이 그 원칙을 보편적인 것으로 만들어야겠다는 뜻을 일관되게 가질 수 있느냐를 물어보는 것이다.

---

밖에 없는데 그것은 결코 있을 수 없는 일이라고 주장했다. 그는 영국과 프랑스의 계몽주의와 라이프니츠와 르네 데카르트의 합리적 사고방식을 응용하여 독자적인 볼프 철학을 발전시켰다. 독일 철학사상의 발전에 크게 기여한 이 철학체계의 본질은 합리론과 수학 방법론이었다.

종교의 측면에서 합리주의란 인간 지식이 초자연적인 계시의 도움 없이 인간의 자연적인 능력의 사용을 통해 얻어진다는 주장을 의미한다. 여기에서 이성은 초자연적인 은총이나 신앙과 대립하는 인간의 인식 능력이라는 매우 넓은 의미로 사용된다. 따라서 합리주의자에게 이성은 그리스도교를 포함한 세계의 많은 종교와 대립적인 관점을 갖게 한다. 종교적 합리주의는 종교를 이성으로 추론하려고 할 경우에는 전통적 신앙을 반영하고, 이성으로 종교를 대체하려고 할 경우에는 반(反)권위주의적 성격을 반영한다.

주지의 사실로서 모든 분야에서 합리주의는 수세기에 걸쳐 추구해야 할 최고의 철학사상으로 평가받아 왔다. 인간은 오랜 시간 합리주의의 기초가 된 이성을 맹목적으로 믿어 왔다. 서구 합리주의는 영어로 'Rationalism'으로 표기된다. 이 단어의 'Ratio-'는 "비율, 나누다, 평가하다, 논리적인, 이성적인"이라는 의미를 내포한다. 'Ratio'는 한 숫자와 다른 숫자 간의 관계, 즉 숫자 중의 하나를 다른 숫자로 나눌 때 나타나는 수학적 관계(mathematical relationship)를 나타낸다. 합리주의자들은 과학을 신봉하며 모든 것이 숫자로 표시 가능하다고 생각한다. 인간은 일반적으로 모든 것을 숫자 혹은 산술로 전환하려는 경향을 보인다. 수학적인 해석은 간단하고 명료해 보이기 때문일 것이다. 특히 합리주의자들은 이성적 논리를 바탕으로 따지고 분석하기를 좋아한다.

서구 합리주의는 데카르트의 "나는 생각한다, 고로 존재한다(Cogito ergo sum)"라는 명제에서 시작된다고 할 수 있다. 이 명제에서 강조되는 것은 바로 '나'이다. 주체인 나의 존재 방식을 사유로 규정한 데카르트는 개인(individual)의 탄생을 예고한다. 서구의 합리주의는 개인에서 시작된다. 개인이란 한 집단을 구성하는 개체로서의 한 사람을 의미한다. '개인'을 의미하는 영어 'individual'은 '나눌 수 없는, 불가해한'이라는 의미의 'indivisible'에서 파생한 말이다. 데카르트 이후 개인이 추구하는 이성적 논리와 과학적 합리주의는 문학과 철학 등 각 분 야에서 다양한 해석의 지평을 넓혀 왔다.[116]

윤리적 갑옷까지 걸치고 있는 이성이라는 말은 항상 긍정적인 의미로 쓰여 왔다. 이성은 인간의 삶과 사회에서 언제나 정답이었다. 그러나 도스토옙스키 는 정답인 이성을 의심했다. 이성이 정답으로서 모든 삶의 절대적 기준이 되는 것을 의심한 것이다. 삶에는 정답이 없기 때문이다. 그리하여 그는 『지하로부 터의 수기』에서 이성과 과학의 맹점, 교육과 계몽에 대해 반박을 한다. 그렇다 고 그가 이성을 완전히 부정하는 것은 아니다. "여러분, 이성은 좋은 것이다. 이 것에는 논쟁의 여지가 없다. 하지만 이성은 단지 이성일 뿐이고 인간의 사유 능 력만을 만족시킨다. 하지만 욕망은 모든 삶, 즉 사유와 긁적임을 포함한 인류의 모든 삶을 반영한다. 이러한 반영 속에서 우리의 삶이 부분적으로 어리석게 흘 러간다 하더라도, 삶은 여전히 삶이지 제곱근을 구하는 것이 아니다."[117] 여기서 작가는 이성과 대립하는 인간의 욕망을 언급한다. 욕망은 인간의 감성 중 하나 이다. 이성이 아닌 인간의 욕망 역시 인간을 인간답게 만드는 삶의 한 요소로서 인정받을 가치가 있다는 것이다. "그런데 당신은 왜 인간을 개조할 수 있을 뿐

---

116  철학에 개별자(個別者)라는 개념이 있다. 이 개념은 라틴어 '인디비두알리스(individualis)'라는 말을 옮긴 것이다. 이는 더 이상 '안(in) 쪼개지는(dividualis) 놈'이라는 뜻이다. 쪼개버리는 그 순간, 그것의 고유한 존재성은 파괴되고 정체성은 사라진다. 이놈은 시간과 공간 안에서 다른 놈이 범할 수 없는 고유한 자리를 굳세게 차지하고 있으므로 전 우주 속에서 '그때 거기'를 차지하고 있는 단 한 놈이다.

117  도스토옙스키, 『지하로부터의 수기』, 조혜경 역, 펭귄클래식코리아, 2009, 45쪽.

만 아니라 개조할 필요가 있다고 알고 있는가? 무엇 때문에 당신은 인간의 욕망도 수정되어야만 한다고 결론을 내리는가? 한마디로 말해 당신은 왜 그러한 수정이 실제로 인간에게 이익을 가져온다고 알고 있는가?"[118] 작가는 인간의 욕망이 수정 가능한가에 대한 질문을 던진다. 지하인은 오랫동안 이성이 지배해왔고, 과거보다 문명이 발달하였음에도 불구하고 인간의 폭력성과 잔인함은 여전하며 그 정도가 오히려 더 심해지고 있다고 말한다. "지금의 우리는 피 흘리는 것을 혐오스럽게 생각한다. 그럼에도 불구하고 우리는 그러한 일을 여전히 하고 있으며 심지어 이전보다 더 많이 하고 있다."[119] 이처럼 그는 앞서 언급했듯이 이성에 대해서도 부분적으로 동의를 하고 있으나, 그것에 의해서 사는 것보다는 욕망에 의한 삶이 틀리더라도 더 나을 수 있다고 항변까지 한다. 감성은 이성 때문에 언제나 체념할 수밖에 없는 상황에 처한다. 더 나아가 욕망까지 수정해 가며 이익을 추구할 수는 없다고 주장한다.

예나 지금이나 서구에서 이성은 모든 것의 절대적 기준이었다. 근대 이후 인문사회과학은 자연과학적 모델을 차용해 인간 행위의 객관적 설명에 집중해 왔다. 인간 또한 논리적이고 과학적인 사고를 하는 합리적인 존재로 간주되었다. 그러나 지하인은 근대적 인간관에 대해 반기를 든 것이다. 지하인의 말에 따르면 인간은 이성보다는 "어리석은 의지"에 따라 산다는 것이다.

"인간이란 원래 그렇게 생겨 먹었다. 그리고 이런 일은 모두 언급할 가치조차 없어 보이는 가장 공소한 이유 때문에 생긴다. 다름 아니라, 인간은 언제나 어디서나 그

---

118  도스토옙스키, 『지하로부터의 수기』, 조혜경 역, 펭귄클래식코리아, 2009, 51쪽.

119  도스토옙스키, 『지하로부터의 수기』, 조혜경 역, 펭귄클래식코리아, 2009, 39쪽.

가 누구든 간에 절대 이성과 이익의 명령이 아닌, 자기가 하고 싶은 대로 행동하길

좋아했던 것이다. 심지어 자기 자신의 이익에 반해서라도 그렇게 하고 싶어 할 수

있고 이따금씩은 꼭 그래야만 한다."[120]


도스토옙스키는 합리주의자들의 분석적인 논리와 수학을 좋아하지 않는다.
그에게 그들이 사용하는 수학은 무감각하고 무정한 돌벽과 같다. 그에게는 합
리주의와 대립되는 비합리주의가 더 인간적이며 인간을 대변하는 사상인 것이
다. 인간의 삶은 이성적 논리만으로 설명하기 어려운 것들이 너무 많다. 이성과
논리의 절대성만을 고집하는 것은 인간을 가두어 놓는 돌벽이나 다름없다. 도
스토옙스키는 합리주의나 이를 바탕으로 하는 모든 주장에 냉소를 던진다. 인
류 역사에서 인간들은 합리주의가 만들어낸 세계 대전을 겪으면서 합리주의의
한계성을 직접 경험했다. 도스토옙스키의 주장대로 합리주의의 한계성과 모순
은 역사가 이미 증명해주었다. 『지하로부터의 수기』에서 그는 합리주의를 신랄
하게 비판하고 있다. 『죄와 벌』에서도 작가는 인간의 삶을 수치로 계량화하는
것을 싫어한다. "제기랄! 될 대로 되라고 해! 세상 사람들도 마땅히 그래야 된다
고 말하잖아. 일정한 비율이 해마다 그렇게 빠져나간다고들 하지 ……. 어디론
가 ……. 악마에게라도 가는 거겠지. 필경은 나머지 여자들이 순결을 지키고, 그
들을 방해하지 않도록 말이야. 비율이라! 정말 멋진 말이로군. 마음을 아주 편
하게 해주고, 또 과학적이기까지 하거든. 비율이라고 하면, 더 이상 신경 쓸 거
라곤 없거든."[121] 여기서 과학이라는 명분하에 모든 것을 계산으로 입증하는 태

120   도스토예프스키, 『지하로부터의 수기』 김연경 역, 민음사, 2010, 43쪽.

121   도스토예프스끼, 『죄와 벌』 홍대화 역, 열린책들, 2000, 101쪽.

도를 가진 캐릭터들은 비난의 대상이다. 『카라마조프가의 형제들』에서도 작가는 합리주의를 비판하고 있다. 특히 이반이 추종하는 서구 합리주의가 비판의 대상이다. 드미트리가 알료샤에게 이성의 한계에 대해 고백한다. 드미트리에게 이성은 감성의 노예에 불과하다.

> "젠장, 도대체 뭐가 뭔지 알게 뭐람, 정말! 이성에겐 치욕으로 여겨지는 것이 마음에겐 완전히 아름다움이니 말이다 ……. 이 비밀을 너는 알고 있었니? 정말로 무서운 건 말이지, 아름다움이란 비단 섬뜩한 것일 뿐만 아니라 신비스러운 것이기도 하다는 사실이야. 그러니까 악마와 신이 싸우는데 그 전쟁터가 바로 사람들의 마음속인 거지." [122]

최근에는 도스토옙스키와 유사한 생각을 하는 학자들이 많이 생겨났다. 20세기 후반 포스트모더니즘 담론이 대두되면서 객관적이고 보편적인 하나의 세계가 해체되기 시작했다. 자연과학적 모델을 사용한 인간 행위의 객관적 설명이 설득력을 잃기 시작했다. 다시 말해 인간은 논리적이고 과학적인 사고를 하는 합리적 존재라는 패러다임이 무너진 것이다. 오늘날 인간의 행위는 하나의 패러다임으로 설명되지 않는다. 인간에 대한 다양한 세계관이 설득력을 갖게 된다. 합리주의에 반기를 든 지하인의 목소리(말)에 공감하기 시작한 것이다.

우리에게 잘 알려진 프리드리히 니체 역시 이성에 대해 비판의 칼을 들이댄

---

122   도스토예프스키, 『카라마조프가의 형제들1』 김연경 역, 민음사, 2007, 227-228쪽.

다. "이성은 감각들의 증거를 날조하도록 만드는 원인이다. 감각들이 생성, 소멸, 변화를 보여줄, 그것들은 결코 거짓말을 하지 않는다." 이성은 거짓을 날조하는 반면에 감각은 거짓말을 못한다는 것이다. 사실 니체의 말대로 인간은 본질적으로 이성적인 존재가 아닐 수 있다. 이것은 감정의 강한 태풍에 직면한 인간의 절망스러운 소망일 뿐이다. 우리는 누구나 인간이 이성적이기보다는 감정적이라는 사실을 쉽게 경험한다. 과거엔 감정을 통제하기 위해 이성을 강조했지만, 오늘날엔 감정이 이성을 굴복시켰다. 이제 이성은 감정의 쓰나미를 무모하게 막아설 수 없다. 현대에 들어와서는 인간이 더욱더 감정적으로 되어가는 경향을 막을 수 없다. 감정을 긍정하고 지혜롭게 받아들일 수밖에 없다.

조나단 하이트(Jonathan Haidt)는 인류학, 진화론, 그리고 심리학에 근거하여 이성에 대한 현대의 맹목적 믿음을 경계한다. 그에 따르면 인간은 이성적이기보다는 근본적으로 직관적인 존재이다. 다시 말해 인간의 도덕적 판단은 이성이나 추론에 의해서라기보다는 사회적 상호작용에 의해 학습되며, 진화된 본능과 직관에 의존한다. 자유주의자와 보수주의자들의 도덕적 판단이 각각 다른 이유는 바로 그들의 서로 다른 직관 때문이다. 『지하로부터의 수기』의 주인공 지하인은 이성보다는 직관에 따라 움직이는 인물이다. 그리하여 그는 이성 중심의 합리주의를 공격한다.

**사회주의(공산주의)에 대한 반기:** 이 책에는 중복된 내용들이 자주 나온다. 학생들의 질문에 대한 대답을 정리하다 보니 그렇게 됐다. 무엇보다도 동일개념에 대해 반복적으로 중언부언하다 보니 체계적이지 못하다. 당연히 여러 장에서 계몽주의와 합리주의, 합리주의와 공리주의, 그리고 공리주의와 사회주의에 대해 반복적으로 언급하였다. 궁금한 것은 합리주의가 어떻게 사회주의와 연계되는가이다. 이들의 공통점은 수학적 과학적 세계관을 기초로 이루어진 완벽한 지상의 문법이라는 주장이다. 합리주의와 사회주의는 둘 다 이성과 수학적 계산에 기초한 결정론에 해당한다고 할 수 있다.

도스토옙스키는 논리적으로 과학적으로 흠잡을 데 없는 완벽한 것처럼 선전하는 사회주의(공산주의)를 싫어했다. 그에겐 사회주의 역시 도식적이고 수학적인 합리주의였다. 그는 사회주의가 약속하는 평등이나 부의 재분배를 믿지 않았다. 사회주의가 자본주의의 모순과 부정의를 바로잡을 수 있다고 생각하지 않았다. 지상에서 거론되는 모든 제도는 지상의 척도로서 나름대로 모순이 내재되어 있음을 직관으로 알았던 것이다. 지상의 제도는 완벽하지 않다는 것이다. 그리하여 도스토옙스키는 사회주의(공산주의)의 모순을 소설의 작중인물들을 통해 계속해서 보여준다. 사회주의 사상에 경도된 인물들이 보여주는 일반적 특징은 제도의 완성을 위해 수단과 방법을 가리지 않는다는 것이다. 그의 소설들은 "목적이 선하면 수단이 사악해도 정당화 될 수 있을까?"를 계속해서 질문한다. 도스토옙스키의 답은 분명하다. "아무리 선한 목적도 악한 수단을 정당화하지는 못한다."

도스토옙스키의 소설『죄와 벌』과 『악령』은 목적을 위해 수단과 방법을 가리지 않는 인물들의 말로를 보여준다. 『죄와 벌』의 라스콜리니코프는 계급차별과 착취에 신음하는 인류를 위한 구원적인 신념인 초인사상에 따라 피의 심판을 실행한다. 그의 폭력은 비범한 인물들의 결과인 것이다. 러시아 역사에서 비범한 인물들은 레닌으로 대표되는 볼셰비키 혁명가들이었다. 그들은 수단과 방법을 가리지 않고 제정 러시아를 무너뜨리고 사회주의 혁명을 성공시켰다. 이 혁명의 주역들은 인간이 인간들을 착취할 수 없는 새로운 국가체제를 만들었다. 그들은 프롤레타리아 독재라는 이름으로 공산주의 체제를 구축한 것이다. 레닌과 스탈린으로 대표되는 비범한 인물들은 인류를 구원하거나 억압된 인민을 해방하기 위해 모든 종류의 폭력을 사용할 권리가 있는 사람들이다. 특히 스탈린 체제는 인간의 생명과 권리를 억압하는 제도화 된 악이었다. 도스토옙스키가 걱정했던 라스콜리니코프의 초인사상은 스탈린의 공산주의 체제를 현실화시켰다. 20세기의 세계사는 '비범한 사람'인 공산주의자들과 전체주의자들이 인류를 구원하기 위해 그들의 권리를 최대한으로 활용했던 정치적 폭력의 시대였다. 도스토옙스키의 『악령』은 네차예프 사건이라는 실화를 바탕으로 한 소설이다. 모스크바 농과 대학생 네차예프가 혁명을 목적으로 하는 비밀결사를 만들었는데, 그 가운데 한 명이 탈퇴할 뜻을 비치자 밀고를 두려워한 나머지 살해해 버린 것이다. 『악령』에 나타난 혁명 사상은 무신론에 바탕을 둔 허무적 사회주의다. 도스토옙스키는 혁명 운동에 대해 공포를 느끼고, 혁명에 대한 악의를 숨기지 않았다. 혁명은 계급 없는 사회, 평등한 사회, 최대 다수의 최대 행복을 보장하는 사회를 구축하려는 목적이 있다. 도스토옙스키는 무신론에 기인하고 있는 혁명 사상과 무자비한 혁명에 공포를 느꼈다. 혁명가들은 목적을 위해선 수단과 방법을 가리지 않았기 때문이다. 『악령』에서 도스토옙스키는 "사회주의자가 철저하게 되면 그는 더욱 철저한 자본가가 된다."는 말로 자신의 심정을 요약한다. 그는 사회주의자들에게서 기존체제의 자본가 이상의 모순과 인간 착취의 모습을 보았던 것이다. 『백치』의 등장인물인 레베제프는 분배의 빵을 믿지 않았다. "나, 파렴치한 레베제프는 인간에게 빵을 실어다 주는 수레를 믿지 않아요! 왜냐하면 도덕적 근본 없이 전 인류에게 빵을 실어다 주는 수레는 그 빵의 혜택을 받는 극소수 인간의 향락을 위해 대부분의 인류를 도외시하고 있기 때문이지요." 최후의 소설 『카라마조프가의 형제들』에 나오는 이반의 극시 「대심문관」은 인류 미래의 전체주의에 대한 예언서이다. 전체주의는 전체를 위한 개인의 희생을 당연시한다. 대심문관은 인류의 행복을 위해 소수인 무고한 사람들을 희생시킬 수 있다고 생각한다. 대심문관의 사상은 『악령』의 쉬갈료프의 담론과 대동소이하다. 다만 다른 점은 쉬갈료프의 사상은 유물론에 근거를 두고 있는데 반하여, 대심문관의 사상은 종교에 그 바탕을 두고 있다는 점이다. 쉬갈료프가 말하고 있는 공산주의 사회에선 소수의 지도자가 무한 권력을 가지고 있다는 표현이 대심문관에선 수억에 달하는 행복한 유아적인 인류를 위해 수난자가 필요하다로 되는 것이다. 도스토옙스키의 소설들에서 비범한 사람들이 인류를 위해 진리·자유·정의라는 이름으로 고안해낸 이론은 궁극적으로 범죄의 재구성을 위한 교리일 뿐이다. 그의 소설들이 전하는 공통적인 메시지는 아무리 훌륭한 목적이라도 목적 달성을 위해 나쁜 수단이 정당화 될 수 없다는 것이다.

시대를 앞서간 심오한 통찰력의 소유자 도스토옙스키는 공산주의와 전체주의의 파멸을 예언한 예언가이다. 『지하로부터의 수기』에서 시하인의 합리주의 비판으로 시작된 공상적 사회주의 비판은 『죄와 벌』의 라스콜리니코프의 초인사상과 『악령』의 혁명사상을 거치면서 『카라마조프가의 형제들』의 이반이 제기한 합리주의와 전체주의에 대한 맹렬한 비난으로 끝난다. 도스토옙스키 소설들이 갖는 관계의 망 속에서 합리주의와 사회주의(공산주의)는 추악한 사건들로 연결의 미로를 이루면서 서로에게 자양분을 제공해주었다. 공산주의의 허망과 진실을 누구보다도 먼저 예견한 도스토옙스키의 예언은 소련의 패망으로 증명이 되었다.

# 18. 합리주의의 뿌리

인간은 과연 이성적인 존재일까? 근대를 지나 현대로 향하는 문턱에서 도스토옙스키는 누구보다도 먼저 인간에 대한 새로운 질문을 던졌다. 도스토옙스키에게 영향을 받은 정신분석학자들과 실존주의자들은 인간에 대한 새로운 이론을 발표했다. 프로이드는 인간의 정신 안에 잠재된 거대한 빙하와 같은 비합리적인 무의식을 발견했고, 그 중요성을 새롭게 부각시켰다. 실존주의 철학자들은 부조리한 인간의 실존적 조건에 대해 새로운 탐구를 시작했다. 근대 이후의 정신을 대표하는 포스트모더니즘 계열의 철학자들은 합리주의 전통 위에 구축된 질서를 해체하고 다양한 차이를 인정하는 다원주의 질서를 새롭게 구축하자는 목소리를 내고 있다. 이처럼 서구사상의 전통에 반기를 들면서 새로운 흐름의 단초를 제공한 문호는 바로 도스토옙스키이다.

서구인들은 인간다움의 조건을 전통적으로 합리성과 합리적 정신에서 찾았다. 여기서 인간다움은 인간성과 인품을 총괄하는 개념이다. 그들은 인간이 이성적인 통찰, 논리적인 추론, 합리적인 사고를 할 때만 문명과 문화를 누리며 인간답게 살 수 있다고 생각했다. 합리적 정신이 없다면 인간은 야만과 미개의 상태에 머물러 동물과 구별되지 않는다. 야만적인 상태의 인간은 합리적이고 이성적인 사람들에 의해 계몽되거나 통제되어야 한다. 이러한 서구인들의 합리주의는 근대에 이르러 절정에 이르렀고, 계몽과 개화를 핑계로 세계의 다른 지역을 식민화하는 오만으로 이어졌다. 문명과 문화의 차이뿐만 아니라 개인의 차이에 대한 존중도 거의 없었다. 인간은 오로지 서구의 합리주의라는 지상의 절대적 척도에 따라 평가될 뿐이었다. 서구의 합리주의 정신은 절대적 가치로 군림했으며 이에 반하는 개인과 문명과 문화는 모두 불합리하거나 비합리적인 것으로 매도되었다. 서구인들의 절대적 기준이 된 합리주의 정신과 전통의 뿌리는 어디에서 나오는 것일까?

서구사상에는 옛날부터 지금에 이르기까지 두 가지의 큰 흐름이 있다. 하나는 그리스·로마의 사상인 헬레니즘(Hellenism)이고, 다른 하나는 그리스도교 사상인 헤브라이즘(Hebraism)이다. 이 두 흐름은 서로 대립하기도 하고 화합하기도 하면서 서구사회에 문화를 꽃피워 왔다. 서구 문화는 헬레니즘과 헤브라이즘에 뿌리를 내리고 있다. 헬레니즘의 철학자 아리스토텔레스는 "로고스(logos)의 능력을 가진 생명체가 있으니, 그 하나는 신이고, 다른 하나는 인간이다."[123]라고 했다. 헤브라이즘의 기초가 된 성서의 요한복음(1장 1~4절)에도 비슷한 말이 나온다. "태초에 말씀(logos)이 계시니라. 이 말씀이 하느님과 함께 계셨으니, 이 말씀은 곧 하느님이시니라. 그가 태초에 하느님과 함께 계셨다. 만물이 그로

---

123　김헌, 『인문학의 뿌리를 읽다』, 이와우, 2016, 194쪽. "합리주의의 뿌리"는 사실 김헌의 책을 읽고 나름대로 정리한 것임을 밝힌다.

말미암아 지은 바 되었으니 지은 것이 하나도 그가 없이는 된 것이 없느니라. 그 안에 생명이 있었으니 이 생명은 사람들의 빛이었다."[124] 두 텍스트에서 공통적인 것은 말을 뜻하는 로고스(logos)이다. 이 단어는 원래 "모으다, 수집하다, 세다" 등의 뜻을 지닌 레게인(legein)에서 유래한 말이다. 이런 어원적인 의미를 들여다보면 로고스는 우리의 생각을 한데 모아 어떤 질서 안에 보존하는 것이다. 사실 로고스는 말을 가리키는 것이 아니라, 조리 있게 엮이는 말의 운동을 가리킨다. 이 점은 로고스에 대한 플라톤의 정의를 보면 알 수 있다. "그것은 이름을 짓는 것으로 그치는 것이 아니라 동사들과 명사들을 한데 묶어서 어떤 완성을 이루어낸다네. 그리고 우리가 말한 것과 같이 그것은 명명할 뿐만 아니라 말들을 이어가고, 바로 그것이 이루어낸 짜임새에 대해 우리는 로고스란 이름을 붙인 거지." 상호텍스트성에 따르면 아마도 헬레니즘 전통(기원전 5~1세기)이 기독교의 설립 과정(서기 1~2세기)에 작용한 것 같다.

아리스토텔레스는 신이 모든 것을 있게 하고 움직이게 하는 최고의 존재라고 했다. 그에 따르면 신은 단 하나의 정신적 존재이며 물질의 지배를 받지 않는다. 신은 로고스적 존재로서 비합리적일 수 없다. 인간은 로고스적인 생명체로서 말을 할 수 있고 논리적이고 합리적으로 생각하는 존재이다. 신이 로고스이기에 그가 만든 세계도 로고스에 따라 만들어졌다. 인간 역시 로고스의 능력을 가진 생명체로서 로고스를 잘만 활용하면 신의 세계를 알 수 있다. 그리스 철학에서 로고스는 원인과 결과의 관계를 지배한다. 원인과 결과의 관계를 파악하지 못하는 사람은 비합리적인 인간이다. 원인과 결과의 관계는 로고스를 따라

---

124  이국진 목사 편찬 책임, 『한영 해설 성경』 아가페, 1997, 142쪽.

우리 인간 정신에서 하나의 엄숙한 질서를 이룬다. 그래서 피타고라스를 비롯한 많은 그리스 철학자들이 세계를 '코스모스(kosmos)'라 했고, 그 뜻이 바로 '조화로운 질서'다.

성경의 요한복음에 따르면 태초에는 말씀(logos)만 있었다. 그리스어로 '로고스(logos)'는 '말'이라는 뜻이다. 성경의 로고스는 이치에 맞고 논리적이며, 사실에 비추어 꼭 들어맞는 참말을 가리킨다. 당연히 이 로고스는 이성, 이치, 논리라는 뜻을 갖는다. 신은 로고스이다. 그러므로 세계는 로고스 없이는 존재할 수 없으며 운동성 또한 갖지 못한다. 그것들은 오로지 로고스와 함께할 때만 가능하다. 결국 세계는 이성과 논리, 곧 로고스에 기원을 두고 있으며, 그러므로 합리적이다. 성경의 창세기에 따르면 "하느님이 가라사대 우리의 형상에 따라 우리의 모양대로 우리가 사람을 만들고 그로 바다의 고기와 공중의 새와 육축과 온 땅과 땅에 기는 모든 것을 다스리게 하자 하시고 하느님이 자기 형상 곧 하느님의 형상대로 사람을 창조하시되 남자와 여자를 창조하셨다."[125] 신은 로고스를 통해 세계를 만들고 인간도 만들었다. 신은 인간을 자신과 닮도록 만들었다. 여기서 신의 모습을 닮는다는 것은 육체적인 형상뿐만 아니라 신의 본질적인 속성, 즉 로고스적인 속성을 닮는다는 것을 뜻한다. 성경은 인간다움의 속성을 신의 본성인 로고스에서 찾고 있다. 성서가 보여주는 인간의 모습은 이성과 논리적인 능력을 갖춘 생명체인 것이다. "신은 로고스이며, 로고스를 통해 세상을 만들었다. 따라서 세계는 로고스적이다. 인간은 신의 모습에 따라 만들어졌다. 따라서 인간은 로고스의 능력을 갖고 있다. 이렇게 신과 인간 사이, 신과 세계

---

125 　이국진 목사 편찬 책임, 『한영 해설 성경』 아가페, 1997, 2쪽.

사이에는 닮음의 관계가 있으며 그 관계를 매개하는 것이 바로 로고스다."[126] 세계는 신의 자기 전개이고, 인간은 자기 동일성의 변주다. 인류의 역사에는 신의 이름으로, 이성의 이름으로, 계몽의 이름으로, 인간의 이름으로 동일성의 변주가 끊임없이 일어날 뿐이다.

아리스토텔레스의 말과 성경의 말 사이에는 상당한 유사성이 있음을 알 수 있다. 철학과 종교에 따른 해석을 넘어 문학적 해석도 가능하다. 형식주의자들이 정의한 문학은 언어의 예술이다. 문학은 말로 된 예술이다. 요한복음에 나오는 "태초에 말씀이 있었다."를 문학적으로 패러디하면 흥미롭다. "태초에 문학이 있었다." 태초에 세계가 말로 이루어졌던 것처럼 문학도 말로 이루어진 텍스트이다. 철학과 종교가 로고스를 추구하듯이, 문학 역시 로고스를 추구한다. 그리하여 로고스(logos)는 종종 'story'나 'discourse'로 번역되어 사용된다. 합리주의를 신봉하는 기존의 서양 철학이나 종교나 문학의 문제점은 그들이 지나치게 로고스만을 강조한다는 것이다. 옛날부터 지금까지 서구인들은 로고스중심주의에서 벗어나지 못했다. 로고스 하나만으로 인간을 이해하고 문명과 야만을 나누고, 계몽해야 하는 야만인들을 분류하면서 로고스 만능주의 시대를 만들어 왔다. 서구의 합리주의는 로고스에 거대한 뿌리를 내린 사상이자 철학이다. 도스토옙스키는 철학이나 종교의 이름이 아니라 문학의 이름으로 로고스에 반기를 든 것이다. 그러므로 도스토옙스키의 예술작품은 기존의 철학과 종교에 대한 일종의 문학적 패러디라 할 수 있다.

---

126  김헌, 『인문학의 뿌리를 읽다』, 이와우, 2016, 193쪽.

# 19. 모순어법적 지식인과 민족주의

사실 도스토옙스키는 그 자신부터가 일종의 모순어법적 지식인이다. 연구가들은 그를 슬라브주의(Slavophile), 민족주의(Nationalism), 쇼비니즘(Chauvinism), 러시아 메시아주의(Russian Messianism), 국수주의(Ultra-Nationalism), 외국인혐오(Xenophobia) 등과 관련짓는다. 젊은 시절에 그는 서구주의자들과 이념을 같이 하였으나 페트라셉스키 사건으로 유형생활을 마친 후부터 사상적으로 전환을 하게 된다. 시베리아 유형 이후에는 슬라브주의자로서 활동하였다. 이때부터 그는 신을 부정하는 모든 인위적인 유토피아 사상을 부정하고, 사상적으로 보수화 경향을 뚜렷하게 보여준다. 그는 러시아 민족주의의 대변자로서의 역할을 마다하지 않았다. 특히 그는 유럽 전체에 대한 불편한 감정을 숨기지 않았다.

민족주의는 쉽게 말해서 어떤 단위보다 앞서 민족을 으뜸으로 생각하는 정치이념이며, 그렇게 되기를 바라는 사상이다. 민족주의를 논할 때 제일 중요한 것은 "민족이 국가를 합리화하는 유일무이한 근간"이라는 믿음과 "개별 민족은 국가를 형성할 권리가 있다"는 주장이다. 민족주의는 인류의 활동 대부분을 그 특징에 있어서 민족주의적으로 파악한다. 이들에게 있어서 민족은 고유한 국가상징과 민족적 특성, 문화, 노래, 신화, 문학 등을 가지고 있는 집단이며, 나아가 어떤 민족은 민족종교를 지니고 있기도 하다. 하나의 민족을 이루는 개인들은 가치관과 문화적 정체성을 공유하며 민족 영웅을 우러러본다. 민족국가는 민족의 존재 여부를 보장하고 특정한 정체성을 유지하며 민족 고유의 문화와 에토스가 형성 될 수 있는 영토를 제공하기 위해 힘쓴다. 많은 민족국가들이 문화·역사적인 신화의 힘을 빌려 자신의 존재를 방어하며 정당성을 확보해 왔다. 민족주의를 토대로 형성된 민족국가는 세계 역사와 지리정치학에 엄청난 영향을 끼쳤다.

한편 민족주의는 다양한 보편적 이데올로기와 결합하여 거대한 역사적 동력으로 작용하기도 한다. 민족주의는 자유민주주의와 결합하기도 하지만, 전체주의와 야합하기도 하고 사회주의를 수용하기도 한다. 민족주의는 동전의 양면처럼 긍정적 요소와 부정적 요소를 함께 갖고 있다. 긍정적으로 생각하면 민족주의는 민족의 단결을 통한 건강한 역사적 동력을 만들어 내고 자국의 국가발전과 세계평화에 기여할 수 있다. 그러나 민족주의의 부정적 기능 역시 만만치 않다. 배타적 민족주의, 자민족중심주의, 그리고 반(反)민주주의적 정치체제의 정당화와 이데올로기화는 민족주의의 부정적 기능이라 할 수 있다.

'민족'은 아주 복잡한 개념이다. 모든 민족에게는 스스로 특별한 민족이라 믿는 경향이 있다. 이러한 믿음이 위험한 것은 아닌지 다시 생각해볼 필요가 있다. 믿음을 갖는 것은 자연스럽다. 그러나 개별적인 민족주의 서사가 다른 것들과 갈등을 일으킬 때는 문제가 발생한다. 따라서 민족이란 담론은 다른 민족의 입장에 대해서도 열린 마음을 갖고 타협적 의향을 보이며 합리적 방안을 모색하는 방식으로 진행되어야 한다. 민족의 개념에 허구적이고 조작적인 의미를 부여하여 우수한 민족 신화를 만들고 민족을 특별한 개념어로 활용하는 순간, 민족주의는 가장 위험한 사상으로 변할 수 있다.

민족적인 것(the national)은 무엇보다도 상반되는 요소들이 변증법적으로 결합되어 있는 장소이자, 상반되는 요소들이 서로 묶여 있는 공간이다. 따라서 민족적인 것은 한편으로는 가장 혐오스러운 인종 청소의 공간이자, 옹졸하고 조야한 형태로 나타나는 편협성과 외국인 혐오의 공간이다. 오늘날 어떤 형태든 민족주의를 찬미하는 일은 거의 외설적으로 여겨진다. 민족주의의 결과로 나타났던 부정적인 사례가 너무 많았기 때문이다. 하지만 동시에 민족적인 것은 언어와 종족, 소수민족의 연대, 또는 어떤 형태의 집단적이거나 공통적인 정신에 대한 표상이기도 하다. 무책임한 개인주의와 대조되는 집단적인 움직임은 때로는 찬미될 만한 긍정적 성격을 갖기도 한다. 아마도 위대한 민족주의 운동들은 이러한 점에 기반하고 있는 것일 터이다. 그러나 한편으로 민족주의 집단은 그들이 권력을 쟁취하여 민족주의적 의미를 획득할 때까지 언제나 지지를 받게 되어 있지만, 어느 지점에 이르러서는 자신들의 반대편에 생성된 새로운 소수자에 대한 폭정으로 퇴보하는 경향이 있다는 들뢰즈의 말을 덧붙일 필요가 있다.

도스토옙스키의 예술 작품에 나타난 민족주의는 변증법적 모호성을 보여준다.

첫째로 세계화 속에서도 민족은 여전히 매우 끈질기게 존속하고 있을 뿐만 아니라, 세계화의 핵심적인 요소이다. 도스토옙스키의 작품은 세계문학을 지향하는 고전으로 자리를 잡았음에도 불구하고 민족적 색채나 외국인 혐오증을 노골적으로 드러내는 문제점이 있다.

둘째로 민족적인 것을 배타적 애국주의와 집단적 자부심으로 이해한다. 사실 민족적인 것은 민족적 상처, 민족적 비참, 민족적 열등의식의 가장 강렬한 형태, 즉 원한과 수치의 장소이다. 영토가 작고, 경제적, 지리적으로 주변부에 속하는 나라일수록, 그 나라 시민들의 입에서는 민족적인 것의 독특한 향취가 더욱 강렬히 풍기고, 그들의 집단적 정체성이 가지는 한계는 더욱 음습하다.

셋째로 민족적 담합은 '민족적 비참, 혹은 민족적 하위성'을 포함한다. 세계사에서 한때 슬라브 민족, 게르만 민족, 앵글로색슨 민족은 쇼비니즘(Chauvinism)과 국수주의(Ultra- Nationalism)의 대표적인 민족국가들이었다. 이들이 일으킨 전쟁은 민족의 일체성을 강조하면서 인류를 비극의 장으로 만들었다. 세계대전은 극단적 민족주의의 한계성을 보여주는 중요한 사례이다.

불행하게도 도스토옙스키는 배타적 슬라브 민족 중심주의를 대변하는 민족주의자였다. 그의 이데올로기는 민족주의의 부정적 기능을 보여주었다. 그의 민족주의는 종종 쇼비니즘과 외국인혐오증의 차원에서 다루어지기도 한다. 그는 슬라브 민족을 제외한 외국인들을 싫어했다. 그의 제노포비아(Xenophobia)는 일반적인 허용 범위를 넘어선 것이었다. 여러 작품에서 묘사한 대로 그는 독일인, 폴란드인, 유대인을 병적으로 싫어했다. 『지하로부터의 수기』 2부 3장에서 등장인물 가운데 하나인 독일인을 부정적으로 묘사한다.

"시모노프의 손님 둘 중 하나는 러시아로 귀화한 독일인인 페르피치킨이었는데 작 달막한 키에 얼굴은 원숭이 같고 아무나 보고 마구 비웃어 대는 멍청이고 하급반 시절부터 나의 가장 사악한 적이었던 데다가 비열하고 뻔뻔스러운 허풍선이요, 속으론 당연히 겁쟁이인 주제에 겉으론 아주 섬세한 야망을 품은 척 굴었다." [127]

에즈라 파운드에 필적하는 고약한 반유대주의자(Anti-Semite)였던 도스토옙스키는 반(反)계몽주의자이며 전제정치와 러시아 정교회의 제정일치를 지지했던 인물이다. 그는 서구화에 대한 격렬한 패러디 작가로, 러시아 민족은 선택받은 민족이며 그리스도는 러시아인의 그리스도라고 굳게 믿었다. 이러한 작가의 태도는 유럽여행 기간 중 더욱 공고해졌으며, 1871년 러시아로 귀국한 후 집필한 개인잡지『작가의 일기』에서 매우 두드러졌다.『작가의 일기』는 그가 러시아 민족의 교육자 또는 대변인의 사명을 실천하는 매체로 활용되었던 것이다. 레오니드 그로스만에 따르면 유형 생활 이후 도스토옙스키는 황실과 보수우익 진영의 영향을 받았다고 한다. 그는 글을 통해 당대 사회주의 또는 급진주의자들에 대한 반감을 노골적으로 드러냈다. 특히『작가의 일기』를 쓸 당시 그는 자신을 민족의 예언자로 생각했다. 실제로 당대의 많은 러시아 지식인들이 그를 예언자로 환호했다. 그의 푸시킨 동상제막 연설은 예언자로서 그의 인기를 확인할 수 있는 사료이다. 그것을 계기로 그의 민족주의는 종교적 색채를 띠고 그 나름대로의 이론적 근거를 갖추게 되었다고 볼 수 있다. 이후 도스토옙스키는 젊은 철학자 솔로비요프와 직접 만나 대화를 나누게 되고, 그로써 그의 민족주

---

127   도스토예프스키,『지하로부터의 수기』 김연경 역, 민음사, 2010, 100쪽.

는 신비주의적 색채까지 띠게 된다.

이처럼『작가의 일기』는 도스토옙스키의 민족주의적 색채와 보수주의적 성향을 토로하는 작품이다. 특히 여기서 그는 사회주의적 유토피아와 급진적 유물론에 대한 반론을 펼치고 있다. 그가 강조하는 민족주의는 대지주의와 새로운 유토피아를 지향하는 러시아 민족주의이다. 그의 새로운 유토피아에 대한 개념은 1876년 6월호『작가의 일기』속의「역사의 유토피아적 해석」에 구체적으로 설명되어 있다. 그는 "인류의 형제애, 국가 간의 범세계적 화해, 인류에 대한 공적 봉사원칙에 바탕을 둔 단일 연합과 궁극적으로 그리스도의 진정한 원리에 의한 인류의 갱신"을 향한 러시아의 역할을 강조하고 있다. 그는 이상적 유토피아를 제시한 것이다. 그는 이상적 유토피아를 통해 인간의 모든 정신적 실체에 부응하고 러시아의 정치적 우수성과 신을 제휴시킬 수 있다고 생각했다. 이렇게 함으로써 러시아 사회의 모순과 갈등을 즉각 해소할 수 있다는 것이다. 이를 위해서는 무엇보다도 러시아의 종교적 임무에 대한 믿음이 전제되어야 했다. 또한 그러한 믿음은 러시아 정교에 대한 확신으로까지 발전될 만한 것이었다. 러시아 정교는 유럽과는 차별되는 러시아의 정체성을 갖게 만드는 유일한 신앙인 까닭이었다.

도스토옙스키는 러시아의 모든 갈등과 소외현상을 유럽과의 접촉에서 찾았다. 그의 말에 따르면 유럽사상과 문화가 유입되면서 러시아는 정체성의 부재현상을 겪게 되었다. 러시아 민족사는 다른 민족의 역사와 유사한 역사기 되어서는 안 된다. 러시아는 농노해방과 더불어 자신을 발견하고 유럽과 구별 짓게 되었다. 당시 러시아는 유럽으로부터 배울 것은 이미 다 배워서 더 이상 배울 필요가 없었다. 이제부터는 자신들이 등한시해 왔던 내적 역량을 이끌어 내고 자체적인 역사발전의 노선을 마련할 단계였다. 이러한 생각들은 도스토옙스키 민족주의의 기초가 되었다.

도스토옙스키의 민족주의는 여러 가지 면에서 모순투성이다. 『작가의 일기』에서 그는 한편으로 전(全)세계의 화합과 조화를 주장하면서, 다른 한편으로는 러시아 메시아니즘에 이어 타민족과 그 국가의 병합까지도 주장하는 전투적 쇼비니즘을 역설했다. 『작가의 일기』는 부분적으로 민족주의에 대한 도스토옙스키 나름의 독특한 의견을 보여주기도 한다. 즉 어느 민족이든지 생존을 위해서 자존과 긍지를 갖지 않으면 서서히 소멸될 수 있다는 것이다. 유럽 문화의 지배로부터 벗어나고자 하는 그의 민족주의에 대한 역설은 러시아 민족주의를 초민족주의적 또는 메시아니즘적 성격을 띠게 만들었다. 그런가 하면 그의 민족주의는 제노포비아(Xenophobia)[128] 현상으로까지 이어진다. 그의 민족주의는 반유태주의와 외국인 혐오증 같은 극단적으로 모순된 이론으로까지 발전되며, 새로운 모순과 갈등의 이데올로기를 창출했다.

『작가의 일기』(1877)에서 우파(右派, 보수파)의 지도자인 도스토옙스키는 서구에 대한 멸시와 러시아의 영성에 대한 거의 광적인 집착에서 다음과 같은 말

---

128 러시아 학자 포메란츠에 의하면, 도스토옙스키의 "외국인혐오증(Xenophobia)"은 수슬로바와 유럽여행을 하던 중, 그녀가 살바도르라는 스페인 의대생과 열애에 빠졌던 에피소드에 기인한다는 것이다. 처음에는 서유럽에 대한 증오가, 그 후 다른 민족에 대한 혐오로 바뀌어 번져나갔다는 것이다. 그 후 점진적으로 유럽인혐오증은 사라지고, 대신에 그 양상이 유대인혐오증의 강화로, 폴란드인에 대한 원한의 증대로 나타났다고 지적한다. 그리고 러시아인의 입장에서 유대인의 문제는 간단하지 않다. 기원전 2세기부터 유대인들은 흑해와 아조프 연안 지역에 거주했다. 키예프에는 루스가 세워진 10세기 무렵에 이미 유대인 공동체가 있었다. 키예프의 유대인들은 "지도프(Жидов)"라는 특정 거주 지역에 거주했다. 지도프는 유대인을 지칭한 '지드(жид)'에서 유래했다. 유대인을 지칭하는 이 용어는 문헌 등에서 가치중립적인 표현으로 쓰이다가 이후 점차 부정적인 함의를 갖게 되었다. 도스토옙스키는 유대인을 부정적으로 묘사했다.

을 거리낌 없이 내뱉는다.

"러시아인과 기타 슬라브 민족들이 서로 비교라도 될 만한가? 러시아는 기타 슬라브

족의 각각의 민족보다 위대하고, 모든 민족들을 하나로 묶어도 그들보다 위대하다.

거인이 난쟁이들 보고 평등을 설교해봤자 쓸데없는 일 아닌가? 우리가 점령한 콘스

탄티노플은 영원히 우리만의 도시로 남아야 하고, 콘스탄티노플과 인근 지역, 그리

고 흑해와 지중해 사이의 해협을 지키기 위해 육·해군을 주둔시켜야 한다."

이처럼 도스토옙스키는 러시아민족의 우월성과 위대성을 극단적으로 강조하고 있다. 박노자의 말대로 이 정도면 도스토옙스키를 "도덕의 절대성과 인간의 심층적인 심리를 매우 깊숙이 아는 작가"로만 알고 있는 일반 독자는 놀라움을 금치 못할 것이다. "무고한 생명을 살해한 일은 절대로 선(善)이 될 수 없다"는 이념을 기조로 전 세계의 독자를 매료시킨『죄와 벌』을 쓴 작가가 콘스탄티노플을 '우리 도시'로 만들기 위해 무고한 생명들을 죽이는 폭력을 주장하고 정당화한 것이다. 위대한 인본주의자로 알려진 사람이 폭력으로 남의 것을 빼앗는 일에 왜 그토록 열중했는지 궁금증이 생기지 않을 수 없다. 도스토옙스키의『작가의 일기』를 읽어나갈수록 더 큰 수수께끼가 우리를 기다린다. 왜냐하면 그 다음에 도스토옙스키는 "짐승 같은" 터키인들을 몰아낸 뒤에 "사회주의의 모태가 된 프랑스를 독일인과 함께 박살내야 한다."는 이야기를 늘어놓기 때문이다. 즉 권위주의적인 독일 제국과 함께 사회주의를 허용할 만큼 "타락한" 민주적 프랑스를 멸망시키는 것이 러시아의 "민족적 사명"이라는 이야기다. 그 과정을 도

스토옙스키는 "이슬람 짐승들과 적그리스도인 사회주의를 예수의 이름으로 이기는 성전(聖戰)"이라고 부른다.

도스토옙스키의 작품들에서 외국인에 대한 혐오적인 표현은 쉽게 발견된다. 유럽에 대한 반감이 유달리 컸던 도스토옙스키는 특히 독일인을 혐오했다. 그의 혐오감의 바탕에는 돈 문제가 깔려 있다. 그가 독일 바덴바덴의 호텔에서 방값을 지불하지 못해 수모를 당하면서 애인 수슬로바에게 쓴 편지를 보자.

> "뚱뚱한 독일 주인 놈이 말하는 거요, 나 같은 사람은 점심 식사를 제공받을 가치가 없지만 가져다주겠노라고, 그래서 어제부터 점심도 못 먹고 차로 때우고 있소······. 종업원들도 겉으로 말은 안 하지만 독일인 특유의 태도로 나를 심하게 경멸하는 것 같소, 독일인에게는 돈을 제때 지불하지 않는 것보다 큰 죄는 없는가 보오."[129]

도스토옙스키와 전당포의 관계는 라스콜리니코프와 전당포 노파의 관계보다 더 끈질긴 관계의 연속이었다. 도스토옙스키는 정말로 자주 전당포를 드나들었고, 많은 물건을 저당 잡혔다. 시계, 은수저, 반지, 외투 등 목록은 셀 수 없이 많았다. 도박을 할 때는 수시로 전당포를 드나들었다. 그는 전당포 주인의 인색함을 민족성과 결부시켜 분통을 터트린다.

> "독일인들이 얼마나 비열한지 당신은 상상하지 못할 거요, 그 시계점 주인은 가느다란 줄이 달린 내 시계를 보더니(적어도 125루블은 족히 나갈 것이오) 고작 65굴덴,

---

129  얀코 라브린, 『도스토예프스키』, 홍서광 역, 한길사, 92쪽.

즉 43탈러, 다시 말해서 거의 두 배 반이나 더 적은 돈을 내주는 것이었소."

이처럼 도스토옙스키는 독일인을 싫어하여, 자신이 질리도록 쓴 모자를 '독일 모자'라고 할 정도였다. 도스토옙스키의 글에서 외국인혐오를 드러낸 표현은 너무 많고 지나쳐 때로는 그를 위대한 작가라 부르는 일이 부끄러울 정도이다.

알베르 카뮈는 민족주의, 즉 조국에 대한 지나친 사랑이 옳지 못함을 지적했다. 카뮈는 "나는 내 조국을 너무도 사랑해서 민족주의자가 될 수 없다"고 말했다. 이 말에는 사랑하는 조국에 해가 되는 일은 그 무엇도 하고 싶지 않다는 카뮈의 의도가 담겨 있다. 이에 반해 도스토옙스키는 민족주의자로서 슬라브주의 활동에 전념했고, 외국인 혐오주의자로서 슬라브 민족의 쇼비니스트였다. 더 나아가 부분적으로 오늘날 스킨헤드족의 이념과 맥을 같이하는 작가이기도 하다. 작품을 통해서는 가장 위대한 휴머니스트였지만, 실제 행동과 활동에서는 엄청난 외국인 혐오주의자였다. 그러나 아이러니하게도 그를 위대한 작가로 자리 매김하게 한 그로스만이나 로자노프 같은 도스토옙스키 평론가들이 유대인이었다는 점은 유념해 볼만하다.

도스토옙스키 연구가들은 유대인에 대한 작가의 부정적인 생각에 대해 심도 있게 다루었다. 도스토옙스키는 『작가의 일기』에서 반유대주의(Anti-Semitism) 감정을 거침없이 표현한 것으로도 유명하다. 골드스타인의 『도스토옙스키와 유대인』과 그로스만의 『도스토옙스키와 유대교』는 도스토옙스키와 유대인에 대한 선구적인 연구이다. 그리고 러시아의 유대인 작가 치프킨의 소설 『바덴바덴에서의 여름』도 도스토옙스키를 복합적인 시선으로 바라본다. 치프킨은 도스토옙스키에게 매료되어 있으나, 유대인에 대한 작가의 불편한 진실, 즉 그의 불관용이나 편견을 비판했다.

> "내가 믿을 수 없을 만큼 이상하게 느껴진 것은, 소설에서는 인간의 고통에 대해 그토록 예민한 사람이, 학대받고 고통받는 사람들을 열정적으로 옹호하던 사람이, 지상의 모든 생명체들에게는 스스로 존재할 수 있는 권리가 있다고 거의 미친 듯이 설파하던 사람이, 잎새 하나와 풀잎 하나하나에 대한 환희에 찬송가를 바치던 사람이, 바로 그런 사람이 수천 년간 쫓기고 있는 사람들에 대해서는 단 한마디의 옹호도 변호도 하지 않았다는 점이다. 정말 그는 눈이 멀었던 것일까? 아니면, 아마도 증오에 눈멀었던 것은 아닐까! 그는 유대인들을 하나의 민족이라고 부르지 않고 '종족'이라고 명명하였다." [130]

솔제니친은 말했다. "어떤 행복도, 설령 그것이 전 인류적 행복이라 하더라도 타자들의 고통을 딛고 이루어져서는 안 된다. 그것이 한 사람의 삶에 불과하다 하더라도, 그것이 겨우 단 한 사람의 망가진 생이라 하더라도, 특히 아이들의 고통 위에서는." 솔제니친의 말을 기준으로 도스토옙스키의 말과 행동을 비판해보자. 도스토옙스키는 정말로 모순적인 인간이 아닐 수 없다.

철학자 레비나스는 반유대주의에서 비롯된 폭력과 인종주의가 널리 퍼진 서유럽에서 학대받는 유대인으로 살았던 경험과, 경험을 넘어서서 타자 및 그 타자에 대한 책임을 보여주는 현상학의 맥락에서 자아와 타자 문제를 중심 주제

---

130  레오니드 치프킨, 『바덴바덴에서의 여름』, 이장욱 역, 민음사, 2006, 25쪽.

로 삼는 사유를 발전시켰다. 레비나스의 나와 자기성, 타자와 고통을 통한 주체와 윤리학, 신과 종교에 대한 철학적 사유를 이해할 필요가 있다. 레비나스 철학의 핵심을 드러내는 매우 압축적인 구절이 있다. '타인의 얼굴은 나의 자발적인 존재 확립과 무한한 자기 보존의 욕구에 도덕적 한계를 설정한다. 타인은 거주와 노동을 통해 이 세계에서 나와 내 가족의 안전을 추구하는 나의 이기심을 꾸짖고 윤리적 존재로서, 타인을 영접하고 환대하는 윤리적 주체로서 내 자신을 세우도록 요구한다." 도스토엡스키는 "우리들 각자는 각 사람에 대해서 각 사람에 앞서 잘못이 있고 나는 다른 사람보다 잘못이 더 많다"고 했다. 주체성이란 타자와의 윤리적인 관계를 통해서 정립되는 그 무엇이다. 나는 타자를 위한 존재, 타자의 필요에 대해 적극적으로 책임지는 존재다. 레비나스의 사상을 도스토엡스키 식으로 표현해 본다면 다음과 같을 것이다. "우리는 모든 사람에 앞서, 모든 사람에게 책임이 있고 나는 다른 모든 사람보다 책임이 더 많다." 레비나스가 주체의 철학이라는 토대 위에 세운 타자의 윤리학은 나를 '타인의 고통을 짊어진, 고통 받는 의인", 즉 대속자 그리스도에까지 밀고 간다.

『카라마조프가의 형제들』에서 조시마 장로는 "죄의식의 공동체, 만인에 대한 만인의 책임, 만인에 대한 만인의 죄"를 강조한다. 그는 "모든 사람은 모든 사람에게 죄가 있다'라고 말한다. 사람은 누구나 자기 자신의 죄는 물론이고 모든 사람들과 모든 것에 대해 죄인이라는 것이다. "죄의식의 공동체"라는 말은 인류 전체가 서로 연관되어 있다는 것을 기초로 한다. 다른 사람의 죄에 대해 죄의식을 느끼는 사람들은 인류에 대한 애정이 있는 사람들이다. 인류 전체의 통합과 화합을 위해 가장 기본적인 단초가 되는 것은 타자에 대한 사랑뿐이다. 예수 그리스도가 인류를 사랑하여 가장 낮은 곳으로 임하시어 사랑을 실천했던 것처럼 조시마 장로 역시 '실천적 사랑(Deiatel'naia liubov')'을 행하는 성자 같은 인물인 것이다. 조시마 장로가 말하는 "만인에 대한 만인의 죄"는 우리 인류가 "죄의식의 공동체"임을 강조하는 것이다. 그는 타인의 고통에 대한 공감을 인류 구원의 메시지로 생각했다. "연민, 동정, 공감"을 러시아어로 "сострадание [sostradanie]"라 한다. "сострадание"는 "со(함께)+страдание(고통)"로서 "고통을 함께한다"는 뜻이다. 이것의 진정한 의미는 결국 "함께하는 아픔(고통), 공동의 아픔(고통)"이라 할 수 있다. 도스토옙스키가 비록 모순적인 인간일지라도 우리가 그를 사랑한다는 것은 곧 문학을 사랑한다는 것에 다름 아닌 것이다.

# 20. 문학과 철학의 경계

전통적으로 문학과 철학의 구별은 자명한 것으로 여겨졌다. 그러나 불확정성이 넘쳐나는 오늘날, 문학과 철학의 구별은 부정되거나 의미 없는 것으로 간주된다. 비록 문학과 철학이 서로 독립된 지적 활동의 범주에 속한다 할지라도, 그것들의 관계는 서로 정확한 구별을 할 수 없을 정도로 밀접하다고 할 수 있다. 특히 도스토옙스키의 텍스트는 종종 문학과 철학의 경계선을 파괴하는 경우가 많다. 따라서 그의 문학 작품은 대체로 철학적 관점에서 해석되어 왔으며, 그의 작품에 내한 분석과 비평에서도 철학적 분석이 필수적이다.

물론 문학과 철학이 같을 수는 없을 것이다. 그러나 그들 사이에는 깊은 관계가 있다. 철학 없는 인생을 생각하기 어려운 것처럼 인생의 서술이 없는 문학도 상상하기 어렵다. 인생은 그 나름대로 철학적 세계관을 깃고 있기 때문에 문학에서 철학을 완전히 떼어놓을 수 없는 것이다. 그동안 많은 비평가들은 도스토옙스키의 문학 속에 심오한 철학적 담론이 있는 것처럼 이야기해 왔다. 그리하여 그의 문학 작품 속에 내재된 철학적 담론이 작품의 문학적 의미와 가치를 평가하는 데 큰 도움이 될 수 있었다. 그의 철학적 세계관은 숨어 있는 진실에 다가가려는 새로운 시도였다. 그런가 하면 철학자 베르쟈예프는 도스토옙스키가 철학이라는 말을 그리 좋아하지 않았다고 말한다. "그는 학문적인 철학에는 약했다. 그는 철학을 아주 싫어했다. 그러나 그는 직관적인 천재성으로 철학의 영역에서 올바른 길을 알고 있었다."[131] 천재적인 소설가로서 도스토옙스키는 인간학에 대한 철학적인 담론을 문학으로 설명한다. 그는 문학과 철학이 동전의 양면처럼 서로 떨어질 수 없다는 것을 가장 잘 보여주는 작가이다. 『지하로부터의 수기』는 도스토옙스키가 꾸며놓은 철학적 성찰의 정원으로 들어가는 문과 같다. 따라서 이 작품의 철학적 의미 해석이 중시되고, 이 작품의 분석에 철학이라는 잣대가 들이대어지는 것은 당연한 일이다.

오늘날 철학은 세계의 기술(description)이 아니라, 세계의 해석(interpretation)이다. 철학서나 예술 작품을 읽고 우리가 알 수 있는 것은 세계 자체가 아니라 세계를 바라보는 작가의 생각이다. 철학자들이 제공해 주는 것은 세계의 객관적 진리가 아니라, 세계를 바라보는 다양한 관점이다. 그러므로 철학자의 관점에서 자신만의 세계관을 보여주는 철학은 사실상 예술에 가깝다. 도스토옙스키가 우리에게 보여주는 것 역시 세계의 올바른 기술이 아니라, 세계에 대한 참신한 해석이다. 그리하여 도스토옙스키의 예술적 진리는 철학적 진리에 가깝다.

철학은 의심하기에서 출발한다. 철학이란 의심하기 방법으로 기존의 지배적인 사고방식이나 철학(이론이나 개념)과 싸움하는 것이다. 이런 점에서 칸트는

---

131  Nicholas Berdyaev, Dostoevsky (Cleveland and New York: The World Publishing Company, 1969), p. 35

"철학사는 전쟁터"라고 말한 적이 있다. 『지하로부터의 수기』의 주인공은 기존의 지배적인 사고방식이나 철학(이론과 개념)과 싸움하기를 즐긴다. 그는 투쟁을 통해서 그때까지 지배적이던 철학 사조에서 사고되지 못했던 것, 또는 가려져 보이지 않았던 것을 찾아내어 밝힌다. 이로써 이전에 결코 존재하지 않았다고는 할 수 없지만, 당시의 지배적인 사상 때문에 오히려 보이지 않고 사고되지 않게 된 것을 찾아내어 폭로한다. 그러한 일에 매진하는 지하인은 시대를 앞서 가는 투사처럼 보이기도 한다. 한편으로 그러한 지배적인 사상에 대항하는 방식에서 지하인은 완벽한 연기자라고도 할 수 있다. 지하인은 지동설에 대한 신념으로 종교재판에서 화형을 당한 브루노[132] 같은 진리의 투사가 아니라 "그래도 지구는 돈다."고 투덜거리며 자신의 신념을 굽히지 않은 갈릴레오 같은 지식인이다. 기존의 지배적인 이성 중심의 철학적 한계를 예리하게 비판한 지하인은 기존의 사유체계에 커다란 질문을 던져 놓은 것이다. 이는 곧 현대철학에 새로운 문을 열어 놓은 것이다.

현대철학의 쟁점들 가운데 가장 근본적이며 핵심적인 것은 전통적인 이성과 합리성에 대한 담론이다. 전통적으로 이성은 하나이며 보편적인 원리로 간주되었다. 따라서 이성을 원리로 하는 시도들, 즉 인간, 사회, 역사에 대한 이해는 각기 하나의 이념과 보편성을 지향했다. 하지만 앞서 강조해 왔듯이 도스토옙스키는 하나의 이성에 대한 불신과 합리성 자체에 대한 새로운 문제를 제기했다.

---

132  지오다르노 브루노(Giodamo Bruno, 1548~1600)는 코페르니쿠스의 지동설을 받아들였을 뿐만 아니라, 여기에 자신의 시적 상상력을 동원하여 우주란 무수히 많은 태양과 별들로 가득 찬, 그러나 끝도 중심도 없이 운동만을 지속하고 있는 영원한 전체라고 보았다. 갈릴레이의 경우와 달리 브루노는 종교재판에서도 끝끝내 자신의 철학적 견해를 포기하지않았다. 이로 인해 그는 당시 교황청과 성직자들의 분노를 사서 7년간의 옥고를 치르고는, 1600년 2월 로마의 한 광장에 끌려가 장작더미 위에서 화형을 당했다. 한 마디의 신음도 없이, 누군가가 던져준 십자가를 비웃음으로 내던지면서 그는 의연히 죽어갔다.

그 대안으로서 감성, 생명, 비합리성, 열정 등을 인간과 사회를 이해할 수 있는 원리로 제시했다.

## 20.1. 계몽의 변증법

『지하로부터의 수기』에서 주인공은 철학논쟁부터 정치논쟁에 이르기까지 다양한 담론을 만들어내고 있다. 이 소설은 계몽에 관한 오래된 논쟁을 다양한 방식으로 재연하고 있다. 계몽은 이성의 빛을 통해 세상을 밝히는 것을 의미한다. 계몽은 언제나 빛을 동반하기에, 빛은 계몽을 상징한다. 영어나 러시아어에서 계몽(영: Enlightenment 러: Просвещёность)은 언제나 '빛(light/свет)'이라는 단어를 함의(含意)하고 있다. 신은 인간에게 이성의 빛을 부여했다. 무지와 미신의 어둠을 밝혀주고 종교적 맹신에서 벗어나 인간이 주체적으로 사고하고 판단하며 운명을 개척해 나가도록 한 것이 이성의 빛이다. 그러므로 계몽과 이성은 빛과 같은 속성으로 인간에게 인식된 유사한 뿌리의 말뭉치라 할 수 있다. 주지의 사실로 계몽은 인류를 지구의 주인으로 만들었고, 인류 문명을 발전시킨 핵심 동력이라 할 수 있다. 서양신화에서 계몽의 이성은 신화와 대립적인 것으로 파악되었다. 미토스(Mythos)를 극복하는 것이 바로 로고스(Logos)이다. 칸트가 정의한 것처럼 "계몽이 스스로 책임이 있는 미성숙의 상태로부터 탈출하는 것"이라면, 인간은 보다 나은 사회를 위해 무엇보다도 계몽을 필요로 한다. 그런데 도스토옙스키는 왜 인류의 지능과 문명을 발전시킨 계몽에 의심을 품었을까? 도스토옙스키는 인간이 계몽되면 될수록 더욱더 새로운 종류의 야만상태와 직면하게 된다고 생각했다. 계몽은 인간에게 진보를 가져오지만 동시에 새로운 종류의 야만을 필연적으로 생산한다는 것이다. 이러한 계몽의 변증법을 깨닫지 못하고 계몽의 진보만을 절대적으로 신봉하는 것은 잘못이라는 말이다. 인류 문명이 계몽의 과정이라면, 미래의 디스토피아(전체주의와 공산주의) 역시 계몽의 결과라는 사실을 인식한 것이다. 그리고 자유에 대한 무분별한 찬양이 역설적으로 모든 인류의 평준화를 초래했듯이, 계몽은 기술적 진보를 통해 자연을 지배하고자 했고 이것은 인간성의 타락이라는 부작용을 초래했다. 여러 가지 면에서 허무주의는 자유주의로부터 시작되었다고 여겨진다. 허무주의란 어떤 궁극적인 목적이나 근본적인 의미를 결여한 인간들이 내세우는 존재의 의미를 가리킨다. 도스토옙스키는 계몽주의와 허무주의 사이의 포착하기 어려운 연관성을 감지했다. [133]

『지하로부터의 수기』의 주인공 지하인은 비합리적인 자유의 이름으로 이성과 과학을 부정한다. 19세기 지식인들은 과학이야말로 진정한 진보의 쾌거라고 칭송했다. 오스트리아의 극작가 네스트로의 말처럼 "진보는 실제보다 언제나 더 커 보인다는 것이 문제다." 사람들이 진보를 목격하고 칭송했던 과학에서 도스토옙스키는 인간 정신의 타락(퇴보)을 목격하고 절망했다. 그는 과학이 조장하는 진보에 대한 신앙이 일상인들의 삶을 위협한다고 생각했다. 과학이 새로운 권위로서 군림하는 것을 알아챈 것이다. 도스토옙스키는 그로부터 어떠한 정신적 가치나 의미도 인정하지 않으려는 유물론의 도그마와, 그것에 불가피하게 수반되는 허무주의(니힐리즘)의 창궐을 본 것이다. 그래서 이 소설은 과학과

---

133 계몽주의와 허무주의 사이의 포착하기 어려운 연관성을 감지한 주요 사상가들(예를 들어 니체, 프랑스의 정치학자이자 역사가인 토크빌 그리고 미국의 정치학자이자 역사가인 아렌트 등) 가운데 가장 소홀하게 다루어진 사람 중 하나가 바로 도스토옙스키이다.

이성을 기초로 한 서구 계몽주의 사고를 비판하는 풍자소설로도 읽힌다. 앞서 설명했듯이, 지하인이 비판의 대상으로 삼은 체르니셉스키의 『무엇을 할 것인가』와 관련된 서술들은 그와 같은 특징을 잘 보여주는 예들이다.

『지하로부터의 수기』에는 주인공 지하인의 반박대상인 1860년대 계몽적인 합리주의자들의 주장을 규정짓는 단어들이 등장한다. 그들의 주장은 "돌벽(каменная стена), 2×2＝4(дважды два четыре), 자연의 법칙(законы природы), 자연과학의 결론들(выводы естественных наук), 수학(математика), 통계수치(статистические цифры), 과학적·경제적 공식들(научно-экономические формулы), 논리수학(логистика), 문명(цивилизация), 계몽(просвещение), 이익(выгоды), 이성(разум), 학문(науки), 수정궁(хрустальный дворец), 오성(рассудок), 경제적 만족(экономическое довольство), 지상의 복(земные благи)" 등을 포함한다.


계몽주의는 자유에 관한 모순을 안고 있다. 계몽 사상가들은 가족, 종교, 정치권력 등 다양한 유형의 외부적 권위로부터의 해방을 약속한다. 그러나 계몽이론을 실천에 옮기자 뜻밖에도 자유가 없어지는 결과가 발생한다. 도스토옙스키의 『악령』에 등장하는 이론가 쉬갈료프의 말은 그러한 문제를 간략하게 언급하고 있다.


"나는 내가 수집한 자료에 휩쓸리고 말았다. 그리고 내가 내린 결론은 내 의도와는 모순된다. 내 의도는 무제한의 자유였는데, 결론은 무제한의 독재 권력이 되고 말았다."

지하인과 쉬갈료프는 누구보다도 자유의 역설에 대해 심각하게 생각했다. 여기에 계몽주의의 강제적이고 폭력적인 본질이 드러난다.

계몽 이론에서 더 심각한 문제는 이론과 실천 사이의 괴리이다. 그들은 두 가지 사실을 간과하고 있다. 첫째는 인간이 좀 더 고차원적인 욕망, 즉 완전한 독립을 원하는 욕망을 가지고 있다는 사실에 대한 간과이다. 둘째는 문명의 진보가 종종 폭력의 증가와 피에 대한 굶주림을 동반한다는 사실에 대한 간과이다. 계몽이론가들은 인간을 "피아노의 건반"에 비유하는데 이러한 비유는 도스토옙스키가 프랑스의 유물론적 계몽철학자인 드니 디드로(Denis Diderot)의 글에서 빌려온 것이다. 1769년에 디드로는 다음과 같은 글을 썼다.

"우리는 감각과 기억을 부여받은 악기다. 우리의 감각들은 피아노 건반과 같다. 주위의 자연이 그들을 연주하며 때로는 그들이 스스로를 연주하기도 한다."

『지하로부터의 수기』의 사회과학적 문제의식은 아도르노와 호르크하이머의 『계몽의 변증법』과 유사하다. 계몽주의 철학은 모든 시민이 법 앞에 평등한 자유롭고 정의로운 사회의 이상을 옹호했다. 이성과 합리주의를 내세우는 계몽주의 철학은 반봉건주의라는 혁명적 성격을 지닌 이념이었다. 하지만 20세기에 접어들면서 계몽주의 철학의 진보성은 퇴색되었다. 1차 세계대전 이후 이성과 합리성의 진보적 의미에 대한 지식인들의 회의는 새로운 비판을 야기했다. 20세기에 나타난 그러한 상황에 대해 아도르노와 호르크하이머의『계몽의 변증법』은 마르크스 이후 포괄적인 사회비판, 문화비판, 과학비판 속에서 그러한 변화된 통찰을 고려한 최초의 철학이다.『계몽의 변증법』은 스탈린주의적 사회개조에 대해서도, 부르주아적 계몽의 지속에 대해서도 비판적이다. 계몽과 진보는 진정한 인간적 상태를 실현하기보다는 왜 새로운 종류의 야만을 낳을까? 이 질문에 대해 호르크하이머와 아도르노는 도구적 이성의 성격을 날카롭게 분석했다. 도구적 이성에 의한 계몽은 자연을 오로지 계산과 지배의 대상으로만 파악한다. "계산 가능성과 유용성의 척도에 들어맞지 않는 것은 계몽에게는 의심스러운 것으로 여겨진다." 이러한 문제에 대해 철학자가 정리한 것들을 열거해 본다. "첫째, 계몽은 자연을 계산하기 위해 추상화한다. 둘째, 계몽의 도구적 이성은 자연을 효과적으로 지배하기 위해 물화(物化)한다. 다시 말해 측정하고 계산하고 통제할 수 있는 사물로 변화시킨다. 셋째, 계몽은 인간의 자연 지배를 증폭시키기 위해 자연을 수학화한다."[134] 우리가 사용하는 가장 추상적인 기호언어가 숫자다. 오늘날 숫자는 계몽의 경전이 되었다.

도스토옙스키는 "계몽된 지성"에 대한 맹신을 경계한다. 인간 자신의 이익 체계로 전 인류를 갱생시키려는 이론, 즉 계몽사상은 인간이 문명 덕분에 온순해지고 따라서 잔인성이 점점 없어져서 나중에는 전쟁 같은 건 할 수 없게 될 것이라는 순진한 믿음이라는 것이다. 가장 세련된 살육자는 거의 한 사람의 예외도

---

134  이진우,『의심의 철학』Humanist, 2017, 153~154쪽.

없이 최고의 문명인들이었다고 지적한다. 또한 문명이 세련될수록 그 규모와 잔혹성은 더욱 커진다고 이야기한다. 이처럼 그는 이성과 과학의 발전에 기반한 문명의 발전이 인간 내부의 성질을 온순하게 만드는 것이 아니라, 오직 감각의 다면성을 발달시켜 유혈 속에서 쾌감을 발견할 것이라고 예측한다.

"인류애를 부르짖는 자들이 인류의 행복을 위해 세워 놓은 모든 체계를 꾸준히 부숴 버리기 때문이다. 한마디로 말해서, 이 이익이 모든 것을 방해하는 것이다 ……. 모든 이론이 지금 당장 내 생각으론 한낱 엉터리 논리에 불과하단 말이다! 그렇다 엉터리 논리다! 하지만 인간은 체계와 추상적인 결론에 너무 치우친 나머지, 오직 자신의 논리를 정당화하기 위해 고의로 진리를 왜곡하고, 보면서도 보지 못하고 들으면서도 듣지 못할 준비가 돼 있다 ……. 그래, 주위를 한번 둘러보라. 피가 강물처럼 흐른다. 그것도 꼭 샴페인처럼 사뭇 즐겁게 솟구친다 ……. 문명은 오직 인간 내부의 감각들의 다면성을 개발할 뿐 ……. 그뿐, 더 이상 단연코 아무것도 아니다. 이 다면성이 발전함으로써 결국 인간은 아마 더욱더 피 속에서 쾌감을 찾게 될 것이다. 실상 인간은 그렇지 않았던가! 여러분도 알아차렸을지 모르지만, 가장 세련된 방식으로 살육을 일삼았던 자들이 거의 하나에서 열까지 가장 문명화된 양반이었다 ……. 적어도, 인간이 문명 덕분에 더 피에 굶주리게 된 것은 아닐지라도 분명히 이미 예전보다는 더 고약하고 더러운 꼴로 피에 굶주리게 됐다. 예전에는 유혈에서 정의를 보았기에 평온한 양심으로, 마땅히 처단해야 될 자를 살육했다. 하지만 지금 우리는 유혈을 더러운 짓으로 여길지언정 어쨌거나 이 더러운 짓을 계속하고 있으며 그 정도도 예전보다 더 심해졌다. 과연 무엇이 더 나쁜가?"[135]

도스토옙스키의 통찰력은 이후 세계대전이나 여러 전쟁을 거치며 더욱 빛을 발한다. 그리고 그러한 문제의식은 『계몽의 변증법』에 그대로 이어져서 나온다. 아도르노와 호르크하이머는 세계대전으로 대표되는 새로운 종류의 야만 상태는 예외적이고 우연한 사건이 아닌, 포괄적 의미에서의 계몽이 사실상 스스로를 파괴하는 과정에서 전개된 필연적 사건이라고 정의를 내린다. 아도르노가 "이성의 차가운 빛 아래 새로운 야만의 싹이 자라난다."고 말한 부분은 도스토옙스키가 지적한 이성 맹신의 잔혹성에 대한 비판을 그대로 베껴온 듯한 느낌마저 준다.

그런가 하면 아도르노가 오디세우스 신화를 활용하여 계몽의 시대에 인간 내면이 어떻게 변질되어 가는지를 보여주는 장면은 마치 도스토옙스키가 자신의 작품에서 묘사하는 인간의 내면 심리와 매우 흡사하다. 그는 오디세우스 신화에서 세이렌의 유혹과 여러 가지 고난을 이겨내는 과정을 겪는 계몽적 주체들이 희생을 내면화함으로써 욕망 또는 삶으로부터 분리되고, 급기야 혼란스럽고 불투명해지며, 뒤틀린 성격을 갖게 된다고 지적한다. 희생의 내면화, 삶으로부터의 분리, 혼란스러움, 뒤틀린 성격, 이 모든 특성들은 도스토옙스키의 작중인물들에게서 볼 수 있는 모습들이다.

물론 이성과 과학에 대한 맹신의 시대에 반대 의견을 보여준 지식인이 단지 도스토옙스키와 아도르노 그리고 호르크하이머뿐만은 아니다. 아도르노의 유

---

135  도스토예프스키, 『지하로부터의 수기』, 김연경 역, 민음사, 2010, 39-40쪽.

명한 말 "아우슈비츠 이후에 서정시를 쓰는 것은 야만이다."에서 보듯이, 분명 『계몽의 변증법』은 발달한 문명의 야만성을 목도한 이후에 출발한 이론이다. 반면 도스토옙스키는 아우슈비츠와 같은 비극 이전에, 이성에 대한 맹신이 보여주는 미래상을 정확하게 예견했다고 할 수 있다. 사실 합리적 이성과 논리가 인간 삶을 좌지우지하는 것은 아니다. 독일 최고의 두뇌집단이 모여서 일하는 막스플랑크 연구소의 게르트 기거렌처(Gerd Gigerenzer) 소장은 '합리성과 논리성에 근거한 판단'이 오히려 실패할 확률도 높고 인간을 불행하게 만든다고 주장한다.

지하인은 끊임없이 이성에 반기를 들지만, 한편으로 그는 자신의 이성이 만들어낸 논리를 끝까지 밀고 나가려는 집요한 욕망과 의지를 보인다. 그의 욕망과 의지는 어찌 보면 이성의 광기를 닮아 있다. 오늘날에도 이성의 광기 현상은 계속되고 있다. 세계사에서 혁명에 성공한 후에 초기 혁명의 진정성을 실현한 혁명가들은 드물다. 혁명의 이름으로 유토피아를 건설하고자 한 혁명가들은 거의 예외 없이 권력을 잡은 후 독재자의 길을 걸었다. 나폴레옹, 스탈린, 카스트로, 가다피, 김일성 등 많은 혁명가들이 혁명의 진정성을 파괴하고 독재의 길로 들어가 세상을 파멸로 이끌어갔다. 레닌과 스탈린이 추구했던 소비에트라는 지상왕국 건설은 정치적 수사, 즉 프로파간다(propaganda)일 뿐임이 증명됐고, 소비에트연방공화국은 21세기 역사의 뒤안길로 초라하게 사라졌다. 그들이 이루고자 했던 것은 혁명의 이름으로 자신의 권력을 극대화시켜 인신(人神)이 되고자 했던 것 이외에 아무것도 아니었다.

# 21. 비합리성

지하인이 악의적으로 비난한 첫 논쟁 대상자는 공리주의자 체르니셉스키였지만, 이성 중심의 합리주의자들 역시 그의 비난을 비켜가지 못한다. 이성은 필연에 대한 경배 속에서 가장 위대한 지혜를 발견해왔다. 도스토옙스키는 필연성의 비인간적인 철학으로부터 인간을 보호한다. 그는 니체와 키에르케고르에 버금가는 대담성을 갖고 기존 합리주의 철학의 돌벽에 항거한다. 그런데 자연의 법칙, 자연과학의 결론 및 수학적 공리에 논박하는 것이 어떻게 가능할까? 헤겔의 세계이성은 그 승리의 바퀴 아래에서 개인을 소리 없이 깔아뭉갠다. 소크라테스의 독살과 갈릴레이의 화형은 세계 이성에 아무런 영향을 미치지 못한다. 지하인은 외친다.

"나는 이런 자연법칙들과 2×2 = 4라는 결론이 불쾌하다. 이런 자연의 법칙이나 수학

공식이 나와 무슨 상관이란 말인가? 물론 나는 그 돌벽을 이마로 깨뜨릴 수 없으며,

사실 그럴 만한 힘도 없다. 하지만 단지 그것이 돌벽이고, 내게 힘이 없다는 이유로

그 돌벽 앞에 굴복(화해)하지 않을 것이다." [136]

이성의 법칙에 대한 공격은 화려한 역설의 옷을 입고 있다. 지하인은 혀를 내밀며 이성의 법칙을 조롱한다. '2×2 = 4'라는 수학공식으로 상징되는 '수학적 이성'은 필연성과 죽음의 승리이다. 이성의 궁극적 승리에 대한 믿음은 인간을 미리 매장하는 것과 같다. 인간의 행동이나 욕망이 사전에 수학으로 계산된다면 인간은 더 이상 자유의지를 갖지 못할 것이다. 자유의지가 없는 인간은 오르간이나 피아노의 건반과 다름없다. 결국 지하인이 추구하는 인간이란 자신의 인간성, 다시 말해 자유의지를 보존하는 것을 주된 목표로 삼는 비합리적인 존재인 셈이다. 인간에게 있어 인간성은 자유의지이다. 지하인은 인간의 자유의지를 수호하기 위해 앞장선다.

**비합리성의 예:** 인간의 삶은 다양한 행동의 총체다. 여기서 행동은 이성적인 행동부터 감성적인 행동에 이르기까지 다양한 개념을 포괄한다. 이성 중심의 합리성에 감성이 삽입되면 카오스적인 비합리성이 증대된다. 실제 현실에서는 인간의 정신활동부터 경제활동에 이르기까지, 비합리성이 나타나는 경우가 비일비재하다. 인간 영혼의 비합리성을 주장한 경제학자가 있다. 프린스턴대 명예교수이며 노벨경제하상 수상지인 데니얼 가너민(Kahneman)은 시상식에서 "저는 고정관념에 기초한 인간의 두루뭉술한 사고와 편향성에 대해 연구했습니다.

136  도스또예프스끼, 『지하로부터의 수기』 계동준 역, 열린책들, 2000, 28쪽.

인간이 모두 비합리적이라고 말하는 것은 아닙니다만, '합리성'이라는 개념은 매우 비현실적입니다. 저는 '합리성'이란 개념 자체를 부정하고 싶을 뿐입니다." 라고 주장했다. 그의 말은 지하인의 주장과도 일치한다. 카너먼이 '인간은 합리적 선택을 하는 존재'라는 주류경제학의 기본 토대 자체가 잘못됐다고 폭탄공격을 가하는 것처럼 지하인은 인간의 이성중심적 합리주의를 공격한다. 현대 자본주의의 동맥인 주류 경제학은 "인간은 이성적인 노력으로 최대한 똑똑한 결정을 내린다"는 대전제를 깔고 있다. 그러나 카너먼 교수의 결론은 완전히 다르다. 이성이 판단을 지배하기는커녕 인간은 상식 밖의 비합리적인 결정을 하는 성향이 농후하다는 것이다. "인간은 주관에 휘둘려 충동적으로 되고, 집단적으로 똑같이 행동해 자기 과신과 편향에 빠집니다. 때로는 자신이 보는 대로, 때로는 남들이 하는 대로 따라 결정하는 존재입니다." 그가 정립한 "합리적 이성이 아니라 감정의 영향으로 위험을 회피하기 위해 비합리적 의사 결정을 한다"는 "전망이론(Prospect theory)"은 세계적인 행태경제학 열풍을 낳았다. 카너먼 교수 이전에는 행태경제학이라는 용어가 없었다. 행태경제학자들은 합리성으로 포장된 인간의 이면에 숨겨진 비합리성의 허물을 벗겨내면서 "개인은 물론 집단도 비상식적인 판단과 결정으로 몰락할 수 있음"을 경고했다. 지하인 역시 자신의 문법에 따라 자의식을 갖고 문제제기를 한다. 이러한 지하인의 행동은 가히 카너먼 교수가 드러내고자 했던 합리성에 대한 근본적 의심과 견주어 볼 수 있는 것이다.

# 22. 사디즘과 모방 욕망

가학증 또는 학대음란증으로 이야기되는 사디즘(sadism)은 성적 대상에게 고통을 줌으로써 성적인 쾌감을 얻는 이상 성행위를 의미한다. 이것은 프랑스의 문학가 M. de 사드에서 유래된 명칭이며 이것을 '양성의 앨골래그니어(algolagnia)'라고 부를 때도 있다. 이는 고통을 받음으로써 성적 쾌감을 얻는 마조히즘에 대응된다. 심층심리학의 시조인 S. 프로이드는 모든 생리적 기능에는 사디즘이 숨어 있으며, 마조히즘은 자기 자신에게 향하는 사디즘이라고 말했다. 때로는 성적인 목표에만 한정시키지 않고, 공격적이며 고통을 주는 것에 쾌감을 느끼는 경향을 가리킬 때도 있다. 사디즘이라고 최초로 명명한 사람은 R. von 크라프트에빙인데, 사드 이전에도 문학이나 미술 속에서 사디즘의 표현을 볼 수 있다. 플라톤의 『공화국』에 "사형당한 사람이 시체를 보고 싶은 욕망에 사로잡혀 참을 수 없었던 사나이"의 에피소드가 있고, 그리스도의 수난이라든지 성자의 순교나 지옥의 형벌을 그림으로 나타낸 중세의 회화에도 화가의 무의식적인 사디즘이 역력히 나타나 있다. 보들레르는 "잔학성과 향락은 동일한 감각이다"라고 말했고, 단눈치오는 "양성 간의 극단적인 증오야말로 사랑의 기반이다"라고 말했다. 사르트르의 실존적인 이론의 바탕에도, 초현실주의의 '블랙유머'의 기반에도 사디즘과 마조히즘이 중요한 구실을 하고 있다.

『지하로부터의 수기』에서도 사디즘과 마조히즘이 중요한 기능을 하고 있다. 이 소설에 등장하는 지하인은 흥미로운 사디스트라 할 수 있다. 사디스트는 스스로 학대자의 역할을 수행하면서 우월한 존재의 가치를 획득했다는 환상에 빠지고 싶어 한다. 또한 이러한 환상과 현실을 착각하면서 매개자(여기서는 적대자)의 자리에 앉아 보다 높은 곳에서 세상과 타인들을 내려다보고자 한다. 결국 사디스트의 폭력도 또 다른 적대자(매개자)를 향한 모방의 양상에 지나지 않는다. "그것은 신성을 획득하기 위한 또 하나의 새로운 노력"이다.

> "사디스트는 자신의 희생자를 또 하나의 자기 자신으로 변모시키지 않고서는 자기가 매개자가 되었다는 환상을 스스로 받아들일 수 없다. 가혹한 행위를 복사하는 순간마저도 고통받는 타자에게서 자신의 모습을 보지 않을 수 없다. 이것이 바로 자주 관찰되는 피해자와 가해자의 기이한 '일치'의 심오한 의미다." [137]

사디스트는 어떤 형태의 학대든지 항상 타인이 고통을 당하는 모습에서 쾌감을 얻는다. [138] 루크레티우스가 저술한 『만상론(萬象論)』에는 "죽음과 싸우고 있

---

137   르네 지라르, 90쪽

138   지라르는 사디즘이 순전히 마조히즘의 이면일 뿐이라고 주장한다. 마조히즘은 단순히 고통을 즐기는 도치된 성향이 아니라, 모방 욕망에 빠진 자들이 보여주는 또 하나의 속성인 자기 경멸의 감정과 일치한다. 즉 사디즘은 추종자가 느끼는 자기 경멸의 감정에서 매개자가 느끼는 우월감의 감정으로의 이행인 것이다. 사디즘은 "순교자 역할

는 불행한 뱃사람의 조난을 언덕 위에서 구경하는 것은 유쾌한 일이다"라는 글이 있다. 이처럼 사디스트는 타인을 학대하는 것보다 그것을 바라보는 것에서 더 쾌감을 느낀다고 할 수 있다. 사디스트는 희생자의 모습에서 자기 자신의 모습, 예전의 자기 모습을 확인하고, 그 모습을 통해 지금 자신이 우월한 입장에 있다는 확신을 가지게 된다. 고통 받는 희생자를 바라보는 것은 바로 그러한 관계 역전의 확인 절차인 것이다.

『지하로부터의 수기』에서 주인공은 사디즘에 경도된 인간들에 대한 많은 예들을 보여준다.

> "적어도, 인간은 문명 덕분에 피에 더 굶주리게 된 건 아닐지라도 분명히 이미 예전보다는 더 고약하고 더러운 꼴로 피에 굶주리게 됐다. 예전에는 유혈에서 정의를 보았기에 평온한 양심으로, 마땅히 처단해야 될 자를 살육했다. 하지만 지금 우리는 유혈을 더러운 짓으로 여길지언정 어쨌거나 이 더러운 짓을 계속하고 있으며 그 정도로 예전보다 더 심해졌다 ……. 클레오파트라는 황금 핀으로 자기 여자 노예들의 젖가슴을 찌르는 것을 좋아했고 그들이 비명을 지르며 몸을 비트는 걸 보면서 쾌감을 느꼈다고 한다." [139]

지하인은 서로 한없이 모욕당했다고 느끼는 동창생들의 파티가 끝나고 나서 자신의 수중에 들어온 불쌍한 창녀를 괴롭힌다. 그는 파티에서 즈베르코프(짐

---

을 하는 데 지쳐버린 마조키스트가 학대자로 역할을 바꾼 것)이다.

139  도스토예프스키, 『지하로부터의 수기』, 김연경 역, 민음사, 2010, 41쪽.

승이라는 함축 의미) 일당에게 당한, 혹은 당했다고 느낀 학대를 그대로 모방하여 창녀 리자에게 쏟아붓는다. 리자를 학대하려는 욕망을 갖기 전, 지하인은 자신이 장교나 동창생들에게 학대받았다고 믿고 있었다. 처음에 그는 그러한 학대자들을 자신보다 우월한 존재 영역을 확보한 인물들로 간주했다. 이 같은 사실에 비춰보면 지하인의 광기가 아무리 무서운 것이라 해도, 그가 벌이는 행동의 의미는 이전의 평범한 욕망들과 그 성격이 동일하다.

지하인은 사디스트로 악행을 저지르면서도 끊임없이 자신을 피해자, 즉 학대받는 무고한 사람과 동일시한다. 그는 선을 구현하고, 그의 적대자(매개자)는 악을 구현한다. 결국 사디스트인 지하인이 모방하고자 하는 악의 세계는 적대자(매개자)의 세계이며, 그것은 곧 자신이 가질 수 없었던 어떤 것, 가지고 있지 못한 어떤 것을 가지고 있는 사람들의 세계, 따라서 우월한 존재 영역을 확보한 사람들의 세계인 것이다. 자신에 비해 월등히 우월한 매개자에게 학대받았다고 생각하는 사람들은 그만큼 더 그 적대자의 세계를 열망하게 된다. 모델이라고 할 수 있는 장교나 동창생들의 무관심이 욕망된 대상의 가치를 더욱 크게 만들기 때문이다. 지하인이 자신을 무시하고 지나간 장교에게 그토록 열렬하게 편지를 쓰는 것도, 자신을 무시하기만 하고 무관심하게 대하기만 하는 동창생들로부터 우정을 얻고자 하는 것도 결국은 동일한 메커니즘에 기인한다.

모방 심리에 빠진 인물들이 보여주는 또 다른 특징으로는 자기 경멸과 그것에서 유래하는 욕망을 숨기는 메커니즘을 들 수 있다. 존경과 증오가 혼합된 감정이 매개자(적대자)를 바라보는 관점에서 비롯된 것이라면, 자기 경멸은 욕망의 주체가 자신을 바라보는 시각에 해당된다. 무관심이, 우월한 존재의 영역을 차지하고 있다는 환상에 빠지기 위한 수단이라면, 추종자의 욕망 숨김은 스스로 적대자(매개자)보다 열등한 위치에 있다는 생각을 감추기 위한 수단이다. 흔히 욕망의 주체들은 모델과 같은 대상을 놓고 벌이는 경쟁에서 자신이 그를 모방하고 있다는 사실을 감추기 위해 욕망의 논리적인 순서나 시간적인 순서를 도치시킨다. 즉 경쟁 관계의 책임이 자신이 아니라 타인에게 있으며, 욕망의 모방을 먼저 시작한 것은 자신이 아니라고 주장하는 것이다. 모방 사실을 인정하는 것은 곧 자신의 열등성을 인정하는 것이며, 노예의 상태로 전락함을 의미하기 때문이다.

『지하로부터의 수기』의 구조에 나타난 제1부 이야기와 제2부 이야기의 시간적 도치 또한 궁극적으로는 작가가 우월한 형이상학적 담론을 내세워 '형이상학적으로 우월한 존재'라는 환상에 빠지게 하는 수단의 성격을 지닌다고 볼 수 있다. 『지하로부터의 수기』를 제2부의 이야기부터 먼저 제시했다면 경쟁자의 관계였던 체르니솁스키를 비롯하여 다른 진보적인 러시아 사상가나 글쟁이들을 모방하는 것이지 그들을 초월할 수 없었을 것이다. 더 중요한 것은 형식적 구조의 도치보다 지하인의 심리에 도치를 반영했다는 사실이다.

적대자(매개자)의 존재를 흡수하여 자기 것으로 만들기를 꿈꾸는 주체는 필연적으로 자기 자신의 실체에 대해 혐오감을 느끼게 된다. 이러한 자기 혐오감은 자연스럽게, 우월한 매개자에 대한 존경과 증오가 뒤섞인 감정으로 나타난다. 지하인은 실제로 몸이 허약한 약골이다. 그러한 특성은 그가, 칼을 차고 거들먹거리는 장교를 보고서 자신의 존재 위상을 변화시키려고 하는 이유를 쉽게 설명해준다. 하지만 여기서 그 이상으로 눈여겨보아야 할 것은 지하인이 자신의 근본적인 특권, 즉 그가 스스로 어떤 대상을 선택하여 욕망할 수 있는 특권을 포기한다는 것이다. 그는 자신이 아닌 타인의 것을 모방하기 위해 자신이 가진 모든 것을 내던진다. 즉 그는 자신의 현재의 모습을 부정하고, 적대자(매개자)인 우상을 전적으로 섬기고자 하는 것이다. 이러한 점에서 내적 매개의 추종자는 항상 다른 사람들에게 보이는 자신의 이미지에 대해 두려움을 갖는다. 그는 항상 타인의 시선이 자신의 빈약한 존재를 적나라하게 폭로할지도 모른다는 두려움 속에서 살아간다. 그에게 있어서 타인에게 보여진다는 가능성은 자신의 욕망의 진실이 밝혀질 수 있는 가능성, 즉 자신의 열등성이 드러날 수 있는 가능성으로 받아들여진다. 이러한 두려움에 사로잡혀 있는 사람들은 실제로 그를 지켜보고 있는 타자의 시선이 없는 상황에서도 항상 그것을 의식한다. 즉 타인의 시선을 자기 내부에 내재화하고 있는 것이다.

지하인은 내적 매개의 모욕당한 추종자로서 주위에 아무도 없는 상황에서도 항상 누군가의 시선을 의식한다. 그렇다고 타인의 시선이 자기를 향하지 않는 상황도 참을 수 없다. 타인의 무관심은 욕망을 더욱 배가시키며, 그만큼 자기의 열등성을 확인시켜주는 것으로 여겨지기 때문이다. 따라서 모델의 시선을 내재화하고 있는 추종자는 상황에 관계없이 타인들과의 비교 의식 속에서 살아가게 되며, 이러한 비교 의식은 무엇보다도 타인의 눈에 비치는 자기 모습에 대한 두려움의 형태로 표출된다. 타인의 시선에 대한 두려움에 사로잡혀 있는 인물들은 무엇을 하든지 자신이 죄인으로 비칠 수 있다고 생각한다. 그리고 그러한 죄책감은 자연스럽게 폭력과 연계되는 열등감 및 자기 경멸로 이어진다.

# **23.** 지하인과 네오의 진실 탐구

올바른 삶이란 무엇인가? 행복이란 무엇인가? 실재(reality)란 무엇이고, 자유란 무엇이며, 우리는 과연 자유를 누리고 있다고 할 수 있을 것인가? 이러한 질문들은 마음의 가시처럼 성가시게 우리를 괴롭히며 고민하게 만든다. 역사 이래로 수많은 철학자와 수도사들이 그러한 문제로 고민해왔다. 소크라테스도 그랬고, 데카르트, 칸트, 사르트르, 마르크스, 붓다, 그리고 도스토옙스키도 그랬다. 지하인과 네오[140]는 인간의 실재와 자유에 대해 의심하기 시작한다. 그들의 의문은 위대한 질문으로 이어진다.

도스토옙스키의 소설 『지하로부터의 수기』와 워쇼스키 감독의 『매트릭스』 사이에서 우리는 놀랄만한 유사성을 발견할 수 있다. 『지하로부터의 수기』는 당시 러시아에 침투하기 시작한 계몽주의 사고를 비판한 풍자소설이다.[141] 자연과학

---

140  워쇼스키 형제의 영화 『매트릭스(The Matrix)』(1999)에 나오는 주인공의 이름이다.

141  도스토옙스키가 논쟁의 표적으로 삼은 것은 사회주의, 낭만주의, 그리고 합리적 이기주의의 혼합물이라 할 수 있는 체르니셉스키의 『무엇을 할 것인가?』(1863)이다. 체르니셉스키는 자신의 책에서 프랑스 사회학자 샤를르 푸리에의 유토피아적 발상을 전개했다. 후에 레닌은 이 책을 통해 혁명 사상을 굳건히 했다고 한다.

과 합리주의가 지배한 시기에 도스토옙스키는 지하인을 통해 과학과 이성을 의심하고 날카로운 질문을 던진다. 수기의 주인공 지하인과 『매트릭스』의 주인공 네오는 새로운 인간으로서 유사한 철학 사상을 공유한다. 그들의 공통점은 무엇일까?

우선 지하인과 네오는 인공낙원(paradise) 대신에 진실의 사막을 택한 자들이다. 그들은 지하에 거주하는 자들이다. 『매트릭스』에서 저항군들을 태우고 다니는 구닥다리 함선 네브카드네자르는 지하인의 지하실과 유사하다. 지하인은 지하에 숨어 계몽주의자들의 유토피아 사상을 비난한다. 그는 합리적으로 고안된 행복의 공간 대신 쥐처럼 지저분한 지하의 삶을 선택한다. 네오 역시 안락한 인공 낙원을 거부하고, 어두컴컴한 네브카드네자르에서 조악한 음식을 먹으며 산다. 비평가 토마스 S. 힙스에 따르면 『매트릭스』[142]는 계몽주의(18세기에 등장한 일군의 사상들)에 관한 오래된 담론들을 다양한 방식으로 재현한다. "자유에 대한 무분별한 찬양이 역설적으로 모든 인류의 평준화를 초래했듯이, 계몽은 기술적 진보를 통해 자연을 지배하고자 했고 이것은 인간성의 타락이라는 부작용을 초래했다"[143]. 매트릭스와 계몽주의자들은 똑같은 오류에 빠져 있다. 그들은 인간이 단순한 행복 이상의 고차원적인 욕망, 즉 전적으로 자유로워지고 싶은 욕망을 가진다는 사실을 간과했다. 그리하여 네오와 지하인은 매트릭스와 계몽

---

142  영화 『매트릭스』는 하위문화와 고급문화에 대한 관심들을 효과적으로 융합하고 있다. 이 영화는 지적인 의욕으로 넘치는 매력적인 줄거리, 고전동화의 포스트 모던한 재해석, 공상과학 영화의 새로운 표준을 제시한 특수효과 그리고 기술적으로 정교하게 잘 짜인 격투장면 등 모든 것을 가지고 있다. 특히 스토리와 주제 의식에 있어서 『매트릭스』는 무엇보다도 기술과 인공지능에 대한 현재적인 관심사와 담론에 대한 많은 정보를 제공한다.

143  슬라보예 지젝 외 지음, 『매트릭스로 철학하기』 이운경 역, 한문화, 2003, 81쪽.

주의에 반기를 들고 강요된 행복 대신 자발적인 고통을 선택한다. 진정한 자유는 불안감과 내부분열로부터 성장한다는 대목에서 네오와 지하인은 감격적으로 조우한다.

지하인과 네오는 진정한 자유를 위해 합리적인 이성과 과학을 부정한다. 그들은 공동체보다는 지하의 고립을, 합리적 행복보다는 비합리적 반항을 추구한다. 지하인은 병적인 의식 과잉으로 괴로워한다. 정상인들은 자연의 법칙을 맹목적으로 인간의 삶에 적용하는 데 반하여, 지하인은 자연과학과 기계적 결정론에 반기를 든다. 그는 자신의 상황을 다음과 같이 정리한다. "그때는 과학이 나서서(내 생각으론 지나친 감이 있지만), 인간에게는 의지도 변덕도 없고, 인간이 이런 걸 가져 본 적은 유사 이래 한 번도 없었으며, 애초에 인간이란 기껏해야 피아노 건반이나 오르간의 나사못과 비슷한 뭔가에 불과할 뿐이라고 가르칠 것이다."[144] 과학의 목표는 인간의 욕망과 선택을 수학적인 법칙으로 정리하여 미래를 예측하는 것이다. 지하인은 그러한 과학적이고 합리적인 법칙에 대하여 강하게 항의하면서 과학법칙의 예측에서 벗어나기 위해 자기 파괴적인 행동을 일삼는다. 『매트릭스』의 주인공 네오 역시 지하인과 마찬가지로, 합리적인 행복을 추구하지 않고, 지하의 고립을 선택하며 매트릭스에 반기를 든다. 모피어스의 말대로 매트릭스는 과학이 만들어낸 최고의 이상세계, 즉 "컴퓨터가 만들어낸 꿈의 세계"다. 모피어스의 말에 따르면 매트릭스의 이러한 목표는 인류를 끊임없이 통제하는 것이며, 매트릭스는 "인간을 전지로 바꾸는 것"이다. 이

---

144 도스토옙스키, 『지하생활자의 수기』 김정아 역, 지만지, 2010, 75쪽, 조혜경 번역의 40쪽, 김연경 번역의 41-42쪽.

같은 사실은 계몽이론가들이 인간을 "피아노의 건반"[145]에 비유하는 것을 연상시킨다. 매트릭스와 계몽이론가들에게 인간이란 일종의 에너지 자원이자 사물에 가까운 것이다.

인간은 행복을 실현할 수 있는 이상세계 유토피아를 상상하고, 미래를 예측하기 위해 지능을 사용한다. 인간은 보다 나은 사회를 만들기 위해 인공지능(Artificial Intelligence)을 상상했고, 오늘날 인공지능은 현실화되었다. 인공지능은 SF영화 속에나 나오는 상상의 산물이라고 막연하게 생각했던 사람들도 인공지능 바둑프로그램인 알파고(AlphaGo)를 통해 그 정체를 실감했다. 현대사회와 역사를 움직이는 두 축이라면 미래의 행복을 보장해줄 수 있는 유토피아와 이를 향해 달려가는 진보적인 사상이다. 인간은 더 영리해지고, 문명은 더 진보하고, 삶은 더 좋아진다. 대다수의 사람은 인공지능으로 대변되는 미래의 기술이 우리의 삶과 사회를 근본적으로 바꾸어놓을 것이라고 믿으면서도 두려워한다. 우리를 두렵게 하는 것은 바로 기술의 진보가 곧 인간의 진보라고 생각하는 이데올로기이다. 영화 『매트릭스』에서처럼 우리는 기술의 진보에 무방비 상태로 내맡겨진 존재다. 매트릭스는 지하인이 투덜대면서 불평했던 과학과 계몽이 만든 세계, 즉 기술 진보로 탄생한 인공지능이 인간을 통제하는 전체주의의 세계인 것이다. 계몽은 인간에게 진보를 가져오지만 동시에 새로운 종류의 야만을 필연적으로 생산한다. 네오는 기술의 진보로 이루어진 과학적 신화의 세계인 매트릭스를 새로운 유형의 야만 세계로 간주하고, 그에 대항하여 끝까지 투쟁한다.

---

145  "피아노의 건반"이라는 비유는 도스토옙스키가 프랑스의 유물론적 계몽 철학자인 드니 디드로의 글에서 빌려온 것이다. 1796년에 디드로는 다음과 같이 썼다. "우리는 감각과 기억을 부여받은 악기다. 우리의 감각들은 피아노 건반과 같다. 주위의 자연이 그들을 연주하며 때로는 그들이 스스로를 연주하기도 한다." 『매트릭스로 철학하기』 91쪽 참조

지하인과 네오는 둘 다 진정한 자유가 무엇인지를 깨달은 인간들이다. 지하인은 계몽주의 이론에 내재하는 모순들을 지적한다. 그의 논쟁에 기초가 된 모순은 자유에 대한 것이다. 지하인과 네오는 이성과 과학이 만들어낸 이상세계에 통제만 있을 뿐 자유가 없다는 것을 알게 된다. 그리하여 그들은 비합리적인 자유의 이름으로 이성과 과학을 부정한다. 계몽 이론가들은 종교나 정치권력 같은 외부 권력(국가, 민족, 특정 단체, 시스템 등)으로부터의 해방을 약속한다. 그러나 계몽 이론이 실행에 옮겨지자마자 뜻하지 않게 자유가 없어진다. 이런 문제들에 대해서는 『악령』의 쉬갈료프가 간단하게 설명한다.[146] "나는 내가 수집한 자료들 속에서 완전히 길을 잃었네. 내 결론은 애초에 내가 의도한 이념과는 전적으로 모순된다네. 내 의도는 무제한의 자유로 시작했는데, 결론은 무제한의 독재권력(전제주의)이 되어버렸다네."[147] 지하인은 인간이 자신의 자유를 과시하기 위해 의도적으로 해롭고 자기 파괴적인 길을 선택할 것이라고 주장한다. 이러한 논리에 따라 지하인이나 네오는 현실의 행복을 택하지 않고 진실의 사막을 택한다. 그들은 여태껏 진짜라고 생각했던 것이 사실은 허구에 불과하고, 모피어스의 말대로 "세계는 진실을 보지 못하도록 당신의 눈을 가려 왔으며, 당신은 자기 마음의 감옥"[148]에 갇혀 있다는 충격적인 사실을 접해야 한다. 실재에 대한 감각을 잃어버리고 환상의 세계에서 영원히 허우적거릴 수도 있는 커다란 위험에 처한 네오는 세상이 무언가 잘못되었다는 것을 알게 되고 진실을 찾아 나선다. 네오는 자유를 찾아 매트릭스를 탈출하고자 한다. 매트릭스는 인

---

146　슬라보예 지젝 외 지음, 『매트릭스로 철학하기』 이운경 역, 한문화, 2003, 83쪽.

147　도스또옙스끼, 『악령(중)』 김영경 역, 열린책들, 2009년 2009, 619쪽

148　슬라보예 지젝 외 지음, 『매트릭스로 철학하기』 이운경 역, 한문화, 2003, 86쪽

간들에게서 자유를 제거하고, 네오와 그의 동료들을 제외한 대다수의 인간들은 철저하게 운명론적인 결정을 받아들인다. 자유의 역설에 대해 심각하게 생각해 본 적이 없는 사람은 도스토옙스키가 주장하는 자유의 모순을 이해하기 힘들다. 『매트릭스』에서 사이퍼라는 인물은 배신자로서 자유의 모순을 실제로 경험한다. 그는 매트릭스로 돌아가기 위해 동료들의 몸에 꽂힌 플러그를 뽑는다. 그는 모피어스의 명령대로 움직이는 것에 질렸으며 자신에게는 매트릭스가 더 진짜 같다고 말한다. 사이퍼는 의식적으로 자신의 의지를 포기하고, 자유 대신에 안락함과 안정성을 선택한다.

지하인과 네오는 자유를 향한 여정에서 고통의 가치를 깨닫는다. 그들은 강요된 행복 대신 주체적인 고통을 선택한다. 그들은 고통을 통해 진정한 자유와 행복을 누릴 수 있고, 궁극적으로 구원받을 수 있다는 것을 알게 된다. 지하인은 고통에 대해 흥미로운 주장을 펼친다. "수정궁에서라면 고통이란 것은 상상조차 할 수 없는 일이다. 무릇 고통이란 의심이요 부정인데, 그 속에 살면서 여전히 의심할 수 있다면 그게 무슨 수정궁이란 말인가?"[149] 행복이 보장되는 수정궁은 고통이 없는 시공간이라 할 수 있다. 하지만 지상에는 그러한 유토피아가 없다는 것이 지하인의 주장이다. 지하인의 논쟁 중 하나는, 자유로운 존재가 되기 위해서 고통은 필수적이라는 것이다. "인간은 때때로 고통을 대단히 좋아한다. 정열에 가까울 정도로, 그것은 사실이다. (중략) 왜냐하면 고통은 의식의 유일한 원인이기 때문이다."[150] 『매트릭스』의 스미스 요원은 "인간은 고통을 통해서

---

149  도스토옙스키, 『지하생활자의 수기』, 김정아 역, 지만지, 2010, 89쪽

150  도스또예프스끼, 『지하로부터의 수기』, 계동준 역, 열린책들, 2000, 63~64쪽.

현실을 인식한다."는 사실을 발견한다. 그러나 스미스 요원과 그의 일당은 인간의 자연스러운 삶의 원리를 고민거리로, 심지어 병으로 간주한다. 고통을 추구하는 진짜 인간들은 매트릭스 세계의 골칫거리들이다. 그들을 혐오하는 스미스 요원은 유토피아 이론가들처럼 "인간은 바이러스처럼 퍼진다 ……. 우리가 그 치료제이다."라고 말한다. 스미스의 말에 따르면 이성의 독재를 실현하기 위해서는 고통을 추구하는 인간 본성 자체를 반드시 교정해야 한다고 보는 것이다.

이처럼 『지하로부터의 수기』와 『매트릭스』는 각각 인간의 실재와 자유에 대한 보다 섬세하고 다층적인 문제들을 재미있게 풀어내고 있는 작품들이다. 물론 계몽주의자들의 주장이 인간 삶의 정답이 아니듯이 지하인이 이성에 반대하는 목소리 역시 정답은 아니다. 그러나 적어도 지하인은 자신의 적들 앞에서 당당하다. "나는 일생 동안 당신들이 절반도 실행할 엄두를 못 내던 것을 극단까지 밀고 나갔다."[151] 지하인은 계몽주의자들의 이론을 논리적 반증을 통해 부조리나 허무로 되돌린다. 그들의 이론 모두가 가정이고 '논리의 법칙'이지 '인류의 법칙'은 아니다. 긍정과 부정은 서로에게 자리를 내주며 더 나은 대화를 이어갈 뿐이다. 그래서 지하인은 동시대인들의 이론들을 단순히 뒤집거나 거부하고 싶지 않음을 고백한다. "나는 2×2=4의 결과가 자명하듯 지하가 으뜸이 아니라는 사실을 뻔히 알고 있기 때문이다. 내가 간절히 바라며 최고로 꼽는 것은 전혀 다른 것이다 하지만 그걸 도무지 찾아낼 수가 없다. 에잇, 빌어먹을 지하!"[152] 그들의 이론과 주장은 결론이 아니라 하나의 주장으로서 더 나은 다른 무엇을 위한 대

151  도스또예프스끼, 『지하로부터의 수기』 계동준 역, 열린책들, 2000, 221쪽.

152  도스또예프스끼, 『지하로부터의 수기』 김근식 역, 창비, 2012, 65쪽.

화가 된다. 이러한 점에서 지하인과 네오의 대화는 진실을 찾아가는 상호텍스트적인 대화라 할 수 있다.

# 24. 음식과 성

도스토옙스키의 소설에는 일반적으로 음식을 먹는 장면이나 음식에 대한 묘사가 거의 없는 편이다. 그의 소설에서 여관, 선술집, 그리고 레스토랑을 방문하는 장면들은 요리 등에 대한 구체적이고 생생한 묘사를 제공하는 데 주력하지 않는다. 대신에 그것들은 충격적인 스캔들과 열정적인 대화의 시간을 제공한다. 그리하여 작가는 음식을 코드화한다. 그의 작품에서 음식물 섭취는 맛, 향락, 그리고 영양 상태를 지칭하는 것이 아니라, 폭력, 공격, 그리고 지배를 가리키는 경향이 있다. 그의 소설 세계에서 먹는다는 행위는 섭식의 쾌락이 아닌 폭력성과 잔인성을 연상시킨다.

동방 정교의 입장에서 보았을 때 음식은 성욕과 연결되고 이는 곧 육욕과 관련된 사악한 유혹이었다. 도스토옙스키의 마지막 소설 『카라마조프가의 형제들』 제3권의 제목이자 카라마조프 일가에 직접적으로 적용되는 "호색가, 또는 음탕한 사람"이라는 의미의 러시아어 "sladostrastniki"는 단어 자체가 요리의 맛

("달콤한"을 뜻하는 "slado")과 성욕("정열"을 뜻하는 "strastie")의 뜻을 어원적으로 결합시키는 어휘적인 혼합물이다. 러시아어에서 "관능성"이라는 단어는 그 자체의 뜻으로 볼 때, 달콤하고 유흥적인 것을 추구하는 강렬하고 충동적인 성적 욕망 혹은 열정이라고 할 수 있다. 표도르 파블로비치는 자식들 가운데 정신적으로나 종교적으로 가장 성숙한 알료샤에게 자신의 타락한 삶의 방식을 개선할 의지가 없다고 말한다. 이 늙은 방탕자는 다만 아들에게 "죄를 저지르는 것은 달콤하다"라고 고백할 뿐이다. 그런가 하면 라키친은 알료샤의 종교적인 믿음을 시험할 때, 그루센카의 몸뿐만 아니라 알료샤를 위해서 소시지와 보드카까지 내어놓는다. 음식과 물에 대해 의무적으로 절제하고 성욕도 자제해야 하는 사순절 기간 동안뿐만 아니라 조시마 장로의 장례식 전날 육체와 음식의 사악한 유혹은 남자들의 기본적인 육체적 욕망을 자극한다. 사실 식욕과 성욕은 융합적인 육욕이다.

도스토옙스키의 소설에서 음식과 성(性)은 한 무리의 남성들이 모여서 저녁 식사를 하며 술을 마시고 난 후 함께 여자들을 만나러 가는 상황을 통해 그 연결성이 명확해진다. 『지하로부터의 수기』 제2부를 통해 우리는 "파리 호텔 (Hotel de Paris)"에서 벌어진 즈베르코프를 위한 환송식이 끝난 현장을 볼 수 있다. 그것은 즈베르코프[153]라는 이름이 함축하고 있는 것처럼 "동물"을 위한 환송식 현장이다.

"어질러진 방안, 음식 찌꺼기들, 바닥에 흩어진 깨진 술잔, 쏟아진 포도주, 담배꽁초

---

153 즈베르코프는 "동물"이라는 의미의 단어 "Зверь"에서 유래함.

들, 머릿속의 취기와 헛소리들, 가슴속에 어린 고통스런 애수, 그리고 모든 것을 보

고 들으면서 날 호기심 어리게 바라보던 종업원."[154]

식욕을 만족시킨 남성들이 찾아가는 다음 장소는 동물적 성욕을 만족시키기

위한 장소다. 파티를 마친 그들은 곧바로 올림피아와 리자가 일하는 매춘굴을

방문한다. 지하인과 즈베르코프 일당이 즐긴 저녁식사와 난잡한 음주 현장은

성폭력 현장으로 이어진다고 할 수 있다. 남성들이 찾은 매음굴에서 지하인은

리자와 만난다.

지하인과 리자와의 대화에는 성폭력의 양상이 잔인하게 나타난다. 지하인의

말에는 남성의 폭력성과 잔인성이 침윤되어 있다. 지하인은 리자에게 진눈깨비

가 내리는 날 죽어서 관에 들어가는 매춘부에 대한 이야기를 해준다. 여기서 그

는 그녀의 반응을 테스트하면서 지배력을 행사한다.

"언젠가 너도 죽게 될 거야. 오늘 죽은 여자처럼 그렇게 죽게 될 거고, 그 여자도 혼

자였어 ……. 그녀는 폐병으로 죽었어 ……. 매춘부는 병원에서 죽어야 하는 건데

……. 그녀는 자신이 폐병에 걸렸음에도 불구하고 생을 마감할 때까지 여주인에게

일을 해주었음에 틀림없어."[155]

그는 리자에게 죽은 매춘부의 삶과 리자의 미래가 동일할 것이라고 말한다.

향연 이후의 매춘에 대한 이야기는 음식을 향한 욕구와 같은 성적 욕망이 쾌락

---

154  도스토옙스키, 『지하로부터의 수기』 조혜경 역, 펭귄클래식코리아, 2009, 121쪽.

155  조혜경 역, 135쪽.

에 대한 갈망이 아닌 폭력적인 힘의 패러다임에 의해서 행해진다는 것을 잘 보여주고 있다. 『지하로부터의 수기』에서 지하인과 다른 남성 등장인물에 의해 행해지는 성적 결합은 육체적 감각의 상호 욕구 충족이라기보다는 여성 피해자에 대한 남성적인 정복과 폭력(언어폭력과 성폭력)을 의미한다. 지하인은 스스로 "난 누군가에 대한 권력과 지배욕 없이 지낼 수 없다."[156]고 고백한다. 성관계에 대한 도스토옙스키의 시각은 극단적으로 왜곡되어 있으며 폭력과 고통이라는 축을 따라 작용한다. 그의 세계에서 인간 욕망의 목적은 희생자를 만드는 것이며, 고통을 가하는 것이다. 고문하는 사람이 희생자의 고통에서 쾌락을 얻는 것이다.

창녀촌에서 행해지는 지하인의 성적 행동은 비난받을 만하다. 리자와의 사랑 없는 성 관계는 열정의 난폭하고 잔인한 분출 이외의 어떤 의미도 갖지 못한다. 리자가 나중에 지하인 집으로 찾아왔을 때 지하인은 의도적으로 화를 낸다. 그의 사악한 목적은 초저녁에 자신이 직접 겪은 모욕과 고통에 대한 복수를 리자에게 하는 것이다.

"이봐, 네가 왜 왔는지 내가 말해주지. 넌 내가 그때 네게 동정어린 말을 했기 때문에 온 거야. 그래서 너는 마음의 위안을 얻었고 다시 '동정어린 말'을 듣고 싶은 거야. 그런데 알아둬. 내가 그 당시에 널 비웃었다는 사실을 알아두란 말이야. 그리고 지금도 비웃고 있지. 왜 몸을 떠는 거지? 그래 난 비웃었어! 그 일이 있기 전에 나보다 먼저 왔던 사람들이 식사하면서 날 모욕했거든. 난 그들 중 장교 한 명을 때려주기 위

---

156  조혜경 역, 185쪽.

해 네가 있는 곳으로 간 거야. 하지만 성공하지 못했지. 만나지도 못했어. 누군가에게 내가 받은 모욕을 대신 갚아줘야만 했어. 그런데 네가 갑자기 나타난 거고 난 너에게 악의를 품고 널 비웃었던 거야. 사람들이 날 무시했어. 그렇게 나도 사람들을 무시하고 싶었지. 사람들이 날 걸레 취급했지. 그래서 난 힘을 보여주고 싶었어." [157]

이처럼 도스토옙스키의 소설에서 이성 간의 관계는 종종 타인을 고문하려는 충동과 잔인성, 그리고 고통을 당하고자 하는 욕망으로 이어진다. 상처 받은 자를 사랑하려는 것이 아니라, 타자에게 고통을 가하려는 욕망에서 기인한 잔인성은 그의 작품 세계에 자주 등장하는 테마이기도 하다. 도스토옙스키는 인간의 영혼에 깃든 가학적인 악마성을 그 누구보다도 적나라하게 고발할 줄 아는 작가였던 셈이다.

---

[157] 조혜경 역, 180쪽.

# 25. 자유

러시아 작가들 가운데 자유에 대해 가장 많이 언급한 사람은 누구일까? 바로 도스토옙스키다. 러시아 철학가이며 사상가인 니콜라이 베르쟈예프는 "도스토옙스키 세계관의 핵심은 자유다"[158]라고 말했다. 자유는 도스토옙스키의 삶과 소설 모두를 지배한다. 자유는 그가 감옥생활을 통해 직접 체험한 최고의 가치요, 그가 쓴 대다수 소설의 공통된 테마이다. 유배지에서 자유를 얻은 후 도스토옙스키가 쓴 소설들인 『죽음의 집의 기록』, 『지하로부터의 수기』, 『죄와 벌』, 그리고 『카라마조프가의 형제들』은 모두 자유에 대한 담론을 전개한다.

도스토옙스키의 소설은 자유의 실험장이다. 소설에서 인간은 자유의 이름으로 반역을 도모하거나, 자유를 느끼기 위해 고통과 광기를 받아들인다. 그렇다면 도스토옙스키가 추구한 자유란 도대체 무엇인가? 러시아어에는 '자유'를 의미하는 두 단어가 있다. 하나는 '볼랴(воля)'이고, 다른 하나는 '스바보다(свобода)'

---

158    베르쟈예프, 『도스토옙스키의 세계관』 이경식 역, 현대사상사, 1991, 71쪽.

이다. '볼랴(воля)'는 예부터 고유한 러시아어이지만, '스바보다(свобода)'는 서구의 근대정신에 상응하는 함축 의미를 지닌 말이다. '볼랴'는 러시아의 광활한 공간의 토포스와 긴밀히 연관된 말로서 규제와 제한을 모르는 무한한 공간의 존재가 핵심적인 의미소인 반면, '스바보다'는 자유의 실현을 위한 외적 조건, 곧 사회적·법적 조건과 관계된다. '볼랴'는 '스티히야(Stikhiia: 자연력)'의 상태, 곧 자연 그대로의 자유분방함을 말하는 반면, '스바보다'는 규제와 질서를 전제로 하는 사회적 개념이라 할 수 있다.

도스토옙스키는 인간 탐구의 첫 번째 과제를 자유로 상정하며, 그에 관하여 철학가나 사상가 이상으로 깊게 사유했다. 그의 세계관의 핵심은 자유다. 그에게 숨겨진 비극이란 자유의 비극이다. 그에게 자유란 인간성의 기초이자 증명이었다. 그의 작품에서 자유는 인간의 자유의지와 운명, 그리고 신의 문제와 연계된다. 사전적 정의에 따르면 자유란 "남에게 얽매이거나 무엇에 구속을 받지 않고 자기가 책임지고 자기 의사대로 행동하는 일"이고, 자유의지란 "외부의 어떤 제약이나 구속을 받지 않고 선택과 결정, 그리고 모든 행위를 자기 스스로 세우고 실행하는 의지"다. 근본적인 문제로서 인간의 자유는 선택의 자유, 즉 자유의지와 밀접하게 연계된다. 선택의 자유는 결과에 대한 책임을 기초로 하는 인간의 고통과도 연결된다. 인간은 자유로운 존재로서 그에 걸맞는 커다란 책임을 저야 하는 것이다. 인간에게는 선을 행할 자유와 함께 악을 행할 자유, 신을 선택하거나 거부할 자유가 있다. 인간에게서 모든 것을 다 빼앗아 간다고 해도 단 한 가지 마지막 남은 인간의 자유, 주어진 환경에서 자신의 태도를 결정하고 자기 자신의 길을 선택할 수 있는 자유만은 빼앗아갈 수 없다. "이 세상의 누구도 어떤 목적 없이는, 그리고 그 목적을 향한 지향 없이는 살아갈 수 없다 ······. 우리 모두에게 목적은 자유, 그리고 감옥으로부터의 해방이었다."

자유에 대한 논의는 고대로부터 현재까지 계속되고 있지만, 자유에 대한 정의는 사상사에서 200개 이상의 개념이 발견될 정도로 불분명하다. 도스토옙스키가 주장하는 자유의 문제를 좀 더 잘 이해하기 위해서는 기존의 자유에 대한 담론들을 더 알아 볼 필요가 있다. 19세기의 유명한 공리주의 철학자인 존 스튜어트 밀은 『자유론』에서 자유에 대한 최고의 담론을 제시했다. 밀은 『자유론』을 통해 자유에 대한 대원칙을 다양한 방식으로 밝히고 있지만, 기본적으로 남에게 해를 입히지 말아야 한다는 기준으로 그 자유를 제한한다. 밀은 '진정한 자유란 타인의 자유를 방해하거나 빼앗지 않으면서 자신의 이익을 자유로이 추구할 수 있게 하는 것'이라고 자유를 정의하였다. 이 같은 밀의 논리에도 불구하고, 우리는 여전히 자유를 어디까지 제한해야 하는지에 대해 분명하게 알지 못한다. 밀은 자유의 본질과 한계를 정의하고자 노력했다. 『자유론』은 '전체 인류 가운데 한 사람이 의견이 다르다고 해서 그 사람에게 침묵을 강요하는 일은 옳지 못하다. 그것은 어떤 한 사람이 자기와 다르다고 나머지 사람 모두에게 침묵을 강요하는 것만큼이나 용납될 수 없는 일'이라고 설명한다. 밀의 『자유론』으로 『지하로부터의 수기』의 주인공 지하인의 자유를 논하기에는 한계가 있다. 지하인은 다수의 의견과 다른 자기만의 의견을 강하게 주장한다. 그렇다고 그에게 침묵을 강요할 수는 없다. 그의 자유는 타자의 자유를 끊임없이 방해한다.

니콜라이 베르쟈예프가 말하는 자유에는 두 가지가 있다. 최초의 자유는 '발단의 자유'이고, 최후의 자유는 '종말의 자유'다. [159] 그런가 하면 성 어거스틴은 '작은 자유(libertas minor)'와 '큰 자유(libertas major)'를 주장한다. '작은 자유'는 최초의 '발단의 자유'이며 선악(善惡) 중 선(善)을 선택하는 자유다. 보다 '큰 자유'는 최후의 '종말의 자유'이며, 신(神) 또는 선(善) 안에서의 자유를 말한다. [160] 소크라테스는 두 가지 중 제2의 자유만을 알았다. "너희들은 자유를 알리라. 그리하여 진리가 너희를 자유케 하리라." 이러한 성경 말씀은 제2의 자유이며, 그리스도 안에서의 자유를 의미한다. [161] 니콜라이 베르쟈예프 역시 인간의 주체성과 자유를 강조한다. "인간은 비록 쇠사슬에 묶여 불에 태워질지라도 내적으로 자유라고 말한다. 자유에 의해서만 사회와 세계에 대한 새로운 생활이 시작된다." 그는 자유인격에 대립되는 모든 것은 인간을 노예로 만들 위험성이 높다고 보았다. 하지만 지하인의 자유는 선악(善惡)의 경계선을 초월한다. 그가 즐기는 자유는 기존의 선악 개념이나 신과 연관시켜 정의되는 개념이 아니다.

자유라는 이름으로 허락되는 한계는 어디까지일까? 영국 사상가 이사야 벌린(1909~1997) [162]은 자유를 "적극적(positive) 자유"와 "소극적(negative) 자유"로 구분하면서 자유에 대한 담론을 한 차원 높게 끌어올린다. '적극적 자유'란 인간

---

159  베르쟈예프, 『도스토예프스키의 세계관』, 이경식 역, 현대사상사, 72쪽.

160  베르쟈예프, 『도스토예프스키의 세계관』, 이경식 역, 현대사상사, 72쪽.

161  베르쟈예프, 『도스토예프스키의 세계관』, 이경식 역, 현대사상사, 73쪽.

162  이사야 벌린(1909~1997)은 1909년 라트비아에서 유태인의 아들로 태어났다. 그는 1915년 독일군이 진주하자 러시아로 이주해야 했으며, 그후 볼셰비키 혁명 때문에 라트비아로 돌아왔고, 1920년 공산주의자들의 위협을 피해 결국 영국으로 이주해야만 했다. 그의 삶은 자유를 찾아다니는 여정이었다. 그리하여 그의 평생 연구테마는 자유였다. 벌린의 자유론은 러시아 문학자들이 자주 인용하는 베르쟈예프의 자유론보다 명료하고 시사하는 바가 많다. 그의 자유론은 1969년에 출판된 『자유에 관한 네 가지 논문』과 이것의 2002년 수정증보판인 『자유론』에 자세히 나와 있다.

이 이성의 명령에 따라 자기를 실현하고 자신이 자기의 지배자가 되고자 하는 자유이다. 여기엔 스토아 철학과 종교에서처럼 개인의 절대적 인격 완성이나, 플라톤·헤겔·마르크스가 주장하는 것처럼 유토피아, 국가, 계급의 한 구성원으로서 참여하여 사회적 인격을 실현하기 위한 자유가 포함된다. 이러한 자유를 추구하는 사람들은 철학이나 종교가 규정하는 의무를 따르거나 사회가 지향하는 정의를 실현하는 것이 자유의 달성이라고 생각한다. 하지만 이사야 벌린은 '적극적 자유'가 전체주의와 폭력의 위험을 안고 있다고 보았다. 왜냐하면 프랑스 혁명이나 러시아 혁명이 보여준 것처럼 이것은 자유를 도덕적인 선이나 목적을 달성하기 위한 방법으로만 간주할 뿐이고, 그리하여 폭력과 강제를 자유의 실현이라는 이름으로 자행할 수 있기 때문이다.

'소극적 자유'는 강제의 부재 상태, 즉 타인에 의한 제지나 방해를 받지 않고 여러 대안 가운데 자신의 의지로 선택할 수 있는 상태를 의미한다. 그러므로 '소극적 자유'에서 중요한 것은 우리의 삶이 간섭받지 않는 사적인 영역이라는 점, 그리고 사회참여에 의해 생겨나는 것이 아니라는 점이다. 요컨대 '소극적 자유'란 간섭과 착취, 그리고 예속이 없는 상태에서 자신이 스스로 선택할 수 있는 자유이며, 무엇을 하고자 하는 자유가 아니라 그 자체로서 자유로운 상태를 의미한다.

이사야 벌린은 자유의 근본 개념을 타인에 의해 방해를 받지 않는 상태로부터 추출한다. 이것은 외부의 간섭이나 방해가 없는 소극적 자유에 가깝다. 이에 반해 적극적 자유론은 '하나의 진리'만을 믿기 때문에 이성에 입각한 자기 지배를 이상으로 삼는다. 이사야 벌린은 유일 진리에 대한 허황된 맹신이 민족주의자, 공산주의자, 전체주의자 등에 의해 악용될 것을 우려한다. 따라서 그는 인간의 삶에서 가장 중요한 것은 선택이라는 점을 강조한다. 그는 다원주의와 소극적 자유가 인간적 상황을 이겨내는 최선의 방책임을 강조한다. 유일 진리에 대해 환상을 가진다는 것은 형이상학적 오만이며, 이는 곧 위험하기 짝이 없는 도덕적·정치적 미숙에 불과하다는 것이다.

이사야 벌린의 자유에 대한 입장을 적용하여 판단해 볼 때, 지하인, 라스콜리니코프, 이반, 그리고 대심문관은 '적극적 자유'의 대표자들이라 할 수 있다. 그들은 자신들의 유일 진리를 신봉하는 자들로서 자기모순의 길로 들어서게 되며 궁극적으로는 파멸한다. 『지하로부터의 수기』의 주인공 지하인은 '적극적 자유'를 즐긴다. 지하인은 좌충우돌하면서 자신의 자유를 즐기는 동시에 적극적으로 새로운 기회를 엿본다. 행동보다는 말이 앞서는 그이지만 적어도 그는 적극적인 말로 자기변호에 앞장선다. 라스콜리니코프의 비범인 이론은 적극적 자유론에 기인한다. 그에게 소극적 자유는 자유의 기회개념에 불과하다. 즉 소극적 자유는 단순히 기회가 주어졌다는 것만을 뜻할 뿐이며, 현실의 여러 조건 속에서 자유를 얻기 위해서는 적극적인 참여와 목적 실현이 중요하다는 것이다. 물론 얼핏 보기에 틀린 말은 아닌 것 같다. 목적 실현을 우선시하는 라스콜리니코프는 전당포 노파를 살해하고 자신의 행동과 자유를 정당화한다. 그는 적극적 자유를 선택한 것이다. 그러나 인간의 삶과 현실은 너무나 복잡하고 유한하고 다원적이기 때문에, 그것을 어느 틀에 맞추어 무엇을 실현하기 위한 하나의 과정으로 재단해서는 자유 자체를 보장할 수 없다. 그러므로 현실 속에서는 오히려 소극적 자유가 도덕적 삶의 기초가 되어야 한다. 오직 간섭으로부터의 자유와 끊임없는 선택을 위한 여지가 제공되는 것이 다른 어느 것보다 우선하는 것이다.

사람들은 가치에 대해 서로 다른 생각을 가지고, 저마다 가치의 객관성을 의심한다. 가치에 대한 생각이 사람마다 다르듯이 자유에 대한 입장도 사람마다 다르다. 인간 존재에 대한 어떠한 이론도 모든 사람을 만족시킬 수 없다. 즉 보편적 이론은 존재할 수 없다. 오직 선택할 수 있는 자유만이 존재 가능하다. 각자의 선택에 따라 인간은 의미 있고 아름다운 삶을 살 수도 있고, 무의미하고 추한 삶을 살 수도 있다. 라스콜리니코프가 선택한 이론과 실험은 개인적 자유에 대한 무한한 확장이자 독단론이었다. 그에겐 이론만 있었지 다양성과 차이를 인정하는 지혜가 부족했다. 그의 사상은 장차 지상에서의 유토피아 실현을 선전하는 공산주의의 도래를 예고하는 것이기도 하다. 자유주의적 질서는 인간의 피할 수 없는 차이를 관용하는 질서이며, 그 질서 내에서는 어떤 하나의 목적을 내세우기보다는 그들의 선택을 관용하는 것이 더욱 자유에 가깝다고 할 수 있다.

도스토옙스키는 자신의 주인공을 말 못하는 노예로 만들지 않는다. 그의 주인공은 창조자와 동등한 입장에서 창조자에게 반항까지 할 수 있는 자유로운 인간이다. 주인공은 작가와 동등한 권리를 가진 인물로서 자신의 의식과 이념을 자유롭게 토로한다. 주인공은 유의미한 말의 주체로서 자신의 내적 체험을 솔직하게 털어놓는다. 주인공은 누구의 노예가 아님을 선언하고 자유롭게 자신의 목소리를 낸다.『지하로부터의 수기』는 기존 소설의 관습을 배반한 자유로운 소설이다. 소설의 구조 역시 주인공의 독립성과 자유를 보장한다. 지하인은 자유롭기 때문에 자신을 규제하는 어떠한 규범도 파괴할 수 있다. 지하인은 반역하는 자유를 즐긴다. 인생은 감옥이고 인간은 그 안에 갇힌 죄수라는 말이 있다. 지하인도 감옥 같은 지하에 갇혀 있는 죄수와 유사하다. 죄수는 누구나 자유를 갈망한다. 지하의 족쇄를 찬 죄수 지하인에게는 누구보다도 더 자유가 소중하다. 왜 지하인은 자유의 부재를 느끼는 걸까? 지하인의 자유를 구속하는 것은 무엇일까? 생명체라면 무엇이든 본능적으로 자유를 찾기 마련이다. 특히 지하인은 누구보다도 더 자유의 부재에 예민하다.

도스토옙스키는 거의 모든 작품에서 자유를 말하고 있다고 해도 과언이 아니다. 그는 평생 사회질서 속에서 조화를 이루며 살아가야만 하는 개인의 진정한 자유의 문제를 풀기 위해서 노력하였으며, 『지하로부터의 수기』와 『카라마조프가의 형제들』에서는 자유의 결과에 대해 이야기했다. 도스토옙스키는 특히 윤리적 선택과 관련된 자유의지의 문제를 이해하려고 애썼다. 이성적인 인간은 예측이 가능하다. 반면 비합리적이고 비이성적인 인간은 예측이 어렵다. 지하인은 자유에 대한 무분별한 찬양에 뿌리내리고 있는 인물이다. 자유에 대한 지나친 찬양은 인간성 타락이라는 부작용을 초래한다. 자유는 그 자체가 비합리적인 속성을 갖는다. 이성과 과학은 비합리적인 자유의 이름으로 부정된다. 지하인은 긍정적인 윤리적 이상이 필요하다는 것을 역설적으로 알려주는 반(反)주인공인 셈이다. 지하인의 자유의지는 "어리석은 의지(глупая свободная воля)"다. 그의 의지는 야만적인 변덕이나 비이성적인 욕구와 결합되어 나타난다. 지하인은 비이성적 욕망이 개인의 인격과 개성을 유지시키는 데 더 값지고 소중한 것이라고 생각한다. 그리하여 지하인은 비이성성을 인간의 본성으로 부각시켜 1860년대 체르니솁스키로 대변되는 합리주의에 대한 반론의 논거로 삼는다.

『지하로부터의 수기』에서 도스토옙스키는 지하인의 입을 빌려 당대 주류 사상가들의 합리주의와 결정론을 날카롭게 반박한다. 그 반박의 중심에는 지하인을 통해 거듭 강조하는 인간의 자유의지가 있다. 사실 인간의 자유의지에 대한 문제는 철학, 신학, 정치학 등 여러 학문 분야에서 꾸준히 논의되어 왔다. 인간이 자신의 자유의지에 따라 자유롭게 결정할 수 있는 능력이 있는가에 대한 문제는 오랜 논쟁거리였다. 자유의지에 대한 논쟁은 크게 두 가지로 나뉜다. 자유의지와 결정론은 양립 가능하다는 입장이 있고, 양립이 불가능하다는 입장도 있다. 양립을 긍정하는 학자는 인간은 이미 결정되어 있는 존재이지만 또한 자유롭게 결정을 내릴 수 있다는 입장을 취한다. 반면에 양립을 부정하는 학자들은 또다시 인간에게 자유의지가 있다는 견해와, 모든 것은 결정되어 있으므로 인간에게는 자유의지가 없다는 견해로 나뉜다. 두 가지 모두 관념의 영역에서 다루어지기 때문에 아무도 정답을 제시할 수 없다.

『지하로부터의 수기』의 주인공은 사회의 법을 무시하고 자유를 최대로 즐기는 사람이다. 그는 자신의 신념에 따라 멋대로 행동하지만, 자신의 행동에 책임을 지지는 않는다. 그러나 사실 자유를 추구하는 사람들은 자신의 신념을 스스로 만들어가야 하기 때문에 져야 할 책임이 훨씬 더 크다. 여기서 우리는 자신의 자유의지가 사회나 타인에게 피해를 주지 않는 범위 내에서 윤리적 틀을 만들어 나가야 한다는 교훈을 얻을 수 있다. 지하인에게는 자유의 비극적 운명이 예견되어 있다. 그의 자유는 자기 의지와 반역적인 자기 긍정에 의해 타락하게 된다. 그로써 자유는 점차 대상이 없는 공허한 것이 되어버리고 끝내는 주체를 몰락시킨다. 이처럼 지하인의 자유는 공허한 것이며, 대상이 없다. 지하인의 자의적인 자유는 스스로를 파멸시킨다. 지하인의 자유는 비극적이며 고통의 자유인 것이다.

도스토옙스키에게 인간의 고통은 신이 인간에게 부여한 자유에 기인한다. 자유는 인간과 세계의 비극적인 운명인 동시에 신 그 자체의 운명이기도 하다. 인간은 자신의 자유의지에 따라 선과 악을 택할 수 있다. 그러나 대다수의 인간은 선과 악을 선택해야 하는 자유의 고통을 참을 수 없어 할 뿐만 아니라, 그 선택에서 오는 무거운 책임을 감내하지 못한다. 도스토옙스키의 잔인한 천재성은 그가 인간으로부터 자유의 무거운 짐을 제거하지 않는 데서 나온다. 그는 자유를 빼앗으면서까지 인간을 고뇌로부터 구출하려고 하지 않는다. 선택의 자유는 인간에게 축복일 수도 있고, 저주가 될 수도 있다. 선택의 자유는 인간을 시험에 빠뜨린다. 그러한 시험은 에덴동산의 이브와 금지된 과일, 선악과의 선택이나 황금시대 등에서부터 다양한 유혹으로 계속되어 왔다. 선택의 자유는 원래 인간에 대한 벌이고, 신의 저주로 기획된 것이다. 인간이 자유의지로 행한 선택의 결과는 에덴동산으로부터의 추방이요 황금시대의 상실이다. 인간은 자유라는 고통과 벌을 즐기는 종족인 것이다. 결국 고통과 벌을 사랑하는 인간은 자유를 인간의 기본 조건으로 전제한다.

『지하로부터의 수기』에서 지하인은 양심의 자유에 의지하여 표현의 자유를 만끽한다. 그는 자신의 자유의지에 따라 고통을 즐긴다. 그에게 진정한 행복은 고통이다. 도스토옙스키는 지하인의 자유 속에 죽음의 씨앗이 뿌려져 있음을 발견했다. 라스콜리니코프의 자유는 인간성의 경계를 넘어, 자기 파멸과 타락과 굴종을 고백하는 것으로 끝난다. 스타브로긴의 자유는 완전한 무능과 인격의 파괴와 소멸로 타락했다. 그들은 하나같이 자유를 상실하고 인격의 파멸을 맛본다. 무한한 자유는 무한한 독재로 이어진다. 무한 자유는 무한 독재로 가는 길이다. 러시아의 좌익 인텔리겐치아들이 품고 있었던 혁명적 이데올로기가 외견상으로는 열심히 자유를 주장하고 있음에도 불구하고 도스토옙스키는 그로부터 한계가 없는 무한 독재의 씨앗을 보았던 것이다.

　도스토옙스키는 인간의 운명을 주로 자유 안에서 연구한다. 인간은 끊임없이 자유를 추구한다. '자유 아니면 죽음을 달라'는 고백은 인간의 실존을 알리는 외침이다. 그의 소설들은 모두 인간의 자유에 대한 실험이다. 인간은 자유의 이름으로 반역을 시작하고, 자유를 느끼기 위해 어떠한 고통이라도 받아들인다. 자유는 무한을 갈망한다. 자유는 형식적 요소의 지배, 즉 장벽의 설정에 반대한다. 반역하는 자유는 한계를 알지 못하는 폭동이며 격동이다. 세계 질서와 운명에 대한 인간의 반항은 내재적 필연성에 의해 나타나는 현상이다. 그의 인물들의 반역하는 자유는 극도의 긴장 상태에 있다. 라스콜리니코프, 스타브로긴, 키릴로프, 이반 카라마조프는 이미 극한에 다다르고 있다. 도스토옙스키의 인간적 자유 탐구는 새로운 국면에 접어들게 된다. 그가 설파한 자유는 기독교적 표현인 동시에 새로운 정신의 표현인 것이다. 그가 주인공들에게 제시한 것은 자유의 비극적 운명이었다. 스타브로긴과 베르실로프의 자유는 공허한 것이며 대상이 없다. 스비드리가일로프와 표도르 카라마조프의 자유는 인격을 분열시킨다. 라스콜리니코프와 표트르 베르호벤스키의 자유는 그들을 범죄로 이끈다. 키릴로프와 이반 카라마조프의 악마적인 자유는 살인으로 이어진다. 이처럼 자유의지는 때로 스스로를 파멸시킨다. 자유에 내재하는 필연성에 의해 자유가 예속되고 인간성까지 변화한다.

도스토옙스키는 이 같은 자유의 문제를 마지막 소설『카라마조프가의 형제들』의 대심문관 이야기에서 가장 잘 다루고 있다. 여기서는 사회적 순응이 원칙 없는 자유만큼이나 끔찍한 것으로 그려져 있다. 스페인 세비야에서 일어나는 종교재판장의 심문에 강한 불만을 느낀 그리스도가 그곳을 방문한다. 여기서 그리스도는 '사람들은 자유로워지기를 원치 않으며, 자유는 짐이 될 뿐'이라고 믿는 종교재판장에 의해 투옥된다. 인간이 원하는 것은 안정과 질서가 있는 사회라는 것이다. 종교재판장의 그러한 주장은 사람들이 자유를 위해서는 어떤 대가도 치를 수 있다는 예수 그리스도의 입장과 대립된다. 자유를 사치스럽고 파괴적인 것으로 여기는 종교재판장의 관점과, 어떤 위험과 충격이 뒤따르더라도 모든 인간은 자유로워야 한다는 그리스도의 관점을 비교해 생각해 볼 필요가 있다.

도스토옙스키가 그리스도와 종교재판장 중 누구의 편에 서 있는지에 대해서는 오랫동안 논란이 끊이지 않았다. 그러나 많은 연구가들은 도스토옙스키가 크리스천이기에 그리스도의 편에 서 있음을 당연시해 왔다. 자유에 대한 문제는 예나 지금이나 끝나지 않는 논쟁거리다. 현대는 자유와 개성의 시대로 일컬어진다. 동시에 몰개성과 통일성(획일성)의 풍조 역시 확산되고 있다. 대세에 동조하는 '자유로부터의 도피' 현상은 현대사회가 직면한 위기의 한 징후이기도 하다. 간섭받지 않을 자유를 갈망하면서도 동시에 자유를 부담으로 여기고 그로부터 벗어나려는 모순적 상황을 이해하기란 쉬운 일이 아니다.

자유에 대한 담론에는 항상 평등의 문제가 따라다닌다. 자유는 개인의 자유와 독립을 목표로 하여 국가의 불개입·부작위를 요구하는 근대적 권리이고, 평등은 사회적·경제적 약자의 인간다운 삶과 존엄성을 확보하기 위해 국가의 작위적인 개입을 요구하는 현대적 권리이다. 19세기 이후 정치사상에서의 자유주의와 평등주의의 첨예한 대립은 '자본주의 대 사회주의' 체제 속으로 흡수되어 버렸다. 그러나 이데올로기의 종언과 더불어 자유와 평등은 각국의 정치이념의 수준에 따라 다양하게 조화되어 나타났다.

근대사상사에서 자유와 평등의 양립 불가능성을 주장한 대표적인 사상가는 회의론자인 흄이다. "완전한 평등의 관념은 아무리 그럴듯해 보일지라도 현실에서는 실행 불가능하며, 설령 불가능하지 않다 해도 인간 사회에 극도로 유해하다는 것은 역사가가 아니더라도 상식이 우리에게 가르쳐주는 바다. 재산을 아무리 평등하게 나누려 해도 각자의 재능, 관리능력 그리고 근면함의 정도 차이는 금세 그 평등을 처부술 것이다. (…….) 게다가 모든 불평등을 그 출발선에서부터 경계 감시하기 위해서는 가장 엄격한 검문이 필요하며, 그것을 벌하고 교정하기 위해서는 가장 준엄한 사법권이 필요하다." [163]

현대에 들어와서는 자유와 평등에 대한 담론이 좀 더 세분화된다. 앞에서 이미 언급한 '소극적 자유와 적극적 자유'에 대한 부연 설명이 필요하다. 전자는 자유를 "타인의 간섭이 없는 것"이라는 관점에서 파악한다. 대표적인 학자들로 영국의 로크나 밀, 프랑스의 콩스탕이나 토크빌 등의 자유주의자가 있다. 반면 후자는 자유를 "자기 지배, 자기 결정"이라는 관점에서 파악한다. 대표적인 학자

---

163  흄, 『도덕원리의 탐구』 1751, 제3장 2절.

들로는 루소, 칸트, 헤겔, 마르크스를 들 수 있고 그들의 사회사상에서 그 전형적인 표현을 볼 수 있다. 둘 다 각각 '~으로부터의 자유 / ~으로의 자유'로 바꿔 말할 수 있다. 여기서 이사야 벌린은 '소극적 자유'를 '보다 진실하고 보다 인간미가 있는' 것으로 간주한다. 왜냐하면 적극적 자유의 핵심을 이루는 '자기 지배'가 "고차원적 자아에 의한 저차원적 자아 지배"로 치환되고, 그 '고차원적 자아'의 내용을 '민족, 교회, 국가'로 바꿔버리면 개인을 집단의 권위에 종속시키는 것이 '적극적 자유'의 이름으로 정당화되기 때문이다. 이사야 벌린의 두 가지 자유에 대한 담론에서 소극적 자유는 서양의 자본주의와 연결되고, 반면에 적극적 자유는 동양의 사회주의와 결부된다. 벌린의 자유론은 소극적 자유를 지지하는 것으로 끝을 맺는다.

평등에 대한 담론 역시 '형식적 평등'과 '실질적 평등'으로 세분화되어 나타난다. '형식적 평등'은 인간 개개인의 차이에도 불구하고 일률적으로 동등하게 대우하는 것을 의미하고, '실질적 평등'은 불리한 위치의 사람을 보다 유리하게 대우하는 것을 의미한다. 이러한 구분에 대응하는 조건이 '기회의 평등과 결과의 평등'이다. 기회의 평등은 여러 특권적 지위를 폐지해 전원에게 평등한 기회를 보증하기 위한 이념이고, 결과의 평등은 기회균등 조건이 충족되더라도 여전히 결과적으로 발생하는 불평등을 바로잡기 위한 이념이다.

추상명사 자유와 평등을 대립시키거나 우열을 매기는 것이 아니라 자유를 "~를 할 수 있다"라는 동사로, 평등을 '동등하게'라는 부사로 환원시킬 때, 비로소 두 가치의 양립이 가능해진다. 정의사회를 실현하기 위해 반드시 언급되는 자유와 평등의 문제는 사실 유토피아가 지향하는 담론이기도 하다. 자유주의가 국익중심주의의 겉치레에 악용되고, 평등주의라는 미명 아래서는, 각자의 차이를 인정하지 않고 모두를 동일하게 취급하려는 획일주의가 발호하는 현실에서 자유와 평등은 반드시 서로 조화되어야 할 가치들이다. 체르니솁스키의『무엇을 할 것인가』에서 이야기되는 평등은 실상 자유와 양립하기 어려운 개념이다. 지하인은 자신의 자유의지를 강조하면서 평등보다는 자유를 더 즐기는 편이다. 사회주의는 비합리적인 자유보다는 합리적인 평등에 더 가치를 둔 제도이다. 이처럼 자유와 평등은 사실상 조화되기 쉬운 가치들이 아니기에 인간들은 대개 각자의 계산에 따라 자유나 평등을 선택한다.

지하인은 계몽이론(합리주의, 사회주의, 공산주의)에 내재하는 모순을 지적한다. 그런가 하면 지하인의 마음을 사로잡는 자유에도 모순이 내재해 있다. 계몽이론가들은 다양한 외부 권력으로부터의 해방을 약속한다. 그러나 계몽이론들이 약속을 실행에 옮기자 예기치 않게 자유가 없어지는 결과가 발생한다.『악령』에 등장하는 이론가 시갈료프는 자유에 대한 문제를 간명하게 진술한다. '나는 내가 수집한 자료에 휩쓸리고 말았어. 그리고 여기서 내린 결론은 나의 의도와는 모순된다. 의도는 무제한의 자유였는데, 결론은 무제한의 독재 권력이 되고 말았거든."[164] 지하인도 무제한의 자유를 누리면서 권력을 행사하려는 것은 마찬가지다.『지하로부터의 수기』제2부에서 지하인의 행동은 타자들의 행동을 제한하거나 독재 권력의 빌미를 제공한다. 동창들이나 리자와의 만남에서 지하인은 무제한의 자유행동으로 다른 사람들에게 고통을 가한다. 그는 자유의 이름으로 비합리적인 행동을 가감 없이 내보인다. 곤찰로프스키의 말처럼 "자유

---

164  슬라보예 지젝 외 17명,『매트릭스로 철학하기』, 이운경 역, 한문화, 2003, 83쪽. 재인용.

란 위대한 선물이다. 하지만 절대적인 축복은 아니다. 자유를 잘 다룬다는 건 원자력 에너지를 다루는 것보다도 더 어렵다." 자유는 인간에게 부과된 한계를 넘어 인간을 유혹한다. 그러나 한계가 제거된 자유는 인간에게 고통이며 파멸이기도 하다.

# 26. 고통의 해석학

도스토옙스키의 문학은 '지금 여기서(hic et nunc)' 벌어지고 있는 폭력과 구체적 고통을 읽어내고자 한다. "나는 인류 전체의 고통 앞에 무릎을 꿇는다." 그가 한 말이다. 그에게 문학이란 고통이라는 진리에 대한 의미 찾기, 즉 고통의 해석학이라 할 수 있다. 슈테판 츠바이크는 도스토옙스키를 두고 "자신의 고통을 통해 그 고통을 사랑하게 되며, 고통을 알고자 하는 열기로 그의 시대와 세계를 불태운다."[165]고 말했다. 헤르만 헤세는 "우리가 비참할 때, 고통의 한계에 이르렀을 때, 삶 전체가 그냥 하나의 타는 듯한 아픈 상처로 느껴질 때, 희망이 사라지고 절망을 호흡할 때, 우리는 도스토옙스키를 읽지 않으면 안 된다."[166]고 말한다. 이렇듯 도스토옙스키는, 주지의 사실로, 고통 전문가이다. 고통이라는 문학적·철학적 과제를 수행하기 위해서는 무엇보다도 사회에 팽배한 지배적 의식과 관념에 대한 비타협적 인식태도가 필요하다. 이를 통해서 기존의 것에 대한 비

---

165  슈테판 츠바이크, 『도스토옙스키를 쓰다』, 원당희 역, 세창미디어, 2013, 24쪽.

166  헤르만 헤세, 『우리가 사랑한 헤세, 헤세가 사랑한 책들』, 안인희 역, 김영사, 2015, 278쪽.

판을 수행할 수 있기 때문이다. 고통을 읽어내는 것으로 인문학의 과제를 이해한 도스토옙스키는 학문화된 철학을 비판한다. 그것은 넓은 의미의 해석 기술이다. 같은 맥락에서 도스토옙스키는 구체적인 문제에 대한 살아 있는 의미작용 속에서 자신을 발견해야 한다는 것을 강조한다.

도스토옙스키는 살아생전에 네 가지 대 사건을 통한 큰 고통을 경험한다. 네 가지 사건이란 사형선고, 아버지의 죽음, 간질병, 그리고 도박병을 말한다. 이 사건들로 인하여 그는 고통이 무엇인지를 실제로 직접 체험했다. 그의 고통스런 경험은 소설들에서 자주 재현되었다. 사형선고의 고통은 『백치』에서, 아버지의 죽음은 『카라마조프가의 형제들』에서, 간질병은 『백치』와 『카라마조프가의 형제들』에서, 도박병은 『노름꾼』에서 재현되어 나타난다. 그의 문학 작품에는 자신의 직접 경험뿐만 아니라 무수한 타자의 고통이 반영되어 나타난다. 그의 문학작품은 고통의 예술이라 할 수 있다.

도스토옙스키의 문학 작품에 나타나는 메시지들 가운데 하나는 "고통을 통한 구원"이다. 사람들은 누구나 고통 없는 행복만을 추구하는 경향이 있다. 그러나 도스토옙스키는 고통을 피하지 말고 적극적으로 고통에 대면할 것을 주상한다. 그가 주장하는 "고통을 통한 구원"이라는 말은 결국 "(고통과 함께 살면서) 고통을 즐겨라"라는 의미의 "카르페 파시오(carpe passio)"라는 말의 재구성인 것이다. 고통을 피하면 절대로 고통을 이기지 못한다. 고통과의 싸움에서 승리하는 것이 바로 "고통을 통한 구원"인 것이다. 고통을 이겨내고 즐기게 되면 이는 오히려 행복이나 평화의 씨앗이 될 수 있다. 결국 인생이란 고통과 맞장을 뜨는 것이다. 맞겨룸에서 승리한 자는 월계관을 쓸 수 있다. 그동안의 고통을 한 순간에 지워버릴 수 있는 것이다. 한편 도스토옙스키는 종종 최고의 고통을 치통으로 간주한다. 그는 고통의 찬양자로서 치통에 쾌감을 느낀다. 굴욕적인 고통 속에서도 쾌감은 있다.

도스토옙스키에게 인간의 자기 정체성, 자기의식은 무엇보다도 고통으로부터 나온다. 고통은 인간 존재를 보증한다. 인간은 다른 어떤 것보다 고통을 느낄 때 가장 강하게 자기를 감지할 수 있다. 지하인은 "고통이야말로 실상 의식의 유일한 원인이다."[167]라고 말한다. 그리하여 고통은 자기와 타자를 의식하기 위한 필요조건이 되는 것이다. 『지하로부터의 수기』는 첫 장부터 주인공 지하인의 병과 아픔과 고통을 강조한다. "나는 병자다 ……. 나는 악인(나쁜 인간, 심술궂은 인간, 악한)이다. 나는 매력이 없는 사람이다. 내 생각엔 간이 안 좋은 것 같다. 하지만 난 내 병에 대해 결코 알지 못하며 내가 아픈 줄도 모르는 것 같다. 내가 의학과 의사들을 대단히 존경하긴 하지만, 치료는 받지 않고 있고 치료를 받아본 적도 없다."[168] 제4장은 첫 문단부터 치통에 대한 이야기로 시작한다. 지하인은 치통에 자부심을 느낀다. "하-하-하! 그리고 보니 치통 속에서도 쾌감을 찾겠다는 거로군요."[169] 치통 속에서 쾌감을 찾는다니 지하인은 분명 정상이 아니다. 여기서 그의 존재를 보증해주는 것은 고통인 셈이다. 그에겐 참으로 소중한 고통이다. 지하인은 병든 인간임에 틀림없다. 지하인은 40년 동안이나 지하실에 갇혀 하고 싶은 말을 마음껏 자유롭게 하지 못한, 한(恨)이 많은 인간이다. 얼마

---

167   도스토예프스키, 『지하로부터의 수기』, 김연경 역, 민음사, 2010, 58쪽.

168   도스토옙스키, 『지하로부터의 수기』, 조혜경 역, 펭귄클래식코리아, 2009, 9쪽.

169   도스토예프스키, 『지하로부터의 수기』, 김연경 역, 민음사, 2010, 198쪽.

나 한이 많았던지 지하인은 약 190쪽[170] 이상에 이르는 말을 혼자서 떠들어 댄다. 그가 처한 환경이 그를 병들게 한 것이다. 지하인은 과대망상증과 피해망상증을 동시에 앓고 있는 환자다. 과대망상과 피해망상이 뒤얽혀 빚어진 분노와 냉소, 증오가 상처받은 자존심을 더욱 부추겨 지하인은 점점 더 공격적인 성격을 드러낸다.

한편 작가 도스토옙스키도 실제로 간질병(뇌전증)을 앓고 있었다. 그에게 간질병의 고통이 없었다면 위대한 작품도 없었을 것이다. 그는 고통을 통해 창작을 할 수 있었다. 니체는 "아플 때는 누구나 철학자가 된다"고 했다. 도스토옙스키의 위대한 소설은 위대한 고통의 결과물이다. 인간은 누구나 아프다. 그래서인지 프란시스 베이컨 역시 "나는 아프다, 고로 존재한다(Doleo ergo sum)"고 했다. 인간은 모체(母體)의 극심한 진통 끝에 태어난다. 그래서 아픔은 누구나 생애 처음으로 겪게 되는 기본적인 체험이다. 그리하여 울면서 태어난 인간은 태어나면서부터 고통을 알게 되는 것이다. 고준담론의 입장에서 지하인의 말은 부분적으로 부처님의 말과도 상통한다. 이처럼 제1부 4장은 치통에 바쳐진 글로서 "카르페 파시오(carpe passio)"의 훌륭한 예라고 할 수 있다. "하-하-하! 그러고 보니 치통 속에서도 쾌감을 찾겠다는 거로군요! (…….) 치통 속에도 쾌감은 있는 법인걸 ……. 꼬박 한 달 동안 이가 아팠기 때문에 나는 여기에도 쾌감이 있다는 걸 잘 알고 있소. 이 경우에는 물론 말없이 성질을 부리는 것이 아니라 신음 소리를 낸다오. 하지만 이건 솔직한 신음이 아니라 직의에 찬 신음인데, 바로 이 적의 속에 장난의 핵심이 들어 있는 것이올시다. 이 신음 속에 고통스러워

---

170   역자에 따라 번역의 분량은 다르다. 조혜경의 번역이 193쪽, 김연경의 번역은 200쪽에 해당한다.

하는 자의 쾌감이 표현되거든.”[171] 사람들은 보통 치통을 두려워하고 제일 큰 고통으로 간주한다. 그러나 지하인은 다르다. 그는 치통에서 쾌감을 찾는 인간이다. 지하인이 고통을 즐기는 이유는 고통 속에 쾌락이 있기 때문이다. 치통을 앓으며 내는 신음 소리는 쾌감의 표현이라는 것이다. 설사 치통일지라도 ‘나’의 고통은 나의 존재를 입증해 주기에 자부심의 근거가 된다.

도스토옙스키의 작품에서 열정은 고통이며 수난이다. 이러한 관점에 유의하며 멜 깁슨 감독의 영화 『Passion of Christ』(2004)의 영어 단어 “패션(Passion)”에 대한 분석을 살펴보자. 패션이라는 단어는 보통 “열정”으로 번역되지만, 문맥에 따라 “고통, 수난, 수난곡”으로 번역되기도 한다.[172] 바흐의 “요한”과 ‘마테수난곡’도 영어로 ‘Passion’이다. “패션”의 궁극은 십자가에 매달리는 것이다. 고통의 절정이 패션인 것이다. 영어의 “Passion of Christ”에 해당하는 러시아어 표현 “Страсти Христовы”도 같은 의미로 해석이 가능하다. “열정”이라는 의미의 러시아어 단어 “Страсти” 역시 “고난과 수난”이라는 뜻으로 사용된다. 도스토옙스키의 문법으로 보면 열정과 고통은 등가의 말이다. 지하인의 열정이 바로 그의 고통인 것이다. 지하인의 패션을 바라보는 관점은 “고통을 통한 구원”이라는 종교적 메시지에 대한 담론의 한 형태라고 할 수 있다.

---

171  김연경 역, 26쪽.

172  열정(또는 정열)이란 말은 다의미어(polysemy)이다. 종교적 코드에서 정열의 라틴어 어원은 십자가에 못 박힌 예수의 고통에서 유래되었다. 부활절로 이어지는 사순절 기간 동안 신자들은 개인적 고통에 침잠해서는 안 되고, 우리를 구원하기 위해 죽은 사람의 아들, 예수가 겪은 수난에 몰두해야 한다. 열정을 나타내는 또 다른 말 가운데 하나가 enthusiasm이다. 이 말의 원래 의미는 신으로 충만한 상태(en + theos)이다. 아토스 산의 장로들은 열정을, 습관적으로 죄를 짓는 데서 비롯된 영적인 질병으로 정의해 왔다. 이것이 제2의 천성이 되면 우리는 길을 잃고, 욕정, 증오, 질투와 같은 것에 굴복하게 된다. 이러한 질병을 치유하기 위해서는, 즉 우리의 진정한 본성을 회복하기 위해서는 우리의 정열에 성스러운 변화가 있어야 한다.

언제나 외로워했던 도스토옙스키는 모든 쾌락에 대해 구토를 일으키고, 행복에 대해 죄책감을 갖고 살았다. 그는 고통(고난)의 의미에 대해 자신의 견해를 밝힌다. "이 소설의 관념, 정교회 세계관, 정교 신앙의 본질은 어디에 있을까? 안락 속에는 행복이 없다. 행복은 고난의 대가로 얻어진다. 인간은 행복을 위해 태어난 것이 아니다. 그럼에도 인간은 행복을 얻고자 한다. 그리고 그것은 항상 고난을 통해서 가능하다. 여기에는 어떠한 부당함도 없다." 도스토옙스키는 의식의 원천으로서의 고통에 대한 개념을 이미 『지하로부터의 수기』에서 말한 바 있다. 그에게 고통은 지상의 문법이다. 지하인은 "인간은 이따금씩 고통을 끔찍이도, 죽도록 좋아한다, 이건 사실이다."[173]라고 고백한다. 러시아 말에 "동정, 연민, 공감"을 뜻하는 "Сострадание"라는 단어가 있다. 이 단어는 전치사 "Со (~함께, ~더불어)"와 "страдание(고통)"의 합성어로 "고통을 함께하다, 공감하다"라는 함축의미를 갖는다. 공감과 연민은 고통을 함께 하지 않으면 나타날 수 없는 감정이다. 그의 작품 속 주요 인물들은 고통을 함께하고자 하는 영혼을 가진 사람들이다. 그들은 자발적으로 고통의 길을 택하며, 그러한 삶의 소명 속에서 강한 기쁨을 체험한다. 굴욕적인 고통 속에서도 쾌감은 있다.

"고통을 통한 구원"이라는 말은 원래 그리스도교의 기본 사상에서 나왔다. 하느님은 인류를 위해 십자가의 고통을 감내하신 것이다. 십자가(crucifix)라는 말은 라틴어 동사 "크루시아레(cruciare)"에서 유래했으며, 이 말은 '고문하다'라는 뜻이다. 기독교의 상징이 된, 한쪽 다리가 긴 라틴 십자가는 원래 로마인들이 쓰던 고문 도구였다. 팔 길이가 같은 정사각형 십자가는 평화로운 십자가로 간주

---

173  도스토옙스키, 『지하로부터의 수기』 김연경 역, 민음사, 2010, 57쪽.

된다. 사랑, 겸손, 진실, 영생 같은 덕목은 모두 고통을 통해서만이 얻을 수 있는 것들이다. 하느님은 귀중하게 쓰고자 하는 사람에게 고난의 시간을 주어 그러한 덕목을 갖추게 한다. 사람의 능력은 위기나 고난의 시기를 맞아 증폭된다고 한다. 톨스토이는 "고통 받는 사람들로 인하여 세상은 전진해 간다."고 말했고, 도스토옙스키는 "눈에 눈물이 없으면 영혼의 무지개를 볼 수 없다"고 말했다. 가치 있고 아름다운 것들은 때로 고통을 수반한다. 사랑도 고통을 수반한다. 잠 못 이루며 목말라 하면서 열병을 앓아야 한다. 고통의 극단은 궁극의 열정이다. 믿음도 고통을 수반한다. 회의와 싸워야 하고 핍박을 당하고 결단을 해야 한다. 소망도 고통을 수반한다. 섬김도 고통을 수반한다. 이름 없이 겸손하고 낮아져야 하기 때문이다. 새로운 출발도 고통을 수반한다. 길들여진 곳을 떠나야 하고, 욕망을 끊어야 하며, 새로운 모험을 해야 하기 때문이다. 낙원은 존재한다. 그러나 낙원에 가기 위해서는 지옥을 거쳐야 한다. 고난의 불 속에 들어갔다가 나온 횟수는 고통의 가치에 비례한다.

『지하로부터의 수기』는 러시아 감상주의 소설의 단골 인물인 고결한 창녀, 고귀한 마음을 가진 타락한 소녀를 등장시킨다. 창녀 리자는 『죄와 벌』에서 고귀한 고통을 선택한 창녀 소냐와 여러 면에서 유사성을 갖는다. 그들은 창녀라는 신분 때문에 사회적 편견과 냉대 속에서 고통을 당하는 인물들이다. 그들은 구원과 부활에 대한 믿음을 갖고 있다. 『지하로부터의 수기』에서 지하인은 매춘부 리자를 모욕하고 학대하고 조롱한다. 그러나 수기의 마지막 부분에서 리자는 모독자를 사랑으로 포옹하며, 인간적인 용서와 합일이 무엇인지를 보여준다.

"그러나 이때 갑자기 기이한 상황이 빚어졌다. (……) 그 상황의 전말은 이러했다. 나에게 당한 수모로 기가 죽어 있던 리자는 내가 상상하는 것보다 훨씬 많은 것을 이해했다. 지금까지의 모든 것에 비추어 진심으로 사랑에 빠진 여자라면 남들보다 항상 먼저 깨닫는 게 있다는 사실을 이해했다. 말하자면 나 자신부터 불행한 인간이란 걸 알아챈 것이다. (…….) 그녀는 나에게 달려와 두 팔로 내 목을 와락 껴안고 울음을 터뜨렸다. 나 역시 참을 수 없어 흐느껴 울기 시작했다. 난생처음 겪어보는 일이었다. (……) 그리고 난 소파 위에 엎드려 십오 분 가량 히스테리 상태 속에서 흐느껴 울었다. 그녀는 나에게 엎드려 나를 감싸 주었다." [174]

지하인은 진정으로 용서를 받고 싶었다. 자신의 행동을 용서받고 싶어 하는 지하인의 고백이 뒤따라 나온다. "얘가 어디로 갔을까? 내가 왜 애를 쫓아가려는 거지? 왜 그러는 거지? 내가 그 애 발밑에 쓰러져, 참회의 울음을 터뜨리곤, 그 애의 발에 키스를 퍼부으면서 용서를 빌기 위해서? 나는 바로 그러길 원했다. 내 가슴은 갈기갈기 찢어질 것이고, 나는 이 순간을 단 한 순간도 무심코 기억하지 않을 것이다." [175] 『지하로부터의 수기』에서 고통을 당하는 지하인이나 리자는 『죄와 벌』에서 라스콜리니코프와 소냐로 변주되어 나타난다. 다만 지하인과 리자의 고통이 미래의 구원을 향한 희망고문인 반면, 소냐와 라스콜리니코프의 고통은 모두 구원을 위한 과정이라 할 수 있다. 지하인에게 의존하여 새로운 삶을 찾고자 한 소극적인 인물 리자는 고통에서 해방되지 못하고 오히려 그로부터 더 큰 마음의 상처를 입는다. 지하인 역시 위악적인 이중성에서 해방

174  도스또옙스끼, 『지하로부터의 수기』 김근식 역, 창비, 2012, 202-203쪽

175  도스또옙스끼, 『지하로부터의 수기』 김근식 역, 창비, 2012, 209쪽.

되지 못하고 사회의 이중성과 불합리에 독설만을 퍼붓는다. 그러나 적극적인 소냐는 가족의 고통과 시련을 하느님의 언어(성경언어)로 풀어냈다. 더 나아가 그리스도적 인간성의 화신인 소냐는 라스콜리니코프를 고통으로부터 해방시킨다. 결국『지하로부터의 수기』에서 잉태된, 고통을 통한 구원의 모델이『죄와 벌』에서 실현되는 것이라 볼 수 있다. 소냐는 끝없는 사랑으로 라스콜리니코프를 구원한다. 그녀는 불행한 사람들의 심리를 분석하지만 그들을 비난하지 않는다. 그녀는 그의 불행을 알아차린 후 십자가를 함께 지고 그를 갱생과 부활의 길로 안내한다. 거룩한 창녀 소냐는 신을 부정한 라스콜리니코프에게 성경에 나오는「나자로의 부활」을 읽어준다. 그 장면은 주인공의 미래의 부활을 암시하는 것이기도 하다.

도스토옙스키의 문학 작품에서 주장하는 고통에는 다양한 양상과 의미가 있다. 고통을 즐기는 지하인의 말과 행동을 통해 고통의 다양한 의미를 통찰하는 일은 새로운 즐거움을 준다.

첫째로 도스토옙스키의 고통은 언어폭력의 고통을 의미한다. 그의 작품 모든 곳에서 오만의 극치를 연출하는 등장인물들이 모두 언어폭력을 즐기고 있다.『지하로부터의 수기』제2부에서 지하인 역시 매춘부 리자에게 언어폭력을 가한다.

둘째로 도스토옙스키의 고통은 신체적인 고통을 의미한다. 신체적인 약자의 고통, 물리적 폭력이 가하는 직접적인 고통 등이 여기에 해당한다. 지하인은 자신의 병으로부터 이야기를 시작한다. 더 나아가 그는 장교와의 부딪침에 대해 자존심을 건 결투를 생각하게 된다.

셋째로 그의 고통은 세계의 부정성에 대한 경험을 의미한다. 세계의 부정성이란 사회적 폭력과 억압의 경험, 지배 이데올로기가 의식에 가하는 폭력, 전체가 소수에게 가하는 폭력, 보편이 특수에 가하는 폭력, 차이를 증오하는 태도, 개인성 상실 등을 말한다. 지하인은 고귀한 고통이 싸구려 행복보다 낫다고 생각한다.

넷째로 그의 고통은 역사철학적 분석개념으로서의 고통을 의미한다. 그가 보고자 하는 역사는 알려지지 않은 억압, 죽음, 고통, 가난으로 가득 찬 역사다. 특히 어린애들의 고통은 그의 대다수 작품에 나타나는 고통의 해석학에 직결된다. 그는 고통이라는 개념을 가지고 인간의 역사를 관통해 보고자 했다. 『죄와 벌』에서 마르멜라도프 가족의 어린애들이 겪는 고통, 색욕의 대명사인 스비드리가일로프의 어린이 학대, 『카라마조프가의 형제들』에서 어린애들의 고통 등이 그 대표적인 사례들이다.

# 27. Homo Utopicus

동서고금을 막론하고 인간은 늘 이상사회나 이상세계를 꿈꾸어 왔다. 그리하여 인간은 "유토피아를 추구하는 인간," 즉 호모 유토피쿠스(Homo Utopicus)로 정의된다. 페르시아 속담에 "어두워져야 별이 보인다."라는 말이 있다. 암흑시대를 사는 사람들은 누구나 별과 같은 이상향을 동경하며 살아간다. 특히 현실이 어렵고 고통스러울수록 유토피아에 대한 꿈은 더욱 더 간절해진다. 사회가 불안정할 때, 이상세계에 대한 열망은 그만큼 더 커진다. 토머스 모어가 유토피아라는 말을 처음 사용한 16세기의 영국이 그러했다.[176] 혼란의 동진 시대를 살았던 도연명은 모략과 탐욕이 없는 이상사회를 꿈꿨으며, 플라톤의 아틀란티스, 홍길동의 율도국도 당시 사회의 불안 속에서 생겨났다. 동양의 이상사회로는 무릉도원, 지상낙원, 미래향, 이상향, 도솔천[177] 등이 있고, 서양의 이상사회

---

176 토마스 모어 시대에 영국은 수많은 농민이 절대주의 정치와 중상주의 경제에 시달리는 상황에 처해 있었다. 영주들은 모직 산업의 원료인 양털을 얻기 위해 농토를 목장으로 형질 변경하고 농민들을 쫓아냈다. 현실이 암울할수록 모어가 꿈꾸는 유토피아는 더욱 달콤하다.

177 도솔은 도솔천에서 나온 말로서 그 뜻은 지족천(知足天)이다. 그러므로 만족할 줄 알고 살면 그 자리가 곧 최상의

로는 수정궁(Crystal Palace), 유토피아(Utopia), 파라다이스(Paradise), 아르카디아(Arcadia), 천년왕국(Millenium), 매트릭스(Matrix), 재너두(Xanadu, 도원경), 코케인(Cockaygne), 엘리시움(Elysium, 이상향), 샹그릴라(Shangri-La)[178] 등이 있다. 코케인은 환상적인 풍요와 환락이 강조되는 가난한 자의 천국이고, 아르카디아는 자연적 절제가 이루어지는 시인묵객의 이상향이고, 천년왕국은 종말론적 메시아주의에 입각한 기독교적 지상낙원이다. 그리고 유토피아는 현실에 대한 철저한 비판과 분석을 중시하는 학자, 지식인 등 사회엘리트 계급의 낙원이라 할 수 있다. 인간은 동서양을 막론하고 누구나 보다 나은 질서에 대한 희망과 이상사회의 꿈을 갖고 살아간다. 『지하로부터의 수기』에서 다루는 러시아의 1840년대와 1860년대는 정치·경제·사회 등 모든 분야에서 어둠과 불안의 시대였다.

유토피아(Utopia)란 그리스어 'Utopos'에서 유래된 말이다. Utopos는 '아닌~(~

---

안락한 세계라는 뜻이다.

178   엘리시움(Elysium)은 "이상향, 최상의 행복"을 의미하는 용어로 "그리스 신화에 나오는 선량한 사람들이 죽은 후 사는 곳"이라는 의미도 있다. 엘리시움, 엘리시온(Elysion), 또는 엘리시온 평야는 고대 그리스 종교와 철학의 특정 분파 또는 학파들이 오랜 시간 동안 유지해 온 사후 세계의 개념이다. 엘리시움은 하데스와는 구분되는데, 처음에 엘레시움으로 들어갈 자격이 있는 사람은 신과 관련이 있는 사람들과 영웅들이다. 나중에는 신에 의해 선택된 자들, 바르게 산 자들, 영웅적인 행위를 한 자들로 범위가 넓혀졌는데, 이들은 사후에 엘리시움에서 축복되고 행복한 삶을 살며 삶 속에서 즐겼던 일 또는 직업을 계속 마음껏 즐기며 산다고 생각하였다. 호메로스(기원전 8세기경)에 따르면 엘리시온 평야는 땅을 둘러싸고 있는 오케아노스(바다)와 붙어 있는 서부 가장자리에 있었다. 헤시오도스(기원전 7세기경)의 시대에 엘리시움은 서쪽 바다에 있는 행운의 섬, 또는 축복받은 자들의 섬으로 알려져 있었다. 축복받은 자들의 섬은 처음에는 복수의 섬이었는데 테베의 시인 핀다로스에 의해 한 개의 섬이 되었다. 그에 따르면, 이 섬에는 그늘이 드리워진 공원들이 있는데 이 섬의 거주자들은 이 공원들에서 음악과 운동 등의 취미 생활을 했다고 한다. 엘리시움의 지배자가 누구냐에 대해서는 작가들마다 말이 다르다. 핀다로스와 헤시오도스는 크로노스가 엘리시움의 지배자라고 말하고 있다. 반면 호메로스는 자신의 저서 『오디세이아』에서 후에 현명하고 공정한 왕의 대명사가 된 그리스 신화의 지혜로운 왕인 라다만티스가 엘리시움에 거주하고 있다고 하였다. 샹그릴라(Shangri-La)는 1933년 영국 작가 제임스 힐턴(James Hilton)이 발표한 소설 『잃어버린 지평선(Lost horizon)』에 등장하는 가상의 장소다.

없는)'을 뜻하는 접두어 'U(그리스어 접두사는 ou)'와 '장소(곳)'를 뜻하는 단어 'topos'를 조합하여 만든 합성어로서 '어디에도 없는 나라(Nowhere), 지상에 존재하지 않는 곳'이라는 뜻이다(여기서 "ia"는 나라를 의미한다). 'U'와 'Eu(행복한, 멋진)'을 등가로 생각한 사람들은 유토피아를 '행복이 보장되는 공간'으로 간주한다. 유토피아는 과거나 미래의 시공간에 대한 상상력으로 만들어진 말이기도 하다. 말놀이(pun) 기법으로 살펴보면, 유토피아는 현재에 대한 사유도 포함하고 있음을 알 수 있다. 유토피아는 '존재하지 않는 곳 No/where'이 아니라 '지금 여기 Now/Here'가 된다. '여기 지금'이라는 의미의 라틴어 'hic et nunc'의 변주가 바로 유토피아인 것이다. '현재'를 의미하는 영어 'present'는 '선물'이라는 의미로 쓰이기도 한다. 그리하여 '지금 여기'를 나타내는 '현재'는 신이 주신 최고의 '선물'인 것이다. 메를로퐁티의 말처럼 우리가 정확하고 확실하게 알고 있는 것은 '지금 여기'에 살고 있는 몸의 실존적 상황뿐이다. 유토피아는 과거나 미래에 있지 않고 바로 지금 이 자리에 있다. 우리는 모두 지금 이 자리에 이렇게 살고 있음을 감사하고 기뻐할 때 마음의 행복을 찾을 수 있다. 인류에게 가장 소중한 것은 지금 이곳에 살아 있음이다. 진정한 행복은 지금 이곳을 선물로 생각하고 축복하는 일이다. [179] 사실 유토피아는 고통이 없는 사회다. 이성과 과학적 세계관에 따라 기획한 사회주의 유토피아나 합리주의 유토피아는 고통 없는 사회, 즉 행복만 보장되는 공간이다. 고통이 제거된 무통의 공간이 바로 유토피아인 것이다. 도스토옙스키는 지상의 삶에서 고통을 필수적인 것으로 보았기에 무통을

---

179  톨스토이는 인생의 성공 비결에 대해 다음과 같이 조언한다. "이 세상에서 가장 중요한 때는 지금이다. 이 세상에서 가장 중요한 사람은 지금 당신과 있는 사람이다. 이 세상에서 가장 중요한 일은 지금 당신 곁에 있는 사람을 위해 좋은 일을 하는 것이다." 톨스토이의 말은 인생의 행복은 멀리 있지 않다는 말이다. 바로 오늘에 인생의 성공과 행복의 해답이 있다는 말이다. 바로 오늘 있는 그대로의 삶을 즐기고 최선을 다하면 된다.

강조한 유토피아는 있을 수 없다고 믿었다. "무릇 고통은 의심이요 부정인데, 의심할 수 있는 공간이라면 그게 무슨 수정궁인가?"[180] 지하인의 생각에 고통이 있는 공간, 즉 의심과 부정의 공간은 유토피아(수정궁)가 아닌 것이다.

사물을 바라볼 때, 우리는 각자의 눈(시각)으로 바라보게 된다. 그러나 대상을 제대로 알기 위해서는 내가 보는 한계를 벗어나야 한다. 빨간색 안경을 쓴 사람은 무엇을 보든 빨갛다고 이야기할 것이고, 푸른색의 안경을 쓴 사람은 무엇을 보든 푸르다고 말할 것이다. 이것은 그 대상의 원래 모습을 본 것이라고 할 수 없다. 대상을 바로 보기 위해서는 색안경을 벗어야 한다. 그렇다면 작가인 도스토옙스키는 어떻게 그러한 한계를 벗어날 수 있었을까? 그는 사물을 전체적으로 바라보는 거시적인 특성을 가진 작가인 동시에, 사물이나 현상을 개별적·부분적으로 분석하는 미시적 특성을 가진 작가였다. 그로써 그는 큰 지식의 세계와 작은 지식의 세계를 동시에 추구했다.

『지하로부터의 수기』에서 지하인은 유토피아 사회주의를 통렬하게 비판한다. 그가 보기에 체르니셉스키가 주장한 수정궁은 이성과 과학이 창조한 지상의 유토피아가 아니라 인간의 본성과 욕망을 수학적 계산에 종속시켜 인위적으로 만든 사이비 유토피아였다. 이 가짜 유토피아는 사회주의 유토피아로서 지상낙원과 보편적 번영을 추구한다. 유토피아의 추구는 인간에 대한 순진한 이해에서 나온 것이다. 도스토옙스키 또한 한때는 순수한 자연과 진실한 인간 속에 내재한 낭만주의적 어리석음을 믿었다. 그러나 유형생활 이후 그는 인간에

---

180  도스토예프스키, 『지하로부터의 수기』 김연경 역, 민음사, 2010, 58쪽.

대한 낭만적인 믿음을 버렸다. 그가 알게 된 인간은 가장 야만적이고 변덕스러우며, 혼란과 파괴를 생각해낼 수 있는 부도덕한 피조물이라는 것이다.

체르니셉스키는 이성적 합의로 이상사회를 건설하고 공리주의에 입각해 행동할 것을 제안했다. 『무엇을 할 것인가』 15장 8절에 나오는 고상한 여주인공 베라 파블로브나의 서정적인 꿈은 수정궁에 대한 상상력을 흥미 있게 보여준다.

"장대하기 이를 데 없이 어마어마한 건축물이 나타났다. 저런 건축물은 아마 세계에서 가장 큰 도시에서나 볼 수 있을 것이다. 아니, 현재 저런 건축물은 세계 어디에도 없다. 그 건축물은 들판과 초원, 동산, 그리고 숲에까지 걸쳐 대지 위에 우뚝 솟아 있다……. 동산 좀 봐! 커다란 레몬과 귤, 복숭아, 살구가 주렁주렁 달려 있어……. 그

수정궁(Crystal Palace)은 1851년 런던 만국박람회를 열기 위해 지은 건물이다. 조셉 팩스턴 경(Sir Joseph Paxton)이 설계했다. 벽과 지붕이 유리로 만들어졌으며, 주철의 기둥이 건물을 지탱했다. 벽돌 등의 기존소재를 쓰지 않은 디자인은 영국이 산업 혁명으로 기술발전을 이루었음을 과시하는 효과가 있었다. 길이가 최대 563m, 폭이 124m나 되는 축구장 18개를 더한 크기였으나 1936년 11월 30일 화재로 소실되었다.

런데 저 건물은 왜 저렇게 생겼지? 어떤 건물일까? 도대체 무엇으로 지었을까? 저런

건물은 어디에도 없어. 시든햄 언덕에 세워져 있다는 수정궁 말이다. 철근과 유리로

지었다는……. 그래, 저 건축물은 철근과 유리로만 되어 있어. 그런데 저렇게 아름다

운 빛이 나는 것은 무엇 때문일까? 맞아 수정 때문이야. 아니면 수정처럼 빛나는 유리

때문일 거야. 그런데 저건 단지 건축물 전체의 외형일 뿐이야. 궁전의 안쪽에 다시 집

들이 있어. 하나같이 엄청난 규모의 집들이야! 그리고 보니 저 철근과 유리로 된 건축

물이 이곳 전체를 덮개처럼 둘러싸고 있는 거야. 정말 어마어마해. 건물들은 각 층마

다 넓은 회랑으로 되어 있어……. 이곳에선 건강하고 평온한 생활을 하기 때문에 오

랫동안 젊음을 유지하지……. 천 명 이상이 여기서 식사를 하고 희망에 따라 자기 방

에서 개별적으로 식사를 하기도 해……. 보통 식사는 요금을 받지 않아……. 여기서

는 모든 사람이 영원한 봄과 여름, 그리고 영원한 기쁨을 맛봐."[181]


앞서 설명했듯이 체르니솁스키의 수정궁 담론에는 푸리에의 공상적 사회주

의 사상이 침윤되어 있다. 그것은 도스토옙스키에게 런던 국제 박물관의 수정

궁을 연상시킨다. 수정궁은 지상 위에 세워진 인공 구조물로서 인류의 궁극적

이상이다. 그러나 『지하로부터의 수기』에서 지하인은 그 수정궁에 대해 격렬히

반박한다.


"당신들은 영원히 파괴되지 않는 수정궁, 혀를 내밀거나 호주머니 속에서 손가락을

겹쳐 엿 먹으라는 시늉을 해 줄 수도 없는 수정궁을 믿고 있다. 음, 그런데 나는 어찌

181  체르니솁스키, 『무엇을 할 것인가? 하편』, 서정록 역, 열린책들, 1990, 522-526쪽.

된 일인지 이 건물이 두렵다. 그것은 수정으로 만들어졌고 영원히 파괴되지 않으며 심지어 그것을 향해 혀를 몰래 내밀 수도 없기 때문이다. 당신들은 알고 있는가? 만일 궁전 대신에 닭장이 있는데 그 상황에서 비가 내린다고 해보자. 아마도 난 비를 피하기 위해 닭장 안으로 들어갈 것이다. 하지만 난 그것이 나에게 비를 피하게 해주었다고 고마워하며 닭장을 수정궁으로 받아들이지는 않을 것이다."[182]

『지하로부터의 수기』에서 수정궁은 유토피아의 변주로 간주된다. "당신들이 늘 말하는 그때에는 이미 모든 것이 준비되었을 뿐만 아니라 수학적으로 정확히 계산된 경제 관계가 도래하여, 모든 가능한 질문들이 일순간에 사라지게 될 것이다. 원래 그 안에는 온갖 종류의 답변들이 들어 있기 때문이다. 그때에 수정궁이 형성되는 것이다. 그때에 ……. 한마디로 말해서 그때에 카간 새가 날게 되는 것이다 ……. 대신 모든 것들이 대단히 이성적이 될 것이다."[183]

『지하로부터의 수기』에서 유토피아는 "수정궁, 개미집, 개미언덕, 닭장, 공동주택, 피아노의 건반, 오르간의 나사못"이라는 말로 변주되어 확대된다. 이 작품에서 개미집은 닭장과 더불어 유토피아 사회주의자들의 공동체적 이상인 공동주택을 가리키는 말로서 당시 러시아 신문이나 잡지에서 흔히 사용되던 표현이다. 이처럼 사회주의 낙원은 개미집이라는 공동주택의 이미지로 나타난다.

"아마도 인간은 건물을 짓는 것만을 좋아하고, 그 안에서 사는 것을 좋아하지 않을지도 모른다. 훗날 인간은 그것을 개미나 양 같은 가축들(동물들)에게 넘겨줄 것이다.

---

182  도스토옙스키, 『지하로부터의 수기』, 조혜경 역, 펭귄클래식코리아, 2009, 56쪽.

183  도스토옙스키, 『지하로부터의 수기』, 조혜경 역, 펭귄클래식코리아, 2009, 41쪽.

그런데 이 개미들의 취향은 전혀 다르다. 그들에게는 영원히 부서지지 않는 놀라운 건축물, 즉 개미집이 있다."[184]

또한 지하인은 이성적 법칙이 준수되고, 모든 것이 수학적으로 결정되는 사회를 수정궁으로 표현한다. 인간의 삶은 수학적으로 풀 수 있는 문제가 아니기에 지하인은 수정궁을 부정한다. 이 수정궁에는 슬라브 신화에 나오는, 아무도 잡을 수 없는 새이자 인간에게 행복을 가져오는 낙원의 새인 카간이 날아다닌다고 말한다. 지하인의 말에 의하면 인간들은 고통이 완전히 삭제된 시공간을 유토피아로 생각할 것이다. 심지어 그들은 죽음의 고통으로부터도 해방되고자 할 것이다. 생로병사의 고통이 없는 행복한 삶의 영원한 반복만을 원하게 될 것이다. "도스토옙스키가 보기에 인류가 이런 식으로 가게 되면 인간 사회는 완전히 동물화, 가축화되고 맙니다. 사실 포스트모던 사회에 대해서 그런 우려를 표명하는 사람들도 있습니다. 이데올로기가 사라진 시대, 이념이 무의미해지는 시대는 가축들의 유토피아와 같을 겁니다."[185] 그래서 도스토옙스키는 고통 없는 유토피아를 거부하고, 고통이 필수임을 강조하는 것이다.

도스토옙스키는 유토피아를 추구하는 인간들에게 절망하며 냉소를 퍼붓는다. '활동가'라면 수학공식(2×2=4)과 자연법칙(돌벽)에 무조건 복종하지만, 대체로 인간은 '2×2=4'가 불변의 법칙임을 알면서도 '2×2=5'에 더 열중하는 존재라는 것이다. 인간이란 존재는 자신이 '개미'니 '피아노의 건반'이 아니라는 것을 증명하기 위해 이성적으로 납득되지 않는 행동을 하거나 그런 욕망을 갖는다.

---

184  도스또예프스끼, 『지하로부터의 수기』 계동준 역, 열린책들, 2000, 61쪽.

185  이현우, 『로쟈의 러시아 문학 강의』 현암사, 2014, 198쪽.

도스토옙스키에게 인간의 비이성적 욕망은 인간의 자유의지의 산물이다. 그는 인간의 자유의지와 비이성적 의지가 유토피아의 허구성을 폭로할 것이라고 한다. 지하인은 사회주의자들이 주장하는 개미언덕보다는 지하실이 더 훌륭하다고 주장한다. 자유를 저버리고 형제애와 평등을 기치로 지상낙원을 건설하고자 하는 사회주의자들의 유토피아 담론은 어리석은 허구이며 헛된 꿈이라는 것이다. 지하인에 따르면 형제애는 인간 공동체의 비극으로 끝나고, 진보란 존재하지도 않는다. 인간은 건설하고 행복하길 원하지만 아마도 그만큼 파괴와 고통을 즐길 것이기 때문이다.

『죄와 벌』을 패러디하고 있는 장정일의 소설 『보트 하우스』[186]는 『지하로부터의 수기』에 나오는 '닭장-유토피아'를 떠올리게 하는 텍스트를 담고 있다.

"양계장의 닭들은 멍할 거야. 좆같다고 느낄 거야. 너무 바보 같이 살아서 자기가 알인지 닭인지도 모를 거야. 자기만 그런 줄 알고 옆을 둘러보면, 혼자만 그런 게 아니라 바보 같은 놈들이 수천 수만 마리나 줄지어 서 있는 거야. 하나같이 바겐세일로 산 싸구려 모피 코트를 입고서. 잠을 재우지 않고 알만 낳게 하려고 형광등을 줄지어 빼곡하게 켜 놓은 양계장의 좁다란 닭장 속에. 태어나서 죽을 때까지 서 있어야

---

186  장정일의 『보트 하우스』는 서울 소재 사립대학교의 졸업반인 애라를 여주인공으로 등장시킨다. 그녀는 고르비 영감이 주인으로 있는 신촌의 화엄전당포를 찾는다. 그녀는 숨 가쁘게 넘어온 고학 생활의 마지막 1년을 견디지 못하고 휴학에 들어갔다. 작년 이맘때만 해도 그녀의 장래는 그리 어둡지 않았다. 그녀가 다니는 대학은 우리나라에서 서너 손가락 안에 드는 명문대학인데다가, 학과의 지명도는 떨어지지만 앞으로 활발하게 진행될 러시아와의 교역을 생각하면 졸업 후에 괜찮은 직장을 고를 자신이 있었다. 그런데 IMF를 맞이하여 그녀가 맡고 있던 과외가 모조리 떨어져 나갔고, 휴학은 그녀가 할 수 있는 유일한 선택이었다. 그리하여 결국 고물딱지 사진기를 어깨에 둘러메고 전당포를 순례하게 된 것이다. 그녀가 다니는 노문과에는 네 명의 남자 친구가 있었다. 음악을 좋아하는 차이코프스키, 영화를 좋아하는 타르코프스키, 문학을 좋아하는 도스토옙스키, 미술을 좋아하는 칸딘스키가 그들이었다. 이 네 명의 스키들은 단돈 5만원을 주고 산 폐차 직전의 차를 타고 4년 동안 함께 단짝이 되어 어울려 다녔다. 그들은 강북에서 프롤레타리아의 피를 빨아, 강남에 부르주아의 천국을 만들 거라는 데 의견의 일치를 보았다.

하는 닭들은 자기가 뭐 하는 놈인지 진짜 모른다."[187]

  장정일은 양계장의 닭들이 꿈꾸는 유토피아를 '보트 하우스'라고 부른다. 평
등(걱정 없는 모이 배급)이 있지만, 자유가 없는 양계장은 자유와 평등에 대한
현실을 가장 잘 보여주는 현장이다.

  도스토옙스키가 상상한 유토피아는 1917년 러시아 볼셰비키 혁명과 더불어
새로운 유토피아(존재하지 않는 곳)로 변주되어 현실로 나타난다. 볼셰비키 혁
명은 러시아를 70년 이상 붉은 깃발로 물들여 놓았다가 공산주의의 몰락과 더
불어 빛바랜 추억 속의 깃발이 되었다. 유토피아가 닭장이라는 도스토옙스키
의 예언적 말에 조금이라도 귀를 기울이는 정치가들이 있었다면 공산주의자들
의 기획과 선전선동이 종국에는 파산임을 깨달았을지도 모른다. 공산주의자들
의 합리적 이성에 따른 기획은 결과적으로 세계에 대한 총체적 인식에의 열망
과 더불어 파산을 고했다. 그들의 잔머리는 결국 닭장에서 꿈꾸는 닭들의 짓거
리에 불과할 뿐이었던 것이다. 닭은 잘 까먹는다. 기억력의 한계(3초) 때문에 닭
들은 또다시 자기들의 유토피아에 대한 꿈에 얽매인다.

  공신주의 사회의 이념은 상당히 훌륭하다. 적어도 이념상으로는 모든 사람
에게 평등하고 전인적인 생활을 부여한다. 자본주의 사회는 능력만큼 일하고
일한 만큼 소득을 얻는 자유경쟁의 사회이기에 나쁘게 말해서 비인간적인 사회
이기도 하다. 반면에 공산주의는 모든 사람이 능력만큼 일하고 필요한 만큼 소
득을 얻는다. 사회에서 아무도 놀고먹는 사람들 없이 누구나 똑같이 일한다면

---

187  장정일, 『보트 하우스』 김영사, 2005, 5쪽.

이상적인 사회를 이루는 데 필요한 경제적 생산력을 만들어낼 수 있다. 그러나 이념과 구호가 훌륭했음에도 20세기 공산주의에 대한 실험은 실패로 끝났다. 20세기의 공산주의 국가들이 완전한 평등 사회를 실현했다면 그들의 실험은 성공했을지도 모른다. 유토피아를 위해서 자유와 평등은 어느 하나 빼놓을 수 없는 중요한 가치이다. 그러나 현실에서는 자유가 보장되면 평등이 보장되지 않고, 평등이 보장되면 자유가 보장되지 않는다. 도스토옙스키의 『악령』은 공산주의의 파멸을 예언한 예언적 소설로도 유명하다.

도스토옙스키는 지금으로부터 약 150년 전에 이미 사회주의의 본질을 날카롭게 파악하고 그 결말을 예언했다. 러시아인들이 기다렸던 완전한 사회주의는 70년이 지나자 불완전한 공산주의로 몰락했다. 볼셰비키 혁명 이후 공산주의는 점진적으로 고도(Godot)로 변했고, 끝내는 부조리한 사회를 만들어냈다.[188] 그들이 열망한 새로운 시대의 새로운 세상인 공산주의 국가는 새로운 신들(괴물)에 의한 신들을 위한 신들만의 연방공화국이었다. 레닌에서 스탈린을 거쳐 고르바초프에 이르기까지 서기장들의 공화국이었다. 서기장들은 신적인 인간들이었다. 러시아인들은 전설적인 스타하노프 같은 노동 영웅들을 신적인 인간으로 숭배했다. 강철 인간 스탈린은 전(全)러시아인들이 눈물을 흘리며 숭배한 인신이었다. 스탈린의 그러한 신적 존재에 대한 열망은 러시아 민중의 깊은 종교적 열망을 담은 것이기도 했다. 그러나 괴물로 변한 스탈린은 권력으로 정적과 반대자들을 독살하고 처형했다. 공식적인 통계로 키로프가 살해된 1934년부터 1938년 말까지 60만 내지 80만 명이 고문으로 죽거나 총살당했고, 500만 명 이

---

188  이현우, 『로쟈의 인문학 서재』, 산책자, 2009, 46쪽.

상이 강제노동에 동원되어 사망했다. 비공식 통계로 약 1000만 명 이상이 스탈린 권력의 악마적인 대숙청으로 목숨을 잃었다. 대숙청이라는 무소불위의 권력을 휘두르는 것은 곧 신적인 권력을 갖기 위한 것이다. 그러한 신적 존재에 대한 스탈린의 열망은 러시아 민중의 깊은 종교적 열망을 담은 것이기도 하다. 어쨌든 스탈린은 "소비에트 체제에 절대적으로 순응하는 인간"이라는 의미의 "호모 소비에티쿠스(Homo Sovieticus)"를 만들어냈다. 스탈린은 소련이라는 "호모 소비에티쿠스"의 유토피아를 지상에 건설하는 데 성공한 것이다. 소련은 프로파겐다로 이루어진 거짓 유토피아임이 밝혀지면서 1991년 역사의 뒤안길로 완전히 사라졌다.

옛날이나 지금이나 사람들은 혁명 사상으로 무장한 새로운 미래의 괴물(리바이어던)을 찾고 있다. 그들은 새로운, 비(非)인간적인 신을 찾고 있다. 신격에 미치지 못하는 보통 인격의 인간들은 언제라도 신의 명령에 따라 강제수용소에 들어갈 준비가 되어 있어야 했다. 신들에게 인간은 양계장의 닭들일 뿐이다. 인간닭은 자신들의 생사여탈권을 가진 슈퍼 닭(인신)을 초인으로 숭배한다. 인간닭들은 기쁨의 눈물을 흘리며 언제라도 신들을 위한 희생양이 될 수 있다. 그것이 그들의 운명이다. 숭배에 길들여진 인간은 닭들처럼 바보일 뿐이다.

지금까지 어떤 제도도 유토피아를 실현하지 못했다. 자본주의도 공산주의도 유토피아를 실현하지 못했고, 오히려 현실과 유토피아의 괴리감만 확인했다. 소비에트 정권이 남긴 커다란 교훈은 현실 속에 강요된 유토피아의 위험성이다. 혹은 적어도 그런 유토피아를 옹호하는 자들에 대한 과도한 신뢰의 위험성이다. 유토피아는 정말로 현실에 불만인 사람들의 상상 속에서만 존재하는 것인지도 모른다. 그래서 공상과학 소설가들은 유토피아보다는 디스토피아의 세계를 즐겨 그린다. 그들은 미래에 인간이 겪게 될 암울한 세상을 보여준다. 미래를 다룬 SF 소설이나 영화의 대다수가 미래 사회를 디스토피아적인 분위기로 묘사하는 것을 볼 때, 지상에서의 파라다이스는 실현 불가능한 꿈이 아닌가 하는 생각이 든다. 하지만 인간은 유토피아의 비전을 상상하거나 희망하는 것을 멈출 수 없다. 사회 현실이 아무리 어렵다고 해도 희망을 포기해서는 안 된다. 희망은 인간의 삶을 유지시켜주는 동력이기 때문이다.

지상낙원에 대한 이야기는 가장 영속적인 담론에 속한다. 과거부터 현재까지 수천 수만 년 동안 형성되어온 인류의 기억에서 지상낙원은 세계문학과 신화에서 반복되는 테마이다. 지상낙원에 대한 이야기는 잃어버린 낙원부터 미래의 낙원에 이르기까지 무궁무진하다. 시간과 역사의 흐름에도 마모되지 않는 낙원의 꿈은 인류의 마지막 희망이기도 하다. 인간이 자연과 조화를 이루고 살며, 대지의 지혜가 다음 세대들에게 전수되는 곳인 낙원은 샹그릴라[189] 같은 곳이다.

---

189   샹그릴라는 제임스 힐턴(James Hilton)이 1933년에 발표한 소설 『잃어버린 지평선(Lost Horizon)』에서 상상한 현대적 신화다. 제2차 세계대전 이전의 정신적 공황기를 배경으로 한 이 작품은 티베트의 외딴 골짜기에 있는 한 공동체에 관한 이야기다. 세상과 격리된 수도원 내지 라마 사원에는, 임박한 재난의 위험에 대비하는 인류의 지혜가 축적되어 있다.

# 28. 실존주의 세계관

인간이란 무엇인가? 인간은 끊임없이 자신이 누구인지를 물으며 자신의 존재의미를 찾고 확인하는 한편 자신의 정체성에 대해 회의하고 좌절하거나 희망을 찾아 왔다. 많은 연구자들이 인간만이 갖는 고유한 본질적 특징을 연구 분석하여 인간에 대한 정의를 내리기도 했다. 그러면 나는 누구인가? 인간의 조건 속에서 '나'라는 자신의 정체성이 갖는 존재의 의미를 진지하게 생각해볼 필요가 있다. 인간의 조건은 절박하고도 묵직한 실존 조건이다.

그리스의 지리학자 파우사니아스(110~180)는 델포이 신전 입구에 새겨져 있는 "너 자신을 알라"라는 말을 통해 지혜의 깊이와 가치를 전달한다. 델포이 신탁은, 자신이 아무 것도 모른다는 사실을 가장 잘 알고 있었던 철학자 소크라테스를 가장 지혜로운 사람으로 평가했다. 소크라테스는 자신의 지혜 때문에 사람들의 미움을 샀고, 독배를 마셔야만 했다. 그는 자신이 어떤 존재인지를 정확하게 알았고 다른 사람들에게도 그렇게 할 것을 촉구했기 때문이었다. 예로부터 인간은 자신이 어떤 존재인지를 알기 위해 진지하게 노력해 왔다.

『지하로부터의 수기』에서 주인공은 도스토옙스키처럼 궁극적으로 철학적인 질문을 주로 던지는 인간인 동시에 지적인 강박관념을 가진 인간이다. 표면적으로 주인공은 1860년대에 지배적이었던 진보사상에 반항한다. 무엇보다도 '인간이 이성적인 존재이므로 합리적인 목적성에 부합되기만 하면, 인간은 그 원리를 따른다는 관념, 그리고 인간은 자연세계의 한 부분이며 과학처럼 인과율의 지배를 받는다는 것이 증명되었다는 관념'에 반대했다. 주인공은, 이성은 인간의 능력 중 한 부분일 뿐이며, 인간의 행동을 거의 좌우하지 않는다고 말한다. 나아가 과학이 아무리 자유는 착각일 뿐이라고 말한다 하더라도 사람들은 이를 받아들이길 거부할 것이라 주장한다. 만약 완벽하게 이성적인 사회가 만들어진다 해도 사람들은 이를 붕괴시키기 위해 음모를 꾸밀 것이다. 철학적 확신을 얻기 위한 안정적인 기반을 찾을 수 없다는 등의 확장적인 서술을 차치하고 보면, 주인공의 기본적인 신념은 개인의 의지가 무엇보다 중요하다는 것이다. 이런 입장은 도스토옙스키를 원시적 실존주의자로 보이게 했다.

『지하로부터의 수기』는 실존주의적 성향의 소설로 실존주의 철학과 깊은 관계를 맺고 있다. 물론 실존주의는 다른 철학에 비해 용의주도한 논리 체계를 세우지 못한다. 그리하여 대부분의 실존주의자들의 주장은 일반적으로 소설이나 수필 형식으로 표현되었고, 철학 저서로 나타나는 경우에도 그 표현이나 주장이 막연하고 논리가 정연하지 못했다. 문학형식을 빌어 나타낸 도스토옙스키의 실존주의 사상 역시 논리 정연한 이론이라기보다는 실존주의적 분위기를 담은 담론의 수준이다. 그럼에도 불구하고 실존의 부조리를 탐구한 도스토옙스키는 문학과 철학이 동전의 양면처럼 서로 떨어질 수 없다는 것을 가장 잘 보여준 작가이다. 반항하는 인간으로서 지하인은 철학적 물음으로 가득 차 있다. 니체는 '아픈 사람은 누구나 다 철학자가 될 수 있다'고 했다. 지하인은 병든 인간으로 철학자가 된 것이다.

그러한 까닭에 도스토옙스키의 작품 세계에서 전환점이 된 소설 『지하로부터의 수기』는 최초의 실존주의 소설로 일컬어진다. 니체 해석자 발터 카우프만은 『지하로부터의 수기』를 "실존주의를 위한 최고의 서곡"이라고 했다. 프랑스 철학자 장폴 사르트르는 "지하인은 실존주의 철학의 선구자이자 대변자이다. 이 작품과 인물이야말로 인간의 본성이 근본적으로 비이성적이라는 것을 분명히 증명한다."고 말했다. 그들 모두 도스토옙스키를 실존주의의 선구자로 간주했다. 사르트르가 '실존이 본질에 우선한다.'는 명제로 정식화한 실존주의에 대한 입장은 제1차 세계대전 후 황폐한 시대적 상황 속에서 야스퍼스, 하이데거, 마르셀 등에 의하여 다양화되고 심화되었다. 실존주의의 선구자인 키에르케고르는 '실존'이란 자기가 자신이 되려는 생성과정이라는 점과 '신 앞에 선 단독자'로서의 주체적 결단을 강조했다. 인간의 본질보다는 인간의 실존이 우선한다는 실존주의 철학은 인간이 살아가면서 겪게 되는 있는 그대로의 경험을 정리한 것이요 체계화한 것에 지나지 않는다. 어쨌든 사르트르의 말에 따르면 그 자신의 실존철학은 이성의 횡포에 대한 도스토옙스키의 비난에서 영감을 얻었다고 한다. 사르트르는 이렇게 말하기도 했다. "실존주의는 휴머니즘이다." 사물의 현존과 인간의 현존은 다르다. 사물의 경우 현존 이전에 사물의 사용에 관한 개념(관념)이 있으나, 인간의 인격의 경우에는 목적도 용도도 구성되어 있지 않다. 그래서 인간의 실존은 본질에 앞선다. 지하인은 자신이 누구보다도 똑똑하다고 자부하며 새로운 시대의 철학과 이념을 모두 경멸하고, 나아가 자기 자신을 가장 경멸하는 지식인으로서 기존의 소설에서는 상상할 수 없었던 새로운 인물이다. 지하인은 인간의 본질을 논하는 기존의 정의에 부합되지 않는 인물인 셈이다.

앞에서 이야기했듯이 도스토옙스키는 의식적으로 실존주의를 주장한 것도 아니요, 실존주의 철학자도 아니었다. 그러나 그의 대다수 작품들은 실존주의 세계관을 함축하고 있다. 실존주의자들은 한결같이 결정론적 관점을 부정하고, 인간에게는 다른 자연현상과 달리 자유가 있다고 믿는다. 한마디로 실존주의는 결정론적 형이상학, 과학주의적 인간관에 대한 항의라 할 수 있다. 도스토옙스키는『지하로부터의 수기』를 통해 19세기 러시아 사회를 지배하고 있던 과학적 인간관, 결정론적 형이상학을 강하게 부정한다. 19세기는 '과학이 종교를 대신할 수 있다'는 신념의 세기였다. 모든 인간은, 과학·지식·이성의 힘으로 유토피아를 실현할 수 있고 행복해질 수 있다는 믿음을 가지고 있었다. 과학적 인간관의 기초는 만물이 인과관계로 연관되어 있고, 인간도 만물 가운데 한 현상에 불과하며, 따라서 인간의 모든 현상도 결정론을 전제로 한 합리적인 해석을 받아들일 수 있다는 신념이었다. 이성이야말로 물리적 세계에 관한 모든 지식의 진정한 원천이라고 주장하는 견해를 합리주의라고 한다. 합리주의에 따르면 이성은 인간에게 보편적으로 주어진 능력이며, 개념과 판단을 형성하는 능력을 말한다. 합리주의는 이처럼 이성을 확실한 인식수단, 감각경험에서 독립된 인식수단으로 보는 견해다. 이러한 사상은 헤겔의 절대적 합리주의로 표현되어 나타났고, 러시아 사회 사상가 체르니솁스키의『무엇을 할 것인가』에서 사회주의적 합리주의로 발전한다. 도스토옙스키는 헤겔 철학에서 절정을 이루는 합리주의뿐만 아니라, 체르니솁스키의 소설에서 구체화된 수정궁 이론(유토피아론)에도 반기를 들었다고 할 수 있다. 도스토옙스키의 철학적 세계관은 결정론에 대한 새로운 해석을 바탕으로 정립된 것이다.

『지하로부터의 수기』에서 지하인이 과학자나 결정론자들의 결정론을 그대로 받아들일 수 없는 이유가 아래에 있다.

> "과학이 나서서 인간에겐 실은 의지도 변덕도 없고 더욱이 이전에도 원래 없었다고, 인간은 그 자체가 피아노 건반이나 오르간 스톱과 비슷한 뭔가에 불과할 뿐이라고 가르칠 것이다.' 하고 여러분은 말한다. 덧붙여 세상에는 아직 자연의 법칙이 있기 때문에 인간이 하는 일은 모두 절대 그의 욕망에 따라 행해지는 것이 아니라 자연의 법칙에 따라 저절로 이루어진다는 것이다. 따라서 이 자연의 법칙을 발견하기만 하면 인간은 자신의 행동에 책임을 지지 않게 될 것이며 사는 것도 굉장히 편해질 것이다. 그렇다면 인간의 모든 행동은 저절로 이 법칙에 따라 로그표처럼 수학적으로 분류되어 100만 8천 종에 이를 것이고 그렇게 기입될 것이다 ……. 인간에게 필요한 것은 오직 독립된 욕망(의지) 하나뿐이다. 이 독립성이 어떤 대가를 요구하든, 어떤 결과를 초래하든 간에, 거참, 대체 욕망(의지)이라는 게 뭔지 ……." [190]

과학적 논리는 인간의 구체적 경험 세계를 언제나 가설 이론으로 해석하고자

---

190  도스토예프스키,『지하로부터의 수기』 김연경 역, 민음사, 2010, 41-42쪽.

한다. 체험을 기초로 현실을 파악하는 것이 아니라 이론을 앞세운다. 인간의 경험보다는 이론이 먼저인 셈이다. 이론적 결정론을 주장하는 합리주의자, 과학주의자, 형이상학자들은 과학과 이성을 기초로 하면 모든 문제를 수학공식처럼 논리적으로 해결할 수 있다고 생각한다. 이성으로 완전한 조화와 행복이 보장되는 이상사회라 할 수 있는 유토피아(수정궁)를 건설할 수 있다는 것이다. 그러나 도스토옙스키의 주인공 지하인은 과학적인 법칙이나 논리로도 설명할 수 없는 비합리적이고 부조리한 존재다. 그는 "값싼 행복이 아니라 고귀한 고통"을 원한다. 그에게 중요한 것은 피아노의 건반이 되는 것이 아니라, 인간의 개성을 지키는 데 있기 때문이다.

> "인간은 자기가 뻔히 알고 있으면서도 의식적으로 자기에게 해롭고 어리석고 정말 완전히 바보 같은 행동을 하는 수가 있다. 그 까닭은 인간은 가장 바보 같은 것을 바랄 수 있고, 오직 합리적인 것만을 바라지는 않는다는 자신의 권리를 입증하기 위해서이다."

지하인의 행동과 말에는 이성으로서는 도저히 이해될 수 없는 불합리하고 부조리한 것들이 많다. 인간은 어떤 목적을 달성하는 데 만족하는 것이 아니라, 그 목적을 이루기 위해 노력하는 그 자체를 목적으로 삼는다. 결국 인간의 목적과 인간의 노력은 서로 부조리한 관계에 있다. 수평선이나 지평선이 인간이 이르고자 하는 마지막 최후의 선(목표)인 줄 알고 그 선에 다가가면 새로운 수평선이 나타나듯이, 인간의 욕망 또한 목적이 달성되면 새로운 목적을 바라는 것이다.

실존주의에서 자주 거론되는 문제는 인간의 불안, 소외, 부조리 그리고 비합리성이다. 도스토옙스키는『지하로부터의 수기』의 주인공 지하인을 통해 인간의 소외와 부조리가 무엇인지를 보여준다. 지하인에게 산다는 것은 부조리한 삶을 살아가는 것이다. 작가는 지하인의 지하실이라는 공간 체험을 통해 존재와 세계의 관계에 대해 끝없는 질문을 던진다. 그는 공간체험을 통해 불안과 고독과 두려움의 감정 없이는 "세계 내 존재"로서의 인간의 의미를 파악할 수 없다는 깊은 통찰을 했던 것이다. "고독한 실존의 자각"만이 지하인의 의식인 것이다. 지하인의 이러한 행동에서, 치유하기 어려운 고독(외로움)이 나타난다. 그에게 외로움은 "존재의 본질"이자 "실존의 본질"이다. 특히 2부에서는 그의 모든 행동의 증표가 나타난다. 여기서 우리는 "고독한 실존의 자각"과 "연대 감정"을 한꺼번에 깨닫는 명증한 자기 인식을 엿볼 수 있다. 또한 인간의 실존에 대한 문제는 나아가 비합리성의 문제와 연결된다.

지금까지 한 이야기에 따라 도스토옙스키가 지하인을 통해 나타내고자 한 주장들을 정리해보자. 첫째로 인간은 결정론 사상이나 유물론적 해석을 원하는 것이 아니라 체험하는 그대로를 의식하는 존재다. 둘째로 인간의 욕망은 이성으로는 이해할 수 없는 것이기에 인간은 근본적으로 불합리하다. 오늘날 세계는 뉴턴의 물리학과 유클리드 기하학이 새로운 것, 즉 양자역학과 비유클리드 기하학으로 대체되어 가는 경향을 보여주고 있다. 결국 도스토옙스키가 통찰한 인간의 비합리성은 오늘날의 세계에서 더 뚜렷하게 제시되는 부정할 수 없는 인간의 본질이며 성격인 것이다.

# 29. 비(非)유클리드 기하학의 세계

　오늘날의 교육 시스템은 문학, 수학, 과학, 역사, 음악, 미술 등 과목을 철저하게 분리한다. 작가들은 오로지 단어로, 수학자들은 수식으로, 음악가들은 음표로 생각하도록 되어 있다. 그러나 창조적인 사고는 학문의 경계선을 넘나든다. 인간은 두 개의 뇌를 갖고 있다. 인간은 좌뇌와 우뇌의 소통과 대화를 통해 창조적인 사고를 창출한다. 그리하여 최고의 생각은 논리적 사고와 상상의 영역으로 호출된 수많은 감정과 이미지가 서로 상호작용하여 태어난다. 세계적인 과학자 알베르트 아인슈타인은 "도스토옙스키는 어떤 과학자보다도 특히 위대한 천재 가우스보다도 더 많은 것을 나에게 주었다. 그리고 상상력은 지식보다 중요하다"고 말했다. 더 나아가 그는 "나는 직감과 직관, 그리고 사고 내부에서 본질이라고 할 수 있는 심상이 먼저 나타난다고 본다. 말이나 숫자는 이것의 표현 수단에 불과하다."고 언급한다. 그와 비슷한 생각을 하는 물리학자 아르망 트루소는 "최악의 과학자는 예술가가 아닌 과학자이며, 최악의 예술가는 과학자가 아닌 예술가이다."라고 말한다. 이처럼 과학자들은 예술가에 대해 이야기하는 데 반해, 도스토옙스키는 문학작품에서 수학적 상상력을 보여준다.

앞서 수차례 강조했듯이, 지하인은 세계에 반드시 "2×2 = 4'라는 법칙만 있는 것이 아니라, "2×2 = 5" 역시 있을 수 있다고 주장한다. 전자는 이성을 바탕으로 한 합리주의의 세계요, 후자는 비합리주의의 세계다. 합리주의 철학은 인간 자체보다 로고스에 본질적 의미를 부여한다. 비합리주의 철학은 로고스보다는 감성에 본질적 의미를 부여한다. 은유적으로 전자는 유클리드 기하학의 세계요, 후자는 비유클리드 기하학의 세계인 것이다.

비유클리드 기하학의 창시자는 러시아 수학자 니콜라이 이바노비치 로바쳅스키(1792~1856)이다. 그의 생각은 수학에 변혁을 가져와 기하학 연구에 새로운 시대를 열었다. 그의 기하학적 명제는 새로운 기하학체계를 수립하는 데 사용되어 자연과학의 여러 분야에 적용되었다. 그의 비유클리드 기하학은 수학과 물리학에 혁명을 일으켰다. 특히 그것은 상대성이론을 창출하는 데 이용되었다. 유클리드 기하학의 제5공준은 "두 평행선은 만날 수 없다"는 것이었지만, 비유클리드 기하학에서 그 명제는 "두 평행선은 만날 수 있다"는 것으로 수정된다. 수학사에서 러시아의 로바쳅스키, 헝가리의 볼리아이, 독일의 가우스와 리만을 거쳐 아인슈타인에 이르기까지 하나의 계보가 이루어진다. 도스토옙스키와 동시대에 활동했던 수학자 로바쳅스키는 러시아의 모든 분야에서 창의적 혁명의 대표적인 인물이었다. 도스토옙스키는 러시아 수학자 로바쳅스키가 유클리드 기하학의 한계를 밝히고 기하학의 새로운 체계를 만들었다는 것에 큰 자부심을 가졌다. 도스토옙스키는 유클리드 기하학을 유럽적 세계라고 생각했다. 유럽은 유클리드적 이성의 한계성을 벗어나지 못한 세계인 것이다. 이와 달리 러시아는 유클리드 기하학을 넘어선 비유클리드 기하학의 넓은 세계다. 도스토옙스키에게 '유럽 대 러시아'는 '유클리드 기하학 대(對) 비유클리드 기하학'으로 변주되어 나타난다. 이러한 맥락에서 도스토옙스키는 "유럽은 러시아를 이해할 수 없지만, 러시아는 유럽을 이해할 수 있다"고 한 것이다. 그의 말에 대한 해석의 지평을 넓히면, 유럽은 이성으로 이해할 수 있지만, 러시아는 이성으로 이해할 수 없을 정도로 넓다는 말이 된다. 인간의 마음은 이성과 감성의 양 날개로 움직인다는 사실을 도스토옙스키는 누구보다도 잘 알고 있었다. 러시아는, 이성과 감성이 공존하지만 로고스(이성)보다 파토스(감성)를 중시하고, 이성적·논리적 과학기술과 감성이 대립할 때 파토스가 중시되는 나라인 것이다. 그러므로 러시아인은 유클리드 기하학만으로는 이해하기 어려운 존재인 것이다.

로바쳅스키처럼 도스토옙스키는 언어 예술 분야인 문학에서 새로운 글쓰기의 패러다임을 만든 작가다. 도스토옙스키는 『지하로부터의 수기』에서 "2×2 = 5'라는 수식을 사용하여 인간론에 대한 새로운 개념을 창출했다. "2×2 = 4"와 "2×2 = 5"는 각각 유클리드 기하학의 세계와 비유클리드기하학의 세계라고 할 수 있다. 비유클리드 기하학의 세계라고 표현할 수 있는 "2×2 = 5"가 상징하는 의미 체계에서는 "2×2 = 4"의 세계를 부정적으로 바라본다. "2×2 = 4"가 논리와 이성의 세계였다면, "2×2 = 5"는 비합리적이고 비(非)이성적이며 감성적인 세계다. "2×2 = 5"의 세계는 영국 박람회에서 선보인 수정궁이 수학적 계산을 바탕으로 구현된 유토피아로서 인간성 박탈을 전제로 한 것이라고 주장한다. 즉 수정궁은 인간의 본질적 욕망을 이해하지 못한 결과물이다. 마지막 숫자가 없는 것처럼 인간의 욕망에도 마지막은 없다. 유클리드 기하학을 기초로 세워진 유토피아는 사실 인간의 무한 욕망을 실현할 수 있는 시공간이 아니다. 그리하여 합리주의자들이 내세우는 수정궁은 개미집, 닭장, 피아노의 건반이나 다름없어지는 것이다.

유클리드의 세계에서는 행복이 보장되는 수정궁(유토피아)의 세계를 상상할 수 있다. 제1부에서 "수정궁=개미집(또는 닭장)"이라는 비유로 나타나는 수정궁은 도스토옙스키가 역설가인 지하인의 입을 빌어 "2×2＝4"로 요약한 서구 이성주의의 완결판, 즉 인간 이성의 힘과 인류 역사의 진보의 무한한 가능성에 대한 믿음에서 나온 최고의 결과물이라고 볼 수 있다.

> "합리성이란 주관적 자아와 세계의 분리를 전제로 작용한다. 이성을 지닌 내가 세계에 대해 이성의 잣대를 적용하여 판단하고 그 판단에 의거해 행동하고 의미를 부여한다는 것이다. 이때 합리성이란 세계를 분명하고 확실하게 판단할 수 있는 수학적 계산 능력을 뜻한다. 왜냐하면 수학적 계산이야말로 명료하고 분명하기 때문에 우리의 판단력을 흐리는 혼란스러운 기분이나 감정이 끼어들 여지가 없기 때문이다."

비합리성의 반대 극으로서의 합리성이 보편적 잣대로 자리 잡고 인간과 사회의 제반 제도들을 바꿔나가는 시간을 우리는 근대라 부른다. "계몽이라고 하는 것은 이성의 명료한 빛을 밝히는 것을 의미한다. 그런데 이렇게 점화된 이성의 빛은 세상의 어둠을 밝히는 데 사용될 뿐만 아니라 밝게 비춘 세계를, 이성의 주인으로 간주되는 '인간' 중심으로 바꿔나가는 데 기여한다. 나중에 도구적 합리성이라는 이름으로 분류된 이성의 작용이 바로 이것이다. 합리화된 세계는 도구화된 세계다. 그리고 그 덕분에 세계는 이제 많은 것이 예측 가능하고 통제 가능한 안전한 곳으로 바뀌었다." 그러나 인간 세계는 수학적 세계가 아니다. 수학적 이성의 분석적 방법만으로는 인간 세계를 이해할 수 없다. 인간 세계는 유클리드 세계와 비유클리드 세계가 공존하는 장이다.[191] 인간은 행복만을 보장하는 유토피아의 세계를 원하는 것이 아니다. 인간의 욕망이 그러한 수학적 진리를 거절하기 때문이다.

> "하지만 2×2 = 4는 어쨌거나 정말 참을 수 없는 것이다. 2×2 = 4는 내 생각으론 정말로 뻔뻔스러움의 극치일 따름이다. 2×2 = 4는 양손을 허리에 대고 젠체하듯 여러분을 바라보고 그렇게 여러분의 길을 가로막고 선 채 거드름을 피우며 침을 뱉는 것이다. 2×2 = 4가 훌륭한 녀석이라는 점에는 나도 동의하지만, 이것저것 다 칭찬할 바엔 2×2 = 5도 이따금씩은 정말 사랑스런 녀석이 아닌가."[192]

비(非)유클리드의 세계는 고통이 수반되는 디스토피아의 세계다. 인간은 어

---

191  유클리드 기하학과 비(非)유클리드 기하학의 차이에 대해 부연 설명할 필요가 있다. 유클리드가 2000여 년 전에 가르친 기하학을 유클리드 기하학이라 부른다. 우리의 생물학적 발달은 우리가 완벽하게 유클리드적이라고 여기는 세계를 제시했다. 우리는 현실이 유클리드가 묘사한 것과 똑같다고 생각한다. 예를 들어 우리는 삼각형의 세 각의 합이 180도를 넘어서는 것은 불가능하다는 학습된 경험들을 확고한 믿음으로 머릿속에 고정시켜 놓았다. 철학자 칸트도 유클리드적인 세계관으로 현실을 이해했다. 칸트의 이해를 받아들일 때 우리는 암묵적으로 유클리드 기하학이 진리임을, 그것이 올바르게 기술하고 있음을 가정한다. 그러나 아인슈타인으로 대표되는 현대물리학이 유클리드기하학은 현실과 일치하지 않으며, 기하학적 세계상은 그처럼 직관을 통해 파악될 수 있는 것이 아니라는 사실을 밝혀냈을 때, 사람들은 무척이나 놀랄 수밖에 없었다. 우리의 우주는 비(非)유클리드적이고 휘어져 있다 (이 가능성에 대해서는 이미 19세기의 수학자 리만이 언급한 바 있다).

192  도스토예프스키, 『지하로부터의 수기』, 김연경 역, 민음사, 2010, 57쪽.

리석게도 고통이 배제된 행복을 원하지 않는다. 인간의 자유 의식은 가장 큰 고통을 겪으면서 그 고통을 가장 값지게 여기기 때문이다. 인간의 자유의지는 인간 생명의 본질이기도 하다. 합리주의자들의 지식모델은 수학 체계처럼 두 요소로 구성된다. 즉 자명한 공리와, 그걸 토대로 이루어지는 연역이다. 연역적 지식체계에서는 공리와 같이 자명한 진리의 역할을 하는 지식이 어떤 것인가가 중요한 문제가 된다. 수학 공식처럼 자명한 이론이 체르니셉스키의『무엇을 할 것인가』에서 나타나며, 그 이론은 공산주의나 사회주의의 이상과 동일시된다.

지하인은 이상사회를 수정궁으로 부르면서 냉소를 퍼붓는다. 만약에 수정궁이 건설되면 인간은 수학의 대수표처럼 논리적으로 행동할 수밖에 없다. 그는 이러한 공리주의적 이론을 믿지 않을 뿐만 아니라 그 이론에 대해 거칠게 항거한다. 그러한 수정궁이 실현된다 하더라도 인간의 자유 본능은 수정궁을 받아들이지 않을 것이다. 지하인은 유토피아에서 실현되는 자유의 모순과 역설을 숙고했다. 그런 합리적인 생활 속에 갇히게 되면, 인간은 권태를 감당하지 못하고, 자유의지에 따라 살고 싶어 대수표를 찢어버리거나 수정궁을 벗어나고자 할 것이다. 결국 인간의 개성을 무시하는 제도는 어떤 제도이건 스스로 붕괴될 것이다.

도스토옙스키는 "2×2 = 4"가 지배하게 될 완벽한 유토피아 왕국으로서의 수정궁을 강하게 비판한다. 수정궁의 완벽함은 역설적으로 그것의 최대 약점이다. 완벽은 진보를 허용하지 않기 때문이다. 진보를 허용하지 않는 수정궁은 죽음의 시공간일 뿐이다.『지하로부터의 수기』는 수정궁을 통해 '이성의 위기' 시대가 도래할 것을 예견한 작품이다. 더 나아가 이 작품은 유클리드 기하학의 수학공식으로는 풀 수 없는 인간의 욕망과 자유에 대한 문제들을 제시한다. 도스토옙스키는 지상에서의 유토피아 건설에 대해 욕망과 자유의 이름으로 부정한다. 그가 부정하는 이유는 다음과 같다.

첫째는 그의 욕망이론이다. 유토피아에 대한 다양한 정의가 있지만, 일반적으로 인간의 욕망이 실현되는 시간과 공간을 우리는 유토피아라 부른다. 욕망이 실현되는 시공간은 사실 행복이 보장되는 시공간이기도 하다. 그런데 욕망은 수평선이나 지평선과 같아서 인간이 다가가면 늘 새로운 수평선이나 지평선을 제공한다. 라캉의 말처럼 "주체는 결핍이요, 욕망은 환유"가 될 수 있다. 그러나 마지막 숫자가 없듯이 마지막 욕망이라는 것도 없다. 욕망의 끝이란 죽음일 뿐이다. 그러므로 인간에게서 욕망이 사라지지 않는 한 유토피아는 불가능한 것이다. 인간의 욕망은 자유롭고 무한하다. 욕망은 비합리적인 자유를 먹고 산다. 사회주의자나 공산주의자가 내세우는 지상에서의 유토피아 건설은 인간 욕망의 본질적 성격을 무시한 환상적인 허구에 불과하다. 도스토옙스키는 인간성 박탈을 전제로 하는 사회주의적 유토피아에 대한 두려움을 인지한 것이다.

둘째는 자유의 역설이다. 앞서 설명했듯이 러시아어에는 자유라는 의미를 가진 단어가 두 개 있다. 하나는 볼랴(volia, freedom)이고, 다른 하나는 스바보다(svoboda, liberty)이며, 전자는 '의지로서의 자유'를, 후자는 '법적인 권리로서의 자유'를 의미한다.[193] 반드시 구별하여 사용하는 단어들은 아니지만 자유의지(Free-will)라는 말처럼 볼랴(freedom)에는 자발적 의지의 관철이라는 의미가 함축되어 있고, 스바보다(liberty)는 리버럴리즘(liberalism, 자유주의와 진보

---

193  이현우, 『로쟈의 인문학 서재』, 산책자, 2009, 69쪽.

주의)과 연계된다. 스바보다는 이즘이 될 수 있지만, 볼랴는 이즘이 될 수 없다. 체르니솁스키가 내세운 수정궁은 인간의 자유(воля, свобода)가 말살된 세계이다. 더 나아가 도스토옙스키는 자유의 역설을 통해 사회주의 이데올로기의 위험성을 알리고 있다. 인간은 누구나 무한 자유를 갈구한다. 그러나 어느 인간에게 무한 자유가 주어진다는 것은 무한 독재를 허용하는 것과 같다. 『악령』의 시갈료프가 주장한 것처럼 무한 자유는 무한 독재인 것이다. 도스토옙스키의 주요 인물들은 종종 자신의 자유의지에 따라 살인을 하고 자신의 폭력을 정당화한다. 궁극적으로 그들의 무한 자유는 그들을 정신적으로 구속하는 괴물로 변한다. 그들은 무한 자유의 독재자가 되어 자신의 삶뿐만 아니라 다른 사람들의 삶까지 파멸시킨다.

# 30. 수비학(數秘學)

수비학(Numerology)은 숫자와 사람, 장소, 사물 등의 연관성을 연구하는 학문이다. 잘 알려진 수비학으로는 칼데아의 수비학, 피타고라스의 수비학, 카발라의 게마트리아 수비학 등이 있다. 그리스의 철학자이자 수학자인 피타고라스는 만물의 근원을 수(數)로 풀이했다. 피타고라스는 1은 점, 2는 두 점을 연결한 선으로 간주했다. 그러나 점이나 선은 보이는 객체가 아니어서, 삼각형이라는 첫 평면을 구성하는 3을 최초의 진짜 수로 여겼다. 그는 숫자 10을 완성이란 의미의 숫자로 보았다. 10 이상은 10 안에 들어 있는 숫자들의 반복일 뿐이라고 여겼다. 피타고라스주의는 밀교 오르페우스교와 같은 신비적·종교적·정서적 운동과 깊이 연관되어 있었다. 그러나 동시에 진지한 철학적 관심을 강하게 드러내는 측면도 있었다. 이전 시대의 자연주의 철학자들과 마찬가지로 피타고라스 학파도 형이상학(존재의 본성)에 대한 관심을 지속적으로 가지고 있었지만 그들과 달리 존재의 본성을 어떤 실체가 아니라 수학적 형상(形象)에서 찾았다.

또한 피타고라스학파는 본래 이오니아학파에서 비롯된 주장, 즉 세계는 대립자들(젖은 것과 마른 것, 더운 것과 찬 것 등)로 구성되어 있으며 무제한적인 어떤 것에서 나왔다는 주장을 수용했으나, 여기에 '무제한적인 것에 제한을 부여하는 관념'과 '우주의 음악적 조화라는 관념'을 덧붙였다. 그들은 이오니아학파처럼 천문학적·기하학적 사변에 몰두했다. 피타고라스주의는 수에 관한 합리주의적 이론을 수수께끼 같은 수비학(數秘學)과 결합하고 사변적 우주론을 영혼에 관한 신비스런 이론과 결합함으로써 합리주의와 비합리주의를 뒤섞어놓았는데, 이러한 특징은 고대 그리스의 다른 어떤 사상운동에서도 찾기 힘들다. 이러한 사실을 토대로 피타고라스가 수비학을 이용한 것처럼 도스토옙스키가 자신의 작품에서 수비학을 어떻게 이용하는지 살펴보자.

『지하로부터의 수기』에 나오는 숫자에는 어떤 것들이 있을까? 체르니셉스키는 『무엇을 할 것인가』에서 외부자연의 분석에 결정적인 요소로 제공되는 과학적이고 수학적인 영역이 인간의 내적 본성을 분석하기 위한 기초가 될 수 있다고 주장했다. 인간 심리, 도덕적, 사회적 행동의 제반 문제에 수학적 방법을 적용하려는 시도는 1860년대 러시아에서 주요 논쟁의 대상이 되었다. 체르니셉스키의 작품은 인간의 이성에 대한 믿음에 기반해 있으며, 인간은 이성이 있기에 합리적인 의사결정을 내릴 수 있고, 궁극적으로는 이상사회를 건설할 수 있다는 내용을 다룬다. 그리고 그의 합리성은 "2×2 = 4"라는 공식에 의해 특징지워진다. 합리적인 인간에게 있어 특정 상황에서의 특정 원인은 언제나 특정한 결과를 도출한다. 다시 말해서 인간은 합리적이기에 같은 원인에서 언제나 같은 결과를 산출해낸다. 이는 서구의 이성 중심적 사고에 기초한 인식론과 맥을 같이 한다. 데카르트의 "Cogito ergo sum(생각한다, 고로 존재한다)" 이후 인간은 언제나 이성의 중심에서 이성의 대변자로 통했기 때문이다. 다시 말해 "2×2 = 4"의 세계는 계몽주의나 합리주의가 지배하는 세계다. 근대적 이성이란 모든 것을 재고, 분석하고, 산술적(수학적) 계산으로 해결하려는 수학의 세계와 비슷하다. 수학에는 원래 '생각하는 법'들이 많이 숨어 있다. 수학책을 펼치면 알 수 없는 개념과 낯선 기호들이 너무 많아 골치가 아프다. 개념과 기호들은 우리를 생각(사유)의 세계로 이끈다. 오늘날에도 "숫자는 계몽의 경전"[194]이 되었다고 해도 과언이 아니다. 사실 우리가 사용하는 가장 추상적인 기호언어는 숫자다.

> "수학적 방식은 거의 사유의 제의가 되었다. 공리에 의한 자기 제한에도 불구하고 수학적 방식은 필수적이고 객관적인 것으로 군림한다. 수학적 방식은 사유를 사물로, 즉 도구로 만드는 것이다."[195]

수학적으로 표현되고 설명될 수 없는 것은 아무것도 아니다. 과학자들은 수학을 진리라고 한다. 당대의 계몽주의자나 합리주의자들도 수학을 불변의 진리라고 이야기한다. 그들은 수학과 같은 합리적인 유토피아, 즉 수정궁을 꿈꾼다. 그러나 그러한 유토피아는 모든 것을 통제하고 감시하며 인간의 개성을 파괴한다. 그들의 유토피아는 사실상 허구의 세계이며 끊임없이 욕망하는 인간의 본질과 자유의지를 간과한 세계이다.

체르니솁스키는 구구단 "2×2 = 4"에 최고의 긍정적 성격을 부여했다. 그리고

---

194  M. 호크하이머/Th. W. 아도르노, 『계몽의 변증법』 김유동·주경식·이상훈 역, 문예출판사, 1995, 29쪽.

195  M. 호크하이머/Th. W. 아도르노, 『계몽의 변증법』 김유동·주경식·이상훈 역, 문예출판사, 1995, 54쪽.

인간의 제반 행동에 대한 해답도 "2×2 = 4"처럼 이성적 이기주의가 제시하는 이익 공식에 따라 나올 수 있다고 믿었다. 인간의 모든 행동과 제반 문제는 수학 공식이나 백과사전처럼 규범화되어 있다고 생각했던 것이다. 실제로 "2×2 = 4"는 누구나 당연히 받아들이는 보편적 공식으로서 인간의 행동을 규정하는 보편적 원리다. "2×2 = 4"는 인류의 조화를 보장해주는 세계조화의 위대한 원리이기도 하다. 그러나 유토피아의 왕국으로서의 수정궁은 "2×2 = 4"처럼 완전한 시공간이지만 한편으로 죽어 있는 공식이다. 수정궁의 완벽함은 역설적으로 그것의 최대 약점이 된다. 무결점의 완벽은 진보를 허용하지 않는 모순을 낳는다. 수정궁의 완벽함은 더 이상의 진보를 허용하지 않기에 그것은 이미 죽은 공식에 불과하다. 그럼에도 당시의 많은 사람들은 수학의 완벽성을 믿듯이 수정궁의 완벽함을 무조건 믿었다. 그러나 오늘날 괴델의 '불완전성 정리(Incompleteness theorem)'를 알게 되면 수학과 수정궁의 완전성이 참이 아닌 것을 알게 된다. 이 정리를 설명하자면 '모든 수학적인 논리 체계(공리계)에는 그 논리 자체로는 증명할 수 없는 참인 명제들이 존재하고, 그 체계는 스스로 모순이 없음을 증명할 수 없다'는 것이다. 한마디로 '수학은 완전하지 않다'는 것이다. 수학처럼 오늘날 그 완벽함을 지탱해주는 과학 역시 궁극적으로 인간 자체를 파괴함으로써 끝날 수 있다는 것이다.

　괴델처럼 도스토옙스키 역시 『지하로부터의 수기』에서 돌벽과 같은 "2×2 = 4"가 상징하는 모든 이성 중심적 세계관을 비판하며 그에 도전한다. "2×2 = 4"가 아니라, "2×2 = 5"라는 공리를 통해 새로운 세계관을 옹호한다. "2×2 = 4"가 제공하는 상징의 반대편에 불완전한 "2×2 = 5"가 있다는 것이다. "2×2 = 4"가 합리주의를 상징한다면, "2×2 = 5"는 비합리주의를 상징한다. 지하인은 2×2 = 4로 정의되는 인간의 본성을 무시한 이성과 과학의 법칙이 인간 자체의 도덕성과 윤리관까지도 해결할 수 있다는 계몽주의(합리주의) 이론에 맞선다.[196] 그에 따르면 인간의 행복을 위해서 이익과 이성의 법칙에 대립하는 2×2 = 5라는 자의지의 법칙이 더 중요하고, 인간은 완성 그 자체보다 완성에 이르는 길을 사랑하며, 선한 의지뿐만 아니라 파괴와 혼돈을 지향하는 나쁜 의지도 본성으로 갖는다는 것이다.[197]

작가에 따르면 인간은 스스로 합리주의자임을 자처하지만, 의외로 비합리적인 성격의 소유자이기도 하다. 지하인 역시 자신의 자유의지와 욕망에 따라 비합리적인 행동을 일삼는 자이다. 도스토옙스키는 지하인을 통해 인간의 불합리성을 증명하고 밝힌다. 이는 사실과 진리가 서로 다름에서 기인한 주장이기도 하다. 유클리드적 사고방식은 사실의 확실성을 담보하지만 진리를 밝히는 데는 무용하다. 진리는 수학적 사고가 작동할 여력이 적은 메타 영역에 위치하기 때문이다. 하이데거가 말한 것처럼 진리(Aletheia)는 열려 있으며 은폐되지 않은 것이다. 때문에 "2×2"의 값은 4로 한정되지 않으며 무한하다. 그리하여 지하인은 "2×2 = 5"를 통해 기존의 체제를 부정하고 이성주의에 반항한다. 반(反)영웅으로서 반세계를 꿈꾸는 지하인에게 기존의 유클리드적 체계는 용납될 수 없는 것이다.

구구표 "2×2 = 4"와 "2×2 = 5"가 각각 상징하는 함축의미를 비교하면 다음과

---

196   공상적 사회주의자 푸리에의 인간본성이론에 따르면 인간의 모든 행동은 이익을 추구하는 것과 직결된다. 그는 2×2 = 4로 정의되는 이성과 과학의 법칙이 인간 자체의 도덕성과 윤리관까지도 해결할 수 있다고 주장한다. 지하인은 2×2 = 5라는 이론으로 푸리에의 인간본성이론에 맞선다.

197   조유선 편저, 『도스또예프스끼 읽기 사전』, 열린책들, 2002, 209쪽.

같다. 아래의 비교가 완벽하게 맞는 것은 아니지만 각각의 구구표는 그 나름대로 유사한 의미를 지향하고 있다. 아래의 표는 지하인이 구구단의 숫자를 내세워 이야기하고자 한 개념들을 유사성에 따라 정리한 것이다.

| 2×2=4 | 2×2=5 |
|---|---|
| 이성과 합리성 | 비이성과 비합리성 |
| 합리적 인간(Rational Man) | 비합리적 인간(Irrational Man) |
| 자연법칙(돌벽) | 자연법칙(돌벽)으로부터의 자유 |
| 이성(지성)의 세계 | 감성(영혼)의 세계 |
| 논리성과 체계성 중시 | 비논리와 비체계성 중시 |
| 결정론: 계몽주의, 합리주의, 이성주의, 공리주의, 전체주의, 사회주의, 공산주의 | 비결정론: 비합리주의, 자유주의 |
| 평등(통일성 강조) 중시 > 자유(개성 강조) | 자유(개성 강조) 중시 > 평등(통일성) |
| 낮은 엔트로피(정보량) | 높은 엔트로피 (정보량) |
| 유토피아(수정궁, 개미집, 닭장, 피아노건반) | 디스토피아 |
| 체르니솁스키의 등장인물들 | 도스토옙스키의 지하인 |
| 식선적인 인간/정상적인 인간/현실적인 인간 | 생각만 하는 인간/ 시험관 인간 |
| 유클리드 기하학의 세계 | 비(非)유클리드 기하학의 세계 |

# 31. 변신: 카프카와 도스토옙스키

실존주의 문학의 주역들인 사르트르나 카뮈는 도스토옙스키의『지하로부터의 수기』와 프란츠 카프카의『변신』을 자신들의 계보 맨 앞쪽에 모신다. 두 작가의 작품 곳곳에는 '부조리'와 '불안한 인간 존재'라는 문제의식이 공통적으로 내재하기 때문이다. 그들은 누구보다도 인간의 불안과 소외를 잘 이해하고 있었다. 그들은 모두 인간의 영역과 벌레의 영역을 구분하지 않는다. 도스토옙스키는 독자를 배려하지 않는 불친절한 도입부를 사용하여 독자의 눈길을 잡아끈다.『지하로부터의 수기』의 첫 장부터 지하인은 자신의 존재의 불안을 고백한다. 지하인은 자신의 존재를 독자들에게 알린다. 인간도 벌레도 될 수 없는 존재자의 실존에 대한 지하인의 고백이다.

"나는 심술궂은 인간이 되지 못한 건 말할 것도 없고 숫제 아무것도 될 수 없었다. 심
술궂은 인간도 착한 인간도, 야비한 인간도, 정직한 인간도, 영웅도, 벌레도 될 수 없

었던 것이다. 하지만 지금은 내 방구석에서 이렇게 연명하면서, 현명한 인간이라면 진정 아무것도 될 수 없다, 오직 바보만이 뭐든 되는 법이다, 하는 아무짝에도 쓸모 없는 표독스러운 위안이나 하며 나 자신을 약을 올리고 있다." [198]

"내가 하고 싶은 얘기는, 여러분, 여러분이 듣기 좋든 싫든 간에, 내가 왜 한낱 벌레조 차 될 수 없었는가에 대한 것이다. 여러분에게 의기양양하게 말하건대, 나는 벌레가 되고 싶었던 적이 한두 번이 아니다. 하지만 나는 그만한 가치도 없는 놈이었다. 맹 세하건대, 여러분, 너무 많이 의식하는 것이야말로 병, 그야말로 진짜 병이다." [199]

『지하로부터의 수기』제1부에서 지하인은 한 번도 아니고 여러 번 벌레가 되 고 싶었다고 고백한다. 제2부에서 지하인은 스스로 벌레임을 인정한다. '나는 세상의 모든 벌레들 중에서 가장 추잡하고 가장 우스꽝스럽고 가장 변변찮고 가장 어리석고 가장 질투심이 강한 벌레다."[200] 르네 웰렉은 「도스토옙스키 비 평사」에서 "고골과 톨스토이에게 많은 것을 배우긴 했지만, 프란츠 카프카는 확 실히 도스토옙스키에게서 배웠다."[201]고 주장한다. 카프카의 소설『변신』에서 주인공 그레고르는 어느 날 벌레로의 변신에 성공한다. 흉측한 벌레가 되어버 린 뒤 그는 의사소통이 단절된 채 방구석에 처박혀 있다. 경제력을 잃은 그레고 르는 일을 하지 않는 가족이 앞으로 어떻게 살아갈지 걱정스럽다. 하지만 그 걱

---

198  도스토예프스키, 『지하로부터의 수기』 김연경 역, 민음사, 2010, 12쪽

199  도스토예프스키, 『지하로부터의 수기』 김연경 역, 민음사, 2010, 14쪽

200  도스토예프스키, 『지하로부터의 수기』 김연경 역, 민음사, 2010, 188-189쪽

201  르네 웰렉 편, 『도스또예프스끼 연구』 고대노어노문학회 역, 열린책들, 1987, 25쪽.

정은 기우였다. 가족들은 저마다 일거리를 찾아 돈을 벌면서 예전보다 활기차게 변한다. 그러면서 진액을 묻혀가며 벽을 기어 다니는 그레고르를 눈엣가시처럼 귀찮아한다. 가족은 경제적인 이유로 하숙인 세 명을 들이지만 그레고르의 정체가 드러나 난처해진다. 그것을 계기로 그레고르는 끝내 죽음에 이르게 된다. 지하인이나 그레고르는 모두 방구석이나 침대에서 떠나지 못하는 존재들이다.

> "어느 날 아침, 그레고르는 잠자다가 불안한 꿈에서 깨어났을 때 침대 속에서 한 마리의 흉측한 벌레로 변해 있는 자신의 모습을 발견했다. 그는 갑옷처럼 딱딱한 등껍질을 밑으로 대고 누워 있었다. 머리를 약간 쳐들어보니 불룩하게 부풀어 오른 갈색의 배가 보였다. 복부 위에는 몇 줄기의 골이 져 있고, 골 부분은 움푹 들어가 있었다."[202]

지하인과 그레고르가 각각 벌레가 되어버리는 이유는 무엇일까? 두 소설은 모두 황당무계한 장면으로 시작하지만 지극히 현실적인 토대 위에서 전개된다. 지하인이 지하와 지상에서 자기 영역을 완전히 확보하지 못하듯이, 그레고르 역시 인간의 영역과 벌레의 영역 중 어느 곳에도 완벽하게 속하지 못한다. 두 소설 모두 벌레라는 환상적 상징을 등장시켜 유연하게 일상적인 공간으로 넘어온다. 그로써 인간들에게 '너도 벌레지?'라는 날 선 질문을 던진다.

---

202  프란츠 카프카, 『변신』, 박환덕 역, 범우사, 2003, 89쪽.

『지하로부터의 수기』에서 가난한 하급 공무원 출신의 지하인은 술집에서 우연히 자신을 모독한 적이 있는 장교에 대한 복수를 꿈꾸며 상트페테르부르크 네프스키 대로의 군중들 사이에서 자학적인 생각에 잠긴다. 그는 당구장에서 장교에게 파리 취급당한 일을 곱씹으며 자신을 파리로 여기고 자학한다. 그는 곤충으로의 변신에 성공한 셈이다.

"갑자기 몹시 기막힌 생각이 떠올랐다. 이따금씩 축제날이면 나는 오후 3시 무렵에 네프스키로 나가 양지 바른 쪽을 따라 산책을 하곤 했다. 즉, 거기서 산책을 한 건 전혀 아니고, 무한한 고통과 굴욕과 솟구치는 짜증을 맛보곤 했다. 하지만 분명히 바로 이런 것이 내게 필요했던 것이리라. 나는 장군들, 근위병들과 근위경기병 장교들, 또 귀부인들에게 끊임없이 길을 양보해주면서 뱀장어처럼 아주 볼썽사나운 모습으로 행인들 사이를 비집고 다녔다. 이런 순간에 내 옷차림이 얼마나 궁상맞은지, 또 여기저기 비집고 다니는 내 모습이 얼마나 궁상맞고 비루한지 생각만 해도 심장에선 경련이 일 만큼 강렬한 통증이 느껴졌고 등짝에선 열이 펄펄 끓어올랐다. 이것은 극심한 고통이요 끊임없는, 참을 수 없는 굴욕감으로서, 나는 파리이다, 이 온 세상 앞에서 나는 아무짝에도 쓸모없는 주잡한 파리다. 하지만 '그 누구보다도 현명하고, 그 누구보다도 지적으로 성숙했고 그 누구보다도 고결하다. 당연히 그렇건만 누구한테나 끊임없이 길을 양보하고 누구한테나 굴욕을 당하고 누구한테나 모욕을 받는 파리가 아닌가' 하는 생각 때문에 생기는 것인데, 이런 생각은 끊임없는, 직접적인 감각으로 바뀌어 갔다."[203]

---

203 도스토예프스키, 『지하로부터의 수기』, 김연경 역, 민음사, 2010, 84~85쪽.

네프스키 대로를 걷는 지하인은 혼자만의 독백에 사로잡혀 남들에게 길을 양보하면서 당혹감과 심한 굴욕감을 느낀다. 그는 자신이 다른 사람들의 관찰과 추적의 대상이 된다는 자의식에 계속 사로잡혀 있다. 그의 불안감은 군중 속에서 자신을 반복적으로 소외시키는 효과를 낳는다. 그의 자학적인 태도는 급기야 자신을 하나의 파리 같은 존재로 내몬다. 지하세계에서 나온 파리 같은 존재가 현실에 대한 전면적인 전복을 꿈꾸게 될 때, 자신을 모독한 모든 사람을 향한 무차별적 보복을 단행할 수 있을 것이다.

한편 지하인은 자신의 정체성을 생쥐와 동일시하기도 한다. 생쥐는 지하인과 마찬가지로 쥐구멍(지하)에서 살아가는 동물이다. 그러한 공통점에 착안하여 지하인은 동물로의 변신에 성공한다. 그는 생쥐의 모든 습성을 그대로 유지하고 있는 존재이기 때문이다.

"가령 정상적인 인간의 안티테제, 즉 강렬하게 의식하는 인간, 물론 자연의 품이 아니라 증류기에서 나온 인간을 보면, 이 증류기 인간은 이따금씩 자신의 안티테제 앞에서 완전히 항복하고 그 결과 예의 그 강렬해진 의식에도 불구하고 자기 자신을 기꺼이 인간이 아닌 생쥐로 간주해 버린다. 비록 강렬하게 의식하는 생쥐라고 할지라도 어쨌거나 생쥐는 생쥐지만, 여기서는 인간이 문제가 되는 것이고 고로 ……. 뭐 등등이다. 그리고 무엇보다도 중요한 것은 정말이지 그가 바로 저 스스로 자신을 생쥐로 간주한다는 점이다. 누가 제발 좀 그러라고 사정을 하는 것도 아니건만 저 혼자 그런다는 것, 바로 이게 중대한 점이다. 이제 이 생쥐의 행동 양상을 좀 살펴보자. 예컨대, 생쥐 주제에 역시나 모욕감에 젖어 또 역시나 복수를 바란다고 치자 …….

타고난 어리석음 탓에 자신의 복수를 그냥 정의라고 간주하는 반면 생쥐는 강렬해진 의식 탓에 이런 경우 정의 자체를 부정하기 때문이다. 그러다가 결국에는 일 자체, 복수 행위 자체를 부정하기 때문이다. 그러다가 결국에는 일 자체, 복수 행위 자체에 이르게 된다. 불행한 생쥐는 원래 있던 하나의 추잡한 것 외에, 이미 그토록 많은 다른 추잡한 것을 의문과 의심의 형태로 자기 주위에 잔뜩 쌓아 버리고 말았다. 해결되지 못한 너무도 많은 의문을 하나의 의문에 포함시켰기 때문에 생쥐 주위에는 어쩔 수 없이 숙명적인 잡탕이 생기는데, 그건 생쥐의 의심들, 흥분들, 끝으로 심판관과 독재자의 모습으로 의기양양하게 나타나 생쥐를 에워싸곤 쩌렁쩌렁한 목소리로 생쥐를 비웃고 껄껄대는 즉흥적인 활동가들이 생쥐에게 뱉어 댄 침으로 이루어진 구린내 나는 시궁창 같은 것이다. 물론, 그래 본들 생쥐로선 한 손을 내젓고 그 자신도 믿지 않는 썰렁한 경멸의 미소를 지으며 창피스럽게 자신의 쥐구멍 속으로 기어들어갈 도리밖에 없다. 그곳 구린내 나고 추악한 자신의 지하에서 우리 생쥐는 모욕과 조롱에 짓이겨진 채로 그 즉시 싸늘한 독기를 품은, 무엇보다도 영원토록 사라지지 않을 악의 속으로 침잠한다. 그러곤 사십 년을 내리 자신의 모욕을 가장 극악하고 수치스러운 세부 사항까지 죄다 기억해 내고 그때마다 자기 쪽에서 훨씬 더 수치스러운 세부 사항을 덧붙이면서 자신의 환상을 통해 표독스럽게 스스로를 약올리고 짜증나게 만들 것이다." [204]


지하인은 왜 자신을 벌레, 파리, 생쥐에 비유할까? 『지하로부터의 수기』는 읽는 독자나 해석하는 비평가의 관점에 따라 다양한 의미의 지평을 확대할 것이

---

204  도스토예프스키, 『지하로부터의 수기』 김연경 역, 민음사, 2010, 20~22쪽.

다. 이 수기를 읽는 행위는 누구에게나 삶의 부조리를 환기시키며 실존적 문제에 대한 각자의 고민들을 아프게 자극한다. 그것은 '진정한 인간 존재의 모습은 무엇인가'에 대한 답을 찾는 노정과도 맞닿아 있다. 실존하는 존재로서 자의식의 불안에 사로잡힌 지하인은 벌레로 전락할 수밖에 없다. 지하인이 느끼는 인간으로서의 존재에 대한 불안감은 벌레나 파리 또는 생쥐로, 변신에 대한 욕망으로 귀결되었던 것이다. 지하인처럼 도스토옙스키는 학창시절이나, 유배지 생활에서나 도시 생활에서 항상 이방인으로 살아야 했다. 이방인으로서의 도스토옙스키가 실존적 불안으로 평생 외로움에 시달리면서도 인간으로서의 존재성을 획득하려고 치열하게 고민한 결실이 『지하로부터의 수기』에 녹아 있는 것이다. 카프카가 존재 이유를 상실한 인간의 불안한 내면세계를 갑충으로 변신한 그레고르의 독백 형식으로 표현한 것처럼, 도스토옙스키는 자신의 불안한 내면세계를 벌레나 파리 또는 생쥐로 표현한 셈이다.

# 32. 유머: 톨스토이와 도스토옙스키

도스토옙스키와 톨스토이는 동일한 시대를 살아가면서도 한 번난 적이 없었다. 그럼에도 불구하고 두 작가는 서로에게 최대의 라이벌 의식을 갖고 있었다. 중편 소설로 도스토옙스키는 『지하로부터의 수기』(1864)를 톨스토이는 『이반 일리치의 죽음』(1884~86)을 썼다. 두 소설 모두 인간에 대한 여러 가지 생각을 유도하는 심오한 작품들이다. 재미있는 것은 톨스토이가 『이반 일리치의 죽음』에서 자신만의 유머(Humor)를 보여주었고, 도스토옙스키는 『지하로부터의 수기』에서 자신의 독특한 유머를 보여주었다는 것이다. 유머란 "인간의 마음에 호소하는 익살, 또는 익살스러운 농담이나 해학"이다. 두 작가의 작품에 나타난 유머를 찾아보는 것은 흥미롭다.

『이반 일리치의 죽음』은 톨스토이의 작품 중 가장 예술적이고 가상 완벽하며 또한 가장 정교한 소설이다. 여기서 톨스토이는 사물에 대한 뛰어난 유머와 철학적 사유를 보여준다. 이 작품에서는 특히 사물에 대한 작가의 문학적 상상력이 흥미롭다. 여기서 작가가 보여주는 사물들은 일상생활에서 분리시킬 수 없는 것들이다. 소설에 등장하는 다양한 사물 기호들로는 사다리, 신문, 프록코트, 검은 옷, 소파, 성상, 실크해트, 양초, 카드, 레이스, 램프, 브리지게임, 의자, 스프링, 앨범, 재떨이, 손수건, 담배, 시계, 횡목, 액자틀 모서리, 가구, 커튼, 일본산 접시 등이 있다. 그러한 사물 기호들 가운데 특히 레이스와 의자에 대한 흥미로운 상상력을 작가는 특유의 유머로 표현한다.

"표트르 이바노비치는 좀 전보다 더 깊고 더 슬프게 한숨을 내쉬었고, 프라스코비야 표도로브나는 그의 팔을 꼭 잡으며 감사를 표시했다. 그들은 램프 불빛이 은은하고 방 전체가 분홍색 크레톤 천으로 덮인 미망인의 응접실로 들어가 테이블을 사이에 두고 앉았다. 그녀는 소파에, 표트르 이바노비치는 등받이가 없는 낮은 간이 소파에 앉았다. 그런데 마침 간이 소파의 스프링이 망가져 앉은 자리 밑에서 이리저리 움직이는 바람에 표트르 이바노비치는 아주 불편했다. 프라스코비야 표도로브나는 다른 의자에 앉도록 주의를 환기하려고 했으나, 지금 자기 처지에 그런 배려까지 한다는 것은 부적절하다고 생각하여 그냥 그대로 두었다. 표트르 이바노비치는 낮은 의자에 앉아 이반 일리치가 생전에 이 거실을 꾸미며 그에게 분홍색 크레톤 천에 녹색 나뭇잎이 들어간 걸 쓰면 어떻겠느냐고 조언을 구하던 일을 떠올렸다. 그녀(미망인)가 테이블 옆을 지나 소파에 앉을 때(응접실에는 온통 자잘한 물건들과 가구들이 가득했다) 검은 케이프 망토의 검은 레이스가 테이블 테두리의 장식 조각에 걸리고 말았다. 표트르 이바노비치가 그녀를 돕기 위해 조금 몸을 일으키자 깔고 앉았던 간이 소파의 스프링이 부르르 몸서리를 치며 그를 밀쳐냈다. 미망인이 직접 레이스를 떼어내기 시작하자, 표트르 이바노비치는 조금 전 자기를 밀쳐낸 의자를 다시 깔고 앉았다. 그러나 미망인이 레이스를 제대로 떼어내지 못하자, 그는 다시 몸을 일으켰고, 의자는 삐걱대며 다시 저항했다. 마침내 이 모든 게 끝나자 그녀는 깨끗한 면 손수건을 꺼내 흐르는 눈물을 훔치기 시작했다. 그러나 레이스가 테이블 장식에 걸리고 의자가 삐걱댄 탓에 기분이 식어버린 표트르 이바노비치는 얼굴을 찌푸리고 앉아 있었다." 205

이반 일리치의 집은 온갖 소품과 가구들로 채워져 있었다. 여기서 의자는 사람의 마음을 반영하는 사물 기호이다. 미망인의 마음은 레이스가 알아서 처리해주고, 의자는 표트르 이바노비치의 마음을 읽고 그를 밀쳐낸다. 그녀는 옷의 레이스가 테이블에 걸리어 움직이지 못하게 되었고, 표트르 이바노비치는 의자의 스프링이 그를 계속해서 밀쳐낸다. 사물 자체가 언어처럼 상황의 수수께끼를 감추고 드러낸다. 표트르 이바노비치와 의자의 대결은 작가의 독특한 유머이기도 하다. "그러나 이번에는 의자의 스프링이 꿈틀대자 아까처럼 들고 일어나도록 허락하지 않았다."206

톨스토이는 왜 사물들을 열거할까? 궁극적으로 그 사물에 종속되거나 매혹당하는, 혹은 사물을 이용하거나 착취하는 인간들의 욕망에 대해 말하기 위해서다. 더 나아가 저자는 사물 기호들을 통해 인간의 사유와 일상, 삶과 죽음, 기쁨과 슬픔, 욕망과 무의식, 꿈과 환상에 대해 말한다. 식당에는 이반 일리치가 만물상에서 구입한, 무척 아끼는 시계가 있다. 시계는 시간의 구속으로부터 해

---

205  톨스토이, 『이반일리치의 죽음』, 이강은 역, 창비, 2012, 15-17쪽.

206  톨스토이, 『이반일리치의 죽음』, 고일 역, 작가정신, 2005, 19쪽.

방되고자 하는 사람들의 마음을 읽는다. 시계는 장례식장을 가급적 빨리 빠져나가고 싶어 하는 사람들, 억지로 슬퍼하는 사람들의 위선된 행동 등등을 주시하고 있다. 이처럼 작가는 상류계층을 나타내는 사물 기호들을 통해 세계를 보여준다.

> "사실 대단한 부자는 아니면서 부자처럼 보이고 싶어 하는 사람들이 비슷비슷하게 공통적으로 가지고 있는 것들, 이를테면 고급스러운 비단 천들, 흑단과 여러 꽃나무들, 양탄자, 청동조각품 같은 것들이 있다. 한마디로 짙은 색상에 번쩍이는 광택이 나는 것들이라고 할 수 있는데 그런 건 모두 그렇지 못한 사람들이 명문가 사람들을 흉내 내려고 사들이는 것이었다. 이반 일리치의 집 안을 꾸미고 있는 것들도 다 그러해서 사실 크게 눈길을 끌지는 못하지만 그의 눈에는 모든 게 아주 특별하게 보였다."[207]

이반이 죽게 된 계기는 그가 사다리에 올라갔다가 발을 헛디뎌 미끄러지는 사건이다. 이때 그는 다행히 굴러 떨어지지는 않았지만 옆구리를 액자틀 모서리에 부딪친다. 사다리 오르기나 상승은 절대적 현실을 향한 길이나 신분 상승의 길을 상징한다. 이 소설의 등장인물들은 모두 신분과 계층의 사다리에 몰입되어 있다. 이 소설은 관료들의 생각 속에서 일종의 사다리 걷어차기의 모습을 보여주기도 한다. 정신분석 문헌에서도 사다리의 상징을 다양하게 설명한다. 심리학자들은 이것이 인간 심성의 원초적 행동과 관계 있다고 말한다. 추락하는 것에는 날개가 있는 것처럼, 사다리 역시 추락의 가능성을 보여준다. 사다리

---

207  톨스토이, 『이반일리치의 죽음』 이강은 역, 창비, 2012, 43쪽.

에서 떨어지면서 이반의 삶은 몰락의 길로 나아간다.


도스토옙스키도 톨스토이 못지않게 유머 작가의 면모를 보여준다. 『지하로부터의 수기』의 제2부 4장은 희극과 비극이 어우러진 재미난 장면이다. 나보코프는 『러시아 문학 강의』에서 도스토옙스키의 유머를 흥미롭게 제시하고 있다. 희극과 비극은 세 명의 동창생과 주빈인 즈베르코프가 만나면서 일어난다. 그들은 서로 모욕하거나 상처를 입히고, 히스테리에 가까운 유머를 선보인다. 도스토옙스키적인 유머와 소동이 일어난 것이다.


"저-어-기……. 어디 부서에 근무하니?"

즈베르코프는 계속해서 나에게 관심을 보였다. 내가 당황하는 것을 보고 날 얼러주고, 다시 말해 기를 살려줘야겠다고 생각한 모양이었다. '아니, 저놈은 술병이라도 던져주길 바라는 거야, 뭐야.' 미칠 것 같이 화가 치밀어 오르는 가운데 이런 생각이 들었다. 이런데 별로 익숙하지 않은 탓인지, 난 왠지 부자연스러울 만큼 빨리 짜증이 났다.

"∞관청에 있어." 접시를 내려다보며 나는 퉁명스럽게 대꾸했다.

"그래……. 너-어 수입은 좀 되나? 저-어-기, 무슨 연유로 예전의 직장을 그만두었니?"

"그냥 그만두고 싶었어." 난 이미 자제력을 거의 잃은 채 말을 세 배나 더 질질 끌며 대답했다. 페르피치킨이 콧방귀를 끼며 픽 웃었다. 시모노프는 비아냥거리는 시선으로 나를 뜯어보기 시작했다. 트루도류보프는 잠시 식사를 중단하고, 호기심 어린 눈빛으로 날 바라보기 시작했다.

즈베르코프는 당황해서 움찔했지만, 별로 개의치 않으려 했다.

"그러-어-엄, 형편은 어때?"

"형편이라니?"

"보-봉급 말이야."

"아니, 지금 날 조사하는 거여, 뭐어!"

이렇게 말해 놓고서도 나는 당장에 내 봉급이 얼마인지 말해 버렸다. 얼굴이 온통 새빨개졌다.

"넉넉하진 못하네." 즈베르코프가 의미심장하게 응수했다.

"그러게, 그 정도론 카페-레스토랑에서 식사도 못하겠는 걸!" 페르피치킨이 뻔뻔하게 덧붙였다.

"내 생각엔 뭐 그냥 가난한 수준이구먼." 트루도류보프가 진지하게 응수했다.

"그래서 이렇게 바싹 말랐고, 이렇게 많이 변해버렸군…… 그 시절에 비하면……."

이렇게 덧붙인 즈베르코프는 독기마저 감추지 않고, 어쩐 일인지 뻔뻔스러운 동정마저 감추지 않으며 나와 내 옷을 훑어보았다.

"자꾸 그러면 저 친구가 당황하잖나." 페르피치킨이 키득거리며 소리쳤다.

"이봐요, 이 양반아, 똑똑히 말하지만 난 전혀 당황하지 않아."

내가 마침내 끼어들었다. "잘 들어둬! 난 이곳 '카페-레스토랑'에서 남의 돈이 아니라 내 돈으로, 바로 내 돈으로 식사하는 거네. 알겠나, monsieur 페르피치킨."

"뭐-뭐라고! 아니, 그럼 여기서 자기 돈 안 내고 식사하는 사람 누가 있나? 꼭 자기가 무슨……." 페르피치킨은 이렇게 물고 늘어졌고, 푹 삶은 가재처럼 얼굴이 빨개져서는 살기등등한 기세로 나를 똑바로 노려보았다. "됐네." 나는 너무 나갔다는 느낌에 이렇게 대답했다. "내 생각엔 우리 좀 더 지적인 대화를 하는 게 좋겠어."

"지식을 좀 뽐내고 싶으신 모양인데?"

"염려 마. 그건 여기서 완전히 쓸모가 없을 테니까."

"아니, 양반아, 지금 뭐 하러 이렇게 땍땍거리며 난리를 친 거야, 어? 그놈의 부서, 어디서 근무하다가 머리가 돌아버린 거 아냐?"

"자, 다들, 그만, 그만하라고!" 즈베르코프가 온 힘을 다해 소리쳤다.

"진짜 바보 같은 짓이야!" 시모노프가 투덜거렸다.

"정말 바보 같아. 우리는 먼 길을 떠나는 착한 친구를 배웅하기 위해 우정 어린 모임을 가진 건데. 너는 대체 무슨 생각을 하는 건데?" 이렇게 운을 떼면서 트루도류보프가 거칠게 나만을 겨냥했다. "어제 우리 모임에 나오겠다고 설친 것은 바로 너였어. 괜히 전체 분위기나 망치지 마." (…….)

다들 나를 내팽개쳤고, 나는 짓뭉개지고 짓밟힌 채로 앉아 있었다.

'맙소사, 이것이 내가 어울릴 만한 집단이란 말인가!' 나는 생각했다. '또 나는 왜 이런 놈들 앞에서 바보 노릇을 자처하고 있는가!' (…….)

이러고서 뭘 더 얻어먹겠다고! 지금 당장 자리를 박차고 일어나, 모자를 챙겨 들고 일언반구도 없이 그냥 나가 버리자……. 경멸의 표시로 말이다! 내일은 결투라도 신청할 거다. 비열한 놈들 같으니. 설마 내가 7루블을 아까워할쏘냐. 하지만 다들 그렇게 생각할 테지……. 젠장! 7루블 따위는 조금도 아깝지 않다! 지금 당장 나간다……!'

물론 그러고서도 나는 그대로 남아 있었다.

나는 괴로운 마음에 적포도주와 셰리주를 큰 잔으로 마구 들이켰다. 익숙지 않은 탓에 빨리 취기가 돌았고, 취기가 돌수록 짜증은 더 커져만 갔다. 갑자기 저 놈들을 아주 뻔뻔스럽게 모욕한 다음 확 떠나 버리고 싶어졌다. 마땅한 순간을 포착하여 본때를 보여주자. 그럼 저놈들 입에서 내가 우습긴 하지만 그래도 머리는 좋은 녀석이니 어쩌니 하는 말이 나올 테고……. 또…… 또…… 한마디로, 빌어먹을 놈들이다, 젠장! (…….)

다들 잔을 들이컨 뒤 즈베르코프와 입을 맞추려고 달려들었다. 나는 꿈쩍도 하지 않았다. 내 앞에는 입도 대지 않은 술잔이 그대로 놓여 있었다.

"너 정말 안 마실 거야?" 참다못한 트루도류보프는 위협적으로 나를 노려보며 으르렁거렸다. (…….)

"즈베르코프 중위." 내가 말을 시작했다. "일단 유념해 둘 것은 내가 각종 미사여구와 그런 걸 늘어놓는 자들을, 또 허리가 꼭 끼는 옷을 증오한다는 거야……. 이것이 첫째고, 이어 둘째를 말하겠어."

좌중이 심하게 술렁댔다.

"둘째, 나는 계집질과 그런 걸 일삼는 자들을 증오한다는 거야. 특히 음탕한 자들을!"

"셋째, 나는 진실을, 진실함과 정직을 사랑한다는 거지?" 이제는 말이 거의 기계적으로 이어졌다. 그도 그럴 것이 공포에 사로잡혀 온몸이 얼어붙기 시작한지라 내가 대체 뭐 하러 이런 말을 지껄이는지 통 알 수 없었기 때문이다. "무슈 즈베르코프, 난 사상을 좋아해. 난 진정한 형제애를 좋아해. 대등한 관계에 있는 동료애…… 아니지…… 음……. 그러니까 내가 사랑하는 것은……. 한데 이런 얘기가 왜 나온 거야? 무슈 즈베르코프, 난 자네의 건강을 위해 마시겠어. 체르케스의 여자들을 유혹해봐. 조국의 적들을 막 쏴버려. 그리고…… 그리고…… 만수무강해야지, 무슈 즈베르코프!"

즈베르코프는 의자에서 일어나 나에게 인사하며 말했다.

"정말 고맙네."

하지만 그는 기분이 어찌나 상했는지 얼굴마저 새하얗게 질려버렸다.

"제기랄." 이렇게 으르렁대더니 트루도류보프는 주먹으로 탁자를 쾅 쳤다.

"안 되겠는걸, 저런 소리를 뇌까리다니 낯짝을 갈겨야 돼!" 페르피치킨이 째질 듯이 소리를 질렀다.

"저놈을 쫓아내야 해!" 시모노프가 투덜댔다.

"모두들, 입도 뻥긋하지 말고 손도 까딱하지 말 것!" 다들 분노하자 이를 저지하며 즈베르코프가 의기양양하게 소리쳤다. "자네들이 이러는 건 고맙지만, 내가 이 친구의 말을 얼마나 높이 평가하는지는 나 스스로 증명할 수 있네."

"페르피치킨 씨! 방금 그런 말을 했으니까 내일이라도 당장 나를 만족시켜주면 돼!"

난 페르피치킨을 의미심장하게 처다보며 큰 소리로 말했다.

"그러니까 결투를 하자는 거네? 그럼 그러시든지." 이렇게 대꾸하긴 했지만, 분명히 결투를 신청하는 내 모습이 너무 웃기고 또 내 풍채에 너무 어울리지 않았던 탓인지 다들, 페르피치킨까지 합해서 다들 배꼽이 빠져라 웃어 댔다.

"그래, 물론, 저놈은 그냥 내팽개쳐! 벌써 완전히 취했는걸!" 트루도류보프가 역겹다는 듯 말했다. (…….)

얼마나 괴로웠던지, 얼마나 지쳤던지 내 손으로 목을 벨지언정 끝장을 보고 싶은 심정이었다! 병이라도 난 듯 몸에 열이 올랐다. 머리카락은 땀범벅이 되어 이마와 관자놀이에 들러붙어 있었다.

"즈베르코프! 자네에게 용서를 구하네." 난 거칠고 단호하게 말했다. "페르피치킨, 너에게도, 아니, 모두, 모두에게 용서를 구하네. 내가 모두를 모욕했으니까!"

"어라! 역시 결투는 체질에 안 맞나 보군!" 페르피치킨이 독살스럽게 씩씩댔다.

나는 가슴을 도려내는 듯한 아픔을 느꼈다.

"아니, 페르피치킨, 결투 따위는 두렵지 않네! 난 화해하고 나서 내일이라도 당장 너와 싸울 용의가 있지만, 그건 이미 화해하고 난 다음의 일이네. 심지어 꼭 그렇게 하자고 주장하는 바이네. 넌 내 제안을 거절하지 못할 거야. 결투 따위는 두렵지 않다는 것을 너한테 증명해보이고 싶네. 네가 먼저 방아쇠를 당기게. 난 허공에다 쏠 거네." "혼자서 잘도 노는군." 시모노프가 한 소리했다. (…….)

다들 얼굴이 시뻘겋고 눈이 번뜩였다. 어지간히도 마셨던 것이다.

"즈베르코프, 난 자네와 친하게 지냈으면 해. 내 비록 널 모욕했지만……"

"모욕했다고? 자네가! 나를! 이 양반아, 사넨 어떤 상황에서도 날 절대로 모욕할 수 없네!"

"이제 그만해, 꺼지라고!" 트루도류보프가 고함을 질렀다.

"자, 가자." (······.)

난 잠시 혼자 남아 있었다. 온통 난장판에다가 먹다 남은 음식, 마룻바닥에 부서진 술잔, 엎질러진 술, 담배꽁초, 머릿속의 취기와 몽롱함, 가슴속의 고통스러운 우수, 끝으로 그 모든 것을 보았고 모든 것을 들었기에 호기심 어린 눈으로 나를 빤히 쳐다보는 하인.

"거기로!" 난 고함을 질렀다. "저놈들이 모두 무릎을 꿇고 내 다리를 껴안으며 친하게 지내자고 애걸복걸하든가······ 아니면 내가 즈베르코프 놈의 따귀를 갈겨 줄 거다!"[208]

유머는 놀라움에 그 뿌리를 두고 있다. 사람은 예상을 뒤엎는 반전이 있을 때, 감각적인 부분에 자극을 받을 때 잠깐의 당혹감을 느끼지만 동시에 즐거워한다. 톨스토이가 『이반 일리치의 죽음』에서 사물들을 이용하여 인간 심리를 보여주는 유머를 사용한 데 반하여, 도스토옙스키는 『지하로부터의 수기』에서 인간들 사이의 상호 대화를 통해 서로의 심리를 파악하는 유머를 사용했다. 톨스토이의 작품 속에서는 인간의 가식이나 속물성이 사물기호를 통해 재미있게 폭로되는 데 반하여, 도스토옙스키의 등장인물들의 대화는 그러한 성격을 직접적으로 폭로한다. 톨스토이는 이성적이고 합리적인 말을 사용하기 때문에 말로써 상대의 심리를 파악하기가 쉽지 않다. 그래서 그의 소설에서는 말보다는 얼굴표정이나 몸짓 기호가 더 중요하다. 반면 도스토옙스키의 유머는 논리로써 설명할 수 없다. 그의 유머는 기묘하고, 그로테스크하고, 제멋대로여서 오직 감정으로써만 느낄 수 있다. "당신은 웃고 있는가? 여러분, 물론 어리석은 톤으로 하는 나의 농담들은 통일성이 없고 앞뒤가 맞지 않으며 그 자체에 모순을 지니고

---

208　도스토예프스키, 『지하로부터의 수기』, 김연경 역, 민음사, 2010, 116~128쪽.

있다."[209] 지하인은 유머에 대한 자신의 생각을 말한다. "이를 갈고 있노라고 주장하면서도 동시에 우리를 웃기려고 갖은 농담을 늘어놓고 있잖소. 당신은 당신의 농담이 재치가 없다는 것을 알면서도 분명히 그것의 문학적 가치에 몹시 만족하고 있는 거요."[210]

도스토옙스키의 유머가 갖는 특징을 정리해보자. 첫째로 도스토옙스키의 유머는 자기비하의 유머다. 그의 작품에는 모욕적인 말과 비합리적이고 비이성적인 말이 자주 등장한다. 작중인물들의 대화에는 자기비하 아니면 상대비하의 말들이 넘쳐난다. 그들의 대화에는 자신들의 말의 힘을 자랑하는 듯한 장면이 자주 등장한다. 그리고 타자의 말을 지나치게 의식하는 말들이 넘쳐난다. 『지하로부터의 수기』에서 등장인물들이 나누는 대화는 서로의 마음에 상처를 주는 독설들이다. 그들의 대화는 독자로 하여금 실소를 머금게 하는 독설 유머라 할 수 있다. 자의식과 자존심이 강한 지하인의 말은 행동으로 이어지지 않는 용두사미의 독백일 뿐이다. 그는 친구들의 경멸과 집단 따돌림에 분노하면서 늘 결투를 꿈꾸지만 실제로는 언제나 행동하지 못하는 기회주의자나 비겁한 인간으로 남아 있다.

둘째로 도스토옙스키는 과장된 현실을 유머로 이용한다. 과장된 현실을 이용해 유머를 던지는 가장 간단한 방법은 평범한 사람이 매우 특이한 상황에 부닥치도록 하거나, 별난 사람을 지극히 평범한 상황에 부닥치도록 하는 것이다. 극한 상황에 처한 위험을 아무렇지 않다는 듯이 무시하거나, 가벼운 경범죄에 대해 경천동지할 반응을 보이거나, 아무 의미도 없는 무언가를 끈질기게 추구

---

209  도스토옙스키, 『지하로부터의 수기』, 조혜경 역, 펭귄 클래식, 2009, 27쪽

210  도스토옙스키, 『지하로부터의 수기』, 김연경 역, 민음사, 2010, 63쪽.

한다거나 하는 것들이 유머를 창출한다. 『지하로부터의 수기』에서 지하인은 과장된 현실을 최대한 이용하는 인물이다. 그는 주변의 모든 것을 극한 상황으로 몰고 가거나, 별나게 행동하거나, 의미 없는 것을 진지하게 추구한다.

셋째로 도스토옙스키의 작품에는 웃음의 우월성 이론이 나타나 있다. 이 유머는 주로 그룹 내에서 동료들보다 자신이 더 우월하다고 생각하는 약점을 가진 사람들에게서 나타난다. 『지하로부터의 수기』에서 지하인은 다른 동창들보다 자신이 우월하다고 생각하고, 또 그 친구들은 자신들이 지하인보다 우월하다고 생각하여 대화할 때 서로 포복절도한다. 제2부에서 웃음은 동일한 집단에서 불일치하게 결합된 것을 보는 데서 생겨난다. 서로 자신들이 우월하다고 생각하는 데서 생겨나는 불일치로 인해 그들의 만남과 대화는 웃음을 유발할 수밖에 없다.

# 33. 눈물의 수사학

인간은 누구나 감정을 갖고 산다. 하지만 특별한 상황이 아니면 감정을 솔직하게 나타내지 않는다. 감정을 표현하기보다는 감정을 숨기며 사는 것이 오히려 미덕과 교양인양 행동하기도 한다. 개인의 사정에 따라 감정의 억압은 있을 수 있다. 그러나 감정을 죽이거나 지나치게 누르는 것은 불행이다. 감정의 표현은 삶의 본능일 뿐만 아니라 삶의 의무다. 감정은 다양한 형태로 나타난다. 주체할 수 없는 감정이 가슴속에 들끓을 때 인간은 행동으로 감정을 표현한다. 그 감정은 분노나 절망일 수도 있고, 증오나 동정, 연민, 경멸, 웃음, 사랑일 수도 있다. 도스토옙스키는 누구보다도 감정 표현에 솔직하다. 솔직한 감정 표현에 대한 니체의 말은 많은 것을 생각하게 만든다. "이성은 감각들의 증거를 날조하도록 만드는 위이이다. 감각들이 생성, 소멸, 변화를 보여줄 때, 그것들은 셜코 거짓말을 하지 않는다."[211] 도스토옙스키는 인간이 이성적이기보다는 감정적이라

---

211  강신주, 『감정수업』 민음사, 2013, 15쪽

는 사실을 누구보다도 잘 알고 있었다. 그의 작품은 이성이 감정 앞에서 무기력한 모습을 잘 보여준다. 세계문학사에서 도스토옙스키의 소설만큼 작중인물들이 눈물을 흘리는 장면이 많은 작품은 별로 없다. 이성보다는 감성을 사랑했던 작가 도스토옙스키가 작품을 통해 보여준 눈물에 대해 탐구해보자.

도스토옙스키의 작품에서는 눈물의 수사학이 자주 전개된다. 그의 눈물 수사학에서 두드러지는 것은 눈물의 교환이 반복해서 나타난다는 것이다. 눈물이 교환되고 공유되며 환희와 어우러진다. 도스토옙스키는 "눈에 눈물이 없으면 영혼의 아름다운 무지개를 볼 수 없다"는 생각에 사로잡혀 있었다. 그런 까닭에 그의 작품에서는 눈물이라는 단어를 쉽게 찾을 수 있다. 그의 인물들은 단순히 눈물을 흘리는 것이 아니라 "목 놓아 흐느껴 운다." 주체할 수 없는 감정의 폭발을 눈물로 쏟아낸다. 『지하로부터의 수기』 제2부의 에피그라프인 N. A. 네크라소프의 시에서부터 눈물이라는 단어가 나온다.

"길을 잃고 암흑 속을 헤매던

타락한 네 영혼을 나는

열렬한 신념의 말로 달래며 끌어냈지,

그때 너는 깊은 고뇌에 사로잡혀

두 손을 비비며

너를 휘감았던 죄악을 저주했지.

건망증이 심한 양심을

추억으로써 응징하느라,

나를 만나기 전의 일을

전부 이야기해 주었지.

갑자기 두 손으로 얼굴을 가리고

수치와 공포에 휩싸여 눈물을 쏟아냈지,

격앙되어, 전율하며……."[212]


제2부 9장에서 지하인은 리자를 만나 모욕을 주고 난 후 많은 것을 생각한다. 지하인은 리자의 지적대로 자신이 "모든 것을 책에 따라 생각하고 상상"하는 것에 익숙해져 있음을 몰랐고, 모욕당한 리자가 상상했던 것보다 자신에 대해 더 많은 것을 이해하고 있었다는 것을 알게 되었다. 지하인은 진심으로 자신을 사랑한 리자에게 모욕을 가한 자기가 얼마나 불행한 인간인지를 깨닫게 된다.


"그녀의 얼굴에 어리었던 경악과 모욕의 감정은 우선 비통한 놀라움으로 바뀌었다. 내가 나 자신을 야비한 놈, 추잡한 놈이라고 부르며 눈물을 줄줄 흘렸을 때(이 장황한 넋두리를 늘어놓으며 눈물까지 흘렸던 것이다) 그녀의 얼굴은 온통 경련으로 일그러졌다……. 그녀는 갑자기 어떤 억제할 수 없는 격정에 휩싸여 의자에서 벌떡 일어났고 나한테 온몸을 던질 기세였지만 여전히 겁을 집어먹고 제자리에서 감히 옴짝달싹하지도 못하고 나를 향해 두 손을 내밀었다……. 그러자 나는 가슴속이 뒤틀렸다. 그때 그녀는 갑자기 나에게로 달려들어 두 손으로 내 목을 꺼안고 울음을 터뜨렸다. 나도 그만 참지 못하고 그렇게 흐느꼈는데, 지금껏 나에게는 절대 없었던

212  도스토예프스키, 『지하로부터의 수기』 김연경 역, 민음사, 2010, 69쪽.

일이다……."[213]

『지하로부터의 수기』에서 이성 중심의 합리주의와 공리주의를 날카롭게 비판하는 지하인은 눈물과 거리가 먼 인물로 보일 수 있다. 그러나 실제로는 리자만이 눈물을 보이는 것이 아니라, 지하인도 눈물을 흘릴 줄 안다. 그는 주체할 수 없는 감정을 눈물로 표현한다. 그렇기에 그는 이성의 노예가 아니라, 감정의 주인인 것이다. 그에게 있어 눈물은 이성의 개입을 차단한다. 결국 지하인이나 리자는 모두 "순결한 마음의 소유자"[214]로서 "감상적 영혼"[215]을 가진 낭만주의자들이다. 낭만주의는 격렬한 감정과 오열을 특징으로 한다. 그들에게 눈물은 카타르시스다. 그들은 눈물을 통하여 마음을 안정시킨다. 더 나아가 눈물은 지하인이 소설의 마지막 장에서 그렇게 반복적으로 강조하는 "살아 있는 삶"[216](4회 반복)의 표현이다. 그들의 눈물 속에서는 영혼의 아름다움이 믿음과 희망과 사랑으로 빛나고 있는 것이다.

"그때마다 회한과 눈물, 저주와 환희를 동반했다. 진정한 희열과 행복이 찾아들어, 정말로 나의 내부에서 손톱만큼의 냉소도 느껴지지 않는 순간들도 있었다. 그 순간에 존재하는 것은 믿음과 희망과 사랑이었다."[217]

---

213  도스토예프스키, 『지하로부터의 수기』, 김연경 역, 민음사, 2010, 190쪽.

214  도스토예프스키, 『지하로부터의 수기』, 김연경 역, 민음사, 2010, 170쪽.

215  도스토예프스키, 『지하로부터의 수기』, 김연경 역, 민음사, 2010, 171쪽.

216  도스토예프스키, 『지하로부터의 수기』, 김연경 역, 민음사, 2010, 193, 194, 198쪽.

217  도스토예프스키, 『지하로부터의 수기』, 김연경 역, 민음사, 2010, 91쪽.

하인 아폴론과 다투던 중, 리자가 손님으로 그를 찾아왔을 때 지하인은 체면 때문에 연기(演技)로 눈물을 흘렸다. 그는 천연덕스럽게 눈물을 이용한다. 그때의 눈물은 악어의 눈물로서 거짓 눈물이었던 셈이다. '나는 갑자기 눈물범벅이 됐다. 이것은 발작이었다. 흐느끼는 와중에도 너무 부끄러웠지만 이미 억누를 수가 없었다. 그녀는 기겁하고 말았다.'[218] 지하인은 비극적이고 발작적인 모습으로 눈물을 연기(演技)하고 극화한다.

> '다들 엉엉 울면서 나한테 입을 맞추지만 이 몸은 새로운 이념을 전파하기 위해 굶주림을 무릅쓰고 맨발로 길을 떠나 아우스터리츠에서 반동주의자들을 분쇄한다 ……. 여러분은 내가 그 많은 희열과 눈물에 대한 고백을 늘어놓은 이후에 이제 와서 이 모든 걸 만천하에 떠벌리는 것은 속물적이고 비열한 일이라고 말할 것이다.'[219]

『죄와 벌』의 살인 고백 장면에서 라스콜리니코프와 소냐는 서로를 향해 울면서 눈물로 서로를 위로한다. "아니에요, 이 세상에서 지금 당신처럼 불행한 사람은 없어요! 그녀는 그의 말에는 귀를 기울이지도 않고, 미친 듯이 이렇게 외쳤다. 그러더니 갑자기 발작을 일으킨 듯 목 놓아 울기 시작했다. 오랫동안 그에게는 낯설었던 감정이 파도처럼 그의 영혼에 스며들어, 그의 마음을 순식간에 적셨다. 그는 그 감정을 거부하지 않았다. 눈에서 눈물 두 방울이 흘러내려 속눈썹

---

218  도스토예프스키, 『지하로부터의 수기』, 김연경 역, 민음사, 2010, 184쪽.

219  도스토예프스키, 『지하로부터의 수기』, 김연경 역, 민음사, 2010, 10쪽.

에 맺혔다."[220] 그 순간 차가운 이성의 노예였던 라스콜리니코프는 이성으로부터 해방된다. 더 이상 그의 이성이 감성을 억압하지 않는다. 마침내 그는 성스러운 창녀 소냐와 함께 감정을 솔직하게 눈물로 표현한다. 그의 눈물은 자살이 아니라 "살아 있는 삶"의 표현인 것이다.

유형지 시베리아에서 라스콜리니코프는 소냐의 도움을 받는다. 죄수들은 하나같이 소냐를 어머니로 간주하였다. "소피야 세묘노브나, 당신은 우리의 어머니예요. 상냥하고 사랑스러운 우리의 어머니요!" 소냐를 보았을 때 라스콜리니코프는 또다시 사랑과 부활의 눈물을 흘린다.

> "어떻게 그런 일이 일어났는지 그 자신도 알 수 없었지만, 불현듯 무언가 그를 사로잡아서 그녀의 발에 몸을 던지게 한 것 같았다. 그는 울면서 그녀의 무릎을 안았다. 처음 순간 그녀는 무섭도록 놀라서, 온 얼굴이 죽은 사람처럼 창백해졌다. 그녀는 자리에서 벌떡 일어나, 벌벌 떨면서 그를 바라보았다. 그러나 곧, 바로 그 순간에 그녀는 모든 것을 이해했다. 그녀의 눈에는 무한한 행복감이 반짝이기 시작했다……. 그들은 말하고 싶었지만, 할 수가 없었다. 눈물이 그들의 앞을 가렸다. 두 사람 모두 창백하고 여위어 있었다. 그러나 이 병들어 창백한 얼굴에는 이미 새로워진 미래의 아침노을, 새로운 삶을 향한 완전한 부활의 서광이 빛나고 있었다. 그들을 부활시킨 것은 사랑이었고, 한 사람의 마음속에 다른 사람의 마음을 위한 삶의 무한한 원천이 간직되었다 ……. 그는 다만 느꼈다. 변증법 대신에 삶이 도래했고, 의식 속에서 무언가 전혀 다른 것이 형성되어야만 한다는 것을."[221]

---

220  도스토예프스키, 『죄와 벌』, 홍대화 역, 열린책들, 2000, 194-195쪽.

221  도스토예프스키, 『죄와 벌』, 홍대화 역, 열린책들, 2000, 1057-1058쪽.

『죄와 벌』은 지성과 감성이 잘 조화를 이루는 작품이다. 라스콜리니코프의 초인사상은 이성 중심의 변증법을 기초로 한 논리다. 사실 그는 철학적 지식과 사회사상을 이용하여 대중의 공감을 얻고자 했다. 친구인 라주미힌과 예심판사 포르피리는 그의 초인사상에 공감하지 않았다. 그의 초인사상은 이성만 있지 감성이 배제된 이론이었다. 살인부터 자수까지 그의 행동은 이성적이었다. 그러나 이후 시베리아 유형지에서 사변 중심의 사고로부터 해방되고 서서히 인간적인 삶의 감정을 찾기 시작한다. 눈물이 이성의 개입을 차단한 것이다. 냉정한 이성이 추방되고 너그러운 마음이 싹트기 시작한다. 그에게 "변증법 대신에 삶", 즉 '변증법 대신에 눈물'이 찾아온 것이다.

도스토옙스키의 작품들 가운데 눈물 장면이 가장 많은 소설은 『카라마조프가의 형제들』이다. 등장인물들은 눈물을 쏟아내는 장면을 자주 보여준다. 그들은 단순히 눈물을 흘리는 것이 아니라 "흐느껴 운다." 이런 표현이 쏟아져 나온다. 슬픔과 기쁨과 감동에 모두가 눈물을 쏟아낸다. 표도르 카라마조프도 아들 알료샤가 수도승이 되기 위해 수도원으로 떠난다고 했을 때, "엉엉 흐느껴 울기 시작했다."[222] 그의 거침없는 눈물은 인간이 한없이 넓은 존재라는 것을 보여주는 신호이기도 하다. "인간은 넓어도 너무 넓어."[223] 눈물은 인간미의 상징이다. 이는 『지하로부터의 수기』에 나오는 "폭 넓은 천성의 소유자들"을 생각나게 한다. '바로 이 때문에 우리나라에는 가장 비참한 타락의 순간에도 절대 자신의 이상을 잃

---

222  도스토예프스키, 『카라마조프가의 형제들1』 김연경 역, 민음사, 2007, 54쪽.

223  도스토예프스키, 『카라마조프가의 형제들1』 김연경 역, 민음사, 2007, 227쪽.

지 않는 '폭 넓은 천성의 소유자들'이 그토록 많은 것이다."[224]

　도스토옙스키의 대지주의는 눈물과 불가분의 관계를 맺는다. 조시마 장로는 "만인에 대한 만인의 고통"과 "죄의식의 공동체"를 역설하며 사랑과 기쁨의 눈물로 대지를 적실 것을 당부한다. 이때 눈물은 인류에 대한 공감의 눈물이다. 작중 인물들은 눈물을 흘리며 대지에 입을 맞춘다. 눈물로 어머니 대지를 적신다. 조시마 장로는 알료샤를 비롯한 제자들에게 "모든 사람이 그대를 버리고 숫제 완력으로 그대를 쫓아낸다면, 혼자 남겨진 상태에서 대지에 엎드려 입을 맞추고, 그대의 눈물로 대지를 적실 것이니, 그러면 설령 그대가 고립되어 있었기에 아무도 그대를 보지도, 듣지도 못했을지라도 그대의 눈물로 인해 땅이 열매를 가져다줄 것이다."[225]라고 말했다. 제자들에게, 모든 사람들 앞에서 자기가 죄인임을 깨닫고 "전체를 위해 일할 것"을 당부한 뒤, 조시마는 또다시, "대지에 엎드려 대지에 입 맞추는 것을 좋아하라. 대지에 입을 맞추면서 끊임없이 지칠 줄 모르는 사랑을 퍼붓고, 모든 사람들과 모든 것들을 사랑하고 이 환희와 열광을 추구하라. 기쁨에 찬 그대의 눈물로 대지를 적시고 그대의 눈물을 사랑하라"[226] 라고 말했다. 조시마 장로가 죽었을 때, 알료샤 역시 대지에 몸을 던져 울었다. "땅(대지)을 끌어안고 ……. 그저 울면서, 흐느끼면서, 눈물을 줄줄 흘리면서 땅(대지)에 입을 맞추었고 그것을 사랑하겠노라고, 영원토록 사랑하겠노라고 미친 듯이 흥분에 휩싸여 맹세했다. 땅(대지)을 너의 기쁨의 눈물로 적시고 너의

---

224　도스토예프스키, 『지하로부터의 수기』 김연경 역, 민음사, 2010, 77쪽.

225　도스토옙스키, 『카라마조프가의 형제들1』 김연경 역, 민음사, 2007, 93쪽.

226　도스토옙스키, 『카라마조프가의 형제들1』, 김연경 역, 민음사, 2007, 94-95쪽.

그 눈물을 사랑하라."[227] 조시마 장로의 말을 통해 보여주는 종교적 감정은 눈물의 은총이라 할 수 있다.

도스토옙스키의 작품에서 눈물은 눈으로 읽혀지는 텍스트이다. 젖은 눈에서부터 흘러넘치는 눈물에 이르기까지 모든 눈물은 공감과 감동을 나타낸다. 그의 작품에서는 여성보다 남성이 더 많이 운다. 작품 속 남성들은 감탄이나 동정심, 또는 기쁨으로 눈물 흘리는 것을 두려워하지 않는다. 도스토옙스키의 작품에서 눈물은 남성의 감정에 중요한 가치를 부여한다. 눈물을 흘리는 순간만은 순수한 감동과 공감이 일어나는 통일의 장이 마련되는 것이다. 감동이 절정에 달하면 사람들은 함께 눈물을 흘리며, 눈물을 공유한다. 공유된 눈물은 영혼을 통일시키는 효과가 있다. 악마의 미소가 넘쳐나는 도스토옙스키의 작품에서 눈물은 "살아 있는 삶"의 표현이자 지표인 것이다.

---

227  도스토옙스키, 『카라마조프가의 형제들1』, 김연경 역, 민음사, 2007, 176쪽.

# 34. 맺으며

지금까지 살펴본 것처럼 도스토옙스키는 인간에 대해 새롭게 보기를 시도했다. 그는 인간에 대한 기존의 지식체계에 저항하며, 새롭고 낯선 시각의 지식체계를 제시했다. 원뿔을 밑에서 보면 원으로 보이지만 옆에서 보면 삼각형으로 보이는 것처럼, 모든 것은 보는 지점에 따라 다르게 보인다. 우리가 보는 것이 전부가 아닌 것이다. "섬을 떠나야 섬이 보인다"라는 말도 있다. 이는 우리가 서 있는 위치가 어디인지 우리는 스스로 인식하지 못하고 있다는 말이다. 우리는 일상 속에서 서구합리주의라는 권력의 성에 갇혀 있다. 지하실의 지하인은 서구합리주의의 근간을 이루는 이성의 힘과 권력을 비판적으로 재고했다. 일상 속에서 이성의 권력구조를 너무나 당연한 듯 받아들이는 지상의 법칙에 반기를 든 것이다.

도스토옙스키는 현대성(Modernity)에 대해 환히 꿰뚫고 있었다. 시대를 초월하는 그의 영향력이야말로 작품이 지속적으로 인기를 끄는 현상을 설명할 수 있는 가장 강력한 이유다. 그의 이야기들은 주제와 서사적 형식에서 정치적, 사회적, 정신적, 과학적 확고함에 대한 자부심이 현 세대에게 특별한 시사점을 준다. 그들의 자부심이 상대주의와 즉각적이고 단기적인 쾌락의 추구 앞에서 무너져 내리고 있는 것을 경험한 세대가 느끼고 있는 존재적 불안감과 가변성을 지적하고 있기 때문이다. 『지하로부터의 수기』의 주인공은 과도한 물질주의와 과학적 진보의 '이익'을 삐딱하게 바라보며 그것을 거부하였기에 당대의 독자들에게는 혼선을 주었다. 그러나 오늘날의 독자들은 오히려, 과학과 합리주의, 절대불변의 객관적인 힘으로 개인을 희생시키려는 책략들을 불신하는 주인공의 신념에 상당히 공감한다.

도스토옙스키는 지하인의 광기어린 말을 통해 기존의 지배적인 사상과 특정한 사고방식을 넘어선다. 그의 새로운 사상은 하나의 흐름을 넘어섰던 셈이다. 철학에는 몇몇 철학자나 사상가들의 생각을 묶어주는 흐름이 있다. 계몽철학(공리주의, 이성주의, 합리주의, 사회주의니 하는 것)이 바로 그것이다. 지하인은 그러한 결정론에 반기를 든 것이며, 이성의 폭력에 대항하는 그의 새로운 사상은 그 시대의 흐름을 특징짓는 전반적 사고방식을 넘어섰다고 볼 수 있다. 이처럼 하나의 흐름을 넘어선다는 것은 당연하게도 또 다른 흐름을 만들어낸다. 그의 사상과 연관된 새로운 사조와 새로운 흐름은 실존주의와 불확실성에 대한 사유일 뿐만 아니라 '계몽에 대한 계몽'이다. 토마스 쿤의 용어를 빌리자면, 일종의 패러다임의 변혁이라 할 수 있다. 도스토옙스키는 시대의 변화를 예고한 문학철학자이다. 이성의 광기와 폭력에 대한 그의 사유는 이후의 위대한 철학자들에게 지각되어 나타난다. "미네르바의 올빼미는 황혼이 저문 후에야 비로소 날기 시작한다"는 헤겔의 말이 떠오르는 지점이다. 알튀세르는 "극한에서 사고하고 극한을 넘어서려고 감행한 사람"을 위대한 철학자라고 말했다. 인간의 사고를 극한까지 밀어붙이며 타자의 동의를 받아내는 도스토옙스키에게 어울리는 말이라 할 수 있다.

도스토옙스키는 위대한 예술가였을 뿐만 아니라, 위대한 사상가이며 위대한 몽상가였다. 또한 천부적인 변증론자인 동시에 러시아의 가장 훌륭한 형이상학자였다. 위에서 살펴본 것처럼 사상과 철학은 그의 작품 속에서 특히 중요한 역할을 담당하고 있으며, 기존의 철학에 대한 그의 논리적 반박은 감탄할 만하다. 도스토옙스키는 기존의 모든 서구 철학과 사유 체계에 대한 전복적 사유를 통해 인간을 탐구해 나가면서 문학과 윤리를 새롭게 탐색하는 지적 담론을 즐긴다. "도스토옙스키적 세계"의 새로운 문을 열어 준 『지하로부터의 수기』는 그의 천재성의 승리다. 그가 없었다면 인류는 인간의 태생적 비밀을 알 수 없었을 것이다. 우리는 그의 작품을 통해 비로소 미래를 계속해서 내다볼 수 있어서 그나마 다행이라 생각한다.

만약 자신의 이상을 독자들에게 전달하고 독자들의 체험을 변형시키는 능력이 작가의 위대성을 가늠하는 척도가 된다면 도스토옙스키의 위상은 세계문학에서 타의 추종을 불허한다. 도스토옙스키는 문학작품을 감상하고 이해하는 데 그치지 않고, 스스로 삶에 대해 성찰하면서, '자아이해'와 '자아실현'을 통해 자아의 변화를 추동한다. 그의 문학작품은 늘 진리의 섬광을 터뜨리며 독자를 사유의 한계점으로 내몬다. 이때 그 섬광은 주변을 밝히기도 하지만, 너무 밝은 빛으로 인해 타인의 눈을 멀게도 한다. 독자의 마음을 송두리째 빼앗아버리는 도스토옙스키의 문학은 "섬광에 눈먼 자의 과장된 경념(敬念)" 그 이상이라 할 수 있다. 도스토옙스키는 우리 시대의 다양한 창의력과 상상력의 영역을 자극한다. 독자들이여, 이 해석을 읽는 것으로 끝내지 말고 그의 위대한 작품으로 돌아가라. 그의 작품들은 오늘날의 우리에게도 의미있는 걸작이다.

# 참고문헌

가라타니 고진, 『언어와 비극』, 도서출판 b., 2004.

가자니가, 마이클, 『왜 인간인가?』, 박인균 역, 서울: 책세상, 2002.

권철근, 『도스토예프스키: 장편소설 연구』, 서울: 한국외국어대학교 출판부, 2006.

곽승룡, 『도스토예프스키의 비움과 충만의 그리스도』, 가톨릭 출판사, 1998.

권철근, 『도스토예프스키 장편소설 연구』, 한국외국어대학교 출판부, 2006.

김수환, 『책에 따라 살기: 유리로트만과 러시아 문화』, 서울: 문학과 지성사, 2014.

김헌, 『인문학의 뿌리를 읽다』, 서울: 이와우, 2016.

깁슨, A. B., 『도스토예프스키의 종교』, 이경식 역, 현대사상사, 1988.

나까무라 겐노스께, 『도스또예프스끼와 연인들』, 김기실 역, 열린책들, 1986.

나보코프, 블라디미르, 『나보코프의 러시아 문학 강의』, 이혜승 역, 서울: 을유문화사, 2012.

니그, 발터, 『도스토예프스키』, 임석진 역, 분도출판사, 1972.

니그, 발터, 『예언자적 사상가 쇠렌 키에르케고르, 표도르 도스토예프스키, 프리드리히니 발터 체』, 강희영, 임석진, 정경석 역, 분도출판사, 1991.

다니엘손, 올프, 『시인을 위한 물리학』, 이미옥 역, 에코 라브르, 2006.

데라사카 히데다카, 『비유클리드기하의 세계』, 임승원 역, 전파과학사, 1995.

도스또예프스까야, 안나, 『도스또예프스끼와 함께 한 나날들』, 최호정 역, 그린비, 2003.

도스또예프스끼, 『죄와 벌』, 홍대화 역, 열린책들, 2000.

도스또예프스키, 『카라마조프가의 형제들』, 김연경 역, 서울: 민음사, 2007.

도스또예프스키, 『작가의 일기』, 이길주 역, 서울: 지만지, 2010.

도스또예프스키, 『지하생활자의 수기』, 이동현 역, 서울: 문예출판사, 1998.

도스또예프스끼, 『지하로부터의 수기』, 계동준 역, 서울: 열린책들, 2000.

도스토옙스키,『지하로부터의 수기』, 조혜경 역, 서울: 펭귄클래식, 2009.

도스토예프스키,『지하로부터의 수기』, 김연경 역, 서울: 민음사, 2010.

도스토옙스키,『지하생활자의 수기』, 김정아 역, 서울: 지만지, 2010.

도스또예프스끼,『지하에서 쓴 수기』, 김근식 역, 서울: 창비, 2012.

도스또예프스끼,『도스토예프스키의 유럽 인상기』, 이길주 역, 서울: 푸른숲, 1999.

도스또예프스끼,『전집』, 서울: 열린책들, 2002.

똘스또이,『이반 일리치의 죽음』, 이강은 역, 서울: 창비, 2012.

러시아시학연구회,『도스또예프스끼 소설 연구』, 열린책들, 1998.

마리, J. M.,『도스토예프스키의 문학과 사상』, 이경식 역, 서문당, 1980.

메레지코프스키,『톨스토이와 도스토예프스키: 인간과 예술』, 이보영 역, 금문, 1996.

모옴, 서머세트,『톨스토이와 도스토예프스키』, 김성한 역, 신양사, 1958년.

밀러, 로즈,『30분에 읽는 도스토예프스키』, 권경희 역, 랜덤하우스 중앙, 2005.

모출스키, 콘스탄틴,『도스토예프스키1.2』, 김현택 역, 서울: 책세상, 2001.

밀, 존,『자유론』, 서병훈 역, 서울: 책세상, 2012.

바흐찐, 미하일,『도스토예프스키의 시학』, 김근식 역, 서울: 저음사, 1988.

박이문,『문학속의 철학』, 서울: 일조각, 2011

방일권,『상트페테르부르크 유럽을 향한 창』, 살림, 2004.

벌린, 이사야,『자유론』, 박동천 역, 서울: 아카넷, 1995.

베르쟈에프, 니콜라이,『도스토예프스키의 세계관』, 이경식 역, 서울: 현대사상사, 1979.

로널드 르블랑,『음식과 성: 도스토옙스키와 톨스토이』, 조주관 역, 서울: 그린비, 2015

불가코프, 미하일,『거장과 마르가리타』, 김혜란 역, 서울: 문학과 지성사, 2008.

서동욱,『일상의 모험』, 서울: 민음사, 2007.

석영중,『자유: 도스토예프스키에게 배운다』, 시울: 예남, 2015

석영중,『도스토예프스키, 돈을 위해 펜을 들다』, 서울: 예담, 2008.

석영중,『러시아 정교: 역사·신학·예술』, 고려대학교 출판부, 2005.

손영우,『전문가, 그들만의 법칙』, 서울: 샘터사, 2005.

스노닐,『도스토예프스키: 인간의 심연』 김광용 옮김, 신구문화사, 1974.

스타이너, 조지,『톨스토이냐 도스토예프스키냐』 윤지관 역, 종로서적, 1983.

셰스토프, L.,『도스토예프스키, 톨스토이, 니체: 비극의 철학』 이경식 역, 현대사상사, 1987.

슬라보예 지젝 외 지음,『매트릭스로 철학하기』 이운경 역, 한 문화, 2003.

슈테판 츠바이크,『도스토예프스키를 쓰다』 원당희 역, 서울: 세창미디어, 2013.

라브린, 얀코,『도스토예프스키』 홍성광 역, 한길사, 1997.

오토 베츠,『숫자의 비밀』 배진아·김혜진 공역, 서울: 다시, 2004.

이덕형,『도스토예프스키 판타스마고리아 상트페테르부르크』 서울: 산책자, 2009

이덕형,『빛의 도시 상트페테르부르크』 책세상, 2002.

이병훈,『Dostoevsky: 아름다움이 세상을 구원할 것이다』 서울: 문학동네, 2012

이진우,『의심의 철학』 서울: Humanist, 2017

이현우,『로쟈의 인문학 서재』 서울: 산책자, 2009

이현우,『로쟈의 러시아 문학 강의』 서울: 현암사, 2014

이현우,『로쟈와 함께 읽는 지젝』 서울: 자음과 모음, 2011

장정일,『보트 하우스』 김영사, 2005

조유선,『도스또예프스기 읽기 사전』 서울: 열린책들, 2002

조주관,『죄와 벌의 현대적 해석』 서울: 연세대학교출판부, 2009

조혜경,『도스또옙스끼 소설에 나타난 리터러시와 비블리오테라피』 서울: 써네스트, 2012

조효원,『부서진 이름들: 발터 벤야민의 글상자』 서울: 문학동네, 2013

헤르만 헤세,『우리가 사랑한 헤세, 헤세가 사랑한 책들』 안인희 역, 서울: 김영사, 2015

호크하이머, M./아도르노, Th. W.,『계몽의 변증법』 서울: 문예출판사, 1995

홍대화,『도스또예프스끼: 읽기의 즐거움』 서울: 살림, 2005

홍대화,『도스또예프스끼』 살림, 2005

후벤, W.,『도스토예프스키, 키에르케고르, 니체, 카프카』 윤지관 옮김, 까치, 1983.

카, E. H.,『도스토예프스키』 김병익, 권영빈 공역, 홍성사, 1979.

쿳시, J. M.,『페테르부르크의 대가』 책세상, 2001.

체르니솁스키, 니콜라이, 『무엇을 할 것인가?』, 김정아 역, 서울: 지만지, 2011.

파이지스, 올랜도, 『나타샤 댄스』, 채계병 옮김, 이카루스 미디어, 2005.

프란츠 카프카, 『변신』, 박환덕 역, 서울: 범우사, 2003.


Гроссман Л. Достоевский. М.: молодая гвардия, 1963.

Достоевский, Ф. М. Полное собрание сочинений в тридцать томах. Том
    пятый. Ленинград: Издательство Наука, 1973

Кашина Н. Человек в творчестве Достоевского. М.: худ. лит-ра, 1986.

Ковач А. Поэтика Достоевского. М.: Володей, 2008.

Лотман, Ю. М. Структура художественного текста. Providence: Brown
    University Press, 1971.


Anderson, Roger B. Dostoevsky: Myths of Duality. Gainesville: University of
    Florida Press, 1986.

Belknap, Robert. The Genesis of 'The Brothers Karamazov': The Aesthetics,
    Ideology, and Psychology of Making a Text. Evanston: Northwestern
    University Press, 1990.

The Structure of 'The Brothers Karamazov'. The Hague: Mouton, 1967.

Bem, A. L. (ed.). Dostoevskii: Psikhoanaliticheskie etiudy. Berlin: Petropolis,
    1938.

Berdyaev, Nicholas. Dostoevsky, trans. Donald Attwater. New York: New
    American Library, 1974.

Busch, R. L. Humor in the Major Novels of Dostoevsky. Columbus, Ohio:
    Slavica, 1987.

Catteau, Jacques. Dostoevsky and the Process of Literary Creation, trans. Audrey Littlewood. Cambridge University Press, 1989.

Chapple, Richard A. A Dostoevsky Dictionary. Ann Arbor: Ardis, 1983.

Dalton, Elizabeth. Unconscious Structure in 'The Idiot': A Study in Literature and Psychoanalysis. Princeton University Press, 1979.

Dolinin, A. S. (ed.). F. M. Dostoevskii v vospominaniiakh sovremennikov [F.M. Dostoevsky in the Recollections of His Comtemporaries], 2 vols. Moscow: Khudozhestvennai literature, 1964.

Dostoevkaia, A. G. Vospominaniia [Memoirs]. Moscow: Khudozhestvennaia literature, 1971.

Fanger, Donald. Dostoevsky and Romantic Realism: A Study of Dostoevsky in Relation to Balzac, Dickens and Gogol. Cambridge, Mass.: Harvard University Press, 1965.

Frank, Joseph. Dostoevsky: The Seeds of Revolt, 1821-1849. Prineton University Press, 1976.

Gibson, A. Boyce. The Religion of Dostoevsky. London: Allen Lane, 1974.

Grossman, Leonid. Dostoevsky, trans. Mary Mackler. London: SCM Press, 1973.

Holquist, J. M. Dostoevsky and the Novel. Princeton University Press, 1977.

Ivanov, Vyacheslav. Freedom and the Tragic Life: A Study in Dostoevsky, trans. Norman Cameron. Wolfeboro, N.H.: Longwood Academic, 1989.

Jackson, Rovert Louis. The Art of Dostoevsky: Deliriums and Nocturmes. Princeton University Press, 1981.

Dialogues with Dostoevsky: The Overwhelming Questions. Stanford University Press, 1993.

Dostoevsky's Quest for Form: A Study of His Philosophy of Art. Bloomington: Physsardt, 1978.

Jackson, John. Dostoevsky. Oxford: Clarendon Press, 1983.

Jones, Malcolm V. Dostoevsky after Bakhtin: Readings in Dostoyevsky's Fantastic Realism. Cambridge University Press, 1990.

Dostoyevsky: The Novel of discord. London: Elek, 1976.

Jones, Malcolm V. and Terry, G. M. (eds.). New Essays on Dostoyevsky. Cambridge University Press, 1984.

Knapp, Liza. The Annihilation of Inertia: Dostoevsky and Metaphysics. Evanston: Northwewtern University Press, 1996.

Kravchenko, Maria. Dostoevsky and the Psychologists. Amsterdam: Adolf M. Hekkert, 1978.

Leatherbarrow, W. J. Dostoyevsky: The Brothers Karamazov. Cambridge University Press, 1992.

Linner, Sven. Dostoevskij on Realism. Stockholm: Almqvist and Wiksell, 1962.

Starets Zosima in 'The Brothers Karamazov': A Study in the Mimeis of Virtue, Stockholm: Almqvist and Wiksell, 1975.

Malia, Martin. 'What is the intelligentsia?' in Richard Pipes (ed.), The Russian Intelligentsia. New York: Columbia University Press, 1961, pp. 1-18.

Matlaw, Ralph. 'The Brothers Karamazov': Novelistic Technique. The Hague: Mouton, 1967.

Mikhniukhevich, V. A. Russkii fol'klor v khudozhestvennoi sisteme Dostoevskogo, Cheliabinsk: Cheliabinsk State University Press,1994.

Miller, Robin Feuer. 'The Brothers Karamazov': Worlds of the Novel. Boston: Twayne, 1992.

Dostoevsky and 'The Idiot'. Author, Narrator, and Reader. Cambridge, Mass.: Harvard University Press, 1981.

Mochulsky, Konstantin. Dostoevsky: His Life and Work, trans. M. Minihan.

Princeton University Press, 1967.

Morson, Gary Saul. The Boundaries of Genre: Dostoevsky's 'Diary of a Writer' and the Traditions of Literary Utopia. Austin: University of Texas Press, 1981.

Narrative and Freedom: The Shadows of Time. New Haven: Yale University Press, 1994.

Paperno, Irina. Chernyshevsky and the Age of Realism: A Study in the Semiotics of Behavior. Stanford University Press, 1988.

Pattison, George and Thompson, Diane Oenning(eds.), Dostoevsky and the Christian Tradition. Cambridge University Press, 2001.

Peace, Richard. Dostoyevsky: An Examination of the Major Novels. Cambridge University Press, 1971.

Perlina, Nina. Varieties of Poetic Utterance: Quotation in 'The Brothers Karamazov'. Lanham: University Press of America, 1985.

Rice, James L. Dostoevsky and the Healing Art: An Essay in Literary and medical History. Ann Arbor: Ardis, 1985.

Rosenshield, Gary. 'Crime and Punishment': Techniques of the Omniscient Author. Lisse: Peter de Ridder, 1978.

Sandoz, Ellis, Political Apocalypse: A Study of Dostoevsky's Grand inquisitor. Baton Rouge: Louisiana State University Press, 1971.

Steiner, George. Tolstoy or Dostoevsky? An Essay in the Old Criticism. London: Faber, 1959.

Sutherland, Stewart R. Atheism and the Rejection of God: Contemporary Philosophy and 'The Brothers Karamazov'. Oxford: Blackwell, 1977.

Terra, Victor. A Karamazov Companion: Commentary on the Genesis, Language and Style of Dostoevsky's Novel. Madison: University of Wisconsin Press, 1981.

Reading Dostoevsky. Madison: University of Wisconsin Press, 1998.

Thompson, Diane Oenning. 'The Brothers Karamazov' and the Poetics of Memory. Cambridge University Press, 1991.

Volgin, I. L. Poslednii god Dostoevskogo [Dotoevskii's Final Year]. Moscow: Sovetskii pisatel', 1986.

Ward, Bruce K. Dostoyevsky's Critique of the West: The Quest for Earthly Paradise. Waterloo, Ontario: Wilfried Laurier University Press, 1986.

Wasiolek, Edward. Dostoevsky: The Major Fiction. Cambridge, Mass.: MIT Press, 1964.

Wasiolek, Edward (ed.). Fyodor Dostoevsky: The Notebooks for 'The Brothers Karamazov', trans. Victor Terras. Chicago University Press, 1971.

Fyodor Dostoevsky: The Notebooks for 'Crime and Punishment', trans. Edward Wasiolek. Chicago University Press, 1967.

Wolf, Peter M. Dostoevsky's Conception of Man: Its Impact on Philosophical Anthropology. Dissertation.com, 1997.

# 도스토옙스키의 메타지식

**초판 1쇄 인쇄** 2017 7월 1일

**지은이** 조주관
**편 집** 이재필
**펴낸이** 강완구
**펴낸곳** 써네스트
**브랜드** 우물이 있는 집
**표지디자인** 조주관
**본문디자인** 임나탈리야

**출판등록** | 2005년 7월 13일 제 2017-000025호

**주 소** | 서울시 양천구 오목로 136, 302호

**전 화** | 02-332-9384    **팩 스** | 0303-0006-9384

**이메일** | sunestbooks@yahoo.co.kr

**ISBN** | 979-11-86430-49-1 (93890)    값 16,000원

2017ⓒ조주관

우물이 있는 집은 써네스트의 인문브랜드입니다.

이 도서의 국립중앙도서관 출판예정도서목록(CIP)은 서지정보유통지원시스템 홈페이지(http://seoji.nl.go.kr)와 국가자료공동목록시스템(http://www.nl.go.kr/kolisnet)에서 이용하실 수 있습니다. (CIP제어번호 : CIP2017014970)